주변에서 글쓰기,
상처와 선택

2006

탄생 100주년 문학인 기념문학제 논문집

주변에서
글쓰기,
상처와 선택

김인환 · 정호웅 외

탄생 100주년 문학인 기념문학제 논문집 2006

민음사

차 례

【총론】
폐허의 기록

김인환(고려대 교수)

1931년은 일본의 소위 15년 전쟁이 시작된 해로서, 그때부터 1945년까지 한국의 문인들은 전시하의 통제 아래서 작품을 발표하였다. 식민지에서의 검열은 그 전에도 있었으나 다이쇼 데모크라시의 자유주의 풍조는 한국에서도 독립을 주장하는 내용만 아니라면 그 무엇이라도 허용하는 분위기를 조성하였다.

1929년(쇼와 4년)의 세계대공황은 일본에도 임금 인하와 노동 강화를 강요하였고, 일본의 재벌과 군부는 경기 침체를 타개하기 위하여 전쟁 특수에 의존하게 되었다. 1931년에 관동군은 뮤타오후[柳條湖]에서 남만주 철도를 폭파하고 중국군에게 공격을 가했으며, 다음 해 3월에 청조의 폐제 푸이(溥儀 1906~1967)를 원수로 하는 만주국을 세우고, 이를 중국으로부터 분리하여 일본의 지배하에 두었다. 일본은 일본 민족, 조선 민족, 만주 민족, 중국 민족, 몽고 민족의 5족 화합을 만주국의 국가 목표로 설정하고 이를 선전하였다. 1933년 개최된 국제연맹 총회에서 일본군의 철수를 권고하는 결정이 가결되자 일본은 국제연맹을 탈퇴하였다. 일본은 국제 공산주의에 대항하기 위해서라는 이유로 1936년(쇼와 11년) 독일, 이탈리아와 반공산주의 협정을 맺었다. 1937년, 루거우차오〔蘆溝橋〕의 충돌을 계기로 일본과 중국은 전면전에 돌입하였다. 일본은 베이징〔北京〕, 상하이〔上海〕, 난징〔南京〕, 한커우〔漢口〕, 광둥〔廣東〕 등을 점령하였으나, 중국군의 저항을 종식시킬 수는 없었다. 군수공업이 확대되어 기계·금속 분야에서 새로운 재벌들이 생겨났고, 군수 인플레이션으로 고용이 증대되었다.

1938년에 일본은 국가총동원법, 국민 징용령, 가격 통제령을 제정하여 전시 통제경제를 시행하였다. 1940년에 정당들이 자진 해산하여 의회정치는 명목적인 것이 되었고, 노동자들은 대일본산업보국회의 통제를 받게 되었다. 사회주의 사상은 물론이고 자유주의 사상까지 금지되었다. 문인들의 거의 전부가 전쟁에 협력하였다. 무산정당들도 전향하였으며, 공산당 간부 중에도 일본주의에 찬동하는 사람들이 나타났다. 일본 국민 가운데 전쟁에 대한 불만을 가진 사람이 없는 것은 아니었지만, 공공연히 전쟁에 반대하는 사람은 전혀 없었다. 1941년(쇼와 16년) 4월에 일본은 러시아와 일·소 중립조약을 체결하고, 12월 8일에 하와이를 기습하였다.

또한 1937년 이후 일본은 한국인을 대상으로 황민화 정책을 시행하여 「황국 신민의 서사(誓詞)」를 외우게 하였고, 1938년에는 군청과 경찰서에 의해 반강제 모병 제도인 육군 지원병 제도를 실시하였다. 1940년에는 창씨개명 정책을 추진하여 이름을 일본식으로 바꾸게 하였다. 1939년부터는 한국인을 강제로 연행하여 일본의 산업 시설과 군사 시설의 건설에 투입하는 한편 한국인 여성들을 종군위안부로 전선에 배치하였다. 1942년에는 일본어를 상용하게 하여 학교에서 한국어를 쓰는 학생을 징계하였다. 1943년에는 학도병 제도를 실시하였고, 1944년에는 한국인에게도 징병 제도를 시행하였다. 1950년부터는 한국에서도 의무교육을 실시하겠다고 발표하였다.

1906년에 출생한 강경애, 김오남, 엄흥섭, 유진오, 이정호, 이주홍, 이하윤, 조종현, 최정희 등 이 아홉 사람의 문인들은 대체로 1931년의 만주사변을 전후하여 문단 활동을 시작하였다. 조종현은 "1931년 봄부터 시조의 문을 본격적으로 두들기기 시작했다."[1] 그는 그 무렵에 겪은 검열의 사정을 이렇게 기록해 놓았다.

한번은 「보신각종」 한 편을 『동광』 잡지사에 보냈다. 불행히 일본 총독부 경무국 도서과의 원고 검열에 걸려서 삭제되어 나왔다. 한술 더 떠서 '삭제'라는 기사까지도 쓰지 말라는 주의까지 붙어 나왔다. 편집의 주요한 님도 무척 섭섭해하셨다. 작품의 산모인 나는 속이 아프고 쓰렸다. 그 다음 해! 1932년에 나는 다시 문제의 「보신각종」을 한 번 더 편집해 달라고 했다. 그때에는 천행으로 원고 검열의 가시눈을 뚫고 나왔다. 주요한 님과 나는 기뻐 웃었다. "우리 갈 길은 막지 못하는구나!" "이것이 진리가 아니냐!" 자신만만하기도 했다.[2]

이 인용문에서 우리는 검열 제도 아래서 글을 쓰는 사람들의 착잡한 심정을 엿볼 수 있다. 그들은 검열을 의식하고 조심스럽게 표현을 절제한다. 그러나 절제된 표현도 검열하는 사람의 가시눈을 피하지는 못한다. 애초부터 글 쓰는 사람이 자신의 생각을 바꾸고 싶어 하지 않기 때문이다. 어디까지나 민족의식이라는 주제를 보조하려고 한다. 그러므로 나라 잃은 시대에 쓰인 작품의 공통점은 대체로 섬세한 표현과 모호한 주제에 있다고 할 수 있다.

주제는 안으로 스며들고 밖으로 드러나는 것은 수사다. 그들은 주제를 감싸서 잘 보이지 않게 했다는 데 반성하는 대신에 일제의 검열을 통과한 것을 기뻐한다. 같은 작품이 어떤 때는 통과되고 어떤 때는 통과되지 않는 것을 보면 검열자의 자의성 또한 발표에 약간의 신축성을 준 면이 있다고 할 수 있다. 이런 상황에 놓인 작가들에게는 누구도 강력한 민족의식을 요구할 수 없다. 나라 잃은 시대의 창작 방법은 민족문제를 괄호에 넣고 현

---

1) 조종현, 『자정의 지구』, 현대문학사, 1969, 245쪽.
2) 앞의 책, 246~247쪽.

실을 묘사하는 방법 이외에 다른 것이 아니었다. 조종현이 "우리 갈 길"이라고 한 것은 '민족의 길'을 암시하고, "진리"라고 한 것은 '민족의 승리'를 상징한다. 그러한 암시와 상징을 1930년대에 그는 우언(寓言)으로밖에 달리 표현할 방법을 찾지 못했다.

> 장안이 고요하다 늦은 봄이 밤 깊었네
> 지금이 새로 한 시 나그네의 꿈이로시
> 하마나 첫닭이 울리 귀 종기어 듣노라.
>
> 옛날에 이맘때는 보신각종이 울어
> 만호에 잠든 무리 깨우셨다 하시련만
> 내일을 가시런 이의 길은 뉘라 밝히리.
>
> 이 종이 울어 울어 하늘 높이 크게 울어
> 삼천 리 울렸으면 이 내 마음 시원하리
> 애닯다 입을 다물어 몇몇 해나 하신고.
>
> ──「보신각종」

 밤과 낮의 대비는 곧장 압박과 자유의 대립을 전달하는 우언이 된다. 이 시에는 밤과 낮의 대비뿐만 아니라 과거와 미래의 대비도 언급되어 있다. 예전에는 보신각종이 울려 잠든 사람을 깨웠다. 이 종이 미래를 향하여 민중을 깨우치게끔 울려 퍼지게 할 수는 없을까? 닭이 홰를 치며 우는 소리가 새벽을 알리는 신호가 되듯이 보신각종은 삼천리 방방곡곡에 퍼져 나가 겨레의 새벽을 알릴 신호가 되어 주어야 한다. 침묵하는 보신각종은 나라 잃은 민족을 의미하는 우언이다.
 김오남이 1956년에 발간한 시조집 『심영(心影)』(동인문화사)에는 산문과 시조가 나란히 실려 있다. 김오남은 이 시조집에서 민족의 찬란했던 과거와 아름다운 조국 강산을 찬송하였다. 김오남은 그것들을 현실 묘사의 배경으로 배치하였다.

> 천 년도 그 옛날에 첨성대 쌓았으니
> 세계에 앞선 것이 그 아니 자랑인가
> 어이타 자손들만이 이 꼴 되어 있는고
>
> ── 「첨성대」

이 시에 대하여 저자 자신이 산문 해설을 달았는데, 그 어조가 매우 비감하다. "세계에 자랑거리를 남긴 조상의 자손들로서 오늘날 세계에 제일 하잘것없는 인간들이 되어 그날그날을 짐승만도 못한 생활로 지내게 된 것은 다시금 눈물겨운 일이 아닐 수 없다."[3] 시조집 전체를 통하여 저자는 나무 하나 없는 산과 말라붙은 강과 짐승의 우리 같은 집들과 땟국이 흐르는 의복을 한탄하였다. 도덕과 윤리는 상실되고 아닌 것을 가장하는 '체'만 남아 서로 미워하고 시기하는 것이 우리 민족이라는 것이 김오남의 판단이었다. 사람들은 불로이득(不勞而得)을 바라고, 하면 되는 일도 하려고 하지 않았다.

「가정부인의 탄식」이란 시조에는 여자의 사정이 구체적으로 기술되어 있다. "식구의 먹다 남은 찌꺼기를 부엌에서 먹어야 하고 헐다 남은 털렁이를 입어야 한다. 잘해도 '예' 못해도 '예'를 해야 한다. 남편이 오입을 하건 잡기를 하건 유구무언이라야 한다. 이런 중에도 자식을 길러야 하고 시부모의 꾸중과 남편의 구박을 달게 받아야 한다. 집에서 기르는 개나 돼지는 오히려 대접을 낫게 받던 것이 소위 동방예의지국을 부르짖는 우리나라의 가정을 다스리는 풍속이란 것이다."[4]

김오남의 시조는 조종현의 시조와 반대로 직설법을 사용하여 주제를 전

---

3) 김오남, 『심영』, 동인문화사, 1956, 80쪽.
4) 앞의 책, 15~16쪽.

달하였다. 김오남은 현대시조에서 비판적 현실 인식이 담겨 있는 리얼리즘 기법을 개척한 시인으로 기억될 것이다. 조종현의 시조가 직관과 우언을 특색으로 한다면, 김오남의 시조는 비판과 직설을 특색으로 한다. 그러나 이러한 차이는 시인의 차이라기보다는 실국(失國) 시대와 분단 시대의 차이라고 해야 할 것인지도 모른다. 분단 시대라고 해도 실국 시대보다는 허용되는 자유의 폭이 넓어졌다는 것을 두 시인의 시조가 실증적으로 보여주고 있다.

이하윤은 1933년에 영시와 불시 110편을 번역하여 수록한 번역 시집 『실향(失香)의 화원(花園)』(시문학사)을 간행하였다. 1921년에 나온 김억의 『오뇌(懊惱)의 무도(舞蹈)』(광익서관)보다 26편이 더 많이 번역되어 있을 뿐 아니라 영어와 프랑스어를 직접 번역하였으며 우리말의 문체와 운율을 고려하여 시다운 번역 시를 만들어 보려고 시도하였다는 점에 이 번역 시집의 문학사적 의미가 있다. 조이스 킬머, 칼 샌드버그, E. E. 커밍스 같은 당대의 미국 시인들이 포함되어 있는 것에서 이하윤의 번역 시 선택의 취향을 짐작할 수 있다. 그는 베를렌처럼 한국의 독자에게 익숙한 시인과 커밍스처럼 새로운 시인을 두루 포함하려고 하였고, 우리말로 번역해도 시가 될 수 있는 짧은 시를 선택하려고 하였다. 그러나 그의 번역 시와 창작 시는 거의 서로 무관하다. 이하윤 자신의 시에는 나라 잃은 겨레의 알레고리가 들어 있다.

북문턱 외딴 길에
풀잎 거츠른
님자 잃은 무덤이
하나 있더니

방랑의 손 외로히
지날 때마다

무덤 앞에 앉아서
쉬고 가더니

원수의 신작로가
생긴 이후로
패간 무덤 자최
간 곳 없노라

무덤 위에 덮였든
흙과 잔디는
밟히고 짓밟히는
길이 되어서

무거운 발자욱에
눌릴 때마다
애달픈 옛 노래를
읊고 있노라

님자 잃은 무덤이
하나 있어서
흘러가는 행인이
쉬고 가더니

— 「잃어진 무덤」

이것은 1939년에 나온 시집 『물레방아』(청색지사)에 실려 있는 시이다. 이하윤의 시에는 외국 시로부터 영향을 받은 흔적이 전혀 없다. 그는 잡지 ≪해외문학≫에는 번역 시를 싣고, 잡지 ≪시문학≫에는 창작 시와 번역

시를 실었는데, 번역은 번역대로 하고 창작은 창작대로 하여 서로 뒤섞이지 않았다.

이 시에는 무덤과 신작로가 대조되어 있다. 무덤이 음산하게 묘사되고 신작로가 명랑하게 묘사되리라고 상상하기 쉬울 터이나, 이 시는 보통의 예상을 뒤집어엎고 무덤이 안온한 느낌을 주고 신작로가 냉혹한 느낌을 준다. 북문턱에 있는 무덤은 외로운 사람들이 쉴 수 있는 곳이라는 의미에서 잃어 버린 민족의 전통과 연관되어 있다. 다 없어지고 겨우 흔적으로 남아 있는 것이지만, 그것은 사람들에게 마음의 위안을 준다. 신작로는 이 시에서 전통의 파괴자로 등장한다. 그것은 무덤을 파여 가게 하고 무덤의 자취마저 없애 버렸다. 무덤 위에 덮였던 흙과 잔디는 짓밟힐 때마다 옛날을 그리워하는 슬픈 노래를 부른다. 나라 잃은 시대에 한국인은 아무 곳에서도 영혼의 안식처를 찾을 수 없었다. 신작로로 대표되는 근대 도시가 오히려 폐허의 분위기에 휩싸여 있다는 데 이 시의 아이러니가 있다. 근대라는 폐허에 비교하면 무덤이 오히려 제 집처럼 편안하게 여겨진다는 역설이 이 시를 폐허의 우언으로 만든다.

이정호는 잡지 《어린이》에 23편, 《동아일보》에 15편, 《조선일보》에 2편의 동화와 소년소설을 발표하였다. 그러나 《어린이》에 실린 것은 2편을 제외하고는 모두 외국의 미담가화를 번안한 것이었다. 그 2편도 「귀여운 희생」(제7권 2호)은 "다음 호에 계속"이라고 기록되어 있으나 다음 호에 그 뒷이야기가 실려 있지 않으며, 「정의의 승리」(제7권 5호)는 "19쪽에 계속"이라고 기록되어 있으나 그곳에 해당 내용이 실려 있지 않다. 「정의의 승리」는 이야기의 전개가 대체로 끝난 상태라고 볼 수 있다.

    1. 순길은 부모를 여의고 아버지의 친구인 김 변호사의 집에 기식한다.
    2. 순길은 고등학교 야구부의 투수로서 경기를 앞두고 있는데, 김 변호사가 자기 아들 흥복이를 위하여 일부러 져 주라고 부탁한다.
    3. 순길은 정당하게 최선을 다해 경기에서 승리한다.

4. 김 변호사는 순길의 심지를 떠보려고 한 것이라고 말하며 승리를 축하해 준다.

이러한 이야기가 개연성을 가지고 있는 것이라고는 생각할 수 없다. 갈등이 너무나 안이하게 풀리고 말기 때문이다. 이정호의 다듬어지지 않은 소년소설은 당시의 신문과 잡지에 미성년층의 문학적 수요가 상당히 커서 제한된 필자들로는 그 수요를 다 채우기 어려웠다는 사실을 알려 준다. 그의 소년소설에는 개요만 남아 있고 현실에 대한 각성은 보이지 않는다. 그의 작품에는 아무리 가난해도 열심히 일하고 틈나는 대로 공부하면 성공할 수 있다는 긍정적 사고와 적극적 감성의 예찬 이외에 다른 현실 인식이 암시되어 있지 않다.

≪조선일보≫에 실린 「옥희의 설움」(1926. 1. 1)은 계모의 학대를 받던 옥희가 겨울에 딸기를 따오라는 계모의 분부로 산을 헤매다가 정신을 잃는데 섣달 귀신과 유월 귀신의 도움을 받아 딸기를 얻어오니 그동안에 계모가 죽었더라는 이야기이고, ≪동아일보≫에 실린 「장난꾼이 귀신」은 장난 잘 치는 귀신이 장에 가서 옷감을 사 오다 비단실을 잃어버린 모녀의 눈앞에 비단실을 떨어뜨려 놓아서 그것으로 옷을 짓게 하고서는 혼인하는 날에 실을 없애 버려 새색시에게 망신을 주었다는 이야기이다. 동화에도 역시 조작적이고 인위적인 결말이 보이기는 하나, 이 경우에는 교술적인 요소를 제거하고 초점을 이야기 자체에 모은 것이 오히려 성공의 요인이 되었다고 할 수 있다.

이주홍은 1928년에 동화 「배암 색기의 무도」(≪신소년≫)를 발표하였고, 1929년에 소녀소설 「눈물의 치맛감」(≪신소년≫)을 발표하였다. 소년 잡지 ≪신소년≫을 편집하였으나 그가 1945년 이전에 발표한 아동문학과 소년문학은 이 2편뿐이다. 1945년 이후 그의 문학은 소년소설과 본격소설로 양분되지만, 1930년대에 그의 관심은 본격적인 단편소설에 더 많이 가 있었다고 할 수 있다. 1937년 ≪조선문학≫에 발표한 「완구상」에는 이른바 15년 전쟁기를 겪으면서 얻은 그의 생각과 느낌이 드러나 있다. 아내와 주인집 여자가 맞붙어 싸우는 역동적 장면 묘사로 시작하여 "지붕 위에 널린 빨간 고추와 하얀 목화의 가을 풍경이 차츰차츰 그의 눈앞으로 선명해 왔다"는 정태적인 장면 묘사로 종결되는 이 단편소설은, 장난감 가게가 망해서 이사하는 날 오후 한때의 사건을 이야기하고 있으나 그 안에 가게를 열었다가 닫을 때까지 반년 동안에 일어난 일들이 포함되어 있으며, 다시 그 이전 사회운동을 하던 시기까지도 언급되어 있으므로 그 시간 구성은 결코 단순하지 않다. 야학 선생을 하던 때에 신뢰를 얻어 놓은 데다가 외상도 잘 주고 때로는 찌그러진 장난감을 거저 주기도 하여 처음에는 인심 좋은 가게로 소문이 났었다. 그러나 외상값은 늘어만 가고, 갚아 주는 사람은 거의 없었고, 전쟁으로 진짜 비행기가 공중을 날아다니면서부터 아이들이 장난감 비행기에 흥미를 덜 가지게 되어 주인집에서 10원, 20원 얻어 쓴 돈이 장난감 재고 값보다 많아졌다. 장사는 독해야 한다고 결심하고 현금만 받으려 하니 돈독이 올랐다는 욕만 듣게 되었을 뿐, 셈이 펴지 않았다. 처가에서 준 200원과 논 두 마지기를 금융조합에 넣고 만든 100원이 반년 만에 송두리째 날아갔다. 아내가 못 갚은 돈 2원 대신에 주인집 여자는 통영 소반을 잡고 돌려주지 않았다.

한때의 다른 젊은이들과 다를 것도 없이 그는 용약 투쟁 전선 속으로 뛰어 들어갔다. 본시부터 적빈이던 터라 집안 형편은 갈수록 엉망이었다. 그러나 끼니를 놓아도 용기는 배였다. 유치장 생활이 도수를 가하면 가할수록 청년된 자랑을 만끽할 수 있었다. 이 자랑이란 결코 사회운동이란 이름 밑에 숨은 경박한 허영이 아니었다. 세계의 대조류를 배경으로 하는 확고한 신조였다. 그러나 그는 날이 가는 동안 꿈과 현실의 사이에 너무나 큰 공백이 있는 것을 의식했다. 개성의 확립이 없는 시세 편승은 걷잡을 수 없는 회의와 불안을 가져올 뿐이었다. 뇌화부동이라는 몰각을 모피하기 위해서라도 우선 그는 개성으로 후퇴해야 했다. 동기야 여하한 것이던 간에 이미 전선에서 탈락되어 간 동지들은 부지기수였다. 뿐만 아니라 늙은 부모와 허물어져 가는 살림살이의 형편은 그가 자각한 후퇴의 결심에 한층 박차를 가했다. 말할 것도 없이 이것은 운동자로서의 그에게 비참한 패배였던 것이다.[5]

장난감 가게를 하면서도 그의 관심은 돈을 버는 데 있지 않았다. 아이들이 장난감 인형을 좋아하는 것을 보고 그는 "그것 같으면서도 실상 그것은 아닌 것"의 의미를 숙고하는 데 시간을 보냈다. 무대 위의 사건이 사람의 생활이 아니라고 부정할 도리는 없는 것이나 그것이 곧 실제의 생활이라고 동의할 수도 없는 것이 사실이다. 예술과 현실의 관계에 대한 그의 사유는 인형에서 시작하여 연극, 문학, 미술, 음악을 거쳐 어린아이들에게 이르렀다. 어린아이는 어른과 비슷하다. 이목구비가 어른과 별로 다를 것이 없다. 그러나 어른을 닮기는 했지만 어린아이는 어디까지나 어린아이다. "어린애가 귀여운 까닭은 저 소꿉놀이 가마솥이 그것 같으면서 실상 그것은 아니기 때문에 귀여워지는 그런 성질의 진리에서일까? 어린애도 예술의 한가지인가?"[6] 이 소설의 주인공은 이념에도 지고 현실에도 졌지만, 이 소설의 작가는 이념과 현실의 갈등을 예술로 견뎌냈다고 할 수 있다.

엄흥섭은 1930년에 단편소설 「흘러간 마을」(≪조선지광≫ 89호)로 문단에 나왔다. 그는 주로 농민소설 또는 이농소설이라고 할 만한 작품을 발표하였다. 그가 근무하던 한성도서에서 발행한 두 권의 소설집 『길』(1938)과 『정열기』(1941)를 비롯하여 엄흥섭은 열 권의 소설집을 냈다. 잡지 ≪신세기≫에 연재했다가(1940. 1~1941. 6) 1949년에 학우사에서 간행한 『인생사막』은 통속적인 이야기 전개를 통하여 식민지 도시의 퇴폐적 형상을 보여 주었다.

엄흥섭은 시골에서 올라와 고학을 하며 현대의학 강습소에서 공부하는 오세형을 긍정적 인물로 제시하였다. 그는 잡지 ≪현대의학≫에 「현대 의

---

5) 이주홍, 『신한국문학전집』 17, 어문각, 1973, 287쪽.
6) 앞의 책, 288쪽.

학과 사회」라는 논문을 투고하여 게재되었고, 의사 시험에도 합격하였다. 오세형의 반대쪽에는 미국 유학생 유영섭이 있다. 그는 "적어도 양행하고 돌아왔다는 지식 청년으로서 참말 얼간이요, 무뢰한이다. 그는 연애란 여자의 궁둥이나 따라다니면 되는 줄 아는 바보일 게다."[7] 그는 처자가 있으면서도 여학교 여교원, 인텔리 기생, 카페 걸 등 닥치는 대로 회를 쳐 마실 듯이 치근거린다. 그는 백은희를 좋아하여 그녀가 도쿄에서 음악을 공부할 때는 학비를 부쳐 주었고, 서울에 돌아온 뒤에는 다방 엔젤의 경영을 맡겼다. 그녀가 영화사에 취직하여 그를 멀리하려 하자 영화사에 투자하여 대주주로서 그녀를 첩으로 삼으려 한다. 오세형과 유영섭과 백은희의 삼각관계에 세형의 친구 황대용이 들어서 유영섭의 자진 탈락을 유도한다. 영화사의 파티에 가서 세형과 은희의 약혼 사실을 알리고, 사원 모두의 불신을 받는 영섭에게 영화사의 발전을 위해서 이선으로 후퇴하도록 설득하는 데 성공하는 것이다. 황대용은 유영섭의 정신적 변화를 위대한 시대적 발전에 부응하는 것이라고 말한다. 그는 의학 강습소 졸업반 학생 50명을 데리고 전염병 환자를 치료하러 함경도로 떠나는 세형에게서 "백만 군병을 거느리고 전지로 향하는 조국애로 불타는 청년 장교의 열렬한 패기"[8]를 느낀다. 15년 전쟁기의 작품임을 감안한다 하더라도 별 수 없이 전쟁에 협조하는 발언이라고 아니할 수 없다. "안 되려니 하고 걱정해서 쓰나, 미리부터. 조선 청년은 그게 못써"(97쪽)라는 발언은 아무리 황대용의 입을 통해서 나온 것이니 엄홍섭에게는 책임이 없다고 할지라도 식민지 토박이의 순응주의라는 비판에서 자유로울 수 없다.

　잘생기고 유식한 여자들은 서울에 올라와 다방이나 양주 바에 취직하고 아파트를 얻어서 혼자 산다. 남자들은 그 여자들의 방에 수시로 드나들고, 여자들이 남자들의 자취방에 찾아가 밤을 보내기도 한다. 술집에 자주 가서 여자들을 만난다는 점에서 유영섭과 오세형의 생활은 별로 다르지 않다.

---

7) 엄홍섭, 『한국해금문학전집』 제7권, 삼성출판사, 1988, 144쪽.
8) 앞의 책, 236쪽.

어느 쪽이나 모두 여자들과 아슬아슬한 데까지 가지만 정작 성적인 관계를 맺지는 못한다. 성의 표현이라는 면에서 본다면 엄흥섭의 소설은 이광수의 소설만 못하다.

돈이 있는 남자를 싫어하고 돈이 없는 남자를 좋아하는 특별한 여자들의 비현실적 도덕이 실국 시대 통속소설의 일관된 기조였다. 보성 전문학교 법과 과장인 유진오가 1939년 《동아일보》에 연재한 『화상보』는 이런 기조를 유지하면서도 환상성과 통속성을 가능한 한 축소하려고 시도한 작품으로, 일본에서 음악 공부를 한 뒤 독일에서 명성을 얻고 귀국한 소프라노 김경아와 수원고농을 중퇴하고 실업 학원에서 학생들을 가르치는 식물학자 장시영의 비극적 사랑 이야기다. 식물 표본을 만들기 위해 갔던 금강산에서 학생 시절에 만난 그들은, 김경아가 안상권의 도움을 받으며 외국에서 공부하는 동안 계속해서 편지를 주고받았다. 그동안 장시영은 조선의 식물 분포에 관한 연구 결과를 일본식물학회 기관지에 몇 번 발표하였고, 2년 전부터는 그동안 연구한 것을 정리하는 논문을 준비하고 있었다. 김경아는 독창회를 주선해 주고 집을 얻어 준 안상권과 결혼하였으나, 그에게 강제로 이혼당한 홍영희가 자기와 같은 식으로 전실 자식이 있는 그와 결혼했었다는 이야기를 듣고, 또 변호사를 통하여 피아니스트 이복희의 문란한 생활을 다룬 기사를 근거로 이복희의 남편에게 안상권이 고소당하게 되었다는 사실을 알고 그의 곁을 떠난다. 논문 「조선 화본과 식물 분포에 대하여」가 식물학계의 높은 평가를 받아 장시영은 고농의 조수에서 강사로 진급하고, 도쿄 제국대학에서 열리는 일본식물학회에 가서 조선 사초과(莎草科) 식물의 분포에 대한 연구 결과를 발표한다. 유진오는 한국에서도 세계 수준의 천재들이 나올 수 있다고 말하고 싶었던 듯하다. 유진오는 이 작품에서 천재를 키울 수 없는 한국의 문화 수준을 끊임없이 비판한다.

동경 온 지 사흘 만에 처음으로 시영은 식물학회 회장인 동경제국대학으로 갔다. 넓은 구내. 으리으리한 큰 건물들. 언뜻 겉으로 보기에도 과연 일본

현대 문화의 최고 중심기관인 것을 알 수가 있었다. 이곳에서 글을 배우는 사람, 가르치는 사람, 연구하는 사람들의 행복을 잠깐 생각해 본다. 충분한 시간과 완전한 설비와 넉넉한 경비 —— 끝없는 부러움이 뱃속으로부터 끓어 올라온다.[9]

유진오에게 1930년대의 서울은 폐허로 인식되었다. 다방, 영화관, 백화점이 있고 치즈 안주에 양주를 마시는 식민지 유한층이 있지만, 모두 모조품이고 원숭이 흉내에 지나지 않다. 벤야민은 파리를 하나의 폐허로 기술하였다. 19세기의 보들레르도 파리를 폐허로 묘사하였다. 유진오는 도쿄가 파리라는 폐허의 복사판이라는 사실을 인식하지 못하였다. 그러나 백화점에서 일하는 보순과 원복의 건실한 생활, 실업 학원을 운영하는 이태희의 사심 없는 헌신, 장시영을 향한 영옥의 순수한 애정에서 보듯이 이 소설은 긍정적인 사건들로 가득 차 있다. 장시영은 인간을 플러스, 마이너스, 제로로 나누고 해로운 마이너스만 아니라면 아무리 작은 플러스라도 의미가 있다고 생각한다. 그의 친구 송기섭은 노자 같은 성인이라야 제로의 인간이 될 수 있다고 말한다. 유진오는 도쿄를 표준으로 서울을 바라보았지만 그곳에 사는 사람들과 그들의 전통을 부정적으로 판단하지는 않았다.

최정희가 1960년에 ≪사상계≫에 연재하다 중단하고 1964년에 신사조사에서 단행본으로 낸 『인간사』는 1930년에서 1960년까지 30년 동안 강문오와 마채희가 받은 시대의 상처를 기록한 작품이다. 특히 15년 전쟁기를 다룬 이 소설의 전반부는 도덕과 본능 사이에서 시달리는 평범한 인간의 개인사를 밀도 있게 묘사하였다.

1. 강문오는 도쿄에서 허윤의 지도 아래 청년동지회에서 활동을 하다가 구속된다.

---

9) 유진오, 『신한국문학전집』 9, 어문각, 1973, 209쪽.

2. 혁명에 대한 믿음을 상실한 그는 귀국하여 허윤의 아내 마채희와 동거한다.

3. C읍 경찰서에 다시 구금되어 28명의 동지들과 함께 재판을 받는데, 강문오는 마채희와 살기 위하여 비겁하게 석방을 탄원한다.

4. 마채희가 궁핍을 견디지 못하고 달아나자 강문오는 변절한 친구 오경배의 주선으로 친일 단체에서 일하게 된다.

5. 평양에서 개최되는 친일 강연회의 사회를 맡게 되자 역에 내리자마자 절로 피신한다.

6. 해방이 되자 악질 지주로 몰려 구속된다. 이송 중 트럭에서 뛰어내려 남으로 탈출한다.

7. 먼저 넘어온 동생 문희의 장사를 도우며 아들 민이와 허윤의 딸 금아를 돌본다.

8. 아이들을 보호하려고 4·19의거에 끼어들었다가 총을 맞고 죽는다.

사상을 상실하였을 때 젊은이들에게 남는 것은 본능에 대한 집착뿐이다. 강문오는 마채희의 육체에 집착하고, 오경배는 일신의 안일에 집착한다. 그러나 그들은 열화같이 행동하던 시절을 기억하고 그때의 친구들을 그리워한다. 친구들을 돌봐 주려 애쓰는 오경배를 보면서 출옥한 마채균은 인정이 남아 있는 것만도 다행이라고 말한다. 최정희는 모두가 변절한 일정 말에도 이떤 침묵의 공화국이 보존되고 있었다고 말하려는 것이었을까? 해방 후 남한에서 좌익으로 처형된 친구들의 위패를 들고 산에 오른 오경배는 "언제나 너희들은 우리의 동지다. 너희들의 피와 우리의 피는 한데 엉키어 있다"[10]고 부르짖는다. 마채균은 군 수사기관에 체포되어 처형되고, 허윤은 간첩단 사건에 연루되어 사형된다.

최정희는 이 소설에서 마르크스주의자들과 함께 행동하면서도 사상에 전

10) 최정희, 『신한국문학전집』 12, 1973, 158쪽.

혀 물들지 않는 쾌락주의자 마채희의 형상을 생생하게 그려 냈다. 그러나 쾌락을 위하여 허윤을 떠나고 궁핍을 피하여 강문오를 떠난 그녀는 경상북도의 어느 시골에서 초라하게 늙어 간다. 금아와 민이의 이야기를 듣고도 그녀는 알코올중독자인 남편과 장애자인 세 아이를 돌보기 위해 시골에 남는다. 이 소설에 나오는 인물들은 모두 이해할 수 없는 시대의 희생자들이다. 최정희는 당당하게 투쟁하는 하용빈과 비겁하게 순응하는 강문오를 대조적으로 묘사하였다. 그것은 혁명의 대의를 지키는 사람과 혁명을 포기하고 개인적 욕망에 집착하는 사람의 차이이다. 그러나 작가는 본능에 굴복하는 강문오에 대한 애정을 숨기려 하지 않는다. 이 소설에서 백화점은 글자 그대로 폐허가 된다.

> 백화점 바로 문턱 아래까지 가닿았다. 그 방대하고 우뚝 높은 놈이 모가지를 움쭉 못 하게 누르는 것이었다. 전신이 납작해지는 것만 같았다. 문오는 목을 내밀며 발을 땅에 단단히 붙이며 우뚝 섰다. 그런 데 드나드는 인간들의 등쌀에 발을 붙여 낼 도리가 없었다. 이 층으로 올려 뻗친 층층계가 보였다. 층층계는 기차 속에서 보는 밭이랑 같았다. 가만있지 않고 위로 위로 이동해 갔다. 거길 오르내리는 인간들도 이동해 갔다. 현기증이 일었다. 그런데도 층층계를 향해 발을 옮겨 놓았다. 층층계에 발을 올려놓았다. 층층계는 와르르 무너지는 것이었다. 어릴 때 돌각담 위에 올라섰다가 와르르 무너지던 일이 스쳐갔다. 그때 문오는 돌 밑에 깔리지 않고 돌무더기 위에 댕그라니 올라 서 있었다. 와르르 무너지는 층층계 밑에 깔리지 않겠다고 문오는 무엇을 붙잡으려고 애썼다.[11]

강경애의 『인간문제』(《동아일보》, 1934. 8. 1~12. 22)는 특이한 형태의 삼각관계를 다룬 소설이다. 첫째와 신철은 둘 다 선비를 좋아하지만, 그 두

---

11) 앞의 책, 68쪽.

사람은 소설의 전반부에서 선비를 몇 번 만나지 못하고, 소설의 후반부에서는 아예 한 번도 만나지 못한다. 간절한 사랑의 아우라가 작품 전체에 깔려 있으면서도 정작 사랑은 아무런 전개도 보이지 않는 것이 이 소설의 특징이다.

경성제국대학에 다니는 유신철은 신경쇠약으로 요양차 몽금포로 가다가 아버지의 제자 옥점을 만나 그녀의 집에 머물다가 그 집에서 일하는 선비에게서 마음에 드는 미를 발견하였다. 옥점의 집에서는 신철을 사위로 삼고자 하여 신철의 아버지에게 동의를 얻었으나, 그는 미국 영화에 나오는 배우처럼 저속한 옥점의 애교를 싫어하였다. 아버지가 결혼을 강요하자 신철은 집을 나와 실직자 친구들의 토굴 같은 방에서 기식하다가 인천의 노동시장으로 들어갔다. 그러나 노동 현장을 견디지 못하는 그는 김철수의 지시로 노동자들의 교육과 연락을 돕게 되었다. 그는 인천에서 노동자의 피와 땀이 결정되어 있으므로 잉여가치가 무겁고 무서운 것이라는 사실을 체험하지만, 일경에게 검거되어 고문을 받은 후에 사상을 전환하고 불기소처분을 받았다. 그에게는 처음부터 다른 기회가 열려 있었던 것이다.

술 마시고 싸움질이나 하던 첫째는 땅을 떼인 뒤 서울이나 평양에는 공장이란 것이 있다는 말을 듣고 고향을 떠났다. 그는 법에 안 걸리려고 할수록 법에 걸려드는 자신의 처지를 의아하게 생각하였다. 그는 어려서부터 선비를 좋아하였으나 말 한번 건네 보지 못하였다. 그는 인천에서 신철을 만나 단결의 힘에 대하여 인식하게 되었다. 그는 신철의 변절과 파업의 실패를 경험하고 선비의 시체 앞에서 인간문제를 해결하기 위하여 투쟁하겠다고 맹세한다.

옥점의 아버지 정덕호는 장리 빚과 입도차압(立稻差押) 등으로 축재하였다. 그는 신천댁과 간난을 첩으로 들이고, 고아가 된 선비를 농락하였다. 선비의 아버지는 수십 년간 그를 위해 일했으나 그가 던진 산판에 머리를 맞아 죽었다. 간난은 덕호가 선비를 들이려고 하자 그 집을 나와 방직 공장에서 노동을 하면서 현실의 계급 구조를 파악하게 되었다. 간난은 외출이 허락되지 않는 대동방적 공장의 실정을 외부에 알리고 운동 지도부의 현장 분석을 여공들에게 전달하였다. 삐라가 신철에게서 첫째에게로, 첫째에게서 간난에게로 전달되었다. 간난을 통해서 계급의식에 눈을 뜬 선비는 "어서 바삐 첫째를 만나서 술 마시고 싸움질이나 하는 개인적 행동에 그치지 말고 좀 더 대중적으로 싸워야 한다는 것을 가르쳐 주고"[12] 싶어 했다.

흙짐을 져서 갈라진 첫째의 등허리! 실을 켜기에 부르튼 자기의 손길! 수많은 그 등허리와 그 손길들이 모여서 덕호와 같은 수없는 인간과 싸우지 않으면 안 될 것이라 (중략) 하였다.[13]

강경애의 이 소설에서는 공장이 바로 근대의 폐허이다. 외출이 금지되고 야학과 저금을 강제하는 공장은 시커먼 담으로 둘러싸인 감옥이다. 여공들은 부상을 당해 불구자가 되거나 선비처럼 폐병에 걸려 죽는다. 길지 않은 소설에서 강경애는 1930년대의 농업과 공업이 잉여가치를 어떻게 착취했는가를 간결하게 제시하였다. 그때까지 지주와 자본가는 분화되어 있지 않았고, 농민과 노동자도 나뉘어 있지 않았다. 그러므로 강경애의 현실 인식은 매우 정확한 것이라고 평가할 수 있다. 그러나 강경애가 오사카 마이니치 신문〔大阪每日新聞〕에 일본어로 써서 연재한 「장산곶」(1936. 6. 6~10)을 보면 강경애의 현실 인식에 내재한 한계를 엿볼 수 있다. 이 신문에는 이북명, 유진오, 한설야, 이효석도 일본어로 소설을 발표하였다. 아들을 군대에 보낸 일본인 노파가 아들의 친구인 한국인 김형삼에게 심리적으로 의존하게 되는 과정을 그린 이 소설에서 강경애는 한국에 있는 신사에 대해서 아무런 감정을 나타내지 않는다.

노파는 이렇게 시끌벅적한 속에서 혼자 꼼짝도 않고 있었다. 아직도 손을

---

12) 이상경 편, 『강경애전집』, 소명출판, 1999, 398쪽.
13) 앞의 책, 376쪽.

합장한 채 열심히 절을 하고 있는 그 모습이 저 멀리 만주 벌판에서 사선을 넘나들고 있는 군복 차림의 늠름한 시무라를 생각나게 하고, 환락에 도취해 있는 다른 참배객들과는 너무나 동떨어져 몹시 고독해 보였다.[14)]

어딘가 일본의 만주사변을 옹호하는 느낌을 풍기는 이 인용문을 보면, 강경애가 민족문제를 거의 도외시하고 있었음을 인정하지 않을 수 없다. 강경애는 「장혁주 선생에게」(≪신동아≫, 1935. 7)라는 편지에서 장혁주를 극찬하였다. "제가 선생님의 존함을 대하옵기는 선생님의 처녀작인 「아귀도」가 ≪가이조〔改造〕≫에 당선되었을 때이옵니다. 물론 누구라도 문학에 다소 관심을 가진 사람으로서야 당시에 선생님의 영광스러운 당선에 감탄하지 않은 이가 몇 사람이나 되오리까."[15)] 강경애보다 한 살 위인 장혁주는 당시에 일본어로 소설을 써서 일본에는 알려져 있었으나 한국에서는 아는 이가 많지 않았다. 그는 1932년에 현상 소설에 2등으로 입선하였고, 1933년부터 한국의 풍속이나 정서를 다룬 작품으로 관심을 끌다가 1934년에 「나의 포부」라는 수필에서 현실 묘사보다 선천적 예술욕을 강조하겠다고 언명한 후 친일적 태도를 취하기 시작하였다. 1936년에 아내를 한국에 두고 혼자 도쿄로 이주하여 노구치 게이코〔野口桂子〕를 만나 후일 결혼하였고, 1945년 일본에 귀화하였다. 강경애에게는 장혁주처럼 일본어로 소설을 써서 일본에서 인정받고 싶다는 희망이 있었다. 강경애 역시 일본을 잣대 삼아 현실을 본 것이나. 이 시내에 서울만이 아니라 도쿄 자체가 폐허라는 것을 인식한 작가로는 오직 이상이 있을 뿐이다. "나는 참 도쿄가 이따위 비속 그것과 같은 시로모노〔代物〕인 줄은 그래도 몰랐소. 그래도 뭬이 있겠거니 했더니 과연 속빈 강정 그것이오."[16)]

---

14) 앞의 책, 661쪽.
15) 앞의 책, 763쪽.
16) 임종국 편 , 『이상전집』, 문성사, 1966, 206쪽.

숨은 신과 작가주의의 그늘 사이
—— 이하윤의 문학·활동에 대한 소고

이혜령(민족문학사연구소 전임연구원)

시신, 문학, 그리고 내 생활의 부산물

저자 자신이 발행자를 겸해 1939년 간행한 『물레방아』(청색지사) 발문에 이하윤은 다음과 같이 썼다. "내가 시신(詩神)를 거이 배반(背反)한 지 오 년(五年), 문학(文學)을 게을니 해 온 지 삼 년(三年), 보속(報贖)의 의무 (義務)는 전혀 업시 나도 모르게 십 년(十年) 전후(前後)의 구시고(舊詩稿) 를 모아 보고 싶은 충동(衝動)이 자못 커젓다. 부록(附錄) 가요시초(歌謠詩 抄)는 한동안 거러온 내 생활(生活)의 부산물(副産物)의 일부(一部)이다." 시신을 배반히고, 문학을 게을리 하며 그가 기치한 곳은 어디였을가. 그 단 서를 "내 생활의 부산물"이라고 밝힌 가요시초에서 찾을 수 있을 듯하다.

시신을 경배했던 10년 전의 시와 달리 부록으로 엮은 가요시초란 이하 윤이 작사한 유행가 가사들이다. 유행가 작사가였다는 이력에 대해 그 자 신은 훗날 "당시에 범람하던 소위 신민요 유행가의 정화를 위하여 자신이 작사가로 일선에 나서 보았으나 소기의 성과를 거두지 못하고 퇴진"[1]했다

---

1) 이하윤, 「나의 문단 회고(文壇回顧)」, ≪신천지≫ 5권 6호, 1950. 4, 187~188쪽.

고 소략하여 언급했을 뿐이지만, 그는 유도순·김억 등과 함께 유명한 작사가였으며 당대 최대의 음반 기획 및 제조사인 콜롬비아 축음기 회사의 경성 영업소 문예부장을 역임했다.[2] 그는 적어도 저널리즘에서는 레코드계를 대표하였다고 해도 과언이 아니다.[3] 게다가 이하윤은 이 일을 하기 전에 만 3년 동안 경성방송국에 재직하며 교양 방송 프로그램 편성직을 담당했다. 그는 이 경력에 대해서 또한 "생활 문제를 해결하기 위해"였으며, "역시 문학이나 문화와 관련 있는 직업임에는 틀림없으나 결코 일하기에 명랑한 직장은 아니었다"[4]고 회고했다. 이하윤에게 '생활'은 시신과 문학을

---

2) ≪사해공론≫ 1권 7호(1935. 11. 1) 「문인동정집」, 이하윤이 방송국을 그만두고 콜롬비아 축음기 회사 문예부장이 되었다는 소식을 전하고 있다. 한편, 1935년 2월에 간행된 ≪삼천리≫ 8권 2호에 이하윤이 콜롬비아 문예부장이란 직함으로 「신춘에는 엇든 노래 유행할가」라는 기획에 참여한 것으로 보아, 콜롬비아 문예부장이 된 시기를 더 이르게 잡을 수도 있을 것 같다. 『연포이하윤선생화갑기념논문집』(동 논문집 발행위원회 편, 진수당, 1966) 『이하윤선집』(도서출판 한샘, 1982)에 정리된 약력에 따르면, 그는 1935년 9월부터 1937년 7월까지 약 2년 동안 콜롬비아 축음기 회사에 조선문예부장으로 재직했다. 한편 콜롬비아사의 연혁과 조선 진출 및 활동에 대해서는, 송방송, 「근현대 음악사의 총체적 시각 — 콜롬비아 음반 자료를 중심으로」(≪한국학보≫ 103호, 2001)를 참조하면 된다.
3) 단적인 예로는, 인문사가 펴낸 『소화십사년판 조선문예연감』은 제1부에 쇼와〔昭和〕13년(1938) 문학예술계를 개관하는 글을 실었는데, 레코드계의 담당자가 이하윤이었다. 그 구분과 글쓴이(괄호)는 다음과 같다.

  1.창작계(임화) 2.평론계(이원조) 3.장편소설계(김남천), 4.시단(최재서) 5. 연극계(유치진) 6.수필·기행계(안회남) 7.조선어학계(이희승) 8.음악계(김관) 9.출판계(백철) 10.영화계(서광제) 11.레코드계(이하윤)

  이러한 순서 배치는 인문사 편집부가 생각하는 문학예술 장르상의 위계질서를 투명하게 반영하고 있지만, 이른바 '대중문화'가 기록을 남겨야 할 문예 현상 중 하나로 뒷자리라도 차지하게 된 시대의 추세를 보여 준다. 『조선문예연감』의 제3부 편람은 '1. 언론기관 2. 도서관 3. 박물관 4. 서원 5. 출판사 일람(가나다 순) 6. 연극단체 7. 영화제작회사 8. 레코—드 제작회사' 순으로 되어 있는데, 1939년도 현재의 레코드 회사에 대한 편람 또한 포함되어 있다.
4) 이하윤, 「나의 문단 회고」, ≪신천지≫ 5권 6호, 1950. 4, 187쪽.

한때나마 배반하게 만든 장본인이었다. "그는 천(賤)히 태여나/떠도는 돈 없는 놈"(「파리」, 『물레방아』, 41쪽)이란 비탄은 하찮은 날 것에 비유된 근대 시인의 운명이자 그 자신의 자기 모멸감의 표현일 것이다.

나는 이하윤 그 자신이 회고 속에서 자세하게 언급하기를 회피했던 그 거처야말로 이하윤의 문학 활동이 지닌 문제성 내지 역사성이 놓인 자리가 아니었을까 하는 가정을 해 보고 싶다. 이는 이하윤이 즐겨 회고했던 해외 문학파 활동에 대해서도 마찬가지이다.

이하윤은 외국 문학을 전공한 도쿄 유학생들을 중심으로 해서 창립된 외국문학연구회와 해외문학, 시문학파, 극예술연구회 등 이른바 '해외문학파'의 경계를 실제적으로 구축한 인물이다. 이하윤의 「나와 ≪외국문학연구회≫ 시대」는 염상섭의 「나와 ≪폐허≫ 시대」, 박종화의 「≪백조≫ 시대와 그 전후」, 주요한의 「나와 ≪창조≫ 시대」와 나란한 자리에 놓여 '우리 민족의 자아 발전기의 문화 측면사'[5]로 한 페이지를 장식한다. '외국문학연구회'에 그 기원을 둔 해외문학파의 활동은 그가 즐겨 회고할 수 있었던, 그러니까 시신과 문학의 전당에서 이루어진 본연의 문학 활동일지도 모른다.

그러나 이하윤은 그 전당에서도 작가론이나 작품론으로 회수되지 않는 다는 점에서 다른 회고자들과는 그 위치가 다르다. 바꾸어 말하면 염상섭 들은 ≪폐허≫, ≪백조≫, ≪창조≫로 회수되지 않는 작가라면 이하윤의 문학 활동은 ≪해외문학≫과 ≪시문학≫, ≪문예월간≫, ≪극예술≫ 등의 동인시와 동인 집단과 떼어 놓고는 이야기할 수 없다는 의미이다. 이에 대해 이하윤뿐만이 아니라 해외문학파 문인들이 거개가 창작에서 두드러진 성과를 내지 못했기 때문이라는 유감스러운 이유를 대뜸 들이대고 싶지는 않다.

오히려 1930년대 방송국과 레코드계와 같은 가장 첨단의 대중·미디어

---

5) 모두 1954년 2월 ≪신천지≫의 특집 「신문화(新文化)의 남상기(濫觴期) — 우리 민족 의 자아 발전기의 문화 측면사」에 실린 글이다. 그 밖에도 마해송, 김팔봉, 고희동, 안 종화, 이상협 등의 회고담이 실려 있다.

의 장에 있었던 이하윤의 문학 활동은 계몽과 미디어, 그러니까 대중 속에 있었다고 하는 편이 나을 것이다. 이하윤과 그의 문우들이 걸어간 길은 탁월하고 고독한 예술가의 길은 아니었지만, 그러한 예술가조차도 식민지 근대의 기반 속에 존재한다는 사실을 드러내는 역할을 했다. 당대의 문인들이 그들을 불편하게 여겼던 것은 바로 그들이 숨은 신의 실체를 백일하에 드러냈기 때문일 것이다.

이하윤과 그 문우들, 두 개의 숨은 신을 드러내다

해외문학파에 대한 선구적인 논의를 펼쳤던 김윤식은 해외문학파의 문단적 영향력은 외국문학연구회의 동인들이 도쿄에서 학업을 끝내고 '경성시대'에 들어와서 신문사의 학예면, 편집인의 지위를 차지하고 그로 인해 저널리즘을 지배하게 된 때부터라고 지적했다.[6] 이와 함께 카프 계열의 프로문학에 반대하여 1933년 결성된 구인회의 멤버들 중 다수가 신문기자였던 것[7]을 감안한다면, 1930년대 이른바 순수문학의 기수들은 근대 저널리즘의

---

6) 김윤식, 『한국근대문예비평사연구』, 일지사, 1982, 140~141쪽.
　　최근에 해외문학파의 '번역 활동'에 대한 조명이 나오고 있음에도 불구하고, 여전히 김윤식의 논의가 가장 포괄적이며 많은 시사점을 던져 준다. 이 글은 김윤식의 논의에서 중요한 착상을 얻었음을 밝혀 둔다. 한편, 이선근은 1929년 4월에 ≪조선일보≫에 입사하여 1932년까지 정치부장과 편집국장 대리를 지냈고, 서항석도 1929년 4월 ≪동아일보≫에 입사하여 1938년 9월까지 학예부장 등을 지냈다. 이하윤은 1929년 가을부터 ≪중외일부≫ 학예부 기자를 거쳐 1939년 ≪동아일보≫ 학예부 기자를 지냈고, 이헌구도 1938년에 ≪조선일보≫ 학예부 기자로 입사하였다.
7) 김기림은 1930년 ≪조선일보≫에 입사하여 1940년 학예부장이 되었고, 이종명은 1930년에 ≪중외일보≫ 사회부 기자 생활을 했으며, 이태준은 1930년 ≪중외일보≫ 기자를 거쳐 1935년에는 ≪조선중앙일보≫ 학예부장을 지냈다. 이무영은 1935년 서항석의 추천으로 ≪동아일보≫에 입사한다.
　　한편, 구인회의 존재 방식에 대해서는 박헌호가 기술한 바 있다.(「'구인회'를 어떻게 볼 것인가」, ≪상허학보≫ 3호, 상허학회, 1996. 9) 박헌호는 이상의 이슈화가 어떻게 가능했는가를 단적인 예로 들면서, "회원들의 작품이 '이슈'가 되고 그리하여 구인회의

총아인 신문에 기반을 두고 자신들의 존재성을 천명했다고 해도 좋을 것이다. 이 같은 상황은 1930년대에 들어서 카프에 대대적인 탄압이 가해지고, 민간 신문들이 기업화되어 가는 상황과 맞물려 있다. 즉 프로문학과 대립각을 세우며 자신들의 문학적 지향을 규정한 해외문학파의 대두 또한 프로문학 계열의 문인들이 신문 저널리즘으로부터 퇴조했을 뿐만 아니라 신문의 기업화에 따라 학예면이 강화된 덕분에 가능했던 것이다.[8]

덧붙여 해외문학파가 다분히 논쟁적인 지위에 오를 수 있었던 이유 중 하나는, 이 시점이 민간 신문에 대한 각종 잡지의 미디어 비평이 활발하게 이루어진 시점과 맞물려 있기 때문이다. 「민간 신문의 죄악사」, 「신문 기업론」, 「조선 신문의 특수성과 타락상」 같은 제하의 미디어 비평은 ≪조선지광≫, ≪비판≫과 좌파 저널리즘에서 두각을 보였으며, ≪혜성≫, ≪제일선≫, ≪동광≫, ≪별건곤≫, ≪삼천리≫ 등과 같은 대중잡지에도 빠지지 않고 등장하는 기사의 한 분야가 되었다. 신문 미디어 비평의 등장은 민중과 민족의 정론지를 자임하며 출발한 민간지들이 식민 권력과 자본의 논리에 영합해 들어가는 현상에 대한 비판에서 출발했지만, 그만큼 저널리즘에서 차지하는 신문의 위력이 점증했음을 방증한다.[9] 백철이 해외문학파를 "소위 부르주아 저널리즘에 아첨하는 데서" 사회적 수명을 연장하는 부동

문학적 경향이 문단 내적으로 헤게모니를 장악해 가는 과정의 저류에 저널리즘의 장악이 주요한 역할을 하였음은 아무리 상소해도 지나치지 않다. 구인회의 조직적 성격은 언표된 문학 이념의 유무나 조직적 실체의 명료함으로 판명되는 것이 아니라, 이처럼 발표 매체의 장악을 통해서 회원 각자의 문학적 성장을 지속적으로 격려해 왔다는 사실에서 찾아져야 한다"고 주장했다.

8) 1930년대 신문의 기업화와 문인 기자들의 이와 같은 교체 현상에 대해서는 박용규, 「일제하 민간지 기자 집단의 사회적 특성의 변화 과정에 관한 연구」(서울대 박사 학위 논문, 1994)에 상세하게 분석되어 있다. 특히 207~209쪽 참조.

9) 이하윤 또한 "단행서와 정기 간행서가 영세한 실정 밑에서 성정하는 문단은 ≪동아일보≫와 ≪조선일보≫ 그리고 또 하나의 민간지(시대─중외─조선, 중앙)에 의존하는 도가 자못 높았다"고 1920~1930년대의 문학 환경을 회고한 바 있다. 「문단과 교단에서」, 『이하윤선집』 158쪽.

(浮動)하는 인텔리겐치아군으로 규정한 데에는 이러한 배경이 놓인 것이다. 백철은 다음과 같이 주장했다.

그들은 오늘날의 조선 문화 운동이 전면적으로 지만(遲晚)되어 있는 것을 이용하여 그리고 또 그들 그룹의 저널리스틱 지위 — 신문지 학예부의 책임자 또는 기자—를 이용하는 데서 오늘날 조선 **저널리즘계의 총애**받기를 소원하는 것이며 또 사실 총애를 받고 있는 듯하다.[10] (강조 — 인용자)

즉 '부르주아 저널리즘'으로 낙인찍힌 민간 신문에 대한 비난이 해외문학파로 투사될 수 있는 상황이 해외문학파를 논쟁적인 것으로 만들었다. 위화감이라 표현할 수 있는 이러한 정서는 적지 않았던 것 같다. 가령, 최재서는 해외문학파를 논박한 「호적(戶籍) 없는 외국 문학(外國文學) 연구가」라는 글에서 도쿄에서 만난 아베 도모지[阿部知二]가 자신에게 조선 문단의 특색이 무엇이냐 묻기에 "신문이 제일의적 중요성을 가지고 있는 점과 외국 문학 연구가가 문단 표면에 나서서 중요한 역할을 하고 있는 점을 지적하였다"[11]고 술회한 바 있다. 최재서의 유감은 이 두 현상이 병렬적인 현상이 아니라는 데 있다. 최재서의 진술을 번안하자면, "조선 문단에서 제일의적 중요성을 가지고 있는 신문에서 외국 문학 연구가의 영향력이 커져 문단까지 좌우하는 형편이 되었다" 정도가 될 것이다. 카프 계열이나 그 밖에 해외문학파와의 논쟁에 나섰던 문인들이 문학적 역량에 있어서는 해외문학파를 상론할 적수도 되지 않는다고 생각하면서도 맹공을 펼쳤던 이유는 '저널리즘계의 총애' 때문이었다고 해도 과언이 아니다. 해외문학파의 전면화를 동경한다고는 차마 말할 수 없지만, 문인들 개개인의 문학 활동과 생활상으로 무시할 수 없었던 숨은 신 — 신문 미디어의 위력을 새삼 실감케 한 것이다. 강렬한 적대감은 욕망의 대상을 차지한 자에 대한 심리적

---

10) 백철, 「조선 문단의 신전망」, 《혜성》, 1932. 1, 20쪽.
11) 최재서, 「호적 없는 외국 문학 연구가」 2, 《조선일보》, 1936. 4. 28

보상 기제일지도 모른다.

이 강렬한 적대감이 해외문학파가 번역 문학, 외국 문학이란 화제로 '조선 문단'과 '조선 문학'을 운위하고자 했기 때문에 증폭되었던 것 같다. 외국 문학의 번역이나 수용이야 신문학의 성립과 함께 동시적으로 진행된 것이지만, 이하윤의 문우들은 그것을 조선 문학사의 빈약한 역사와 수준 이하의 조선 문단에 있어서 절대적으로 필요한 과업이라 선언했던 것이다. 정인섭·이헌구 등에 비하자면 온화하고도 절충적인 수사를 사용했던 이하윤도,

문단 내에 너무 많은 조선적 기현상을 말할 겨를도 없으며 또 할 경우도 아니지만 우리 문단같이 외국 문학에 대한 소양이 빈약한 곳도 없을 것이며, 또 외국 문학에 무지한 우리 문단처럼 낙오된 문단이 어디 있을 것이랴. (중략) 다른 어느 나라 문학사에서도 볼 수 없을 만치 우리 문학의 역사가 빈약하였으며, 또 현대 문학이 그지없이 유치한 가운데 초창기에 선 채 튼튼한 건설을 기하기 힘든 까닭에 여기에 우리는 많은 영양의 소재를 구해 오지 않을 수 없는 까닭이다.[12]

조선의 문학사와 문단을 들어 '빈약한 문학의 역사', '외국 문학에 대한 소양이 빈약한 곳' 등과 같은 표현을 사용하였다. 이러한 태도는 "우리는 신문학 건설에 앞서 우리 황무한 문단에 외국 문학을 받아들이는 바이다"[13]라고 선언한 《해외문학》의 창간사에노 나타난 바 있다. 이들은 자신들의 과업을 정당하기 위해 '조선 문단'과 '조선 문학사'를 빈약하고 낙오한 것으로 규정했다. 이러한 수사법은 1920년대 동인지의 문인들이 조선을 새로운 건설이 필요한 '폐허'나 '창조'의 손길을 기다리는 혼돈의 카오스로 규정한 것과 같은 것이라 할 수 있다. 그러나 이미 신문학사 20년 ─ 이는 압축 근

---

12) 이하윤, 「외국문학연구서론」 1~6, 《조선일보》 1934년 8월 14~19일자 중 2회 8월 15일자.
13) 「창간 권두사」, 《해외문학》 1호, 1927, 1쪽.

대를 겪었다는 점에서 결코 물리적 시간의 길이로만 환산될 수는 없을 것이다―을 운위할 수 있는 1930년대 중반 시점까지 되풀이된 해외문학파의 선언은 심히 불편한 것일 수밖에 없다.

이런 의미에서 이들의 선언과 조선 문학 장의 본질적인 배리(背理)가 무엇인지를 가장 잘 간파한 자는 최재서라고 할 수 있다. 최재서는 「듸렛탄티즘을 축출하자」에서 해외문학파를 한 권의 책을 사 주는 예술 감상자면 족할 분수임에도 야심을 가지고 스스로 문인이 되어 문단에 뛰어든 딜레탕트로 규정하고, "창작보다 비평의 듸렛탄트가 그 폐해가 더욱 더 크다"면서, 그 이유인즉슨 "문학을 지배하는 역사는 전통도 법칙도 모르고 그저 머리에 떠오르는 생각을 언어로 표현하면 되는 줄로 알고 있"기 때문이라고 지적했다.[14] 최재서의 감각에 따르자면, 해외문학파는 이미 전통과 법칙에 대한 나름의 공통 감각(common sense)에 의해 체계화되고 움직이는 조선 문학의 장을 탈영토화함으로써 자신의 영토를 구축하려 했다고 볼 수 있다.

그만큼이나 해외문학파 문인들의 기성 문단 전체에 대한 위화감 또한 적지 않았던 것도 사실이다. ≪해외문학≫에 자신이 번역한 베를렌의 시를 두고 양주동이 졸속하다고 비난하자, 이하윤이 이에 반발하여 양주동을 일컬어 '항상 문단에서 대가연(大家然)'한다고 힐난하고, 또 양주동이 주문한 연문체를 "현 문단에서 유행하는" 문체라고 받아들인 것에서 알 수 있듯이[15] 이들이 ≪해외문학≫으로 출사표를 던졌을 때 문단은 이미 가장 심화된 형태의 규칙인 글쓰기의 규범까지 구축해 놓은 높은 벽이었는지도 모른다. 해외문학파와 벌어진 몇 차례의 번역어, 번역 태도를 둘러싼 논쟁은 일본어역을 통한 중역(重譯)인가 아니면 일대일의 번역인가, 직역인가 의역인가의 문제가 표면적으로 떠오른 현안이지만[16] 그 심층에는 문학 장에서

---

14) 최재서, 「듸렛탄티즘을 축출하자」, ≪조선일보≫, 1936. 4. 29.

15) 이하윤, 「≪해외문학≫ 독자 양주동 씨에게」, ≪동아일보≫, 1927. 3. 19.

16) 이 논쟁에 대한 논의로는 다음을 참조.

의 지배적인 에크리튀르(ecriture, 글쓰기)의 규범 내지 문학어의 규범을 둘러싼 기득권의 대결이 기저에 깔려 있다는 차원에서 재조명될 필요가 있다. 여하튼 그들이 보기에 문단은 '자칭 대가'[17]들의 끊임없는 시비와 논쟁의 장이었던 것이다. ≪시문학≫, ≪문예월간≫ 등을 통해 이하윤과 적극적인 파트너십을 맺었던 박용철은 이러한 문단에 대한 피로감을 다음과 같이 표현했다.

> ≪문학≫지는 문단적 관심을 의식적으로 절제하고 있다. 그러나 소위 문단적 관심과 조선 문학 건설을 위한 열의와는 전연 별물인 것이다. (중략) 그런데 실상 우리는 갑이 모 월간지상에 수혈(數頁)의 단편소설을 발표하면 그것이 잘되고 잘못된 점과 걸작이고 태작인 것을 판단해서 그것을 문장으로 인쇄하고 또 을이 모 신문 학예란에 수일간 평론문을 게재하면 반드시 그 시비를 따져야 하는 류(類)의 문단적 관심의 과다에 의해서 화를 받아왔을 뿐이다.[18]

조선 문학 건설이란 대의를 가지고 조선 문단 전체를 운위하거나 그것을 무시하기 위해서는 어떻게 해야 하나? 그것은 이하윤이 즐겨 쓰는 표현대로 '세계 문단의 레벨'에 오른 위대한 창작을 한대도 불가능한 일이었다. 또한 시대적 상황에 따라 상대화될 위험에 처한 특정한 주의나 유파도 적

김병철, 「서양 문학 수용 태도에 관한 이론적 전개」, ≪인문과학≫, 성균관대 인문과학연구소, 1973.

김용직, 「해외문학파의 외국 문학 수용 양상」, ≪관악어문연구≫ 18호, 서울대 국어국문학과, 1983.

서은주, 「번역과 문학 장의 내셔널리티」, 『한국 근대문학의 형성과 문학 장의 재발견』, 민족문학사연구소 기초학문연구단, 소명출판, 2004.

박성창, 「한국 근대문학과 번역의 문제 : 해외문학파의 번역론을 중심으로」, ≪비교한국학≫ 13호, 국제비교학회, 2005.

17) 정인섭, 「『실향의 화원』과 조선 시단의 재출발」, ≪조선일보≫, 1934. 4. 4.
18) 박용철, 「후기」, ≪문학≫ 3호, 1934. 4, 35쪽.

절하지 않았다. 그런 의미에서 개개의 창작과 유파를 초월하여 조선 문단을 형성시킨 정중동의 원인이랄 수 있는 서구의 근대문학은 가장 적격이었던 것이다. 이러한 선택지는 이들이 공교롭게도 외국 문학의 학도였다는 데도 기인하지만 조선 근대문학의 기원적이면서도 현재적 질료가 아니면 일정한 규범과 메커니즘을 구축해 온 문학 장에 단번에 개입할 수 있는 기제란 그것밖에 없었기 때문이기도 하다. 또 하나의 '숨은 신'에 대한 폭로는 더욱 목적의식적이고 논쟁적인 형태를 띠었다. 그것은 조선 문학의 기원을 드러냄으로써 조선 문단의 후진성과 조선 문인들의 숨겨진 열패감을 들쑤셨기 때문이다. 예컨대, 이하윤과 정인섭들은 이런 식으로 말했던 것이다. "겉으로는 외국 문학에 눈도 거들떠보지 않는 듯이 시치미를 떼는 작가들일수록 대개는 그도 다리를 놓아 읽는 대로 남의 것을 그대로 삼켰다 토해 버리는 모양이다."[19] "자기 자신만의 것으로—더구나 그것이 피상적이요 부박이요 협량일 쌔—만족할 수 잇는 이는 얼핏 보아서 가장 행복인 듯하되 실인즉 가장 가련한 존재이다."[20] 서은주의 지적대로, "해외문학파를 전방위적으로 공격했던 담론의 이면에는 서구 문학에 대한 선망과 그 수용의 욕망을 서슴없이 천명했던 해외문학파의 투명성에 대한 당혹감과 거부감이 작동했다."[21]

그런데 해외문학파는 언제나 세계문학 대 조선 문학이라는 선언적이고 당위적인 외연을 지니는 '계몽'의 언술에 의존할 수밖에 없었는데, 이것이 이들에게는 딜레마였다. 그 외연의 지나친 선언성과 당위성 때문에 그들의 실천은 상대적으로 체계 없고 왜소한 것으로 비춰졌다. 잘 알려져 있듯이, '무주견(無主見)'은 이들을 비난하는 핵심적인 지점이었다. 세계 각국에서 일어난 사건이 '동시성'이라는 균질적이고도 공허한 기준에 의해 무차별적

---

19) 이하윤, 「외국 문학 연구서론」 1~6, 《조선일보》 1934년 8월 14~19일자 중 2회 중 8월 15일자.
20) 「두언(頭言)」, 《해외문학》 2호, 1927. 7, 1쪽.
21) 서은주, 앞의 논문, 266쪽.

으로 나열되는 신문 지면의 성격과 이들의 외국 문학 소개와 번역은 닮아 있었던 것이다. 어쩌면 그것이 신문 미디어가 그들에게 요구한 가장 적격의 역할이겠지만, 그 기능만으로 만족하지 않았던 것으로 보인다.

이하윤은 「세계 문단의 1년간 변동」, 「세계문학과 조선의 번역 문학」과 같은 시평을 쓰면서 "처음부터 이런 류의 글을 쓰기 싫어하는 나로서 다 써 놓고 보니 더욱 마음의 불쾌를 느낄 따름"[22]이라든가, "총괄적으로나 국부적으로나 간에 이번만은 무책임하게 사실 나열을 위주로 하는 동향의 소개는 피하고자 한다. 따라서 앞으로도라도 우리는 좀 더 정확한 사실을 중심으로 사조나 유파나 작품을 검토하고 논의하며 소개해 보고자 한다"[23] 하는 자괴의 변을 덧붙여야 했다. 이는 이하윤과 그 문우들이 문학 장의 규준을 송두리째 거부할 수 없었음을 보여 주는 대목이기도 하다. 그렇다고 해서 자신들이 천명한 임무의 의의를 깎아내릴 수도 없는 딜레마에 처했던 것이다. 이에 '계몽'의 구체적 작용 지점에서 '독자 대중'을 상정해야 했다. 이하윤은 자기 글의 내용과 형식에 대해 자괴감을 표하면서도 "먼저 독자 대중을 염두에 아니 둘 수 없는 일이다. 조선의 저급한 독자에게 영합하려고만 한다면 이런 사업은 시작이 불가능할 것이므로 우리는 항상 독자의 교양과 지도라는 것을 잊어서는 아니될 줄 믿는다"[24]고 이야기한 것이다.

'독자 대중'이란 자신의 활동에 의의를 부여하기 위한 의식화된 발언이었지만, 실제로 신문의 학예면에서 발휘된 "해외문학파의 참신한 편집 태도는 문예의 세련된 오락화, 중간 독물을 요구하는 당시 독자층과도 깊은 관계가 있다."[25] 훗날 정치성 대 예술성으로 이야기되는 프로문학 대 해외문

---

22) 이하윤, 「세계 문단의 1년간 변동」, 《조선일보》 1931년 1월 1~7일자 중에서 1월 7일자.
23) 이하윤, 「세계문학과 조선의 번역 문학」, 《조선중앙일보》 1933년 1월 1~3일자 중에서 1월 1일자.
24) 앞의 글.
25) 김윤식, 앞의 책, 163쪽.

파의 외연인 범순수문학의 구도는 사실상 '대중성'의 문제이지 않았을까. 바꾸어 말하자면, 문학에서 정치성이 더 이상 대중성과 양립할 수 없었던 상황에서야말로 해외문학파가 "저널리즘계의 총애"를 받을 수 있었던 것이다. '대중성'과 '예술성'은 어떤 의미에서 충분히 호환 가능한 것이었다. 예컨대, 대중화 논쟁에서 소설다운 형식을 갖추어야 한다는 주장이 프로 문예 대중화의 방책이었듯이 말이다.[26]

물론 이때 대중의 함의를 산술적인 것으로 환원하면 곤란하다. 해외문학 파에게 있어서 대중은 교육과 독서를 통해 어느 정도 수준의 교양을 구비하거나 그럴 욕망이 있는 중간계급 이상의 대중이었다고 볼 수 있다. 이하윤은 자신이 ≪문예월간≫의 편집 방침을 내외 문예 동향의 신속한 보도와 비판 일상생활과 문예의 접근 고상한 취미의 함양"[27]이라고 밝히면서 자신들은 "현대인의 말초신경을 자극하는" "광적(狂的) '재즈'적(的) 레뷰적(的)" 유행에 부응하는 그것에 의존하는 기존 저널리즘과는 차원을 달리한다고 말했던 것이다.[28] 이 편집 방침이 어떻게 실현되었는가는 지속적인 외국 문학에 대한 소개와 번역이 지면의 많은 부분을 차지한 데서도 드러나지만, 「문예실(文藝室)」이라는 질의응답 코너에서 잘 나타난다. 가령,

(問) 소설을 지어 보려고 하는데 우리말로 저술된 조혼 참고서가 잇는가요. (시내 적선동 XYZ生)

(答) 하나도 업습니다. 마쓰다 미치조[益田道三]가 역(譯)한 『허드슨』의 문학개론이나 기무라 기[木村毅]의 소설십육강小說十六講을 읽으시지요."

(問) 신문에 발표되는 연재소설 원고료는 얼마식이니 됩닛가. (원산 명석동 일독자)

---

26) 양승국, 「극예술연구회와 한국 연극」, 『공연예술저널』 창간 준비호, 성균관대 공연예술 연구소, 2000. 10, 32쪽.

27) 이하윤, 「편집후기」, ≪문예월간≫ 1호, 1931. 12, 94쪽.

28) 이하윤, 「편집후기」, ≪문예월간≫ 2호, 1932. 1, 99쪽.

(答) 잘 모르겟습니다. 쓰는 동안 겨우 생활할 수 잇슬 만치는 된답니다. [29]

(問) 귀지 십이월 호에서 현민 씨의 「문학과 성격」을 보니 '글라드코쯔'의 작품 권독(勸讀)을 하엿는데 그의 작품이 무엇 무엇 잇스며, 쏘 일문(日文)으로 번역된 것도 잇는지오. 그 책명(冊名)을 아르켜 주십시오. 그리고 아프로도 훌륭한 작품을 만히 지적 교시하여 주시면 문예에 쯧 둔 자의 많은 도움이 되리라고 밋습니다.(시대 KIS)

(答) 일문으로 된 것 중(中)에 「시멘트(セメント)」와 「술취한 태양(醉ドレイ太陽)」이 저명(著名)합니다. 쏘 아직 번역은 되지 않은 듯시프나……말슴하신 대로 우리들은 될 수만 잇스면 피차 문예에의 길로 정진하는 데 일조가 되고저 힘써 가겟습니다.

응답의 패턴은 조선 문학, 내지 현재의 조선 문단에 대해서는 부정적인 답변을, 외국 문학에 관한 것은 최대한 아는 것을 일러 주고 당부를 부탁하는 형태로 다루어진 점이 특색이다. 해외문학파는 독자들을 향해 외국 문학에 대한 소양이 문화적 우월성을 드러내는 '구별 짓기'의 기제일 수 있음을 끊임없이 환기하고자 했다.

이와 관련하여, 해외문학파의 극예술연구회 활동은 독자 대중의 창출을 '직접성'의 차원에서 확인하기 위한 장외적인 실천이었다고 볼 수 있다. 전문학교 학생들을 대상으로 한 세몽적 인극 운동에 삭별한 노력을 기울인 극연의 활동은 그 주된 대상이 '소수의 인텔리겐치아 지식인과 학생층'이라는 점에서, 또 레퍼토리가 번역극 우선이었다는 점에서 양승국은 문화적 우월주의로 비판했다.[30] 그러나 바로 '문화적 우월감'이라는 욕망에 유인될 수 있는 대중이 해외문학파가 노린 대중이었다. 그들의 입장에서 '번역'(서

29) 「문예실(文藝室)」, ≪문예월간≫ 2호, 1932. 1, 45쪽.
30) 양승국, 「극예술연구회와 한국 연극」, 『공연예술저널』 창간 준비호, 성균관대 공연예술연구소, 2000. 10, 32쪽.

구 문예) '극'의 상연은 그 자체로 예술성과 대중성이 원작자 — 번역자 — 수용자의 총체적인 관계 속에서 직접적으로 구현되는 것을 확인할 수 있는 실천 형태였을 것이다.

작가주의의 그늘, 혹은 이하윤의 자리

대중 미디어의 난만 시대라 할 수 있는 1930년대, 저널리즘에 대한 비난이 곧잘 예술성에 대한 옹호 내지 자신의 문학에 대한 변명으로 이어지는 것은 문인들 대부분이 취했던 화법이다. 그것은 '거꾸로의 경제법칙'에 따라 상징적 권위를 배분하는 근대 문학 장의 문법이기도 하다. "저널리즘계의 총애"를 받았던 해외문학파가 그 문학적 역량을 증명하기 위해서 더욱 강하게 이 '거꾸로의 경제법칙'에 의존해야 했던 것은, 의식적이었건 아니었건 당연한 이치였다. 해외문학파가 시 장르를 중심으로 움직인 것은 우연이 아니다.

김용직은 ≪해외문학≫ 두 호를 두고 "시 양식의 우선 경향", 전반적으로 나타나는 "반산문(反散文) · 시(詩)를 향한 정신적 경사 현상"을 지적한 바 있다.[31] 이는 ≪해외문학≫ 이후 해외문학파의 외연이 시문학파로 이어진다는 점에서도 적확하다. 그리고 그 중심에는 이하윤이 있었다. 김병철에 따르면 이하윤이 1930년대에 번역한 시는 총 95편으로, 단연 으뜸이었다.[32] 이하윤의 역시집 『실향의 화원』(1933, 시문학사) 간행을 두고 정인섭은 "소설의 부진", "시가의 부흥"이 "세계적 추세"이며 "리턴 투 리리시즘"이 당면 진로임을 보여 준 예후로 극찬했다.[33] 시 양식을 우선시하는 경향은 양적인 차원에서가 아니라 그 가치 부여에 있어서도 두드러졌다.

31) 김용직, 「해외문학파의 외국 문학 수용 양상」, ≪관악어문연구≫ 18호, 서울대 국어국문학과, 1983.
32) 김병철, 『한국근대번역문학사 연구』, 을유문화사, 1975.
33) 정인섭, 「『실향의 화원』과 조선 시단의 재출발」, ≪조선일보≫, 1934. 4. 4~7.

이와 관련하여, 이하윤이 쓴 문예 시평의 특징 중 하나는 신문이나 잡지에 게재된 각 장르의 비중에 대한 집착이다. "조선은 아무래도 소설을 중심으로 한 문단"[34]이라든가 "어느 잡지를 막론하고 소설(小說)을 많이 싣고자 하는 것은 독자들 취미에 맞추기 위한 편집자의 책략도 되거니와 특수 잡지를 제외하고서는 이것은 반드시 중요시하지 않을 수 없다고 생각한다"[35]라든가 하는 발언도 발언이려니와 다음의 언급은 예사롭지 않다.

조선에 있어서 신문지 학예란은 잡지나 단행본의 의의를 부대하고 있는 것이므로, 여기 발표되는 시편을 수확의 중요한 것으로 삼지 않을 수 없는 처지로되, 시에 있어서는 소설과도 달리 수많은 시인의 1편(一篇) 혹은 2편(二篇)이 질서 없이 발표되는 것을 이찌 정돈된 의미로의 시(詩)로 하여 평필(評筆)을 보낼 수 있겠는가.[36]

달리 말하자면, 그들의 시 장르에 대한 인식은 소설 장르에 대한 대타성으로 예각화된 것이었으며 이하윤은 각 장르 미디어에서의 물질적이고도 시각적 존재 양태에 대한 예민한 촉수를 가지고 있었다. 시는 불리했던 것이다. 그것은 양적 차원의 문제라기보다 각 지면에 산재해 있는 시를 통해서는 '시인'을 드러내기 힘들다는 점에 그러했다. 그가 시평과 시론을 중요시하고 단행본 시집이나 앤솔러지 형태의 시집 출간을 중요하게 여긴 것도 같은 맥락에서 볼 수 있다.[37]

34) 이하윤, 「경오문예총관(庚午文藝總觀)」, 『이하윤선집』 2, 33쪽.

35) 이하윤, 「1930년(年) 중(中)의 문단(文壇)」, ≪별건곤≫ 35호, 1930. 12, 23쪽.

36) 이하윤, 「기미시단회고(己已詩壇回顧)」, 『이하윤선집』 2, 13쪽.

37) 그 실천적 성과 중에 하나가 이하윤이 펴낸 『현대서정시선』(박문서관, 1939. 2)이라는 것은 강조할 필요가 있다. 이 앤솔러지는 김기림, 김기진, 김광섭, 김동명, 김동환, 김명순, 김상용, 김억, 김소월, 김현구, 김형원, 노자영, 노천명, 모윤숙, 박영희, 박용철, 박종화, 박팔양, 변영로, 백기만, 백석, 신석정, 양주동, 오상순, 오일도, 유도순, 유춘섭, 이광수, 이상화, 이은상, 이장희, 임학수, 임화, 장정심, 정지용, 조운, 조명희, 조벽암, 주요한, 한용운, 허보, 홍사용, 황석우 등의 시가 수록되어 있다. 면밀히 고구되어야겠

그런데 시에 불리한 미디어 환경은 역설적으로 해석될 수 있었으니, 이에 대한 직접적인 발언을 한 자는 우연치 않게도 박용철이었다. 『정지용시집』(1935)과 『영랑시집』(1935)을 펴낸 박용철은 1936년 한 신문의 신년호에서 "현하 문단에 소설과 비평 그 어느 수준이 더 노픈가"라는 설문에 대한 답변 중 "수삼시인(數三詩人)의 서정시는 조선 문학의 다른 분야보다 단연 우수하다. 여담이나 이것은 시가 쩌날리즘에게 가장 학대 밧는 덕택이 아닌가 한다"고 진술했다.[38] 박용철의 이러한 진술은 소설도 한낱 재미있는 이야기가 아니라 제발 '창작'일 것을 주문하면서 "왜소한 사상, 허대(虛大)한 포회(抱懷), 비천한 흥미를 가진 창작이 그날그날의 출판물의 대부분을 점하는 우리의 현상은 필연적으로 지식계급 독자의 자국 문학 경시를 유치(誘致)하게 되고" 결과적으로 우수한 평론도 낳지 못하게 만드는 요인이 된다는 언급 끝에 나온 것이다. 박용철은 설문의 문항 자체가 소설, 그리고 소설평이 중심일 수밖에 없는 비평 우위의 현 문단을 무의식적으로 반영하고 있는 터임을 간파함과 동시에 그러한 장르적 위계질서를 조롱했다.

더욱이 같은 글에서 박용철은 '문학 유파의 개념'에 대한 답변 중에 "적극적으로 주장을 선언한 일은 업슬지라도 속물주의에 대한 정치주의에 대한 저비(低卑)한 예술에 대한 투쟁 등에 잇서 적본적(敵本的)이나마 은연히 그 공통성이 나타나는 바 잇슴으로 그것을 한 파로 관찰하는 것이 문단 시사(文壇時事)를 이해하는 데 편의"하다며 해외문학파도 엄연한 하나의 문학 유파임을 천명했던 터이다. 해외문학파에 대한 옹호, 현 문단을 주름

지만 한국 근대시의 전모를 다 보여 주고픈 기원의 소산이며, 이하윤의 「서문」은 시인과 그 시인들의 시가 실렸던 온갖 잡지와 단행본 시집의 열전이라 해도 과언이 아니다. 여기서 그는 "너무나 대중적인 잡지와 한두 개의 빈약한 시지(詩誌) 속에서도 단행 시집만이 호화로운 장정으로 시장에 신진을 소개함을 경하할 일"이라고 하여 단행본 시집의 중요성을 이야기했으며, "삼십 년 신시사(新詩史)에서 이렇다 할 시론 하나 찾을 수 없는 것은 한편 기이한 일이 아닐 수 없"다고 언급한다. 조선 시인들 대개의 공통된 결함은 "시적 재질이 풍일(豊溢)한 반면에 조로(早老)가 심하야 너무 일즉 시를 버리는 것"이라며 애석함을 표했다.

38) 「문단급견」, 《조선일보》, 1936. 1. 3.

잡는 소설과 비평에 대한 비판, 시에 대한 옹호는 같은 논리적 궤도 속에서 이루어진 것임은 굳이 부연하지 않아도 될 듯하다. 시는 게다가 "돈이 쓰는"[39] 장르이기도 힘들었던 것이다.

그러나 박용철 자신은 "문예지 세 개를 내고 지용이 십 년 동안 흘리고 다닌 시를 모아 지용시집을 내고 또 뒤이어 영랑시집을 내면서도 창작 칠십여 편 역시 삼백여 편 되는 자신의 시집을 내지 안코 도라간 시인"[40]으로 박복했듯이, 이하윤은 시인의 운명으로서는 어쩌면 요철한 시인 박용철보다 더 박복했던 것 같다.

≪시문학≫, ≪문예월간≫, ≪극예술≫, ≪문학≫에 모두 관계하여 해외문학파의 실제적인 경계를 만든 장본인은 이하윤이다. "아직 한 편도 세상에 발표된 일이 없는"[41] 박용철이 ≪시문학≫의 창간 멤버로 이하윤을 영입한 이유에 대해서는, 당시 ≪중외일보≫ 학예부에 근무하면서 해외문학파의 중심 역할을 하던 연포의 문단적 지위, 그리고 번역과 편집 실무와 같은 '기능상'의 필요 때문이라는 게 정설이다. 이것이 무명의 문학청년이던 박용철의 입장에서 본 것이라면, 이하윤은 왜 단산을 거듭하면서까지 문예지 창간에 참여했는가. "해외문학파의 문학 활동은 ≪시문학≫과 ≪문예월간≫을 통해 보장된 것이었다"[42]면 이하윤은 당연하게도 해외문학파의 대표자(representer)의 역할을 수행한 것이다. 특히 ≪문예월간≫은 이하윤 자신이 주간이 되어 발행한 문예였다. 그렇다고 해외문학파가 최종 라벨이기를 그는 원히지 않았다. 그는 무엇보다 시인을 길러내는 자이고 싶었

---

39) 이하윤은 「경오문예총관」에서 경제공황의 침체를 면치 못하는 문단 상황에 대해 한 미국 작가의 절규 "돈이 쓴다"라는 말을 인용하면서 그 참담함을 표현하였다.

40) 김광섭, 「뿍레뷰 ― 고박용철전집(故朴龍喆全集) 제1권(第一卷)」, ≪동아일보≫ 1939. 9. 15.

41) 그는 ≪중외일보≫의 ≪시문학≫ 광고료와 ≪조선일보≫의 ≪문예월간≫ 광고료를 자신의 신문사 봉급과 ≪조선일보≫에 연재 중이던 「세계명작단편선역」 원고 수당에서 내놓았다고 회고했다. 이하윤, 「박용철의 면모」, 『이하윤선집』 2, 도서출판 한샘, 1982, 131쪽.

42) 백철, 『신문학사조사』, 신구문학사, 1972, 400쪽.

고, 그 자신이 시인이고 싶었다.

　　(해외문학파란) 소위 기성문단보다 조금 시기를 늦추고 프로적 경향이 없이 가끔 외국의 문예를 언급하는 자를 이름이냐. 이 일파에 속한다고 한번 구분되면 시를 써도 시인이 아니요, 연구가로써 그 연구가 외국 문학인 까닭에 연구가나 학자되기에 앞서 해외문학인이 되고 마는 것이 소설을 써도 그 이전에 번역이 있으면 그는 소설가조차 되기 어려운 정도쯤 되어 있다. 실로 조선에 있어 이 '해외문학파'라는 한 기이한 구별적 존재 대우를 받고 있는 일군의 칭은 조선 문단이 아니고서는 찾아보기 힘든 일이 아닐까 한다.[43] (괄호 안 — 인용자)

　봉급과 원고 수당을 내놓으며 ≪시문학≫과 ≪문예월간≫에 가담한 것[44]은 박용철과 공명한 시에 대한 열의 그것 때문이기도 했다. 해외문학파로 불리면 시를 써도, 소설을 써도 시인으로 소설가로 대우해 주지 않는다는 것, 시신을 경배한 이하윤에게는 불만 이상의 고통이었을 것이다. 그 고통의 원인이 이하윤 자신의 시적 역량에도 있다고 이야기하기 전에 한 가지를 더 지적해 두고 싶다.
　"시 양식의 우선 경향"은 소설과 비평 우위의 문단 질서에서 역으로 순문학주의의 근거일 수 있었다.[45] 이러한 문학주의와 '유령 번역'의 척결을 주장하며 원작자와 시인의 개성을 중요시했던 이들의 번역론은 넓은 맥락

---

43) 이하윤, 「세계문학과 조선의 번역 문학」, ≪조선중앙일보≫, 1933. 1. 1~3.

44) 이하윤, 「박용철의 면모」, 앞의 책.

45) '시'와 함께 '수필' 또한 해외문학파와 깊은 관련을 맺고 있다. 1930년대 '수필' 또한 소설의 수필화 식으로 운위되면서 소설 장르와의 차별성, 그리고 무엇보다 '자기' '고백'의 형식으로 이야기되었다는 점, 또 하나 '교양'이 함께 거론되었다는 점에서 해외문학파 문인들의 욕구를 충족시킬 수 있었다. 굳이 해외문학파와의 관련을 따진 논의는 아니지만, 다음을 참조. 김현주, 「1930년대 수필 개념의 구축 과정」, 『한국 근대 산문의 계보학』, 소명출판, 2004.

에서 작가주의를 조장한 면이 컸다. 그런데 이들의 번역 활동이 소설보다 시 중심이었던 이유는, 출판 문제나 역량 같은 물리적인 차원에서 후자가 손쉬웠기 때문이라는 것도 무시할 수 없다.

번역만이 아니라 시 장르란 어떤가. 이하윤 그 자신도 말했듯이 "문학에 뜻을 둔 청년이나 소년이 의례히 시를 처음에 끼적거려 보는 것"[46]이라는 사실은 또 하나의 역설이었다. 본디 '시원(詩苑)'은 무성해서 다른 빛을 발하기란 어려운 노릇인 데다가 이하윤의 문우들이 조장한 작가주의의 그늘은 초록을 더욱 같은 빛으로 보이게 만들었던 것이다. 작가주의의 그늘, 시인 이하윤이 거했던 자리였다.

작가주의의 그늘, 많은 작가들이 빚어낸 그늘이기도 하다. 이하윤의 시에서 김억, 김소월, 김영랑 들을 읽어내기란 어렵지 않다. 한국 시문학사에서 소외된 그의 시 세계 조명에 나선 적극적인 논의들이 없지는 않으나,[47] 고백하건대 그 논의들은 지금 연포의 시를 논하려는 나에게 더 이상 그의 '다름'을 애써 증명하지 않아도 괜찮노라고 말해 주는 것 같다. 대신 나는 이렇게 말하고 싶다. 오히려 이하윤의 시적 평범성 내지 평이성[48] 때문에

---

46) 이하윤, 「1930년 중의 문단」, ≪별건곤≫ 35호, 1930. 12.
47) 이하윤의 시 세계에 대한 논의는 다음을 참조.
　　김재홍, 「회상의 미학 또는 귀향 의지」, 『이하윤선집』 1, 도서출판 한샘, 1982.
　　이상호, 「이하윤 시 연구」, ≪한국학논집≫ 7, 한양대 한국학연구소, 1985.
　　＿＿＿, 「이하윤과 그의 문학」, ≪한국문학연구≫ 8, 동국대 한국문학연구소, 1985.
　　유윤식, 「연포 이하윤론」, ≪인천어문학≫ 7, 인천대 국어국문학과, 1991.
　　조영식, 「연포 이하윤의 시 세계」, 『한국 현대 서정시의 세계』, 새미, 2004.
48) 사에구사 도시카쓰에 따르면, 이하윤 시의 평이성은 김소운의 근대 조선 시 일본어 번역 작업에서 아이러니한 결과를 가져왔다. 김소운의 시 선택 기준이 무엇이었는지, 그 번역 방식은 어떠하였는지를 치밀하게 분석한 그는, 김소운이 개성이 강한 시보다는 평이한 시를 선택하는 경향이 강했는데 평이한 시일수록 김소운 자신의 '트리밍(triming)' 작업이 손쉽고, 그럴 때 번역자의 역량이 십분 발휘되어 일본인에게 익숙한 시형과 정서로 변형시킬 수 있었기 때문이라고 설명했다. 그는 "이하윤의 작품에서는 번역자의 노력이 최고로 발휘된 것 같다. 그 덕분에 일본에서는 이하윤의 번역 시란 한국 근대시를 대표하는 훌륭한 작품으로 인상 깊은 작품이 되어 버렸다"고 논했다. 그는 그 대표적 예로, 김소운이 펴낸 4권의 번역 시집에 모두 들어가는 이하윤의 시 「나는 들에 핀

그는 더 낮고도 높은 곳에서 동시대인들과 호흡할 수 있었다고.

이렇게 해서 나는 연포가 '내 생활의 부산물'이라 밝힌 '가요시초'로 다시 돌아온 셈이다. 대부분의 논자들은 『물레방아』의 '부록'인 "'가요시초'를 제외한다면"이라는 단서를 달았다. 그 단서가 작가주의의 그늘일 터이고, 그렇게 보았을 때 '가요시초'는 더 낮은 곳이지만 당대 첨단의 대중 미디어와 결합된 산물이라는 점에서는 더 높은 곳에 있었다고 할 수 있다. 이하윤은 조영출, 박영호, 유도순, 이부풍, 이서구, 김능인, 왕평, 김억 등과 함께 일제시대 활약했던 대표적인 대중가요 작사자로서 대략 160여 곡을 작사했는데, 조영출 461곡, 박영호 359곡에 이어 세 번째로 많은 작사를 남겼다.[49] 자신이 문예부장으로 재직했던 콜롬비아사의 음반으로는 총 90편을 작사하였다고 한다.[50] 이하윤의 시가 감상적 애상과 비탄이 주조를 이루고, 그 시적 형식이 정형적이었다는 것은 그가 당대 대중가요 작사자로 나설 수 있는 필요조건 이상을 구비하고 있었다고 볼 수 있다.[51]

대중가요 작사가로서의 이하윤의 의식은 어떤 것이었을까. 이하윤은 1939년 한 잡지에 시인이자 작사자로 소개된 이하윤은 「사로에 방황하는 대중가요」라는 글에서 다음과 같이 말한다.

국화를 사랑합니다」(『물레방아』 소재)의 역시인 「야국(野菊)」, 그리고 그 외 3편의 시도 일본 단가 등에서 전통적으로 계승해 온 5·7조로 철저하게 일관되어 있다.(사에구사 도시카쓰, 「김소운은 무엇을 했는가 — 김소운 번역 시집 비망록」, 『한국 근대문학과 일본』, 소명출판, 338~339쪽, 344~345쪽) 김소운의 이하윤 시 번역에서 일어난 이러한 개작(?)에 대해서는 일찍이 김윤식이 「한국 근대시 번역의 문제점 — 김소운과 이하윤의 경우」(≪현대문학≫ 337호, 1983. 1)에서 언급한 바 있다.

49) 장유정, 『오빠는 풍각쟁이야』, 민음in, 65쪽 〈표〉 참조.

50) 송방송, 「근현대 음악사의 총체적 시각 — 콜롬비아 음반 자료를 중심으로」, ≪한국학보≫ 103호, 2001, 65~66쪽. 주 74)에 콜롬비아 음반으로 발매된 이하윤이 작사한 곡목이 정리되어 있다.

51) 특히 이하윤 외에도 김억, 김동환, 유도순과 같은 민요조의 정형적인 시를 쓰던 시인들이 대중가요 작사자로 나섰다는 것에 대해서는 좀 더 총체적인 고찰이 필요하다.

46

한때는 류행가의 문학화(文學化)를 부르짓는 경향도 잠시 보이는 듯하더니 문학화의 모방(模倣)이 더욱 산문(散文) 비슷하게 꾸밀 뿐으로 너무나 엉뚱한 외국말(外來語)이나 또는 우리가 영원히 숨겨두어도 조흔 「말」을 염치업시 노래마다 집어 넛는 것은 우리 기대에 어그러질 뿐만 아니라 우리 무명(無名)의 선배(先輩)들이 남겨 준 조흔 시요(詩謠)에 비하야 붓그러움이 또한 심히 크다. 이 모든 것이 작사(作詞)와 작곡(作曲)의 천편일률적(千篇一律的) 침체(沈滯) 상태에서 버서나려는 노력에는 틀림없다고 보나 좀 더 방랑(放浪), 항구(港口), 포구(浦口), 리별(離別), 비연(悲戀) 등의 국한(局限)된 범주(範疇)를 떠나서 노래는 불러지지 안흘 것인가. 이 점에 뜻 잇는 분들의 가라침을 바라고 잇슬 것이다. 물론 명랑한 쾌조(快調)거나 퇴폐적(頹廢的) 탄식이거니 흰 사건을 노래한 깃이거나 구요(舊謠)를 개작(改作)한 신민요(新民謠)거나 모다 류행가에는 틀님 업거니와 우리가 지금까지 거러온 그른 길(邪路)을 버리고 올바른 길로 다시 말하면 우리 정통(正統)의 민요를 본바다 혹은 서양 노래의 맛당한 전통(傳統) 아래 시대의 향기를 도다 우리의 나갈 길을 찾는 것이 가장 당연한 노릇이 아닌가.

즉 유행가요가 그 시대 그 사회 그 대중을 반영(反映)하는 것이라면 작금의 군가(軍歌)와 시국가요(時局歌謠)의 제창(提唱)은 일반 민중의 긴장(緊張)된 네분을 명랑케 하 주고 잇스며 오늘과 갓흔 국가비상시국(國家非常時局)에 처해 잇는 우리들에게 퇴폐적 가요는 당분간 의식적으로라도 금물(禁物)이 되지 안흘 수는 업는 일이나.[52] (괄호 한자는 원문 그대로, 강조 — 인용자)

위 글은 이하윤이 당대 대중가요의 양상과 진로를 이야기하면서 자신이 작사활동에서 느꼈던 착잡한 소회를 비치고 있다. 이하윤은 자신이 작사자로 투신한 동기로 "소위 신민요 유행가의 정화"라고 스치듯 말한 적이 있었는데 그 의미는 "유행가의 문학화"였다. 그는 "무엇보다가 유행가 가사

---

52) 이하윤, 「사로에 방황하는 대중가요」, 《가정지우》 21호, 1939. 6, 20쪽.

가 먼저 시가 되지 않으면 안 된다. 다분히 즉흥적이면서도 평이하게 씨어저야 되겟지마는 그럴사록 그 상(想)과 ■(판독 못 함—인용자)가 곱게 세련된 한 개의 아름다운 시가 아니어서는 안 된다"[53]고 일찍이 주장했다. 우리말의 문법도 모르는 유행가 가사와 일본 유행가 가사를 고스란히 가져다 쓰고 뻔뻔하게 '작사'라고 내세우는 실태 등을 지적하면서 유행가 가사의 언어적·내용적 정화를 주장했던 것이다. 이는 범속한 유행가계에 투신한 시인으로서의 자의식일 게다. 그것이 하위 장르인 유행가를 두고 발언되는 이상, 계몽의 언어일 수밖에 없었다. 그러한 노력의 의의를 인정하면서도 별다른 성과를 얻은 것은 아니었음을, 또 '방랑', '항구', '포구', '이별', '비련' 등이 주조를 이루지 않을 수도 없었음을 이야기한다. 이는 이하윤 자신의 레퍼토리였는데『물레방아』의 '가요시초'에 실린 제목만 일별해도 알 수 있다. 가령 「이별애가」, 「비련」, 「유랑의 마음」, 「눈물의 편지」, 「낙동강의 애상곡」, 「잊지는 안으시겟지오」, 「항구의 애수」, 「항구의 미련」 과 같은 것이 그러하며, 그것을 관두고도 싶었지만 그럴 수밖에 없었음을, 또 명랑과 긴장을 요구하는 시국 또한 무시할 수도 없었음을 이하윤은 아주 완곡하게 말하고 있다.[54] 그것 모두가 그 사회, 그 대중의 반영이었기에.

---

53) 이하윤, 「유행가 작사 문제 일고」 상·중·하, ≪동아일보≫ 1933년 9월 22~24일자 중 9월 24일자.

54) 이하윤은 「총후의 기원」, 「승전의 쾌보」와 같은 '군국 가요'를 작사하게 된다.(장윤정, 앞의 책, 333~335쪽.) 장윤정의 연구에 따르면, 군국 가요는 1937년 중일전쟁 발발 이후 발매되었는데, 이는 1937년 6월 조선총독부 학무국에서 '필름 레코드 인정 규정'을 제정, 음반과 영화와 같은 대중매체를 이용하여 선전 정책을 펼치기 위한 조치로 이루어졌다. 그러나 대중의 호응은 적었다. 1937~1938년 나온 군국 가요 작사자로는 이하윤 외에도 최남선과 김억 또한 포함되어 있다.
한편 장윤정이 정리한 목록에 따르면, 그 이후에 이하윤이 작사한 시국 가요는 없는 것 같다. 그런가 하면 ≪조선출판경찰월보(朝鮮出版警察月報)≫ 114호~123호(1938. 4. 30) 에는 이하윤의『물레방아』에 「시상(詩想)」 및 「소경의 구걸 노래(盲ノ乞食ノ歌)」 두 시가 삭제 조치되었음을 보여 주는 기록이 남아 있는데, 이 두 시가 "병합 전의 조선을 찬미하고 현재의 통합을 저주하여 전체를 통해서 민족의식 함양의 염려가 있기 때문이다"라고 삭제 이유를 밝히고 있다. 시집 제목은『수차(水車)』로 문제가 된 시 모두 일

너무 많은, 너무 적은

지금까지 연포 이하윤의 문학·활동에 대해서 너무 많은 것을 이야기한 것 같기도 하고 너무 적은 것을 이야기한 것 같기도 하다. 이는 대개 연포를 다룬 몇 안 되는 논의들의 공통적인 특성이며, 그의 탄생 100주년을 맞아 신기원이 될 만한 논의를 하고 싶었던 나도 그 전철을 밟은 것 같다. 그건 아마도 이하윤이 마치 우리 몸속에서 끊임없이 생성과 소진을 반복하여 다른 물질의 대사를 돕는 호르몬과 같은 역할을 했기 때문일 것이다. 호르몬은 물질대사에 있어서 필수적인 요소일 뿐만 아니라 그 행로와 작용 방식은 몸 전체의 메커니즘에 대응한 것이라는 점에서 몸의 비밀을 쥐고 있기도 하다. 때문에 너무 많은 것을 말해야만 했다. 작용과 동시에 다른 물질로 전화하기에 그 작용의 순간순간, 다른 물질과의 관계망을 포착하지 않는 이상 포말처럼 사라지고 말기에 정작 이하윤에 대해서는 너무 적은 것을 말한지도 모르겠다.

허나, 그런 존재로 인해 몸은 성스러운 정신조차 자신의 속된 육체에 속한 것이었음을, 그 속된 육체야말로 성스러움의 근원이었음을 나는 깨닫게 되었다. 고백하건대, 이하윤은 1920~1930년대, 아니 근대문학의 존재 방식은 무엇이었는가라는 너무 큰 물음을 나로 하여금 품게 만들었으며, 그 응답은 어떤 키워드로 이루어져야 하는가를 일러 주었다.

본어로 번역되어 있어 정확한 원제목이 무엇인지는 알 수 없다.

제1주제에 관한 토론문

'번역'과 '순수 서정시' 창작의 가깝고도 먼 거리

정선태(국민대 교수)

1930년대의 문학 판을 일별하고 있노라면 한국 근대문학이 걸어온 길과 걷고 있는 길 그리고 걸어가야 할 길에 대한 논의들이 그야말로 한꺼번에 분출되고 있다는 느낌을 지우기 어렵다. 본격적인 장편소설들이 속속 간행 되는가 하면 리얼리즘에서 서정주의 그리고 모더니즘에 이르는 다양한 경향의 시들이 발표되고 있다. 근대문학의 역사가 서술되기도 하고, 그것의 미숙성 내지 의존성을 비판하는 일군의 학자들이 등장하기도 한다. 아울러 본격적으로 '번역이란 무엇인가'라는 문제가 논의의 일정표에 오른 것도 이 시기이며, 이 문제를 제기한 밴드가 바로 '해외문학파'이다.

한국 근대문학사가 번역(번안)을 통해 자양분을 공급받아 왔다는 데는 많은 사람들이 동의한다. 그러나 그 번역이 제대로 이루어지거나 한 것인지, 번역이 지닌 의미가 무엇인지 등등에 관한 물음을 제기하고, 이에 대답하기 위해 애쓴 사람을 만나기란 쉽지 않다. 그런데 "비참한 과거, 미약한 현실보다도 위대한 미래의 거룩한 이상"을 위하여 "뜻있는 운동을 실지화(實地化)"(≪해외문학≫ 창간호)하는 것을 목표로 창간된 ≪해외문학≫(1927)에 포진했던 외국 문학 연구자들이 1930년대에 들어 '번역'을 둘러싼 논쟁을 촉발하고 이끄는 하나의 '세력'을 형성했다.

이하윤은 이른바 '해외문학파'라 불린 이 '세력'의 복판 또는 주변에서 번역과 창작을 병행하면서 기성 문학과 구별되는 새로운 시의 영역을 개척하고자 했다. 발표자가 치밀하게 고구(考究)하고 있듯이, 이하윤을 비롯한 해외문학파는 신문과 방송, 잡지 등 근대적 미디어의 위력을 등에 업고서 "서구 문학에 대한 선망과 그 수용의 욕망"을 서슴없이 드러냈다. 그리고 그 무기가 외국어 실력을 바탕으로 한 '번역'이었다. 그들은 서구 문학의 번역을 통해 아무렇지도 않게 "서투른 표절을 감행하는"(「외국문학연구서론」) 열악한 한국 근대문학의 토양에 자양분을 공급하고자 했으며, 나아가 세계문학과 함께 호흡하는 '국민 문학'의 수립을 꿈꾸었다.

발표자는 1930년대 문학 판에 그들이 딘진 문제가 어떤 파장을 몰고 왔는지에 대해서 촘촘히 살피고 있다. 그런데 조금 아쉬운 것은 이하윤이 던진 번역론의 수준이 어느 정도였는지를 가늠하기가 쉽지 않다는 것이다. 이하윤(김진섭이나 정인섭의 논의를 포함하여)의 문학 번역과 그 의미에 관한 논의의 수준과 그 의미를 1930년대라는 문학 장 속에서 좀 더 입체적으로 파악할 수 있어야 할 것이다. 번역은 기성 담론의 지형도를 다시 짜는 데 중요한 역할을 담당하곤 한다. 그렇다면 '이하윤과 그 친구들'의 경우는 어떠했는가라는 물음을 피할 수 없다. 그들의 번역 텍스트 선정과 번역 수준, 번역과 창작의 상관성, 번역이 문학 판에 몰고 온 파장 등을 함께 고려해야 그 물음에 답할 수 있을 것이나.

발표문에서 언급한 것처럼 이하윤의 창작은 '순수 서정시'로 기울어져 있었다. 그의 대표 시집 『물레방아』에 실려 있는 시들은 박용철이나 김영랑의 시와 각별한 친연성을 보인다. 번역 시집 『실향의 화원』에 실려 있는 시들의 '정조(情調)'도 『물레방아』의 그것과 크게 다르지 않다. 이는 물론 자연스러운 일이다. 한 사람이 다른 과정을 거쳐 낳은 '아이'일 터이기에. 문제는 번역과 창작 사이의 관련성뿐만 아니라 그의 순수 서정시 지향이 갖는 의미가 무엇인지를 냉철하게 그리고 비판적으로 검토할 필요가 있다는 것이다. 순수 서정시가 1930년대 문학 판을 풍요롭게 하는 데 일정 정도 기여한 것을 사실일 테지만, 그것이 주로 근대적 미디어를 장악한 이들에 의해 생산된 의도적인 독자의 교양, 다시 말해 '친자본주의적'이고 '정치적'인 의도를 지니고 있었다는 점을 간과해서는 안 된다.

경성방송국과 콜롬비아 축음기 회사에 근무하면서 적지 않은 유행가를 작사한 그의 편력과 '순수 서정시'의 관련성을 따지고 들 수는 없는가. 지극히 가족주의적이고 국가주의적인 시들, 예컨대 "임이여 멀리 떠나가 있는 당신의 아들이/오늘 그대 품 속에 다시 와 안기었습니다"(「귀향곡」)라는 '순수 서정시'와 해방 후의 "싸우자 나라 위해 목숨을 바쳐/세우자 겨레 위해 피땀 흘리며"(「고향의 노래」)라고 노래한 '국책 가요' 사이의 거리는 얼마나 가까우며 또 얼마나 먼가. 이 발표문을 염두에 둔 발언은 아니지만, '탄생 100주년'을 기념하는 자리가 단순히 '헌사'를 바치는 모꼬지로 인식되어서는 곤란하다. 한국 근현대사의 질곡을 한 문학인으로서 그리고 '국립 서울대학'의 교수로서 어떻게 걸어왔는지를 가감 없이 보여 주어야 할 것이다.

이하윤 생애 연보[55]

1906년 음력 윤 4월 9일에 강원도 이천읍에서 이종석(異宗錫)과 이정순(李
      貞順)의 장남(長男), 호주(戶主) 이서용(異瑞庸)의 장손(長孫)으로
      출생. 조부는 독실한 기독교 신자. 유아세례를 받고 대벽(大闢)으로
      명명(命名) 입적(入籍)하였다가 뒤에 항렬(行列)에 따라 하윤(河潤)
      으로 개명(改名). 보통학교에 들어가기 전까지는 조부에게서 한글과
      천자문 등을 배웠음. 호는 연포(蓮圃).

1918년 3월 이천공립보통학교(당시 4년제)를 졸업하고 1년간 사숙(私塾)에서
      한문을 수학함. 보통학교 3~4학년 때 경성고등보통학교 부설 임시교
      원 양성소를 졸업하고 새로 부임한 일본인 훈도에게서 재조(在朝) 일
      본인 아동을 위한 6년제 심상소학교용 교과서에서 뽑아 가르쳐 준 것
      이 문재(文才)를 배양하는 계기를 마련해 주었다고 고백함.

1919년 경성고등보통학교 입학.(경성제일고등보통학교가 신설되면서 경성제일
      고등보통학교로 개명) 재학 중 일본인 교유(敎諭)에게 일본어(당시
      국어)를 배우던 중 도구토미 로카〔德富蘆花〕, 다카야마 조규〔高山樗
      牛〕의 작품을 읽게 되었는데, 이는 연포의 글쓰기 의욕에 자극을 주었
      다고 한다. 조선어 교과는 이완응(李完應)에게 배움. 학생들의 중심가
      였던 안국동 삼거리에 한성도서 주식회사가 있어 그곳에서 잡지 ≪청
      춘(靑春)≫, 문예지 ≪창조≫, ≪폐허≫, ≪장미촌≫, ≪개벽≫ 등과

55) 이 연보는 1966년 5월에 간행된 『연포이하윤선생화갑기념논집』(진수당), 그리고 1982년
   에 서울대 사범대 국어과 동문회에서 편한 『이하윤선집』(도서출판 한샘)에 제시된 이하
   윤의 약력, 그리고 이하윤 자신이 남긴 회고록에 기초하여 작성되었음을 밝혀 둔다.

이광수의 『무정』을 읽으며 문단 초창기의 개화를 흠뻑 느꼈으며, 김억의 번역 시집 『오뇌의 무도』를 탐독했음. 진고개의 일본 서점가를 순례하면서 일본 문학과 서구 문학을 탐독.

1923년 3월 경성제일고등보통학교 신제(新制) 4학년 수료. '신제'란 1922년 조선 교육 개정령이 반포됨에 따라 달라진 학제로, 신제 4년을 수료하면 일본 중학교를 졸업한 것과 동등한 자격을 얻게 됨. 같은 달 진학을 위해 일본으로 건너감. 도쿄에 있는 호세이대[法政大] 예과(豫科) 1부에 적을 둠. 이 학교에는 이미 손우성, 김진섭이 재학 중이었음.

1923 호세이대 예과 1학기 시험이 끝나고 귀향하여 학우회 활동을 함.

1923년 11월 ≪동아일보≫ 학예면의 전신인 일요호의 '지방 동요'란에 이천 유행 동요를 채록하여 이연포라는 이름으로 투고하여 실림.

1925년 외국문학연구회 발족. 와세다대[早稻田大]의 이선근·정인섭, 호세이대의 김진섭, 손우성, 이하윤, 고등사범학교의 김명엽, 도쿄 외국어대학의 김온 등 7명으로 시작.

1926년 3월 호세이대 예과 1부 졸업.

1928년 4월 18일 강화군 길상면 온수리 성공회에서 김영선(金永善) 신부(神父)의 2녀(女) 김건숙(金健淑, 1907년 생)과 혼례식을 거행함. 그의 결혼 생활을 들여다볼 수 있는 가정 방문기가 「새해 새 살림. 자유결혼의 신가정 방문기. 옛날도 지금도 금잔디 행복과 유열(愉悅)에 찬 생활. 해외문학인 이하윤(李河潤) 씨 부인 김건숙(金健淑) 여사」라는 제하로 ≪조선일보≫(1932. 1. 2)에 실림.

1929년 3월 호세이대 법문학부(法文學部) 문학과(文學科) 졸업. 영어영문학을 전공함.

1929년 4월부터 이듬해 9월까지 경성여자미술학교 교원으로 근무. 9월부터 1932년 5월까지 ≪중외일보≫ 학예부 기자로 활동.

1930년 초엽 중외일보사를 찾아온 박용철과 처음 조우하여 문우가 됨. 박용철의 주도로 김영랑, 정인보, 변영로 등과 함께 동인 시문학 결성. 3월

동인지 ≪시문학≫ 창간.

1931년   1월 문예 종합지 ≪문예월간≫ 창간. 발행자는 박용철, 주간은 이하윤. 연포는 월간 문예지의 꿈을 실현하기로 박용철과 합의하여 ≪시문학≫ 을 발전적으로 폐간하고 ≪문예월간≫을 창간했다고 회고함. 그러나 대중적 취미를 고려한 ≪문예월간≫의 편집 방향에 대해서 박용철과 완전한 합의에 이른 것은 아니었음. 극예술연구회 결성. 극예술연구회 는 해외문학 동인들이 가장 열정적으로, 가장 오랜 기간 투신했던 문 학 운동의 진지임. 이하윤도 이에 가담하여 연극 무대에 서기도 하고, 외국 극을 번역하는 등 연극 대중화를 위해 몇 편의 글을 남겼다.

1932년   9월부터 1935년 8월까지 경성방송국 제2방송국 편성계에 근무. 제2방 송국은 조선어 전용 방송이었음. 윤백남이 제2방송과장으로 취임한 후 아나운서 본위의 과원(課員)을 공모하였는데, 연포는 여기에 응시하여 채용되었으나 아나운서보다는 교양 프로그램 편성에 주력했다.

1933년   12월 연포의 첫 번역 시집『실향의 화원』을 시문학사에서 간행. 700부 한정판 자비 출판. 김병철의 연구에 따르면 연포는 1930년대에 총 95편 의 외국 시를 번역하였는데 당대 최대의 시 번역가였다고 해도 과언이 아니다.[56] 그의 번역시는 ≪시문학≫, ≪대중공론≫, ≪신소설≫, ≪신 생≫, ≪신여성≫, ≪어린이≫, ≪문예월간≫, ≪동아일보≫, ≪조선일 보≫, ≪중외일보≫, ≪동방평론≫, ≪삼천리≫, ≪동광≫, ≪신동아≫, ≪신소선≫, ≪신가성≫, ≪고려시보≫ 등에 게재되었으며, 그것을 모 은 성과가『실향의 화원』이다. 여기에는 총 110편의 시가 수록되었다.

1935년   9월부터 1937년 9월까지 음반 제작사인 콜롬비아 주식회사 조선문예 부장으로 재직. 연포는 조영출, 박영호, 유도순, 이부풍, 이서구, 김능 인, 왕평, 김억 등과 함께 일제시대에 활약했던 대표적인 대중가요 작 사자로서 대략 160여 곡을 작사했는데, 조영출 461곡, 박영호 359곡

---

56) 김병철, 『한국근대번역문학사연구』, 1975, 을유문화사.

에 이어 세 번째로 많은 작사를 남겼다.[57] 자신이 문예부장으로 재직
했던 콜롬비아사의 음반으로는 총 90편을 작사하였다.[58] 연포의 시가
감상적 애상과 비탄이 주조를 이루고, 그 시적 형식이 정형적이었다는
것은 그가 당대 대중가요 작사자로 나설 수 있는 필요조건 이상을 구
비하고 있었음을 보여 준다. 그가 작사한 대중가요의 가사 일부가 그
의 시집 『물레방아』(1939)에 '가요시초'라는 부제하에 수록되어 있다.

1937년   9월 《동아일보》 기자로 1940년 8월 강제 폐간될 때까지 학예부에
근무. 이 시기 연포는 한국 신시 발달사와 번역 시사에 관한 연구를
진행함.

1939년   2월 연포가 엮은 시선집 『현대서정시선』(박문서관) 간행. 이 앤솔러지
에는 김기림, 김기진, 김광섭, 김동명, 김동환, 김명순, 김상용, 김억,
김소월, 김현구, 김형원, 노자영, 노천명, 모윤숙, 박영희, 박용철, 박종
화, 박팔양, 변영로, 백기만, 백석, 신석정, 양주동, 오상준, 오일도, 유
도순, 유춘섭, 이광수, 이상화, 이은상, 이장희, 임학수, 임화, 장정심, 정
지용, 조운, 조명희, 조벽암, 주요한, 한용운, 허보, 홍사용, 황석우의 시
가 수록되어 있다. 11월 연포 자신의 시집 『물레방아』(청색지사) 간행.

1942년   7월부터 1945년 8월까지 동구여자상업학교 교원으로 근무.

1945년   8월 중앙문화협회를 창설하고 상무위원으로 활동. 11월 혜화전문학교
(동국대의 전신) 교수로 취임. 연포의 회고에 따르면 해방 후 그는 많
은 대학의 설립에 관여하면서 행정가적 능력을 발휘한 것으로 보임.

1946년   5월부터 10월 《민주일보》 논설위원 역임. 9월 동국대 교수 겸임 문
학과장 및 제1전문부 (주간) 부장으로 근무. 대학 교재인 『현대국문학
정수』(중앙문협)을 엮음. 9월부터 1947년 3월 국학전문학교 대우교수

---

57) 장윤정, 『오빠는 풍각쟁이야』, 민음in, 65쪽 〈표〉 참조.
58) 송방송, 「근현대 음악사의 총체적 시각 — 콜롬비아 음반 자료를 중심으로」, 《한국학
보》 103호, 2001, 65~66쪽. 주 74에 콜롬비아 음반으로 발매된 이하윤이 작사한 곡
목이 정리되어 있다.

로 재임.

1947년   4월부터 1950년 10월 성균관대 대우교수 역임.

1948년   7월 번역 시집 『불란서시선(佛蘭西詩選)』(수선사) 간행.

1949년   2월 동국대 교수 및 보직 사임. 3월 서울대 법과대학 교수 역임. 영문
        판 『근대영국시인집』(합동사) 간행. 8월부터 1950년 6월까지 ≪서울
        신문≫ 논설위원으로 활동.

1951년   6월부터 1952년 3월까지 해군 전사(戰史) 편수관으로 일함.

1952년   9월 서울대 사범대학 교수 역임. 11월 유네스코 한국위원회 준비 부
        위원장에 피선.

1953년   4월부터 1957년 3월까지 단국대 대우교수로 부임.

1954년   1월 유네스코 한국위원회 부위원장에 피선. 4월 전국문화단체총연합회
        최고위원에 피선. 5월 번역 시집 『영국애란시선(英國愛蘭詩選)』(수
        험사) 간행.

1955년   9월 시선집 『현대한국시집』(한성도서) 간행.

1956년   2월 유네스코 아세아회의에 한국 대표로 참석.(일본 도쿄) 7월 국제
        PEN 제28차 회의에 이헌구, 백철, 고원, 이무영 등과 한국 대표로 참
        석.(영국 런던) 한국PEN클럽은 1955년에 창설됨.

1957년   9월 국제 PEN 제29차 회의에 한국대표로 참석.(일본 도쿄)

1959년   9월 홍봉윤과 공역한 토머스 불핀치(Thomas Bulfinch)의 『전설의 시
        대』(번역회사) 간행. 6월 제11회 고등고시위원 역임.

1960년   11월 일본비교문학회 제22차 대회에 참석. 12월 신인 등용 선발 시험
        출제위원으로 선임.

1961년   8월 국제비교문학협회(AILC) 제3차 회의에 한국 대표로 참석.(네덜란
        드 유트레히트 대학) 9월 제5차 국제 시인 대회에 한국 대표로 참석.
        (벨기에 크노케) 10월 국제철학인문과학협의회 심포지엄에 참석.(일본
        도쿄)

1963년   8월 근대어근대문학국제연합회(FILLM) 제9차 대회에 한국 대표로 참

석.(미국 뉴욕 대학)

1966년   5월 『연포이하윤선생화갑기념논집』(진수당) 간행.

1971년   8월 서울대 정년 퇴직. 9월 덕성여대 교수 역임.

1974년   3월 12일 급환으로 별세. 향년 68세.

이하윤 작품 연표

발표일	분류	제 목	발표지
1926. 7. 16	시	석양(夕陽)에 먼 길을 떠낫드러니	동아일보
1927. 3. 19~20	평론	≪해외문학(海外文學)≫ 독자(讀者), 양주동 씨(梁柱東氏)에게	동아일보
1928. 5. 2~21	평론	영시인(英詩人) '로셋티' 탄생 백년(誕生百年)	동아일보
1928. 6. 30~7. 6	평론	형식(形式)과 내용(內容), 운문(韻文)과 산문(散文), 시가(詩歌)의 운율(韻律)	동아일보
1928. 9. 2~3	평론	톨스토이 탄생 백년(誕生百年)	동아일보
1929. 12	평론	불문단 회고(佛文壇回顧): 기미(己巳)의 세계 문단(世界文壇)	신생
1930. 2. 13~ 4. 22	번역 소설	자살 클럽 (스티븐슨 원작)	중외일보
1930. 4. 27~ 5. 29	번역 소설	왕의 금강석(스티븐슨 원작)	중외일보
1930. 3	평론	신낭만주의소고(新浪漫主義小考)	대중공론
1930. 9	평론	아미리가(亞米利加) 단편소설고(短篇小說考)	대중공론
1930. 11. 2~30	평론	현대시인연구(現代詩人硏究)	동아일보

발표일	분류	제 목	발표지
		영길리편서론(英吉利篇緖論), 총 18회	
1930. 12. 1	평론	1930년(年) 중(中)의 문단(文壇)	별건곤
1930. 12. 2~6	평론	현대시인연구 애란편(愛蘭篇), 총 8회	동아일보
1930. 12. 16~24	평론	현대시인연구 미국편(米國篇), 총 8회	동아일보
1930. 12. 25. 28	평론	현대시인연구 인도편(印度篇)	동아일보
1931. 1. 1~7	평론	세계 문단의 1년간 변동	조선일보
1931. 4. 1, 2	평론	서거(逝去)한 영국 소설가(英國 小說家) 아놀드 베넷트 씨(氏) 그의 경력(經歷)과 작품(作品)에 대(對)하야	동아일보
1931. 9. 14	평론	새로운 「시(詩)와 시론(詩論)」, 「시의 연구(硏究)」를 읽음	동아일보
1931. 9. 30~ 10. 14	평론	현대(現代) 불란서 시단(佛蘭西 詩壇) 시인(詩人)을 중심(中心)으로 하야, 총 10회	동아일보
1931. 10. 5	평론	『팰그레이브』 이후(以後)의 영국 시가집(英國詩歌集)	동아일보
1932. 1. 1~8	평론	지나간 한 해 동안의 세계 문단 일별(世界文壇一瞥), 총 4회	매일신보
1932. 1. 8	평론	여류 문인(女流文人)아 출현(出現) 하라—32년(三二年) 문단 전망 (文壇展望)	동아일보
1932. 3. 1	평론	내게 감화(感化)를 준 인물(人物)과	동아일보

발표일	분류	제 목	발표지
		그 작품(作品)	
1932. 3. 1~4	평론	혼란, 저조의 문단	조선일보
1933. 1. 1~3	평론	세계문학과 조선의 번역 문학	조선중앙일보
1933. 1. 25	평론	투르게네프 작 그 전날 밤 기타— 내 심금을 울린 작품	조선일보
1933. 4. 27~28	평론	구미 현 문단 총관: 아메리카 편	조선일보
1933. 6. 18	평론	미국(美國); 순수예술(純粹藝術)로 — 세계 문단 총관	동아일보
1933. 12	번역 시집	실향(失香)의 화원(花園)	시문학사
1934. 1	평론	시인(詩人) 더·라·메—어 연구 (研究)	문학
1934. 3. 28	수필	나의 아호(雅號)·나의 이명(異名)	동아일보
1934. 4. 2·3·5	평론	유행가요곡(流行歌謠曲)의 제작 문제(製作問題), 총 3회	동아일보
1934. 8. 10	평론	신민요(新民謠)와 민요 시인 (民謠詩人)	동아일보
1934. 8. 14~19	평론	외국문학연구서론—우리는 왜 외국 문학에 관심해야 하나	조선일보
1935. 1. 5	평론	건설기(建設期)의 민족문학 (民族文學); 범례(範例)를 각국(各國)에 찾어서, 미국	동아일보
1935. 2	설문답	신춘(新春)에는 엇든 노래 유행 (流行)할가: 조선 사람 심금(心琴) 을 울니는 노래	삼천리
1935. 7. 7	평론	극장 건설의 필요성	조선일보

발표일	분류	제 목	발표지
1935. 11. 20	평론	톨스토이에 관(關)한 조선의 문헌 (文獻)	동아일보
1938. 9	평론	조선 유행가(流行歌)의 변천(變遷) : 대중가요(大衆歌謠) 소고(小考)	사해공론
1939. 1	평론	연극 발전책(演劇發展策) : 극문학 (劇文學)의 수립(樹立)	조광
1939. 2	시선집	현대서정시선(現代抒情詩選)	박문서관
1939. 5	수필	메모광(狂)	문장
1939. 6	평론	유행가요(流行歌謠)에 대(對)하야 : 사로(邪路)에서 방황(彷徨)하는 대중가요(大衆歌謠)	가정지우
1939. 6. 30	평론	박영희자선(朴英熙自選) 회월시초 (懷月詩抄)	동아일보
1939. 7. 24	평론	임학수(林學洙) 역편, 현대 영시선 (英詩選)	조선일보
1939. 9. 15~ 10. 7	번역 소설	「골즈워듸」 작(作) 패배(敗北), 총 10회	동아일보
1939. 10	평론	기묘년 극단 회고(己卯年劇壇回顧) : 문예소년감(文藝小年鑑)	문장
1939. 10. 10	평론	이병기 저(李秉岐著) 가람시조집 (嘉藍時調集)	동아일보
1939. 11	시집	물네방아	청색지사
1939. 11. 9	수필	예찬(禮讚)! 예찬(禮讚)!	조선일보
1940. 3. 15	수필	잡문(雜文)과 수필(隨筆)	동아일보
1940. 3. 16	수필	출판(出版)의 의의(意義)	동아일보

발표일	분류	제 목	발표지
1940. 3. 17	수필	정신휴양소	동아일보
1940. 3. 19	수필	가요(歌謠)의 정화(淨化)	동아일보
1940. 1. 18	평론	전란와중(戰亂渦中)의 구미 문단 (歐米文壇): 북미주편(北米洲篇), 「데모크리시」의 옹호(擁護)	동아일보
1940. 5. 26~6. 1	평론	조선 문화(朝鮮文化) 20년(二十年), 총 3회	동아일보
1940. 6. 19~23	평론	번역시가(飜譯詩歌)의 사적(史的) 고찰(考察) 변역문화연구초(飜譯 文化硏究草)의 1장(一章), 총 3회	동아일보
1940. 6. 28	평론	『소파전집(小波全集)』독후감 (讀後感) 방정환 유저(方定煥遺著)	동아일보
1940. 10	수필	뻐스와 단장(短杖)	문장
1948. 7	번역 시집	불란서시선(佛蘭西詩選)	수선사
1950. 2	수필	대학(大學)과 교수(敎授)와 대학생 (大學生)	민성
1950. 3	수필	유명시인군(幽明詩人群)의 회고 (回顧)	백민
1950. 3	평론	한국신시발달(韓國新詩發達)과 경로(經路)	백민
1950. 4	평론	외국 문화의 수입(輸入)과 소화 (消化)의 방도(方途): 문화 지표(文化指標)	신천지
1950. 6	회고	나의 문단 회고(文壇回顧)	신천지
1953 4	시평	한국 문화(韓國文化)의 현재(現在)	국회보

발표일	분류	제 목	발표지
		와 장래(將來)	
1954. 1	수필	청천(聽川) 김진섭(金晉燮) 형(兄) : 새해에 생각나는 사람들	신천지
1954. 2	수필	나와 '외국문학연구회(外國文學 研究會)' 시대(時代)	신천지
1954. 5	번역 시집	영국애란시선(英國愛蘭詩選)	수험사
1955. 9	시선집	현대한국시집	한성도서
1956. 6	평론	애란(愛蘭)의 문예 부흥(文藝復興)	자유문학
1956. 8	평론	애란 문예 부흥	자유문학
1958. 9	수필	영랑(永郎)과 나의 교우(交友)	자유문학
1959. 3	수필	「노변애가(爐邊哀歌)」의 시인(詩人) 오일도(吳一島) 형(兄)	자유문학
1962. 12	수필	박용철(朴龍喆)의 면모(面貌)	현대문학
1963 4	평론	애국(愛國)의 정신(精神) : 문인 (文人)의 임무(任務)	자유문학
1965. 7	수필	귀향(歸鄕)의 급행열차(急行列車)	사상계
1965. 11	수필	중국인 유학생(中國人留學生) 정(丁)군 : 잊을 수 없는 사람	신동아
1966. 10	평론	한국신시발달(韓國新詩發達)의 경로(經路)	예술원보
1966. 10	회고	문단(文壇)과 교단(教壇)에서 : '해외문학(海外文學)'파(派)에서 비교문학(比較文學)까지	신동아
1969. 5	평론	비교문학과 한국 아동문학 (韓國兒童文學)	햇불

발표일	분류	제 목	발표지
1970. 11	평론	비교문학의 이해	상록
1973. 2	평론	한국문학의 비교 문학적 고찰	운현
1982	선집	이하윤선집	도서출판 한샘

이하윤 연구 서지

1927. 3. 2~4   양주동, 「문예비평가의 태도 기타」, 3~5회, ≪동아일보≫

1927. 6   양주동, 「문단여시아관(文壇如是我觀)」, ≪신민≫ 26호

1932. 3. 9   안재우, 「잉크의 낭비 — 이하윤(異河潤) 씨의 소론(所論)에 대하여」, ≪조선일보≫

1933. 12. 16   서항석, 「이하윤 씨(氏) 역시집(譯詩集) 『실향(失香)의 화원(花園)』을 읽고」, ≪동아일보≫

1934. 4. 4~7   정인섭, 「『실향의 화원』과 조선 시단의 재출발」, ≪조선일보≫

1934. 4. 11~12   구왕삼, 「유행가요곡(流行歌謠曲)에 대(對)하야 — 이하윤 씨의 논문(論文)을 읽고서」, ≪동아일보≫

1934. 4. 27~5. 2   김관, 「형식주의자(形式主義者)의 궤변(詭辯), 이하윤 씨의 유행가요곡(流行歌謠曲) 문제(問題)에 관련(關聯)하야 구왕삼(具王三) 씨(氏)의 논(論)을 박(駁)함」, 총 4회, ≪동아일보≫

1939. 4. 30   김진섭, 「이하윤씨 시집 『물레방아』」, ≪조선일보≫

1939. 6. 7   김광섭, 「『물레방아』(이하윤 시집) 뿍·레뷰 —」, ≪동아일보≫

1973. 12   김병철, 「서양 문학 수용 태도에 관한 이론적 전개」, ≪인문과학≫ 3·4호, 성균관대

1974. 3. 14   김윤식, 「연포 이하윤 교수의 시와 학문」, ≪조선일보≫

1975   김병철, 『한국근대번역문학사연구』 하, 을유문화사

1976   김윤식, 『한국근대문예비평사』, 일지사

1982   김재홍, 『회상의 미학 또는 귀향 의지, 이하윤선집』, 도서출

　　　　　　　판 한샘

1982　　　김윤식, 『평론 해설 이하윤선집』, 도서출판 한샘

1982　　　구인환, 『수필 해설 이하윤선집』, 도서출판 한샘

1983　　　김용직, 「해외문학파의 외국 문학 수용 양상」, ≪관악어문연
　　　　　　　구≫ 18호

1983. 1　김윤식, 「한국 근대시 번역의 문제점 ― 김소운과 이하윤의
　　　　　　　경우」, ≪현대문학≫ 337호

1985　　　이상호, 「이하윤 시 연구」, ≪한국학논집≫ 7호, 한양대

1985　　　이상호, 「이하윤과 그의 문학」, ≪한국문학연구≫ 8호, 동국대

1986　　　김용직, 『한국근대시사』 하, 학연사

1991　　　유윤식, 「연포 이하윤론」, ≪인천어문학≫ 7호, 인천대

1992　　　김영민, 『한국문학비평논쟁사』, 한길사

1996　　　김효중, 『한국 번역 문학의 현장』, 대구 효성카톨릭대 출판부

1999. 12　조영식, 「연포 이하윤의 시 세계」, ≪인문학연구≫ 3호(경희대)

2000. 12　조영식, 「연포 이하윤의 번역 시 고찰 ―『실향의 화원』을 중
　　　　　　　심으로」, ≪인문학연구≫ 4호, 경희대

2004. 11　서은주, 「번역과 문학 장의 내셔널리티」, ≪현대문학의 연구≫
　　　　　　　24호

2005　　　박성창, 「한국 근대문학과 번역의 문제 ― 해외문학파의 번역
　　　　　　　론을 중심으로」, ≪비교한국학≫ 13호, 국제비교학회

2005. 8　서은주, 「1930년대 외국 문학 수용의 좌표 : 세계/민족, 문학」,
　　　　　　　≪민족문학사연구≫ 28호

2006. 5　이혜령, 「숨은 신과 작가주의의 그늘 ― 이하윤의 문학 활동
　　　　　　　에 관한 소고」, 2006 탄생 백주년 문학인 기념문학제 자료
　　　　　　　집, 민족문학작가회의 · 대산재단

작성자 이혜령 문학박사. 성균관대 강사

이주홍의 생애와 문학 세계

류종렬(부산외대 교수)

서론

향파 이주홍은 1906년 경남 합천에서 태어나 1987년 부산에서 작고하기까지 아동문학, 소설, 시, 희곡, 시나리오, 수필, 번역, 만문만화 등 문학의 전 분야에 걸쳐서 창작 활동을 전개하고 엄청난 분량의 작품들을 쏟아 낸 다산성(多産性)의 작가이다. 또한 작품 창작뿐만 아니라 연극 연출, 잡지 편집·제본, 잡지 표지화, 컷, 작사, 작곡, 만화, 회화, 서예 등에도 상당한 조예를 보인 다재다능한 예술가로 활약하였다. 배재중학교, 동래중학교, 부산수산대학교의 교사와 교수로 재직하며 뜻있는 교육자의 길을 걷기도 하였다. 이처럼 작가이자 예술가, 그리고 교육자로서 향파가 걸어간 80여 년의 세월은 단순히 한 뛰어난 개인의 발자취로서가 아니라 외세의 침략과 식민지 지배, 해방기 좌·우익의 사상적 대립과 한국 전쟁, 근대화와 군사 독재라는 고난의 한국 근대사와 마주한 삶이며, 역사에 대한 개인의 창조적 응전으로 볼 수 있다.

향파는 일반적으로 김정한과 더불어 부산 문학의 터를 다진 작가로, 특히 소설 문학과 아동문학 그리고 희곡 문학의 발전에 지대한 영향을 끼친 부산 문단의 거목이자 대부로 알려져 있다. 이 가운데 아동문학 작가로서 그의 위상은 지역 문학을 넘어 한국 근대 아동문학을 개척한 원류로 평가받는다. 소설가로서의 위상은 지역 작가로 묻힌 채 올바로 밝혀지지 못했으나, 최근에 부산을 중심으로 작가적 역량과 의의가 복권되어 한국 근대 소설사에서 정당하게 자리 매김 되고 있다. 이것은 최근의 지역 문학 연구 활동과 2002년 이주홍 문학관의 개관이 큰 자극이 되었기 때문이다.[1]

필자는 향파의 잊힌 생애를 재구하고, 문학 작품들을 올바르게 평가하여 그의 문학을 우리 근대 문학사와 소설사에서 온당하게 자리 매김하기 위한 일련의 작업을 진행해 가고 있으며, 이 글도 이러한 작업의 과정으로 이루어진 것이다. 이 글은 향파 문학의 깊이 있는 연구라기보다는 향파 탄생 100주년을 맞이하여 그의 문학에 대한 관심의 확대와 새로운 인식을 위해, 소설을 중심으로 그의 생애와 문학 활동, 작품 세계를 개괄적으로 살펴본 것이다. 따라서 필자의 지난 연구 성과를 다시 정리하고 새롭게 밝혀진 자료를 추가하는 정도에 머물러 있음을 밝혀 둔다.

지금까지의 향파 문학에 대한 연구 현황을 간단히 살펴보기로 한다.[2] 먼저 소설에 대한 연구 성과를 연대순으로 간략히 정리하면 다음과 같다.

1950~1970년대는 작품집에 대한 짤막한 서평이나 작가론의 형태로, 또는 월평이나 문학 전집 등에 작품 해설로 간략하게 기술되어 있다. 이 시기에 향파 문학에 관심을 가지고 꾸준히 작품론이나 작가론을 발표한 평론가로는 신동한이 있다.[3]

---

1) 2002년 10월 3일 개관한 이주홍 문학관은 1971년부터 1987년 작고할 때까지 그가 살았던 부산광역시 동래구 온천 1동 177—18번지의 집을 이주홍 문학재단이 부산광역시의 지원금으로 구입하여 새롭게 개축한 부산 지역 최초의 문학 기념관이다. 이후 동래구 온천 1동 435—24번지로 신축 이전하였다. 선생의 소장 도서 6000여 권 외에 친필 서화, 도자기, 전각 작품, 친필 원고, 일기 등이 보관되어 있다.

2) 향파 문학에 대한 연구 성과는 류종렬의 「이주홍 소설 연구의 현황과 방향」, 「이주홍 문학의 재인식」(『이주홍과 근대문학』, 부산외대 출판부, 2004. 2)에 구체적으로 정리되었기에 이 글에서는 간략히 기술하였다. 당시의 논문에 언급되지 못한 새로운 자료들도 간략하게 언급만 하였다.

1980년대는 문학 전집의 해설에 속하는 글도 일부 있으나 본격적으로 향파 소설이 연구되기 시작한 시기였다. 특히 김천혜,[4] 송명희, 류종렬[5]의 연구는 신동한의 뒤를 이어 향파 문학 연구의 기초를 다진 작업이었다.

1990년대는 향파 소설에 대한 연구가 어느 정도 궤도에 오른 시기이다. 김중하, 황국명, 성병오, 강인수, 조갑상 등이 부산 지역 문학에서의 향파 소설의 특징과 사적 의의를 밝혔으며,[6] 송명희,[7] 류종렬[8]에 의해 향파의 개

3) 신동한, 「향파 이주홍론」, 『재부 작가론·작품집』, 한국문인협회 부산지부, 1974. 12, 59~76쪽.

　신동한, 「이주홍론——세련된 현실 달관의 세계」, 『신화』, 범우소설문고 22, 범우사, 1977. 5, 11~20쪽.

　신동한, 「김정한·이봉구·이주홍·최인욱과 그 문학」, 『신한국문학전집』 43, 어문각, 1977. 7, 527~534쪽.

　신동한, 「해설『지저깨비들』」, 동서문고 249, 동서문화사, 1977. 9, 201~204쪽.

　신동한, 「이주홍의 문학——구도의 길」, 『한국현대문학전집』 15, 삼성출판사, 1978. 7, 454~461쪽.

　신동한, 「평론(제목 없음)」, 『저 너머에 또 그대가』(향파 이주홍 유고집), 수대 학보사, 1989. 2, 272~285쪽.

　신동한, 「이주홍론」, 한국문학평론가협회 편, 『한국문학작가연구』 하, 백문사, 1989.

4) 김천혜, 「두 편의 역사소설——이주홍의 「어머니」·「아버지」론」, 《부산문학》 9집, 부산문인협회, 1982. 6, 198~206쪽.

　김천혜, 「부조리에의 반역——이주홍의 「수염 난 동화」론」, 《부산문예》 20집, 부산문인협회, 1986. 12, 313~386쪽.

　김천혜, 「현실 인식의 문학」, 《월간문학》, 1987. 7 및 『현실 인식의 문학』, 전망, 1997, 75~95쪽.

5) 송명희, 「현대 문학사의 산 증인, 향파 이주홍」, 《부산문화》 4호, 부산문화회, 1985. 5~6.

　류종렬, 「위식된 삶의 풍자-이주홍의 소설 세계」, 《부산문화》 13호, 부산문화회, 1987. 3, 266~274쪽 및 《갈숲》 제25랑, 태화출판사, 1987. 6, 32~38쪽.

6) 김중하, 《부산시사》 제4권 제2장 문화예술 제1절 「문학」, 부산시사편찬위원회, 부산직할시, 1991. 6, 143~204쪽.

　김중하, 「문학 활동과 현황」, 부산대 한국민족문화연구소 편, 『부산의 역사와 문화』, 부산대 출판부, 1998. 3, 265~282쪽.

　황국명, 「부산소설사 별견」, 《문학지평》 5호, 1996, 65~88쪽 및 『존재의 아름다움』, 전망, 1996. 11, 357~382쪽.

별 작품에 대한 본격적인 연구가 시작되었다.

2000년대는 향파 소설이 본격적으로 연구된 시기이다. 류종렬은 향파 문학에 대한 연구사를 쓰고, 잊혀 있던 일제강점기의 소설들을 발굴하여 그의 처녀작과 초기 소설의 작품 세계를 고찰하였으며, 아울러 그의 생애와 문학 활동, 작품 세계의 변모 과정을 총체적으로 규명하였다. 또한 그의 소설과 소설집의 서지를 정리하였다.[9] 한채화는 향파의 『탈선춘향전』을 원본

성병오, 「부산 소설사(1930~1960년대)」, ≪부산문학사≫, 부산문인협회, 1997. 12. 155~169쪽.

강인수, 「부산 소설 문학사(70년대와 80년대)」, ≪부산문학사≫, 부산문인협회, 1997. 12. 15, 170~186쪽.

조갑상, 「이주홍 소설에 묘사된 부산과 그 의미」, ≪인문과학논총≫ 창간호, 경성대 인문과학연구소, 1998. 12, 1~12쪽 및 『한국 소설에 나타난 부산의 의미』, 경성대 출판부, 1999. 9, 153~173쪽.

7) 송명희, 「이주홍의 시적 지향과 정신적 깊이」, 『최정석 정년퇴임 기념문집』, 그루, 1990. 2, 403~414쪽.

송명희, 「이주홍의 역사소설과 역사적 상상력」, ≪문학도시≫ 2호, 1995, 전망, 1995. 9, 43~59쪽.

8) 류종렬, 「이주홍의 역사소설 연구─「어머니」를 중심으로」, ≪외대논총≫ 18집 1호, 부산외대, 1998. 2, 323~343쪽.

류종렬, 「이주홍의 「아버지」 연구」, ≪비교문화연구≫ 10집, 부산외대 비교문화연구소, 1999. 2, 229~248쪽.

9) 류종렬, 「이주홍 소설 연구의 현황과 방향」, ≪우암어문논집≫ 10호, 부산외대 우암어문학회, 2000. 2, 127~164쪽.

류종렬, 「이주홍 초기 소설의 작품 세계 연구」, ≪현대소설연구≫ 15집, 한국현대소설학회, 2001. 12, 183~205쪽.

류종렬, 「이주홍의 소설집 서지 연구」, ≪외대논총≫ 26집, 부산외대, 2003. 2, 311~331쪽.

류종렬, 「『결혼 전날」에 대한 소고─이주홍 문단 당선작의 의미」, ≪오늘의 문예비평≫ 48호, 2003. 3, 265~285쪽.

류종렬, 「이주홍의 미완의 장편소설 「야화」 연구」, ≪한국문학논총≫ 33집, 한국문학회, 2003. 4, 117~146쪽.

류종렬, 「이주홍 소설의 서지적 연구」, ≪한국문학논총≫ 34집, 한국문학회, 2003. 8, 537~574쪽.

류종렬, 「이주홍과 부산 지역 문학」, ≪현대소설연구≫ 19호, 한국현대소설학회, 2003.

춘향전의 패러디적 관점에서 구체적으로 분석하였다.[10]

다음으로 아동문학에 대한 선행 연구를 살펴보면 다음과 같다. 1960년대에 이르러 손동인,[11] 이재철,[12] 안춘근[13] 등에 의해 연구가 시작되었는데, 이들은 향파 아동문학 연구의 선구자일 뿐 아니라, 향파 아동문학의 특성과 문학사적 의의를 밝힌 대표적인 평자들이다. 특히 이재철은 그를 우리 아동문학에서 1930년대의 중요 작가로 다루면서 그의 문학적 특성을 설명하였다.

1970∼1980년대는 이오덕에 의해 주로 연구가 이루어졌는데, 그는 향파의 소년소설이나 동화는 재미와 더불어 작가의 깊은 철학이 담겨 있다고 하면서 작품의 특징을 설명하고, 또 서민성이란 관점에서 그의 작품을 높이 평가하였다.[14]

9, 47∼75쪽.

　류종렬, 「이주홍의 프로문학 연구 — 일제강점기를 중심으로」, ≪비교문화연구≫ 14집, 부산외대 비교문화연구소, 2003. 9, 23∼61쪽.

　류종렬, 「이주홍의 생애와 소설 세계」, 제3회 경남 작고 문인 문학 심포지엄 책자, 2003. 11. 15, 12∼28쪽.

　류종렬, 「이주홍의 초기 소설 연구-「결혼 전날」·「치질과 이혼」·「그놈을 그대로 두었나」를 중심으로」, ≪한중인문학연구≫ 11집, 한중인문학회, 2003. 12, 120∼148쪽.

　류종렬 편저, 『이주홍의 일제강점기 문학 연구』, 국학자료원, 2004. 2.

　류종렬, 『이주홍과 근대 문학』, 부산외대 출판부, 2004. 2.

10) 한채화, 『개화기 이후의 「춘향전」 연구』, 푸른사상사, 2002. 5, 101∼152쪽.

11) 손동인, 해설, 『이주홍 아동문학독본』, 을유문화사, 1963. 1, 1 10쪽.

　손동인, 「이주홍론 — 향파 동화의 빛깔」, ≪아동문학평론≫ 제26호, 아동문학평론사, 1983. 3, 32∼39쪽.

12) 이재철, 「이주홍론」, 『아동문학개론』. 문우당. 1967. 9, 119∼124쪽.

　이재철, 「1930년대의 중요 작가들 1 — 윤석중, 이주홍」, 『한국현대아동문학사』 제11회 (≪햇불≫, 소년한국일보, 1969년 11, 90∼100쪽.)

　이재철, 「이주홍」, 『한국현대아동문학사』, 일지사, 1978. 11, 250∼255쪽. (≪햇불≫, 소년한국일보사, 1969. 1∼1970. 5)

13) 안춘근, 「이주홍론」, ≪햇불≫, 소년한국일보, 1969. 6, 43∼47쪽.

14) 이오덕, 「익살 속에 담긴 겨레 마음」, 『못나도 울 엄마』 창비아동문고·2, 창작과비평사, 1977. 2, 244∼252쪽.

1990년대는 대학의 석사 논문이 많이 나왔고, 이재복,[15] 원종찬[16] 등에 의해 연구의 폭이 넓어졌다. 대표작을 중심으로 이재복이 향파의 동화를 통시적으로 살펴보았는데, 특히 일제시대의 작품이 다른 카프 작가들과 다른 점을 작품을 분석해 가며 구체적으로 밝혔다. 원종찬은 작품의 주인공을 중심으로 근대 아동문학사를 살펴보았는데. 그는 이주홍을 카프 문학운동 시기를 대표하는 일급 작가로 높이 평가하였다. 원종찬에 의해 이주홍의 아동문학사적 위치가 명료하게 설정되었다.

2000년대에는 활발한 연구가 이루어졌다. 김지은은 동시를 포함한 향파 시를 연구하고,[17] 원종찬은 20세기 한국 아동문학의 계보를 방정환—마해송 —이주홍—이원수—현덕—권태응—이오덕—권정생으로 설정하였다.[18] 박태일은 일제강점기 ≪신소년≫에 발표한 작품들을 동화, 소년소녀소설, 동요·동시, 아동극으로 나누어 그 성격을 구체적으로 살펴보았다.[19] 박경수는 일제강점기의 동시를,[20] 김성진은 1930년대의 동화를 새롭게 연구하

　　이오덕, 「아동문학과 서민성」, 『시 정신과 유희 정신』, 창작과비평사, 1977. 4, 105~ 138쪽.

　　이오덕, 「전래동화, 그 전통 계승 문제」, ≪세계의 문학≫ 1980년 여름호 및 『어린이를 지키는 문학』, 백산서당, 1984. 12, 9~53쪽.

　　이오덕, 「이주홍 선생의 동화」, 『사랑하는 악마』, 창비아동문고 13, 창작과비평사, 1983. 7, 231~238쪽.

15) 이재복, 「웃음 속에 배어 있는 고통스런 현실·이주홍 이야기」, 『우리 동화 바로 읽기』, 소년한길 어린이문학 3, 한길사, 1995. 7, 157~181쪽.

　　이재복, 「해방을 꿈꾸는 수염 난 아이」, 『우리 동화 바로 읽기』, 소년한길 어린이 문학 3, 한길사, 1995. 7, 113~155쪽.

16) 원종찬, 「한국 아동문학이 창조한 주인공―근대 아동문학사 연구의 반성」, ≪창작과 비평≫, 1999년 봄호 및 『아동 문학과 비평정신』, 창작과비평사, 2001. 1, 94~117쪽.

17) 김지은, 「이주홍 시 연구」, ≪지역문학연구≫ 7호, 경남지역문학회, 2001. 10, 83~113쪽.

18) 원종찬, 「한일 아동문학의 기원과 성격 비교」, ≪한국학연구≫ 11집, 인하대, 2000 및 『아동문학과 비평정신』, 창작과비평사, 2001. 1, 49~93쪽

19) 박태일, 「이주홍의 초기 아동문학과 ≪신소년≫」, ≪현대문학이론연구≫ 18집, 현대문학이론학회, 2002. 12, 147~173쪽.

20) 박경수, 「계급주의 동시 이해의 밑거름―'푸로레타리아 동요집' 『불별』에 대하여」, ≪지역문학연구≫ 8호, 경남·부산지역문학회, 2003. 9, 201~232쪽.

였다.[21] 그리고 앞과 마찬가지로 대학의 석사 논문들이 많이 발표되었다.

이상과 같이 향파의 아동문학은 손동인·이재철·이오덕 등에 의해 연구의 기초가 다져졌고, 이재복·원종찬·박태일 등에 의해 연구의 폭과 넓이가 더해졌다. 그러나 아동문학 연구 자체가 그러한 것처럼 아직도 많은 부분이 미진한 상태로 남아 있다.

그리고 최근에 이주홍 문학재단이 『이주홍 문학연구』 1, 2권과 『이주홍의 문학과 인생』 그리고 『2002 이주홍 문학제 기념 작품집』 등과 『이주홍 문학저널』 1~3권, 류종렬이 『이주홍과 근대 문학』, 『일제강점기의 이주홍 문학 연구』(편저) 등을 펴내고 지금까지의 연구 성과를 집대성하여 앞으로의 향파 문학 연구의 토대를 다졌다.[22]

생애와 문학 활동[23]

이주홍(1906~1987)은 강양(江陽, 혹은 합천陝川) 이씨 첨사공파(僉事公派) 33세 손으로, 본관은 경주이다. 1906년 5월 20일 아버지 이정식(李正

박경수, 「일제강점기 이주홍의 동시 연구」, ≪한국문학논총≫ 35집, 한국문학회, 2003. 12, 133~161쪽.

21) 김성진, 「1930년대 이주홍의 동화 연구」, ≪현대소설연구≫ 22호, 한국현대소설학회, 2004. 6, 139~159쪽.

22) 그 밖에 중요한 업적으로 향파의 생애에 대해 박태일의 「이주홍론: 교육자로서 걸었던 길」(한국식사교수회, ≪소설시대≫ 6호, 평민사, 2003. 10, 87~109쪽)이 있다. 또한 시에 대하여서는 박경수의 「일제강점기 이주홍의 시 연구」(≪우리말글≫ 29호, 우리말글학회, 2003. 12, 349~372쪽), 「해방기와 전후 시기 이주홍의 시와 동시 연구」(≪우리문학연구≫ 19호, 우리문학회, 2006. 2, 369~397쪽) 등이 있다. 희곡에 대하여도 연구가 활발히 이루어지고 있다. 정봉석, 「일제강점기 이주홍의 극문학 연구」(류종렬 편저, 『이주홍의 일제강점기 문학 연구』, 국학자료원, 2004. 2, 121~142쪽), 「이주홍 극문학의 세계와 가치, 지역 작가 다시 읽기—향파 이주홍」(≪문학도시≫ 37호, 2004. 6, 49~73쪽), 「이주홍 희곡의 정체와 부산 연극과의 접변 양상 연구」(≪한국문학논총≫ 제38집, 한국문학회, 2004. 12, 187~211쪽) 등이 있다.

23) 이 부분은 필자의 『이주홍과 근대문학』의 72~78쪽, 94~104쪽과, 423~437쪽을 참고하기 바란다.

植, 호적상 이름은 동신東信, 자는 성오成五)과 어머니 강정화(姜汀華) 사이에 2남 3녀 중 장남으로 태어났다. 어머니는 진양(晉陽) 강씨 두횡(斗橫)의 2녀로서, 본관은 진주이다. 향파의 외숙은 만정(晩汀) 강만달(姜晩達)로, 당시 뛰어난 시인이었다. 강양(합천) 이씨 계보에는 환주(煥周)로, 호적에는 주홍(柱洪)으로 올라 있으나, 일반적으로 주홍(周洪)으로 적었다. 호는 향파(向破)인데, 필명으로는 향파(香波), 향파(向破), 주홍, 주홍생(周洪生), 여인초(旅人草), 방화산(芳華山), 망월암(望月庵) 등을 사용하였다.

향파는 1906년 경남 합천의 읍내에서 20리 정도 떨어진 영창이라는 농촌의 산 밑 마을에서 태어났다. 그 위로 형이 둘 있었는데, 병으로 죽었다고 한다. 이때 그의 아버지 나이가 36세였고, 어머니가 26세였는데, 결혼 후 10년 만에 그가 태어난 것이다. 그의 아버지는 다섯 살 때 모친을 여의고, 열두 살 때 부친을 여읜 뒤 형편이 괜찮은 백부의 그늘에서 일종의 고아 생활을 하였다. 어렸을 때 그의 집은 매우 가난했다. 아버지는 들일을 나가고 어머니는 시삼촌 집의 일을 거들어 주며 시집살이를 해야 했다. 그는 어려운 집안에서도 부모가 늦게 낳은 자식이라 매우 사랑받은 듯하고, 그 역시 부모님을 존경하고 누구보다도 어머니를 사랑하였다.

1918년 고향에서 합천보통학교를 졸업하고, 부친의 명에 따라 서당에서 한문을 수학했다. 그의 공적 학력은 보통학교 졸업이 전부이다. 어렸을 때의 취미는 그림, 음악, 연극, 문학책 읽기 등이었다. 그뿐 아니라 ≪삼우≫, ≪형제≫, ≪신소년≫, ≪자양일보≫ 등의 이름을 단 개인 잡지나 마을 신문을 펴내는 등 일찍부터 편집과 글쓰기에도 재능이 있었다. 그는 보통학교를 졸업하고, 아버지의 권유로 면서기 후보자 시험에 응시하여 합격하였으나 나이가 어려 면서기가 될 수는 없었다. 어린 시절 농촌에서 겪은 가난의 체험은 훗날의 창작 활동에 많은 영향을 끼쳤으리라 여겨진다.

1922년 서울로 가서 고학을 하면서 많은 어려움 속에서도 그는 문학에 대한 꿈을 버리지 않았다. 그러나 현실적 어려움으로 이를 포기하고 실의에 빠져 1923년 고향에 내려와 농사를 거들면서 문학과 음악과 미술로 세월을 보냈다. 이때 아동 잡지 ≪신소년≫에 동요를 지어 투고하였더니 그것을 그대로 실어 주었기에 문학에 대한 용기를 가지게 되었다고 한다.

그리고 1921년 4월 1일부터 1924년 3월 15일까지 '경성한성중학원'을 다니고 졸업한 것으로 그의 자필 이력서의 학력란에 적혀 있다. 그가 1921년에서 1924년까지 거주지를 합천, 서울, 합천으로 옮겨 다닌 것으로 본다면 한성중학원은 정규 교육기관은 아닌 듯하다.

1924년에는 일본으로 건너가 탄광, 토목, 철물, 문구, 제과 공장 등을 전전하며 막노동을 하면서도 방대한 중국 경서를 독학으로 공부했다. 무서울 정도로 향학열을 불태우게 된 것은 바로 이때인 듯하다. 이때 향파는 1925년 4월 1일부터 1928년 3월 26일까지 3년 동안 도쿄의 세이소쿠〔正則〕 영어학교를 다니고 졸업한 것으로 보인다. 여기서 어느 정도의 지적 수준에 이르자 히로시마로 간 뒤 교포 교육을 위해 마련된 사립 근영학원에서 1928년 4월 1일부터 1929년 1월 31일까지 교편을 잡고, 문학에 대한 열정을 다시 발산하기에 이르렀다.

1928년 ≪신소년≫에 투고한 「배암 색기의 무도」라는 동화가 독자란이 아닌 본문에 실렸는데, 이것이 그의 문단 활동에 있어서 데뷔 작품이 되었다. 그러나 그는 그것을 모르고 있다가 1929년 서울에 돌아온 뒤에야 알게 되었다. ≪조선일보≫에 투고한 시가 간간이 실리기도 하였으며, 광도고사(廣島高師)의 우리나라 학생이 내는 잡지에 다다 같은 난해한 내용의 소설을 한 편 실었다. 1929년 ≪조선일보≫ 신춘문예 응모에 투고한 단편 「가난과 사랑」이 입선되어 문학에 대한 청운의 꿈을 품고 서울로 오게 된다. 일본에서 지낸 6년은 그의 문학적 경험의 직접적인 밑바탕이 되었다.

1929년 서울로 온 그는 당시 개벽사의 편집 일을 보던 신형철의 도움으로 생활해 가면서 많은 문인들을 알게 된다. 그리고 그의 동화가 수록된 ≪신소년≫의 편집장이 되었는데, 이 시절을 회고하여 '맨발의 편집장' 시절이라고 하였거니와, 월급은 없고, 밥은 사주 이중건의 집에서 먹고, 잠은 잡지사에서 자면서, 원고 쓰기부터 표지, 삽화에 이르기까지 혼자서 도맡아

하는 1인 다역을 하였다고 한다. 이때 그는 조선프롤레타리아예술가동맹(카프)에 문학부가 아닌 미술부에 가입하여 활동하였다.[24] 말하자면 그는 미술 분과의 중앙맹원으로 파업 투쟁 시 전단이나 벽보 제작을 지원하였고,[25] 이후 잡지 편집자와 만화가로서 두각을 나타내었다.

그는 《신소년》의 편집을 맡으면서 본격적인 문학의 길로 들어서서 《여성지우》에 잇달아 3편의 소설을 발표한다. 이후 《신소년》, 《음악과 시》, 《별나라》, 《우리들》 등에 동요, 동화, 동극, 소년소설 등을 발표하면서 프롤레타리아 아동문학가로 활동한다. 이 시기는 향파의 아동문학 시기라 할 수 있을 정도로, 프롤레타리아 아동문학 운동과 아동문학 작품 창작에 매진하였다.

1935년 카프가 해산되고 난 뒤 1936년부터는 소설 창작에 매진하여 「산가」, 「여운」, 「하이네의 안해」를 잇달아 발표하고 「야화」(1936. 10~1937. 5)를 《사해공론》에 연재하기 시작한다. 그리고 1936년 《풍림》이라는 순문예지를 편집・발간하였다. 이 잡지는 편집 겸 발행인이 홍구로만 알려져 있지만 향파와 홍구가 같이 발간한 것으로, 1937년 5월 제6집으로 종간되었다.[26]

그리고 그는 이 당시에 벌써 잡지 편집에 일가를 이루었고, 특히 캐리커

---

24) 카프는 1930년 4월 20일, 중앙위원회를 개최해 정치 조직으로서 성격을 드러냈던 대중 조직 형태를 청산하고 예술가 조직으로 개편했다. 중앙위원회 산하에 기술부를 두고 기술부는 음악부, 미술부, 연극부, 영화부, 문학부로 나누었으며, 미술부 책임에 안석주를 임명했다. 산하의 맹원은 안석주, 정하보, 강호, 이상대, 임화, 박진명, 이상춘, 이갑기, 이주홍, 추민 들이었다. 그 뒤 4월 26일에 개최한 중앙집행위원회에서 미술부 상임에 이상대를 선출하고, 위원에 안석주, 정하보, 강호를 뽑았다. ― 최열, 『한국현대미술운동사』 증보판, 돌베개, 1994. 2, 61~62쪽 및 『한국근대미술의 역사』, 열화당, 1998. 1, 260쪽.
25) 최열, 『한국현대미술운동사』, 44쪽.
26) 이 무렵에 그가 고향에 내려와 해인사 강원에서 강사로 지낸 기록이 있다. 김윤식은 1930년대 중반 이후 해인사 강습원을 중심으로 김동리, 허민, 최인욱, 유엽, 이주홍 등이 중심이 된 문학인들을 '해인사 문학파(문단)'라 지칭한다. ― 『김동리와 그의 시대』, 민음사, 1995. 7, 80~92쪽.

처에 속하는 '문단만화'는 거의 독보적이었는데, 이 만화로 인해 이태준, 김문집 등과 원수지간이 될 정도였다.[27] 그 이후 ≪영화연극≫이라는 잡지를 편집하기도 하고, 종합잡지 ≪신세기≫의 편집장을 맡기도 하였다. 1940년 신세기사를 그만두고, 한양영화사에 입사했으나 회사가 부실한 탓에 곧 퇴사하였다. 또한 이 해에 열일곱 살이던 셋째 누이동생이 장티푸스로 죽는다. 향파 자신의 말을 빌리면 이 해는 "실직, 무전, 실연, 유전, 자살 유혹 등이 겹친 생애 최고 수난의 해였다"고 한다.

1945년 봄 평소 일제에 의해 요시찰 인물로 감시를 당하고 몇 차례 하숙에서 가택 수사를 받았던 그는, 결국 고향인 합천에서 올라온 형사에게 붙잡혀 거창검사국에 송치되어 옥고를 치르게 된다. 이때 그는 배재중학교에 근무하고 있었다.

광복이 되자 유치장에서 풀려 나온 향파는 상경하여 배재중학교에 다시 교사로 근무하면서 『초등 국사』를 펴내고, 연극 운동에 몰두하면서, 새 시대 건설에 노력한다. 그리고 다시 사회주의 문학 단체에도 가입하여 활동하였다. 그는 1945년 카프 맹원으로 참여하여 중앙집행위원과 아동문학부 위원을 맡고, 조선프롤레타리아미술동맹의 위원장과 중앙협의원과 조직부원으로 참여한다. 이어 미술 부문의 상임위원과 중앙위원으로 참여한다. 그리고 1946년 조선문학가동맹의 특수위원회인 '아동문학위원회'의 위원으로, 개편된 서기국의 출판부원, 서울시 지부의 집행위원으로 선임된다. 그리고 ≪신소년≫을 이어받은 아동 잡지 ≪새농부≫의 편집을 맡으면서 1947년 최초의 동화집 『못난 도야지』를 아동사에서 발간한다. 이 동화집에는 일제 시대 발표한 작품 8편이 실려 있다. 이처럼 향파는 해방 뒤 서울에 거주하면서 사회주의 문학 운동에 열성적으로 참여하였다.

1947년에는 부산으로 내려와 사회주의 문학 단체와 손을 끊고, 동래중학교 국어 교사로 근무하며 연극 운동에 몰두했다. 희곡 창작뿐 아니라 연출

---

27) 이주홍, 「청춘은 아름다워라 — 내 고장 명사들의 인생 비망록」, ≪국제신보≫, 1974. 9. 26. 「풍림」 시대 및 류종렬 편저, 『이주홍의 일제강점기 문학 연구』, 319~320쪽.

까지 맡아 부산의 연극계를 이끌어 갔다. 1949년 2학기에 부산수산대학의 전임강사로 부임하면서 1972년 퇴임하기까지 이 대학에서 근무하였다. 1956년 첫 단편집 『조춘』을 발간했다.

1958년 향파는 부산아동문학회를 창립하고 부산의 아동문학운동을 이끌어 가면서, 아동문학 창작에 주력한다. 1965년 ≪현대문학≫ 11월호에 「바다의 시」를 발표하면서 소설 창작을 재개하였다. 이때부터 1984년 78세에 이르기까지 50여 편의 소설을 정열적으로 발표한다.

또한 1965년에 김석환, 김종출, 김하득, 박지홍, 유치환, 이상근, 이영도, 이용기, 이주호, 최준호, 최해군, 허창 등과 더불어 동인지 ≪윤좌≫를 발간하였으며, 1966년에는 월간문예지 ≪문학시대≫를 태화출판사 추성구 사장의 도움으로 창간하여 주간으로 일하면서 제7집까지 간행하였다. ≪문학시대≫의 간행은 당시 부산 지역에서는 획기적인 일로, 편집 방침에 따라 부산과 서울의 필진을 반씩 구성하였다고 한다. 그리고 1978년에 박노석, 조순, 송원희, 박순녀, 빈남수, 서인석, 오제봉, 임신행 등과 동인지 ≪갈숲≫을 창간하였다. 향파는 부산 문학의 발전을 위해 이러한 문학지와 동인지의 발간을 위해서도 노력을 아끼지 않았다. 이처럼 1965년부터 1987년까지는 소설과 아동문학 작품을 함께 정열적으로 발표하였는데, 이때 그의 나이 60~80세에 이르렀으므로 작가로서 노익장의 모습을 살펴볼 수 있다.

이주홍 소설의 재인식

여기서는 이 글의 중심 문제인 향파의 소설 세계를 통시적으로 살펴보면서, 아울러 문제작과 우수작을 찾아내고, 그것이 갖는 소설사적 의의를 간략하게 살펴보도록 한다. 먼저, 향파의 소설 세계를 잠정적으로 통시적인 관점에서 첫째 일제강점기의 소설, 둘째 해방 공간과 한국전쟁 전후의 소설, 셋째 1960년대 이후의 소설 등의 세 시기로 구분하여 살펴보겠다.

일제강점기의 소설

이 시기는 앞에서 살펴본 바와 같이 사회주의자로서의 작품 세계를 잘 보여 주는 시기로, 카프 맹원으로서의 모습과 카프 해체 이후의 전향의 모습으로 나누어 살펴볼 수 있다.

이 시기의 소설은 21편으로, 1929~1930년에 4편, 1936~1945년에 17편이 발표되었다. 먼저, 앞 시기의 작품으로「결혼 전날」(1929),「치질과 이혼」(1930),「그놈을 그대로 두엇나」(1930),「남의(南醫)」(1934)를 살펴보자.

「결혼 전날」은 당시의 새로운 애정 형태인 '연애'를 주된 테마로 전개되는데, 신학문을 습득한 남녀간의 애정 관계를 통해 변환기 조선의 한 풍경을 담아냈다. 여주인공의 존경과 사랑을 받는 남자 주인공이 사회주의자란 점, 그리고 그로부터 사회주의 이념을 배우면서 의식의 급격한 성장을 보이는 여자 주인공을 통해 향파의 사회주의적 신념을 엿볼 수 있다.

「치질과 이혼」과「그놈을 그대로 두엇나」는「결혼 전날」에 은밀하게 드러났던 향파의 사회주의적 신념이 구체화된 경향소설이다.「치질과 이혼」은 사치와 허영에 빠져 있는 신여성이 프로 문사와 연애에 빠지고 나아가 결혼을 하면서, 무지하고 그릇되게 살아온 자신의 삶을 반성하는 등 의식의 각성을 이룬다는 이야기다. 이러한 내용은「결혼 전날」에서의 남녀 주인공의 행동과 의식에서 진전된 사회주의적 신념의 공고함과 실천 의지를 보여 주는 것이다. 그리고「그놈을 그대로 두엇나」는 마을의 지주인 박 참봉과 농민인 최성녀의 대립 구조로 구성되어 있는데, 선체적으로 보아 구성이 엉성하고 사회주의 의식만이 과잉으로 보이는 작품이다.[28]

「남의」는 '남의'라고 알려진 영수 부친이 사회주의자로 의식화되는 과정이 은밀하게 드러나 있는 작품이다. 일제강점기 농촌의 일상 속에서 강제적인 근대화 과정이 제시되고, 야학을 하던 마을 청년 중 몇몇이 '단장 놉흔집'(감옥소)로 잡혀간 이야기, 해산 후 죽은 태성이 엄마 이야기 등이 서

---

28) 류종렬,「이주홍의 초기 소설 연구」,『이주홍과 근대문학』, 152~185쪽.

술되어 있다.

이들은 모두 향파의 사회주의 이념이 투철하였음을 드러내는 작품인데, 이때는 그가 본격 문학으로서의 소설보다는 아동문학 활동에 주력한 시기이다. 이는 창작 수업의 측면이라는 점도 있겠지만, 그에게 있어 사회주의 이념의 실천은 소설보다는 아동문학 쪽이 훨씬 주효하다고 생각되었던 듯하다. 아동문학 작품은 계급의식에 바탕을 둔 일종의 계몽 서사에 속하는 것이었다.[29]

카프가 해체된 이후 그는 하층민의 궁핍한 삶, 지식인의 전향과 그 이후의 소시민적 삶을 다룬 작품들을 발표하였다. 하층민의 궁핍한 삶을 다룬 작품으로는 「산가」(1936), 「야화」(1936~1937), 「화방도」(1937), 「제수」(1937), 「제과 공장」(1937), 「한 사람의 관객」(1939) 등이 있다. 여기서 향파는 농민 중에서도 최하층인 머슴이라든지, 산골의 소작 농민, 취직차 도시로 간 농민, 일본으로 노동 이민한 농민 등이 겪는 궁핍한 삶을 통해 1930년대 후반의 식민지 농촌의 실상을 핍진하게 보여 주었다.

전향 이후의 모습을 담은 작품으로는 「여운」(1936)과 「완구상」(1937), 「청일(晴日)」(1944) 등이 있다. 「여운」은 사회주의 이념을 버리고 전향한 주인공의 소시민적 삶을 비판하면서, 이에 대비되는 전향하지 않고 이념대로 행동하는 인물을 통해 일제의 대한 간접적 저항의 모습을 표현해 냈다. 「완구상」은 사회주의자에서 전향하여 현실적 생활을 찾았지만, 이내 파산하고 마는 지식인의 궁핍한 현실적 삶과 그 속에서도 유지되는 따뜻한 인간애를 드러낸 작품이다. 「청일」은 젊은 날에는 '주의자'로 활동했으나 식민지 현실에 좌절하고 소시민적 생활인으로 변신한 인물이 자연에 순응하여 살아가는 모습을 보여 준다.

그 밖에 낭만적 사랑과 애욕의 파탄을 다루고 있는 작품으로 「하숙 매담」(1937), 「동연」(1938~1939), 「하이네의 안해」(1939), 「비각 있는 외딴집」

---

29) 당시의 프로문학 활동과 아동문학에 대해서는 류종렬, 「이주홍의 프로문학 연구」, 『이주홍과 근대문학』, 215~249쪽을 참조하면 된다.

(1939) 등이 있다. 이들은 대개 남녀간의 사랑과 성적 욕망, 결혼이라는 1930년대 후반 남녀의 애정 문제를 다룬 것들이나 「비각 있는 외딴집」은 이들과 달리 나이 어린 시골 청년과 처녀의 순박한 사랑을 보여 주는 다소 특이한 작품이다.

이러한 일제강점기의 소설 중 우리가 주목할 만한 작품으로 「치질과 이혼」, 「야화」, 「동연」, 「제과 공장」, 「한 사람의 관객(조춘)」 등이 있다. 「치질과 이혼」은 경향소설로서, 당시의 사회주의 이념에 부합되면서도 비교적 잘 짜여 있다. 「제과 공장」은 일본 노동 이민의 고통을 한 인간의 극단적인 이기적 행위를 통해 잘 드러내고 있다. 「한 사람의 관객」은 농촌의 머슴으로 환갑이 되도록 가족도 없이 혼자 살아가는 김 노인의 일생과 분이네 가족의 붕괴를 통해 식민지 농촌 현실을 핍진하게 표현해 냈다. 「동연」은 낭만적인 생각으로 불행한 결혼을 한 신여성이 당대의 인습과 불행한 현실적 삶에서 벗어나지 못하고 잘못 찾아든 겨울 제비처럼 지낼 수밖에 없는 1930년대 후반의 결혼 풍속도를 담아낸 작품이다. 그리고 「야화」는 미완임에도 불구하고 1930년대 후반의 농촌의 궁핍상을 핍진하게 드러내는 사실적 농촌 소설이며, 주인공이 떠돌이 머슴이라는 점에서 우리 농촌 소설의 새로운 유형을 보여 주는 작품이다.

해방 공간과 한국전쟁 전후의 소설

해방 공간에서의 향파는 사회주의자로서 카프, 조선문학가동맹의 핵심 인물로 활동하였고, 이후 1947년 부산으로 내려와 사회주의 문학 단체와 결별하는 일종의 사상적 전향을 감행한다.

이 시기의 소설은 22편인데, 해방 공간에 4편, 그 이후에 18편이 발표되었다. 작품으로 전작 장편소설인 『탈선춘향전』(1951)과 중편소설 「가족」(1946~1948), 「희문」(1952), 그리고 단편소설 「명암」(1946), 「거문고」(1946), 「김 노인」(1948), 「안개 낀 아침」(1952), 「도소주」(1952), 「종차와 여왕」(1952), 「낙선 미인」(1952), 「철조망」(1953), 「늙은 체조 교사」(1953),

「권태」(1953), 「심설」(1954), 「동복」(1954), 「소녀상」(1954), 「연」(1958) 등과 몇 편의 콩트가 있다. 이들은 당시의 세태 풍속도를 다양한 인물들을 통해 보여 주었으나, 전반적으로 우수한 작품은 많지 않다.

이 시기에 주목할 만한 것은 다음의 작품들이다. 「명암」은 해방 공간에서 일제 말기의 유치장에 갇혀 있는 사상범들의 고통을 다룬 작품으로, 일제의 만행에 대한 비판과 민족 독립에 대한 신념이 잘 드러나 있다. 「거문고」는 사회주의자인 연출가 남편과 동거녀의 갈등과 화해를 담아낸 작품이나, 내부적으로는 사회주의 활동이 중요한 부분을 차지한다. 사회주의 활동에 대한 동거녀의 이해가 가정의 화목을 이끌기 때문이다. 『탈선춘향전』은 전작 장편소설로, 우리 고전인 『춘향전』을 개작하여 원본에 비해 뒤틀림이 매우 심하다. 방자와 향단이의 등장이 두드러지고, 이몽룡을 사칭하는 또 다른 이몽룡이 등장하며, 고소설과 고시조를 패러디하기도 한다. 이 작품은 1950년대의 사회구조 속에서 방자와 이몽룡의 지위 반전을 통한 민중 중심의 『춘향전』을 쓰려는 의도였으나, 대중성을 염두에 둔 해학이 오히려 문학성이나 문제의식을 반감시키고 있다.[30] 「철조망」은 보결 문제를 통해 양심적인 최 교장과 타락한 G선생을 대비시켜 전통적 가치관의 혼란과 물질 만능 세태를, 「늙은 체조 교사」는 전후 사회의 폐허와 무질서에 적응하지 못하는 체조 교사의 전락을 통해 전통적 가치관의 혼란과 인간성의 상실 등 전후의 풍속도를 잘 드러냈다. 「희문」은 한국전쟁으로 남편과 자식을 잃고 방황하고 타락하지만 억척스럽게 살아가는 한 여인의 삶의 유전을 통해 전쟁의 고통과 궁핍한 현실 세태를 잘 담아냈다.

1960년대 이후 1984년까지의 소설

1960년대 이후의 소설은 49편으로, 한 가지의 뚜렷한 주제보다는 다양한 모습을 보여 준다. 이때 그의 나이는 60~80세에 이른다. 그가 대학에서

---

30) 한채화, 『개화기 이후의 「춘향전」 연구』, 푸른사상사, 2002, 101~152쪽, 248쪽.

정년 퇴임한 것은 1972년이다. 이 시기의 소설들을 크게 세 가지 유형으로 나누면 다음과 같다.

첫째, 서민들의 소외된 삶과 타락한 현실 세태를 드러내고 있다. 향파는 지게꾼, 떠돌이, 서커스 단원, 음식점 접대부, 반통이 장수, 거지 등의 서민들의 소외된 삶에 초점을 맞추어 이들의 일상사를 사실적으로 제시하고 있다. 작품으로「지저깨비들」(1966),「장터」(1966),「습지」(1970),「봄」(1971),「우리 집 경사」(1975),「선사촌」(1976),「달순이」(1977) 등이 있다. 그리고 잘못된 현실 세태를 사실적으로 보여 주면서 어느 정도의 비판과 풍자를 담고 있는 작품들로,「유기품」(1967),「편리한 사람들」(1969),「상장」(1970),「선도원 일지」(1975),「쪼다전」(1975),「불고기 파티」(1978),「성난 계절」(1978) 등이 있다.

이들 작품은 현실적 문제를 다루되 그것의 원인이나 해답을 찾기보다는 사실 자체가 갖는 정확성에 주목하고, 이를 소재로 취급함으로써 주의를 환기시키는 수법을 사용하고 있다. 그것은 작가의 판단이나 가치 평가 이전의 상태, 아직은 뭐라고 단정하기 어려운 문제, 다양한 해석이 가능한 문제, 소외당하고 있는 것에의 조명, 잊혀 가는 것에의 애정, 잃어버리기 쉬운 작은 것에의 애착, 그리고 놓쳐 버려서는 안 될 것들에 대한 관심을 주로 보여 준다. 그것은 달리 말하면 서정적이고 정감에 바탕을 두고 있는 모성 지향적 성격을 지닌 것들이라 말할 수 있고, 갈등을 갈등으로 처리하고 그 해결을 위한 내안을 직접 제시하는 것이 아니라 갈등을 해소시키려는 화해와 감싸 안음, 이해를 통한 해결의 실마리 찾기라고 할 수 있다.[31] 이러한 점은 향파 소설의 일반적 특성으로 널리 알려져 있다.

둘째, 왜곡된 현실과 역사에 대한 비판과 인간다운 삶의 가치를 추구하고 있다.「해변」(1967),「불시착」(1968),「수염 난 동화」(1968),「음구」(1972),「신화」(1973),「돌」(1974),「부유」(1975),「춘뢰」(1979),「영야켄 씨

---

31) 김중하, 앞의 논문, 274쪽.

의 초상·VI」(1979), 「초가」(1983) 등이 이에 속한다. 그리고 역사소설 「어머니」(1977), 「경대승」(1979), 「아버지」(1981) 등에서도 향파의 냉철한 역사 인식을 살펴볼 수 있다.

셋째, 노인 문제와 노년의 삶과 죽음에 대한 성찰을 다루고 있다. 향파 소설에서 노인들의 삶에 대한 관심은 일제시대와 한국전쟁기의 「한 사람의 관객(조춘)」(1939)이나 「안개 긴 아침」(1952) 등에서도 나타난다. 그러나 향파가 이런 소설을 본격적으로 발표하기 시작한 것은 「바다의 시」(1965) 부터인데, 그의 마지막 소설인 「미로의 끝」(1984)에 이르기까지 많은 작품 이 이러한 성격을 띠고 있다. 이들은 다음의 세 유형으로 나누어 살펴볼 수 있다.

현대사회에서 도시화에 따른 가족 해체와 이에 따른 세태의 비정함을 통 해 노인의 소외된 삶이 문제시된다. 이는 도시화에 따른 가치의 불신화, 비 인간화, 소외 같은 반윤리적인 사회 현실과 전통적인 가족 관계의 해체나 유교적 가치관의 하락이나 약화를 보여 준다. 이런 작품으로 「땅」(1968), 「서울 나들이(촌수상경기)」(1974), 「수병」(1975), 「노인도」(1978) 등이 있다.

노년에 접어든 주인공이 지나온 삶과 현재의 삶을 담담하고도 냉철하게 관찰하는 생의 체관을 드러낸다. 이는 「노인도」에서도 어느 정도 드러나지 만, 「바다의 시」(1967), 「낙엽기」(1969), 「산장의 시인」(1970), 「부유」(1975), 「달밤」(1980) 등에 잘 표현되어 있다.

존재 탐구와 죽음의 철학적 성찰을 드러낸다. 죽음의 문제는 노년의 삶과 연계된 향파 소설의 중요한 주제다. 이것은 「승자의 미소」(1966), 「낙엽기」 (1969), 「차로」(1974), 「수병」(1975), 「선사촌」(1976) 등에 두루 나타나지만, 「풍마」(1972)와 「미로의 끝」(1984)에 특히 잘 드러난다.

이 시기에 주목할 만한 작품으로는 「지저깨비들」, 「유기품」, 「해변」, 「불시착」, 「수염 난 동화」, 「낙엽기」, 「풍마」, 「음구」, 「신화」, 「돌」, 「차로」, 「어머니」, 「성난 계절」, 「아버지」, 「초가」, 「미로의 끝」 등이 있다.[32] 이들은 향파의 대표작에 해당되기도 하는데, 소설 미학적으로도 우수한 작품들이 많이 포함되어 있다.[33] 「지저깨비들」은 향파의 문학적 특성을 잘 드러내는 작품으로, 하층민의 일상사를 사실적으로 포착하면서 인간적인 애정을 보이고 있다. 「수염 난 동화」는 상전이 종에게 사기당한 이야기로, 미학적으로 잘 짜인 작품이다. 「불시착」, 「음구」, 「신화」, 「돌」 등은 왜곡된 역사, 즉 일제의 만행과 친일파의 변신을 비판하는 역사 인식을 잘 드러내고, 특히 「어머니」, 「아버지」 등의 역사소설은 역사의 방향성과 민중의 힘에 대한 신뢰를 보여 주는 우수한 작품들이다.

그리고 「차로」는 향파 소설로는 다소 특이한 작품으로, 정신병원에 입원한 주인공의 자살을 다루고 있는데, 현실과 환상이 교묘하게 결합된 탄탄한 구성으로, 이데올로기의 대립이 개인에게 끼친 고통이 잘 드러나 있다.

---

32) 필자는 1950년대부터 1990년대까지 향파의 소설이 실린 문학전집(선집 포함) 31권을 조사하였는데, 이 속에 그의 소설이 실린 횟수를 정리하면 다음과 같다. 「유기품」(11회), 「풍마」(9회), 「해변」, 「완구상」(8회), 「낙엽기」(7회), 「지저깨비들」(6회), 「늙은 체조 교사」, 「불시착」, 「음구」(4회), 「철조망」, 「신화」, 「승자의 미소」, 「달밤」, 「돌」, 「차로」(3회), 「수병」, 「탈선춘향전」, 「경대승」(2회), 「회문」, 「편리한 사람들」, 「산장의 시인」, 「바나의 시」, 「어머니」, 「성난 계절」, 「영야렌 씨외 초상·Ⅵ」, 「미로의 끝」, 「상장」(1회) 등의 순서다. 이러한 수록 횟수와 그의 대표작이 반드시 일치하지는 않지만, 어느 정도는 그의 대표작을 밝히는 데 도움이 되리라 생각된다.(류종렬, 「이주홍의 소설집 서지 연구」, 『이주홍과 근대문학』.) 그리고 향파는 「인간심인(人間尋人)」에서 그의 대표작에 대해서 "두세 편 신는 정도의 전집물에서 창탁이 있을 경우 아무거나 적당히 골라서 쓰라고 하면 어떤 기준에서인지 대개 「유기품」, 「낙엽기」, 「지저깨비들」, 「돌」 등을 드는데, 그냥 뭐거나 무방하다 싶을 뿐 선택이 잘못되었다는 생각 같은 건 들지 않는다"라고 말하고 있다.(이주홍 에세이, 『바람의 길목에 서서』, 문음사, 1985. 4, 206~207쪽.)

33) 김천혜는 향파 소설 중 소설 미학적으로 뛰어난 작품으로 「조춘」, 「유기품」, 「수염 난 동화」, 「풍마」, 「음구」, 「차로」 등을 들고, 이들은 한국 단편문학에서도 가장 뛰어난 작품에 속한다고 하였다. — 「현실 인식의 문학」, 《월간문학》, 1987. 7.

「초가」는 의병 가족이 친일파의 아들과 얽히는 역사의 아이러니를 표현한 애상 구성의 작품이다. 「낙엽기」, 「풍마」, 「미로의 끝」 등은 노년의 인물이 드러내는 삶의 체관과 죽음에 대한 성찰을 담은 작품이다.

그런데 이 시기의 소설 중 특히 첫째와 셋째 계열의 소설은 향파의 문학적 특성을 잘 보여 주는 것으로 알려져 있는데, 이는 넓은 의미에서 세태소설이라 할 수 있는 것들이다. 그의 작품은 앞에서도 말한 것처럼 현실적 문제를 다루되 그것의 원인이나 결과를 찾기보다는, 다시 말하면 사회 현실의 구조적 모순을 파헤치거나 적극적 해결 방식을 취하지 않고, 있는 그 대로 보여 주고 갈등을 화해와 감싸 안음으로 해소하고 있다. 이러한 작가적 태도는 해방 후 1980년대까지의 한국적 현실 속에서는 소극적 접근 방법으로 치부되거나 역사의식이나 해결 의지의 결핍 등으로 오해받기 쉬운 점도 많이 있었다.

그러나 이것은 작가의 창작 방법의 문제로서, 현실로부터 거리 두기의 방법으로 격정을 다스리고 그로써 문제의 본질에 접근해서 독단적 판단이나 섣부른 단정보다는 함께 생각하고 문제됨을 인식하는 것에서 출발하자는 진지함과 섬세함이 숨어 있는 것으로, 독자에게도 스스로 생각하여 해답을 구하도록 유도하는 기법이다.[34] 이러한 점에서 우리 소설사에서 비판적 리얼리즘 소설만이 우수하고 의미 있는 것이라는 관점은 재고되어야 한다. 세태소설 중에서도 단순한 일상사가 아닌 소외된 인물의 어려운 삶이나 잘못된 세태를 핍진하게 드러내는 작품들은 그 가치를 인정해야 한다.

그리고 이러한 향파의 후기 소설 중 우리 소설사에서 중요한 의미를 갖는 것이 세 번째 언급한 작품들이다. 이들은 노년소설이라 이름을 붙일 수 있는 것들로, 용어는 다소 생소하지만 산업화·도시화와 더불어 인구의 노령화로 특징 지을 수 있는 현대사회에서 생겨난 사회적 장르라 할 수 있다.[35] 우리나라의 경우 1960년대 이후 산업화가 촉진되면서 노인 문제가

---

34) 김중하, 앞의 논문, 274쪽.
35) 이재선은 이를 '노년학적(gerontological) 소설'이라고 하면서, "포괄적으로는 노년의 삶,

사회적으로 중요한 문제로 제기되기 시작하였다. 이 문제에 대해 사회학, 심리학, 가족학 등에서 활발히 논의되어 요즘은 노년학이 성립될 정도로 중요시되고 있다. 그런데 우리 소설은 최근에 이르러서야 노인 문제와 그들의 삶의 양상에 관심을 기울이고 있는데, 향파는 일찍부터 이러한 유형의 소설을 발표하였으며, 그것도 도시화와 산업화에 따른 노인 문제뿐 아니라 노인만이 가질 수 있는 경험을 통해서 생에 대한 진지한 성찰을 다룬다는 점에서 소설사적 의의를 지닌다.[36] 아울러 이러한 작품들 중에서는 소설 미학적으로 우수한 작품도 많다.

남은 문제들

앞에서도 밝힌 바처럼 향파는 아동문학, 소설, 시, 희곡, 시나리오, 수필, 번역, 만문만화 등 문학의 전 장르에 걸쳐 작품 활동을 한 문인이었고, 연극 연출가, 만화가, 서예가, 작사·작곡가, 잡지 편집자 등으로도 활동한 다재다능한 예술가였다. 향파 연구는 이러한 점이 모두 어우러져야만 총체적

즉 삶의 적극적인 활동으로부터 은퇴하거나 물러나 있는 노인들의 세계를 다룬 소설이라 할 수 있겠으나, 협의적으로 도시 소설의 한 종속 장르로 규정할 경우에는 사회 변동기에 있어서 노년의 도시 생활 및 도시화에 연계된 삶을 대상으로 묘사한 소설이다"라고 정의한다. (『현대한국소설사』, 민음사, 1991). 그리고 김윤식은 '노인성 문학'이라고 명명하였으며(『90년대 한국소설의 표정』, 서울대 출판부, 1994), 서정자는 '노년 소설'이라는 용어를 본격적으로 사용하였다.(「하강과 상승 그 복합성의 시학」, ≪초당대 논문집≫ 제1집, 1995). 최근 노년문학에 대한 연구 성과는 문학을 생각하는 모임의 『한국 문학에 나타난 노인 의식』(백남문화사, 1996. 10.), 『한국노년문학연구』 2(국학자료원, 1998. 4), 『한국노년문학연구』 3(푸른사상, 2002. 2) 등이 있다.

36) 이재선은 앞의 책에서 노년학적 소설에 속한 작품으로 이문구의 『우리 동네』 연작, 오영수의 「화산댁」, 최인호의 「돌의 초상」, 최일남의 「흐르는 북」, 전상국의 「고려장」, 박완서의 「울음소리」, 오정희의 「동경」과 「적조」, 이동하의 「땜」, 안장환의 「서울 타령」, 임철우의 「어머니의 땅」 등을 들고 있으나, 향파의 작품은 없다. 그리고 서정자는 앞의 논문에서 1985년부터 1994년까지 ≪현대문학≫과 ≪문학사상≫에 발표된 단편 1200편 중 54편이 노년소설이라고 하였다.(1985년부터 향파는 소설을 발표하지 않았다.)

인 평가가 가능하다. 특히 아동문학가로서의 향파 연구는 작가론뿐만 아니라 그의 작품 세계 전반을 연구하는 데 중요한 관건이 된다. 예를 들면 그의 문학적 특질을 잘 드러내는 넓은 의미의 세태소설과 그 창작 방법은 아동문학의 경우와 비슷하다고 하겠다. 그의 아동문학은 어린이를 백지 상태의 수동적 존재가 아닌 작품을 적극적으로 읽고 해석하는 능동적인 독서 주체로 파악하는 관점에서 이루어낸 산물이다. 예컨대 어른의 관점에서 상상적으로 회상하는 관념적인 동심의 세계를 희구하거나 자칫 계몽적 목소리만 앞세우는 목적의식이 강한 교조적 태도를 강요하지 않고 어린이의 눈으로, 어린이들이 재미를 느끼고 동화될 수 있도록 특유의 기지와 해학, 풍자를 구사하며 동심의 세계를 형상화하였다. 모성 지향적 의식의 근본적인 원리가 타자의 입장에서 문제를 반추하고 끌어안는 것이라고 할 때, 그의 아동문학은 어린이를 대상으로 그러한 과정 자체를 목적으로 삼고 주제화하기 위해 독특한 해학과 기지를 발휘한 것이다. 이러한 점이 오늘까지도 향파의 동화, 동시 등이 어린이 독자들로부터 사랑을 받는 바탕이 된다고 할 수 있다. 말하자면 현실에 대한 정공법적 접근이나 비판이 아닌 화해와 감싸 안음의 접근이라는 점에서 유사하다는 것이다.

또한 향파의 일제강점기 만화가[37]로서의 활동과 만화 세계는 그의 사상적 경향을 밝히는 데 매우 중요한 것이다. 그가 카프 미술부 맹원인 것을 감안하면 그의 만화가로서의 활동은 곧 사회주의자로의 활동이라는 점에서 그의 생애의 매우 중요한 영역이다. 그의 만화 세계를 살펴보면 시사만화, 단편만화, 토막만화, 연재만화, 캐리커처, 만문만화(만화만문) 등의 영역을 자유롭게 넘나들었다. 특히 캐리커처에 속하는 문단만화는 당시 그의 독무대였다. 그의 문단만화는 당대 문인들의 이면상을 파악할 수 있다는 점에서 중요하다.[38] 아울러 만화는 그의 현실 인식을 엿볼 수 있다는 점에서 문

---

37) 만화가로서의 향파의 모습은 최열의 『한국 만화의 역사』(열화당, 1995. 5, 66~72쪽)와 손상익의 『한국만화통사』 상(시공사, 1991. 11, 228~234쪽)을 살펴보기 바란다.

38) 이 문단만화에 속하는 작품으로, 「피씨(彼氏)의 우울(憂鬱)」(『학등』, 1935. 12), 「문단

학 연구의 보조 자료로도 이용될 수 있다. 예를 들어 1936년 발표한 「시사만화」 중 한 편은 당시의 피폐했던 조선의 상황을 날카로운 비판 정신으로 해부하여 1930년대 만화계에서 가장 신랄한 풍자만화로 여겨진다는 평가까지 받고 있다.[39] 여기서 일본의 폭압 정치를 "A, A, A 도(刀)(일본도를 지칭)"라 표기하고, "이레 그 칼이 부러지자 토지 수용의 칼을 갈기 시작하나 이를 얄밉게 여긴 까마귀가 얼굴에다 똥을 갈기고 날아간다"는 강력한 대일 경고성 메시지를 띠고 있다. '토지 수용'은 동양척식회사의 토지 수탈 정책을 일컫는다.

그리고 아직까지 일제감점기와 해방 공간에서 향파의 삶은 그 궤적이 밝혀지지 않은 부분이 많다. 한국근대사를 살아온 한국 문인들의 경우 자신의 사회주의 체험을 의도적으로 감추어 왔다. 이는 이 땅에서의 삶을 영위하기 위해서는 어쩔 수 없는 일로 보인다.[40]

먼저, 향파가 일본으로 건너가 생활했던 내용은 순전히 그의 자전적 기록에만 의존하고 있다. 예를 들어 그가 수학했던 도쿄 세이소쿠 영어학교의 경우, 그가 구체적으로 몇 년간 수학했는지, 오전반과 야학반 등 어디에서 그리고 어떤 과에서 수학했는지 밝혀지지 않았다.[41] 그리고 카프 미술부

유원지(文壇遊園地)」(≪신동아≫, 1936. 5), 「문단대운동회(文壇大運動會)」(≪신동아≫, 1936. 9), 「문단(文壇) 달노리」(≪조광≫, 1936. 11), 「문단국(文壇國)을 저공비행(低空飛行)」(≪조광≫, 1936. 12), 「문단유람선(文壇遊覽船)」(『창공』, 1937. 5) 등이 있다.

39) 손상익, 『한국만화통사』 상, 시공사, 1991. 11, 232~233쪽.

40) 향파는 자서전에 해당되는 글도 비교적 많이 썼고, 수필만 해도 상당수에 이른다. 그의 수필집 목록은 다음과 같다. 『예술과 인생』(세기문화사, 1957), 『조개껍질과의 대화』(성문각, 1961), 『뒷골목의 낙서』(을유문화사, 1966), 『격랑을 타고』(삼성출판사, 1976), 『진달래를 주제로 한 명상』(학문사, 1981), 『바람의 길목에 서서』(문음사, 1985), 『술 이야기』(자유문학사, 1987), 『저 너머 또 그대가』(수대 학보사, 1989).

41) 세이소쿠 영어학교는 사이토 히데사부로(齊藤秀三郎)(1866~1929)가 1896년 10월에 도쿄 간다구(神田區) 니시키초(錦町)(현재는 도쿄(東京) 지요다구(千代田區) 간다니시치(神田錦町) 3초메(丁目) 2번지에 설립한 영어 교육을 위한 학교였다. 학교의 설립자이면서 교장인 사이토 히데사부로는 유명한 영어학자로서 『사이토(齊藤) 영화중사전(英和中辭典)』이라는 유명한 사전의 편찬자이기도 하다. 이 학교는 1923년 9월 1일 관동

맹원으로서의 활동 상황도 잡지 편집, 표지화, 삽화 등의 경우를 제외하고
는 거의 알려진 바가 없다.[42] 해방 후의 그의 행적도 현재 자료상으로 살펴
본 것이지만, 그가 월북하지 않고 부산행을 감행한 것이 무엇 때문인지 분
명하지 않다. 그의 부산행은 사상적 전향이라는 점에서 면밀히 검토되어야
한다. 해방 공간의 사회주의 문학 운동의 중심에 섰던 향파가 평양으로 가
지 않고 서울에 남아 있었고, 다시 부산으로(그의 고향은 합천이었다) 내려
와 정착했다는 점은 작가론의 관점에서는 매우 중요한 요소이기 때문이다.

그리고 그의 문학에서의 중요한 모티프를 「이주홍의 초기 소설 연구」에
서 사회주의 이념과 남녀 간의 사랑이라는 점을 밝힌 바 있다. 여기서 사
회주의 이념의 문제는 일제강점기부터 해방 공간의 「명암」(1946)과 「거문
고」(1946)에서 다루어지고 있다. 그러나 남녀 간의 애정 문제는 일제강점기
의 「하이네의 안해」(1936), 「하숙 매담」(1937), 「동연」(1938~1939), 「비각

대지진이 발생하여 학교 건물이 전소되었다.

세이소쿠 영어학교는 크게 오전반과 야학반으로 구분되며 오전반은 예비과(영어 입문
과), 보통과(1, 2, 3, 4학년), 수험과(고등학교 입학 준비) 등으로, 야학반은 예비과(영어
입문), 보통과(1, 2, 3, 4학년), 고등과(고등학교 정도), 문학과(대학 정도), 제대수험과
(帝大受驗科, 제국대학 입학 준비) 등으로 나뉜다. 재일 한국인 유학생들은 일본의 대
학으로 진학하기 위하여 이 학교를 거쳐야 했다. 이 학교에서 수학한 재일 한국 유학생
들 가운데 문학가로는 현철(1911), 박영희(1920), 안익태(1921), 이기영(1922), 홍효민
(1922), 나혜석(1910), 이서구, 계용묵(1928) 등이 있고, 이 밖에 조만식, 김교신, 박열
등도 이 학교를 다녔다.

42) 향파는 아나키즘 운동에도 관여한 듯하다. 향파가 김산이 주도한 마산 아나키즘 그룹
과 연관이 있었다는 다음과 같은 기록이 전해진다. "1928년 봄에 상하이 이정규로부터
동방무정부주의자연맹 결성 대회에 국내 대표를 보내 달라는 연락을 받았다. 김산은 김
형윤, 김용찬 등과 의논하고 이석규를 파견하기로 결정하여 김용찬으로 하여금 이석규
에게 교섭하여 승락을 얻어 상하이로 보냈다. 김산은 이리하여 김형윤, 김용찬, 이석규,
김지병, 김지홍, 이원세, 이주홍, 박봉룡 등과 긴밀한 관계를 맺고 3년간 마산에 체재했
고 그 후 평남 용강군에 이상 농촌 건설 계획을 세우고 김지병 외 오세대의 마산동지
의 참획을 얻었다. 태평양전쟁 때는 농촌사 사건 및 학생 운동에 연좌하여 함석헌과 함
께 제3차로 검거 투옥되었다."(한국무정부주의 편찬위원회, 『한국 아나키즘 운동사:
전편, 민족 해방 투쟁』, 형설출판사, 1987. 7, 235쪽) 이것은 초기의 사회주의 운동이
아나키즘과 깊은 연관이 있었기 때문으로 보인다.

있는 외딴집」(1939) 등에서, 그리고 해방 후에도 「거문고」(1946), 「가족」(1946~1948), 「종차와 여왕」(1952), 「희문」(1952), 「배필」(1953), 「방파제」(1953), 「철조망」(1953), 「분화구」(1965), 「햇빛과 나뭇잎과」(1966), 「낙엽기」(1969), 「풍마」(1972), 「쪼다전」(1975), 「달밤」(1980) 등에서 중심적인 주제로 계속 다루어진다. 이 점에 대한 연구가 계속되어야 하겠지만 이는 향파의 가족사적 문제가 구체적으로 밝혀지지 않는 한 작품론의 범위를 넘어서 작가론으로까지 확대되기에는 아직도 무리인 측면이 있다.

제2주제에 관한 토론문

유성호(한국교원대 교수)

　류종렬 선생님의 발표 잘 들었습니다. 평소에 저는 류 선생님이 보여 주신, 이주홍 문학에 대한 왕성한 연구 의욕과 성과에 각별한 경의를 가지고 있던 터였습니다. 이렇게 토론의 자리에 서게 되어 기쁘게 생각합니다.

　우리가 잘 알듯이, 향파 이주홍(向破 李周洪, 1906~1987) 선생은 1906년 경남 합천 인근인 영창에서 태어나 별세할 때까지 60여 년간 매우 왕성한 작품 활동을 한 독특한 이력의 작가입니다. 선생은 아동문학을 비롯한 소설, 시, 수필, 희곡, 번역 등 문학 전반에 걸쳐 300여 편의 작품과 60여 권의 책을 남겼고, 창작 활동 외에도 연극 연출, 잡지 편집, 만화, 회화, 서예에도 조예가 깊었던 다방면의 멀티형 작가라 할 것입니다. 오늘 류종렬 선생님께서 향파의 소설 세계를 개관하고 적극 평가하는 자리를 마련해 주셨는데, 저는 먼저 제가 이주홍 선생에 대해 평소에 생각했던 질의를 먼저 드리고 그 다음에 선생님 발표문에 즉(卽)하여 질의를 드리고자 합니다.

　먼저 저는 이주홍의 작가적 본령은 아무래도 아동문학에 있다고 생각합니다. 특히 「청어 뼈다귀」나 「잉어와 윤 첨지」 등에서 보여 주는 현실적 가난 문제의 사실적 형상화는 매우 중요한 그만의 몫입니다. 특히 이주홍

문학에 나타난 '가난'과 '눈물'은 카프의 관념적 아동문학과 구별되는 것이 기도 합니다. 저는 그 점에서 당대의 계몽 서사로 채택된 동화 장르에서 이주홍 선생의 동화가 방정환이나 색동회 그룹의 민족주의적 아동문학과 카프의 아동문학의 결절점에 놓인다고 생각하는데요, 선생님의 의견은 어떠신지요? 또 방정환, 마해송, 이원수, 현덕, 권태응, 권정생 등으로 계보화 되는 현실주의적 아동문학의 역사 속에서 향파 선생의 위상에 대해서도 설명해 주시면 고맙겠습니다.

선생님께서도 일제강점기는 향파 이주홍이 본격적인 문학으로 소설보다는 아동문학 활동에 주력한 시기라고 하셨습니다. 아동문학 작품이 계급의식을 바탕으로 한 계몽서사라는 점에서 그가 추구하는 이념과 잘 맞기 때문이라고 본 것이지요. 아동문학이 소설보다 중요한 위치를 차지하고 있다면 구체적으로 이 시기의 아동문학에서 그의 문제작이 무엇인지에 대해 자세한 설명이 필요하지 않을까 싶습니다.

제가 알기로, 향파는 카프가 해체된 후 주로 사회주의에 근접한 사상적 경향을 띠면서 하층민의 궁핍한 삶, 지식인의 전향, 소시민적인 삶을 다룬 작품들을 발표하였습니다. 또한 결혼 풍속도나 연애에 대한 내용을 소설 속에 담아내고 있습니다. 그런데 발표문에서는 일제강점기의 향파 소설을 일제에 대한 간접적 저항의 모습으로 읽은 것 같습니다. 과연 이러한 관점에서 이주홍이 당시의 사상을 대변한다고 볼 수 있는가 그리고 이주홍의 문학 세계에서 이러한 주제가 과연 본격적 수제인가에 대해 의문을 세기힐 수 있겠습니다.

선생님께서는 이주홍의 소설을 ① 일제강점기의 소설, ② 해방 직후와 한국전쟁 전후의 소설, ③ 1960년대 이후 1984년까지의 소설 등 세 시기로 나누고 계십니다. 그리고 시기별로 소설 세계를 통찰한 후에 우수작과 문제작을 찾고 소설사적 의의를 살펴보는 순서를 취하고 계십니다. 하지만 ③에 대한 소설사적 의의는 발표문에 제시되어 있지만 ①, ②에서는 구체적 작품만을 나열하고 있을 뿐 소설사적으로 어떤 의의를 지녔는가에 대해 언급이 부족합니다. 이에 대해 보완이 필요하지 않을까 합니다.

선생님께서는 앞으로 남은 문제, 해결해야 할 문제로 ① 아동문학가로서의 향파 연구, ② 일제강점기 만화가로서의 활동, ③ 일제강점기와 해방 공간에서 밝혀지지 않은 향파의 삶 연구, ④ 향파의 가족사적 문제를 제안하고 계십니다. 이 가운데 만화가로서의 활동에서 그가 보여 준 '만문만화'라는 장르와 계몽 서사로서 채택된 아동문학이라는 장르가 어떤 연관성이 있는가를 밝히는 일이 중요할 것 같습니다.

지속적으로 축적되고 있는 이주홍 문학에 대한 선생님의 연구가 뚜렷한 결실을 얻어 가시기를 바라면서 토론자의 임무에 대신할까 합니다.

이주홍 생애 연보[1]

1906년   5월 20일 경남 합천읍에서 약간 떨어진 영창 마을에서 이정식(李正植, 호적상 이름은 동신東信, 자는 성오成五)과 강정화(姜汀華) 사이에 2남 3녀 중 장남으로 태어남. 합천(陜川) 이씨 첨사공파(詹事公派) 33세 손으로, 본관은 경주이다. 족보에는 환주(煥周)로, 호적에는 계홍(桂洪)으로 올려져 있으나 일반적으로 주홍(周洪)으로 적음. 호는 향파(向破). 필명으로는 이향파(李香波·李向破), 향파(香波·向破), 여인초(旅人草), 방초산(芳華山), 망월암(望月庵) 등을 사용함.

1918년   향리에서 합천 보통학교를 졸업함.

1919년   서당에서 한문을 수학하던 중 3·1운동을 만남.

1920년   상경하여 고학을 함.

1924년   경성 한성중학원 졸업. 동생 '이성홍(李聖洪)'의 이름으로 투고한 동시 「잠자는 동생」이 ≪신소년≫에 게재됨. 일본에 건너가 토목, 제탄, 식료, 철물, 제과, 문구 공장 등을 전전하며 노동하며 고학함.

1928년   도쿄 세이소구 영어학교 졸업. 일본 히로시마에서 교포 자녀들의 교육을 위해 양인환(梁仁煥) 씨 등과 근영학원(槿英學院)을 설립하고 교편을 잡음. 교무주임 역임. ≪중외일보≫에 시 「고향의 동무들이여」, 「살구꽃」을, ≪신소년≫에 동화 「배암 색기의 무도」를 발표.

1929년   단편소설 「가난과 사랑」이 ≪조선일보≫ 신춘문예에 선외가작으로 입

---

1) 이 연보는 『이주홍 문학 연구』(이주홍아동문학상 운영위원회 편저, 대산, 2000)와 『이주홍의 일제강점기 문학 연구』(류광렬 편저, 국학자료원, 2004)의 도움을 받았다.

선. 단편소설 「결혼 전날」이 ≪여성지우(女性之友)≫에 당선. ≪신소
년≫을 편집함. ≪동아일보≫에 동시 「빨간 부채」와 「녀름밤」, ≪신소
설≫에 소년소설 「눈물의 치맛감」 발표.

1930년   양창준과 ≪음악과 시≫ 창간에 인쇄인으로 참여. ≪여성지우≫에 단
편소설 「치질과 이혼」·「그놈을 그대로 두었나」를 발표. ≪신소년≫에
소년소설 「아버지와 어머니」·「북행열차」·「청어 뼈다귀」·「돼지코구
멍」을, 동시 「질날애비」·「봄날」·「풀각시」·「서울 가는 나비」·「잉크
병」·「호박꽃」·「수박」·「폭풍우」를, 동화 「개고리와 둑겁이」·「잉어
와 윤첨지」·「우체통」을, 아동극 「뱀사람·말사람」·「톡기 눈알」·「젊
은 통장사」·「도화 시간」을 발표. ≪동아일보≫에 시 「구력 설날」을
발표. ≪음악과 시≫에 시 「새벽」을, 동시 「편사홈노리」를 발표. ≪신
소년≫에 실린 아동극 「팟밭」, 소년소설 「물싸홈」(≪신소년≫)은 검열
로 삭제됨.

1931년   김병호, 양창준, 이석봉, 박세영, 손재봉, 신말찬, 엄흥섭 등과 『불별
── 푸로레타리아 동요집』 발간. ≪조선일보≫에 아동문학평론 「아동
문학운동의 일년간 ── 금후 아동의 구체적 방안」을 발표. ≪불별≫
에 동시 「벌꿀」·「모긔」·「장아치 아저씨」·「방귀」·「박쥐·고양이」
를, ≪별나라≫에 「가나다 노래」, 「천자푸리」를 발표.

1932년   ≪신소년≫에 동시 「벌소제」·「벽」·「염불긔도」 발표.

1933년   ≪신소년≫에 소년소설 「회치」(신소년), 동시 「연」·「풀꾹」 발표. ≪우
리들≫에 시 「너의들의 얼골」 발표. ≪별나라≫에 동시 「개똥」·「호작
질」·「기관차」 발표 ≪신소년≫에 동화 「천당」을, ≪조선일보≫에 「고
동이」를 발표. ≪신소년≫에 실린 동시 「새벽」은 검열로 삭제됨.

1934년   첫아이 호(祜)를 잃고 충격. ≪우리들≫에 단편소설 「남의」, 시 「적막
한 아츰」 발표 ≪신소년≫에 동시 「자리짜기」, 동화 「호랑이 이약이」·
「군밤」, 아동극 「개떡」 발표 ≪별나라≫에 동시 「엄마」 발표 ≪신소
년≫에 실린 아동극 「낙동강 봄빛」은 검열로 삭제됨.

1935년   ≪별나라≫에 동화 「곰방대」 발표.

1936년   홍구와 순문예지 ≪풍림(風林)≫을 6집까지 발간. ≪사해공론≫에 장
         편소설 『야화』 연재.(7회로 미완됨. 후에 뒷부분을 덧붙여 단행본으로
         발간하려 했으나 뜻을 이루지 못하고, 해방 후 출판 도중 인쇄소에서
         원고를 분실함) 단편소설 「산가」(≪비판≫), 「여운」(≪조선문학≫), 「하
         이네의 안해」(≪풍림≫), 동시 「꿩」(≪동아일보≫), 동화 「귤」(≪동아
         일보≫) 발표. ≪사해공론≫(1936년 12월호)에서 문학, 영화, 연극, 레
         코드의 4개 분야의 중진 25명을 모아 「조선 문화의 재건을 위하야」라
         는 주제로 지상토론회인 문화 진단 토론회를 개최하였는데, 이주홍은
         이 지상토론회에 문학계 인사로 참여함.

1937년   장편소실 『화원』을 ≪중외시보≫에 연재(미완). 단편소설 「완구상」·
         「제과공장」(≪조선문학≫), 「하숙 매담」(≪비판≫), 「제수」(≪풍림≫),
         동화 「알 낳는 할머니」(≪동아일보≫) 발표.

1938년   중편소설 「동연」(≪비판≫), 단편소설 「화방도」(≪광업조선≫) 발표.

1939년   잡지 ≪영화·연극≫ 편집. 단편소설 「한 사람의 관객」(≪조선문학≫),
         「비각 있는 외딴집」(≪광업조선≫), 시 「유란집」·「사도의 노래」·「밤
         의 연보」(≪시학≫), 동화 「멸치」·「아들 삼형제」·「못난 도야지」(≪동
         아일보≫) 발표.

1940년   잡지 ≪신세기≫ 편집장으로 취임. 8월 16일 셋째 누이동생 말순이
         장티푸스로 죽음. ≪신세기≫를 그만두고 한양영화사에 입사했으나 회
         사가 부실한 탓에 영화 제작 불능으로 퇴사. 이 시기에 실직, 무전, 실
         연, 유전, 자살 유혹 등 내외적인 고통과 시련을 겪으며 가장 힘든 삶
         의 나날을 보냄. 시나리오 「전원 회상곡」(≪영화연극≫) 발표.

1943년   희곡 「여명」을 가명으로 ≪매일신보≫ 현상모집에 응모하여 당선됨.
         시나리오 「장미의 풍속」이 조선영화주식회사 공모에 당선. 단편소설
         「내 산아」(≪야담≫), 콩트 「지옥 안내(地獄案內)」(≪동양지광(東洋
         之光)≫ 일문) 발표.

1944년   시나리오 「춘향」이 조선영화주식회사 공모에 당선됨. 단편소설 「청일」
        (≪야담≫), 시 「전원에서(田園にて)」(≪동양지광≫, 일문) 발표. 박태
        일의 「경남 지역문학과 부왜문학」에 따르면, 섬나라 '내지'에서 그려진
        '국책만화' 『대화 일가(大和一家)』와 나란하게 식민지 '조선'에서 만
        화 『김산 일가(金山一家)』, 『명랑(明朗)한 김산 일가(金山一家)』가
        그려졌는데, 이것으로 보아 이주홍은 '내선일체' '황민화'를 위한 '국민
        총력 운동'의 대중적 획책을 위해 마련되었던 연재만화 창작에 한몫하
        였다고 함. 1942~1945년에 이주홍은 ≪동양지광≫에 일문 작품 8편
        을 발표함. 콩트 「지옥 안내」는 일본 문단에서도 보기 힘든 환상문학
        으로 흥미를 끈다고 평가됨.

1945년   봄 경찰에 피검, 고향에 있는 친구 다섯 사람과 거창검사국에 수감되
        었다가 8·15해방을 맞아 8월 16일에 출감. 조선프롤레타리아문학동
        맹의 중앙집행위원과 아동문학부위원, 조선프롤레타리아미술동맹 위원
        장과 중앙협의원과 조직부원, 조선프롤레타리아예술동맹 미술 부문 상
        임위원과 중앙위원, 조선문학가동맹 아동문학위원회 위원, 서기국 출
        판부원 역임. 배재중학교 교사로 있으면서 연극 운동에 열중함. 「어린
        병사의 노래」(≪별나라≫), 「독립의 아침」(≪예술운동≫) 작사, 시 「감
        방음」·「청년」(≪인민≫), 「역사」·「벽」(≪우리문학≫) 발표. 희곡 「진
        리의 뜰」·「대차」를 배재중학교에서 상연함.(「대차」는 1947년 ≪문예
        신문≫ 발표). 『초등 국사』(명문당) 발간.

1946년   조선문학가동맹 서울시 지부의 집행위원 역임. ≪신소년≫을 이어 받
        은 아동 잡지 ≪새동무≫의 편집을 맡음. 중편소설 「가족」을 ≪여성공
        론≫에 발표(3회 연재 중 중단되었으나 1948년 ≪대중일보≫에 다시
        연재하여 54회로 완결) ≪인민≫에 단편소설 「명암」(≪조춘≫에는 「미
        명」이라는 제목으로 개제), ≪문학≫에 「거문고」 발표. 희곡 「집」을
        배재중학교에서 공연(「좀」으로 개제하여 1947년에 ≪백민≫에 발표)
        권환, 박세영 등 조선문학가동맹 시인 13명이 펴낸 해방 기념 시집

『횃불』(우리문학사)에 시 「청년」, 「벽」 수록.

1947년　부산으로 내려와 사회주의 문학 단체와 손을 끊고, 동래중학교 교사로 있으면서 해방 후 민심을 수습하는 데에 연극 이상 효과적인 길이 없다 생각하고 학생극 운동에 몰두함. 첫 동화집 『못난 도야지』(아동사) 발간. 동화 「쫓겨난 개」(≪만주신보≫), 희곡 「좀」(≪백민≫), 「열풍」 (≪민주신문≫), 아동극 「토끼의 가정」(≪아동문학≫) 발표. 희곡 「청춘기」를 동래중학교에서 공연.(1954년 청문극회에서 「청춘계도」로 개제하여 공연) 조선문학가동맹에서 펴낸 『1946년판 조선시집』(어문각)에 시 「벽」 수록.

1948년　단편소설 「김 노인」(≪대중신보≫), 동화 「찌 — 와 짹」(≪문예신문≫) 발표. 희곡 「호반의 집」을 동래중학교에서 상연.

1949년　국립 부산수산대 전임강사로 부임. 번역극 「봄 없는 마을」을 동래중학교에서 상연. 희곡 「낙랑공주」, 「낙성의 달」, 「가실」을 동래가정고녀에서, 「아버지는 사람이 저래」(함세덕의 「감자와 족제비」 개편작)를 동래중학교에서 상연. 「탈선춘향전」(≪대중신보≫)를 동래중학교에서 공영한 이후, 계속 상연.

1950년　시 「군신 충무공」(≪해군≫) 발표. 희곡 「나비의 풍속」을 동래고녀에서 상연.(≪한일신문≫에 1952년 연재)

1951년　시 「비오는 대교」(≪시화전≫), 동화 「세 친구의 자리 다툼」(≪경남신보≫) 발표. 희곡 「순향선」, 「신부추방」 상연, 희곡 「구원의 곡」(≪부산일보≫) 연재.(「구원의 곡」은 1954년 청문극회 창립 공연작임) 전작 장편소설 『탈선춘향전』(남광문화사) 발간.

1952년　중편소설 「희문」(≪국제신보≫) 연재, 단편소설 「안개 낀 아침」(≪수산≫), 「도소주」(≪부산일보≫), 「종차와 여왕」(≪경남공보≫), 「낙선미인」(≪주간국제≫), 장편 소년소설 「아름다운 고향」(≪소년세계≫), 「피리 부는 소년」(≪파랑새≫) 연재, 소년소설 「강희하고는」(≪소년세계≫), 시 「우수」(≪도덕≫), 동화 「비오는 들창」(≪소년세계≫), 희곡 「나비의 풍속」 상연. 희곡 「보재기」(≪한일신문≫) 발표. 아동극 「승전고」
(≪파랑새≫) 발표. 희곡 「성웅 이순신」이 ≪민주신보≫ 오백만환 현
상공모에 당선되고 동시에 연재됨. 『국문학발생서설』(유인물) 발간.

1953년   단편소설 「철조망」(≪수도평론≫). 「늙은 체조 교사」(≪문화세계≫),
「권태」(≪태양신문≫ '걸작 단편 릴레이'란 표제하에 4회 연재된 작품
이나 4회분만 확인) 콩트 「초야」(≪국제신보≫, ≪태양≫에 「배필」로
개제), 「방파제」(≪수산타임스≫), 시 「청추」(≪민주신보≫), 민속소담
「쌍호장야화」(≪민주신보≫) 발표.

1954년   단편소설 「심설」(≪사해공론≫), 「동복」(≪주간국제≫), 「소녀상」(≪자
유평론≫, 1956년 ≪경남공론≫에 「소녀가 있는 풍경」으로 개제), 시
「바다에 부침」(≪경남공론≫), 인형극 「똘이의 재판」(≪경남공론≫)
발표. 희곡 「꾀꼬리 오는 집」 상연. 남향문화사에서 장편 소년소설
『이순신 장군』, 『아름다운 고향』 발간.

1955년   단편소설 「악야」(≪민주신보≫, 「수야」는 제목을 달리한 동일 작품)
발표. 장편 소년소설 『피리 부는 소년』(세기문화사), 동화집 『비오는
들창』(현대사), 편저 『학생과 생활』(세기문화사) 발간. 자료 「관서별곡」
(≪국어국문학≫) 발표.

1956년   콩트 「닭국집」(≪한글문예≫) 발표. 단편집 『조춘』(세기문화사), 번역
동화 『후라이 대감의 모험』(정음사) 발간. 희곡 「달빛은 이슬처럼 내
리고」를 부산여상에서 상연함.

1957년   제1회 부산시문화상 수상. ≪문필≫에 희곡 「뒷골목」을 발표하고 교육
대학에서 상연. 수필집 『예술과 인생』(세기문화사) 발간.

1958년   최계락, 손동인 등과 부산아동문학회 결성. ≪신조문학≫에 단편소설
「연」 발표. ≪부산일보≫에 번역 소설 『수호지』 연재. 번역 소설집 『요
전수』(세기문화사) 발간. 희곡 「임이 부르신다면」을 부산여상에서 상연.

1959년   ≪부산일보≫에 동화 「메아리」·「외로운 짬보」 발표. 동화집 『외로운
짬보』(세기문화사) 발간.

1960년   ≪신생활≫에 콩트「회유기」발표. ≪현대문학≫에 시나리오「피리 부는 소년」연재. 번역 소설집『수호지』(을유문화사, 전 5권) 발간.

1961년   ≪새벗≫에 동화「꾸중 듣는 선생님」을 발표. 같은 잡지에 장편 소년소설『어사 박문수』연재. 수필집『조개껍질과의 대화』(성문각), 동화집『톡톡 할아버지』(세기문화사) 발간.

1962년   제1회 경남도문화상, 제1회 부산대학 학술 공적상 수상. ≪국제신보≫에 번역 소설「부나비」연재. 아동문학작품집『이주홍 아동문학독본』(을유문화사), 번역집『수호지』(계몽사), 『이조문학개관』(유인물), 현대판『춘향전』(을유문화사), 민속자료집『한국풍류소담』(성문각) 발간.

1963년   ≪학생≫에 동화「주막집」발표. ≪새벗≫에 전래동화「구수한 옛날이야기」를, ≪국제신보≫에 장편동화『도둑섬과 김 장군』을, ≪부산일보≫에 『이상한 고조할머니』를 연재. ≪백경≫에 자료「향토찬가이곡」발표. 작법『글짓기 선생』(창조사) 발간.

1964년   ≪소년부산≫에 장편 소년소설『섬에서 온 아이』를, ≪새벗≫에 동화「정만서의 무전여행기」를 연재. 희곡「연이야 울지마」를 입체극장에서 상연. 소년소설「주막집」을『한국아동문학선집』에 수록.

1965년   동인지 ≪윤좌≫ 창간. 동인으로는 김석환, 김정한, 김종출, 김하득, 박지홍, 유치환, 이상근, 이영도, 이용기, 이주호, 최준호, 최해군, 허창 등이 있다. 둘째 딸 옹가를 잃음. 나서 채 한 해도 못 채워서였다. ≪현대문학≫에 단편소설「바다의 시」를, ≪윤좌≫에 콩드「분화구」를 발표. 번역 동화집『중국동화집』(삼화출판사) 발간. 희곡「시궁창에도 꽃은 핀다」가 교육대학에서 공연되고『부산일보 단막희곡집』에 수록됨.

1966년   문예지 ≪문학시대≫ 창간. 주간으로 취임하여 7집까지 발간. 이 문예지의 간행은 당시 부산 지역에서는 획기적인 일로, 편집 방침이 부산과 서울의 필진을 반반씩 하였다. 단편소설「장터」(≪문학춘추≫), 「승자의 미소」(≪문학≫), 「지저깨비들」(≪현대문학≫), 「햇빛과 나뭇잎과」(≪한글문학≫) 발표. 아동극「못나도 울 엄마」상연. 장편 소년소설

『어사 박문수』(≪새벗≫), 수필집 『뒷골목의 낙서』(을유문화사), 번역
소설집 『서유기』(어문각, 전 3권) 발간.

1967년   ≪현대문학≫에 단편소설 「유기품」·「해변」 발표.

1968년   눌원문화상 수상. 단편소설 「불시착」(≪창작과 비평≫), 「땅」(≪현대
문학≫), 「수염 난 동화」(≪현대문학≫), 동화 「쫓겨난 살찐이」(≪가톨
릭소년≫), 「꽃이 된 소녀」(≪어깨동무≫), 「살찐이의 일기」(≪아동문
학≫) 발표. 아동문학 작품집 『섬에서 온 아이』(태화출판사), 장편 소
년소설집 『정만서 무전여행기』(배영사) 발간. 번역 소설집 『홍루몽』
(을유문화사, 전 5권) 발간.

1969년   단편소설 「동래 금강원」(≪신동아≫), 「편리한 사람들」(≪월간문학≫),
「낙엽기」(≪현대문학≫), 시 「태양의 길목에 서서」(≪백경≫), 동화 「청
개구리」(≪새벗≫), 「서울 손님 오던 날」(≪횃불≫), 「바다에 갔던 살
찐이」(≪새벗≫) 발표. 장편 역사소설 『영웅』(≪부산일보≫) 연재, 번
역집 『서유기』(계몽사) 발간.

1970년   단편소설 「산장의 시인」(≪신동아≫), 「상장」(≪창작과 비평≫), 「습지」
(≪여성동아≫), 평론 「해학 속의 한국」(≪국제신보≫), 「해학 속의 한
국문학」(≪월간문학≫) 발표. 희곡 「민족의 태양」, 「방자 부활하셨네」
가 예총 합동 공연에서 공연.

1971년   콩트 「봄」(≪여성동아≫ 별책부록 콩트 88인선) 발표. 단편집 『해변』
(을유문화사), 번역 소설집 『서유기』(계몽사), 번역 소설집 『중국해학
소설전집』(동서문화사, 전 10권) 발간.

1972년   조교수, 부교수, 교수로 있기까지 24년간 근속해 온 부산수산대를 정
년퇴직한 뒤 같은 대학 명예교수를 역임. 단편소설 「송하문답기」(≪한
국일보≫), 「풍마」(≪월간문학≫), 「음구」(≪신동아≫), 평론 「해양문학
의 개발」(≪백경≫) 발표, 소설집 『희문·탈선춘향전』(삼성출판사) 발간.

1973년   단편소설 「돌아오지 않는 다리」(≪문학사상≫), 「신화」(≪현대문학≫)
발표. 단편집 『풍마』(을유문화사), 역주 『채근담』(을유문화사) 발간.

1974년   단편소설 「서울나들이」(≪여성동아≫, 소설집 『아버지』에는 「촌수상경기」로 제목이 바뀌어 실림.), 「돌」(≪한국문학≫), 「차로」(≪현대문학≫), 「좌석」(≪월간문학≫) 발표. 회고록 「청춘은 아름다워라」(≪국제신보≫), 칼럼 「이주홍 칼럼」(≪신동아≫) 연재. 동화집 『살찐이의 일기』, 최인욱과 공저 『소년소녀 한국사 이야기』(계몽사, 전 11권), 번역 소설집 『소년 수호지』(계몽사, 전 3권), 번역집 『삼국유사』(계몽사), 『중국의 민담』(동아문화사, 전 12권) 발간.

1975년   단편소설 「낙서 최후의 날」(≪현대문학≫), 「우리집 경사」(≪소설문예≫), 「선도원 일지」(≪신동아≫), 「부유」(≪한국문학≫), 「쪼다전」(≪월간중앙≫), 「수병」(『문제작가 33인 신작집』, 어문각), 수상 「송춘」(≪월간중앙≫), 「다시 산들 어쩌리」(≪독서신문≫), 「문학 산책」(≪한국일보≫) 발표. 『소년삼국사기』(계몽사), 『중국풍류골계담』(정음사) 발간.

1976년   중편소설 「어머니」(≪창작과 비평≫), 단편소설 「선사촌」(≪한국문학≫), 「노인도」(≪현대문학≫), 동화 「아침새우」(≪소년동아≫) 발표. 수필집 『격랑을 타고』(삼성출판사) 발간.

1977년   단편소설 「달순이」(≪신동아≫), 동화 「제비꽃과 굴바위」(≪현대문학≫), 「아기 원숭이」(≪가정의 벗≫), 「천신과의 약속」(≪월간문학≫), 「검은 둑」(≪소년≫) 발표. 소설집 『신화』(범우사), 『지저깨비들』(동서문화사), 동화집 『못나도 울 엄마』(장삭과비빙사) 발간.

1978년   동인지 ≪갈숲≫ 창간. 시인 박노석·조순, 소설가 송원희·박순녀·이주홍, 수필가 빈남수·서인숙, 서예가 오제봉, 아동문학가 임신행 등 9명이 동인. 단편소설 「성난 계절」(≪한국문학≫), 「연못가의 움막」(≪현대문학≫), 「복실이」(≪소년≫) 발표. 동화집 『청개구리』(상아출판사), 『해같이 달같이만』(새로출판사) 발간.

1979년   대한민국예술원상 수상. 중편소설 「경대승」(『민족문학대계』, 동화출판공사), 단편소설 「춘뢰」(≪월간중앙≫), 「영야켄 씨의 초상·Ⅵ」(≪현

대문학≫), 동화 「미운 입」(≪아동문예≫) 발표. 장편 소년소설 『소년
홍길동』(≪새농민≫ 어린이판), 역사소설 「백화난비」(≪새어민≫), 민
속설화 「파도따라 섬따라」(≪현대해양≫) 연재. 소설집 『어머니』(동서
문화사), 동화집 『정만서의 무전여행』(송원문화사), 평론집 『한국인의
웃음』(성문각), 『소년한국사』(을유문화사) 발간.

1980년   제자인 성기정(아동문학가), 강남주(시인, 부경대 총장), 김영(언론인,
부산문화방송 사장) 등이 주축이 되어 이주홍아동문학상 운영위원회를
결성하고, 초대 위원장은 성기정 씨가 맡았다. 단편소설 「달밤」(≪현대
문학≫), 「마중」(≪월간조선≫), 시 「참말」·「밤」·「사랑」(≪갈숲≫),
평론 「근린국의 문학적 이해」(≪백경≫), 동화 「아다의 과실밭」(≪한
국문학≫) 발표. 장편 소년소설 「바다의 사자」(≪어린이문예≫), 「김유
신 장군」(≪새농민≫ 어린이판) 연재. 동화집 『가자미와 복장이』(삼성
당), 수필집 『파도따라 섬따라』(현대해양출판부) 발간, 『한국소화집』을
일문으로 도쿄 로코〔六興〕에서 발간.

1981년   제1회 이주홍아동문학상 시상(수상자 박홍근). 중편소설 「아버지」(≪문
예중앙≫), 콩트 「화산이라는 친구」(≪소설문학≫), 시 「외로움」(≪갈
숲≫), 동화 「오수릿골의 맹돌이」(≪소년≫), 「구리방석」(≪동아일보≫),
「노랑이」(≪부산일보≫), 「훈장 찬 쥐」(≪소년조선일보≫), 「은행잎 하
나」(≪엄마랑 아기랑≫) 발표. 동화집 『바다의 사자』(갑인출판사), 수
필집 『진달래를 주제로 한 명상』(학문사), 『고전 이야기』(금성출판사)
발간.

1982년   제2회 이주홍아동문학상 시상(수상자 김영일). 시 「멀고도 가까운 친
구」·「태양이 없는 나라의 애국가」(≪갈숲≫), 동화 「병아리의 나들이」
(≪소년≫), 「목마 아저씨」(≪아동문예≫), 「돌소」(≪어린이문예≫), 「사
랑하는 악마」(≪현대문학≫), 「이사 가는 쪽군 부부」(≪새벗≫), 「돌장
승」(≪소년≫) 발표. 「이야기 팔도강산」(≪새소년≫), 「주락태평기」
(≪현대해양≫) 연재. 단편집 『아버지』(홍성사), 동화집 『새끼 사슴』

(동화출판사), 『피리 부는 소년』(삼성당), 『오수릿골의 맹돌이』(계몽사) 발간.

1983년 제1회 한국불교 아동문학상 수상. 제3회 이주홍아동문학상 시상(수상자 김요섭·손동인). 단편소설 「초가」(≪현대문학≫), 콩트 「떠돌이」(≪부산문예≫), 「가선대부의 손」(≪부산일보≫), 동화 「철우 요술통」(≪여성중앙≫), 「감나무 집에 경사 났네」(≪어린이문예≫), 「가야산 다람쥐」(≪소년≫), 「북 치는 곰」(≪새한신문≫), 「진달래 공원의 5월」(≪부산일보≫), 「감」(≪부산문예≫) 발표. 동시집 『현이네 집』(보리밭사), 동화집 『소년 홍길동』(인간사), 『어사 박문수』(새벗사), 『철우 요술통』(꽃동산), 『사랑하는 악마』(창작과비평사) 발간.

1984년 대한민국문화훈장 수훈. 제4회 이주홍아동문학상 시상(수상자 신지식·임신행). 단편소설 「미로의 끝」(≪현대문학≫), 시 「풍경」(≪아동문예≫), 「빗방울」(≪어린이문예≫), 「숲은」(≪아동문예≫), 「병실에서」, 「그리움 소곡」(≪갈숲≫) 발표. 중편소설집 『깃발이 가는 곳을 향하여』(태화출판사), 시집 『풍경』(보리밭사), 동화집 『북 치는 곰』(견지사), 『삼국유사 이야기』(견지사), 역사소설집 『백화난비』(청한문화사), 중국 고전 번역집 『금병매』(어문각, 전 5권 중 2권) 발간.

1985년 대한민국문학상 본상 수상. 제5회 이주홍아동문학상 시상(수상자 박경종). 단편소설 「감」(≪부산문예≫), 동시 「당산나무」(≪새벗≫), 「산새들」(≪어린이문예≫), 「어린이날 큰 잔치」(≪부산문예≫), 「자은 손을 흔들며」(≪어린이문예≫), 「내 자랑」(≪새벗≫) 발표. 수필집 『바람의 길목에 서서』(문음사), 『주락태평기』(≪현대해양≫), 아동문학 번역집 『어린이 삼국유사』(견지사), 중국 고전 번역집 『금병매』(3·4·5권 완간) 발간.

1986년 제6회 이주홍아동문학상 시상(수상자 조유로). 동화 「빛 없는 동화」(≪아동문예≫) 발표. 아동문학 작품집 『천신과의 약속』(거암출판사) 발간.

1987년	1월 3일 부산 온천동 자택에서 영면. 3·1문학상 수상. 제7회 이주홍 아동문학상 시상(수상자 김영자·김천혜). 아동문학 작품집 『아기곰 형제』(종로서적), 수필집 『술 이야기』(자유문학사) 발간.
1988년	제8회 이주홍아동문학상 시상(수상자 배익천·신동한). 번역 소설집 『열국지』(어문각, 전 5권) 발간.
1989년	제9회 이주홍아동문학상 시상(수상자 유경환). 유고집 『저 너머에 또 그대가』(수대 학보사) 간행.
1990년	제10회 이주홍아동문학상 시상(수상자 공재동).
1991년	제11회 이주홍아동문학상 시상(수상자 권오순). 전래동화 『조금만 더 가지 바위』(윤성) 발간.
1992년	제12회 이주홍아동문학상 시상(수상자 선용).
1993년	제13회 이주홍아동문학상 시상(수상자 최인학).
1994년	제14회 이주홍아동문학상 시상(수상자 문삼석). 장편 소년소설 『피리 부는 소년』(산하) 발간.
1995년	제15회 이주홍아동문학상 시상(수상자 주성호).
1996년	제16회 이주홍아동문학상 시상(수상자 송재찬). 장편 소년소설 『바다 의 사자 안용복』(우리교육), 동화집 『톡톡 할아버지』(우리교육), 『청어 뼈다귀』(우리교육) 발간.
1997년	제17회 이주홍아동문학상 시상(수상자 노원호·박일).
1998년	제18회 이주홍아동문학상 시상(수상자 신현득).
1999년	제19회 이주홍아동문학상 시상(수상자 이동렬).
2000년	제20회 이주홍아동문학상 시상(수상자 이준연). 동화집 『가자미와 복 장이』(여명미디어), 『북 치는 곰과 이주홍의 동화 나라』(웅진닷컴) 발 간. 이주홍아동문학상 운영위원회(이사장 강남주)에서 그간의 이주홍 아동문학상 수상작, 연구 논문, 평론들을 모아 『이주홍 문학 연구― 작가 작품론』, 『이주홍 문학 연구―학위논문 모음』, 『이주홍아동문학 상 수상 작가 작품집』(대산) 등 3권 발간.

2001년   제21회 이주홍아동문학상 시상(수상자 김종상). 동화집『메아리』(길벗
        사),『멸치』(지경사), 전래동화『이야기 팔도강산』(청연) 발간. 이주홍
        아동문학상 운영위원회에서『이주홍의 문학과 인생』(세한) 발간.

2002년   아동문학상 운영위원회는 사단법인 이주홍 문학재단으로 이름을 바꾸
        고 새로 출발하였고, 이주홍아동문학상을 이주홍문학상으로 확대하여
        본상, 아동문학상, 평론상 등 3개 부문으로 시상. 매년 5월 이주홍 문
        학제 개최. 10월 3일 이주홍 문학관 개관. 이주홍 문학관은 이주홍 문
        학재단이 향파가 1971년부터 1987년 작고할 때까지 살았던 부산광역
        시 동래구 온천 1동 177 ― 18번지의 집을 부산광역시의 지원금으로
        구입하여 새롭게 개축한 부산 지역 최초의 문학기념관이다. 향파의 소
        장도서 6000여 권 외에 친필 서화, 도자기, 전각 작품, 친필 원고, 일
        기 등이 보관되어 있다. 제22회 이주홍문학상 시상(수상자 송원희·최
        영희·송명희). 전래동화『이주홍 할아버지가 들려주는 팔도 옛이야
        기』 1·2권(웅진닷컴) 발간. 이주홍 문학재단에서『2002년 이주홍 문
        학제 기념작품집』(아침) 발간.

2003년   제23회 이주홍문학상 시상(수상자 임명수·김재원·류종렬). 이주홍
        문학재단에서 《이주홍 문학 저널》 창간호 발간(발행인 강남주, 편집
        인 김영).

2004년   제24회 이주홍문학상 시상(수상자 유익서·이규희·박태일). 《이주홍
        문학 저널》 2호 발간.

2005년   제25회 이주홍문학상 시상(수상자 김병규·김문홍·박경수). 《이주홍
        문학 저널》 3호 발간.

2006년   제26회 이주홍문학상 시상(수상자 이상배·강영환·정봉석). 2006년
        탄생 100주년 문학인 기념 문학제(심포지움과 문학의 밤 : 5월 12일)
        를 서울프레스센터에서 가짐. 《이주홍 문학 저널》 제4호 발간. 이주
        홍 문학재단에서『이주홍 소설 전집』(류종렬 엮음, 전 5권)과『이주홍
        극문학 전집』(정봉석 엮음, 전 3권)을 발간함.

이주홍 작품 연표

발표일	분류	제 목	발표지
1928. 3. 30	시	고향의 동무들이여	중외일보
1928. 4. 8	시	살구꽃	중외일보
1928. 5	동화	배암 색기의 무도(舞蹈)	신소년
1929. 1. 1	단편소설	가난과 사랑	조선일보(신춘문예 선외 가작)
1929. 7. 7	동요	빨간 부채	동아일보
1929. 7. 8	동시	녀름밤	동아일보
1929. 12	단편소설	결혼(結婚) 전(前)날	여성지우(당선작)
1929. 12	소년소설	눈물의 치마ㅅ감	신소년
1930. 1	아동극	뱀사람 · 말사람	신소년
1930. 1~2	소년소설	아버지와 어머니	신소년
1930. 2. 4	시	구력(舊曆) 설날	동아일보(〈동아문단〉 학예부고선)
1930. 2	아동극	톡기 눈알	신소년
1930. 2	동시	질날애비	신소년
1930. 3. 1	동요	꿩	동아일보
1930. 3	동시	봄날	신소년
1930. 3	동시	풀각시	신소년
1930. 3	아동극	팥밧	신소년(검열로 삭제)

발표일	분류	제 목	발표지
1930. 3	소년소설	북행 열차(北行列車)	신소년
1930. 4	단편소설	치질(痔疾)과 이혼(離婚)	여성지우
1930. 4	소년소설	청어 뼉다귀	신소년
1930. 4	동시	서울 가는 나븨	신소년
1930. 4	동시	잉크ㅅ병	신소년
1930. 4	아동극	젊은 통장사	신소년
1930. 5	동화	개고리와 둑겁이	신소년
1930. 6	동화	잉어와 윤 첨지	신소년
1930. 7	동시	호박꽂	신소년
1930. 7	동시	수박	신소년
1930. 7	동화	우체통	신소년
1930. 7	소년소설	물싸홈	신소년(검열로 삭제)
1930. 8	동시	폭풍우	신소년
1930. 8	소년소설	돼지 코쑤멍	신소년
1930. 8	아동극	도화 시간(圖畵時間)	신소년
1930. 9	동시	편싸홈 노리	음악과 시(『불별』 재수록)
1930. 9	시	새벽	음악과 시(『불별』 재수록)
1930. 9	평론	음악 운동(音樂運動)의 임무(任務)와 실제(實際) : 악론(樂論)	음악과 시
1930. 10	단편소설	그놈을 그대로 두엇나	여성지우
1931. 2. 13~21	평론	아동문학 운동 1년간 ─ 금후 운동의 구체적 입안(立案) 9회	조선일보

발표일	분류	제 목	발표지
1931. 3	동시	벌꿀	불별
1931. 3	동시	모긔	불별
1931. 3	동시	장아치 아저씨	불별
1931. 3	동시	방귀	불별
1931. 3	동시	박쥐·고양이	불별
1931. 5	동시	가나다 노래	별나라
1931. 9	동시	천자(千字) 푸리	별나라
1932. 11	동시	벌소제	신소년
1932. 11	동시	벽	신소년
1932. 12	동시	염불긔도	신소년
1933. 2	동시	새벽	신소년(검열로 삭제)
1933. 2	동시	개쫑	별나라
1933. 5	동시	호작질	별나라
1933. 5	동시	연	신소년
1933. 5	동화	천당(天堂)	신소년
1933. 7	동시	풀쑥	신소년
1933. 7	소년소설	회치	신소년
1933. 7	시	너의들의 얼골	우리들
1933. 9. 16	동화	고동이	조선일보
1933. 12	동시	기관차(機關車)	별나라
1934. 1. 9	만화	똑둑이의 설노리, 설 떡치기	조선일보
1934. 2	동화	호랑이 이약이	신소년
1934. 2	동화	군밤	신소년
1934. 2	시	적막(寂寞)한 아츰	우리들
1934. 3	단편소설	남의(南醫)	우리들

발표일	분류	제 목	발표지
1934. 3	동시	자리짜기	신소년
1934. 3	아동극	개떡	신소년
1934. 4	아동극	낙동강 봄빗	신소년(검열로 삭제)
1934. 12	동시	엄마	별나라
1935. 1~2	동화	곰방대	별나라
1935. 11	만화	시사만화	신동아
1935. 12	만화	피씨(彼氏)의 우울	학등
1936. 2	만화	인생시장(人生市場)	신동아
1936. 2	수필	신춘초몽(新春初夢) : 찾어온 실춘보(失春譜)	신동아
1936. 2~3	만화	인과(因果)	학등
1936. 3	만화	시사만화	신동아
1936. 3. 1	동화	귤	동아일보
1936. 3. 1	동요	꿩	동아일보
1936. 4	만화	똑똑이	신동아
1936. 4	만화	근대이문삼경(近代異聞三景)	신동아
1936. 4	만화	벌과 신사(紳士)	신동아
1936. 5	만화	문단유원지(文壇遊園地)	신동아
1936. 6	만문만화	전쟁과 평화	신동아
1936. 6	만문만화	인생(人生)의 매력(魅力)	신동아
1936. 6	만문만화	머리 없는 탈주병(脫走兵)	신동아
1936. 7	만문만화	작열(灼熱)의 홍백(紅白)	신동아
1936. 7	수필	여름밤의 꿈	신동아
1936. 7	좌담	연애 결혼 신부	신동아[2]

2) 최영수, 이헌구, 백철, 이극로, 이일, 송석하, 조헌영, 이주홍, 이희승, 김문집 참여.

발표일	분류	제 목	발표지
1936. 8	문단	조물주(造物主)의 이변 (異變)	신동아
1936. 9	단편소설	산가(山家)	비판
1936. 9	단편소설	여운(餘韻)	조선문학
1936. 9	만문만화	마수거리 실패기(失敗記)	신동아[3]
1936. 9	만문만화	추근추근한 학생(學生)	신동아
1936. 9	만문만화	최후(最後)의 승리(勝利)	신동아
1939. 9	만문만화	문단 대운동회	신동아
1936. 10	만문만화	거즛말의 데파 — 드멘트	조광
1936. 10	만화	달	사해공론
1936. 10~ 1937. 5	장편소설	야화(夜花)	사해공론[4]
1936. 11	만문만화	인생하숙쌍곡선 (人生下宿雙曲線)	조광
1936. 11	만문만화	사랑의 맹목(盲目)	조광
1936. 11	만문만화	철권주부(鐵拳主婦) 폭풍일기(暴風日記)	조광
1936. 11	만문만화	문단(文壇) 달노리 : 추야제(秋夜際)	조광
1936. 12	단편소설	하이네의 안해	풍림
1936. 12	만문만화	문단국(文壇國)을 저공비행	조광[5]

3) 6쪽 분량의 만문만화로「매립공사」,「연탄공장」등 소제목으로 나누어 여러 유형의
직업 체험담을 소개함.
4) 7회로 미완.
5) 당대의 유명 문인인 한설야, 한인택, 안회남, 김동인, 이태준, 박태원, 모윤숙, 이기영,
송영 등 9명을 등장시켜 이들의 동정과 사회적 관심도, 평 등을 이해하는 데 도움을 줌.

발표일	분류	제 목	발표지
		(低空飛行)	
1936. 12	단평	문단근간사(文壇近間事)	조광
1936. 12	좌담	조선 문화(朝鮮文化)의 재건(再建)을 위하야	사해공론
1936. 12	만문만화	여자(女子)의 일생(一生)	사해공론
1937	장편소설	화원(花園)	중외시보[6]
1937. 1	소설	완구상(玩具商)	조선문학
1937. 1	만문만화	아이들은 천진(天眞)하다	사해공론
1937. 1	좌담	현대작가창작고심합담회 (現代作家創作苦心合譚會)	사해공론[7]
1937. 2	소설	하숙(下宿) 매담	비판
1937. 3	소설	제수(弟嫂)	풍림
1937. 3	만화	문예시감(文藝時感)	비판
1937. 8	소설	제과공장(製菓工場)	조선문학
1937. 8. 28~31	동화	알 낳는 할머니	동아일보
1937. 11	수필	낙엽왕래(葉書往來) : 설문 (說文)	영화보(映畵報)
1938. 5	만화	군자(君子)도 옛말이지	월간야담
1938. 6	만화	이언변조해설(俚諺變調解說)	월간야담
1938. 8~ 1939. 2	중편소설	동연(冬燕)	비판
1938. 9	만문만화	문단백경 1~6	사해공론
1938. 10	만문만화	상식(常識) 없는 문단(文壇)	사해공론

6) 원본 미확인. 미완.
7) 채만식, 노춘성, 윤기정, 이효석, 엄흥섭, 한인택, 이주홍 참여.

발표일	분류	제 목	발표지
1938. 10	만문만화	세상풍자만화(世相諷刺漫畵)사해공론	
1938. 10	만문만화	작가(作家)의 상식 문제 (常識問題) : 일가언(一家言)	사해공론
1938. 10	소설	화방도(花房圖)	광업조선
1939. 1	만화	문단 데카메롱	조선문학
1939. 4	소설	한 사람의 관객(觀客)	조선문학[8]
1939. 4	만문만화	작가학교(作家學校) : 지옥심문기(地獄審問記)	신세기
1939. 5	시	유란집(榴卵集)	시학
1939. 5. 9~12	동화	멜치	동아일보
1939. 5. 14	전설동화	아들 3형제	동아일보
1939. 6	수필	정야사(靜夜思)	비판
1939. 6	좌담	화가(畵家)들이 본 여성미 (女性美) 좌담회	신세기[9]
1939. 6	만화	달견기(逢見記)	작품
1939. 7	소설	비각(碑閣) 있는 외딴집	광업조선
1939. 7. 14~16	동화	못난 도야지	동아일보
1939. 9	좌담	남성폭격(男性爆擊) 좌담회	신세기[10]
1939. 9	수필	소수잡기(簫愁雜記) : 초추정상(初秋精想)	조광
1939. 10	시	사도(死都)의 노래	시학
1939. 11	평론	영화(映畵)와 연극(演劇)	영화연극

---

8) 「조춘」으로 개제하여 『조춘』에 수록.

9) 심형구, 길진변, 이마동, 이쾌대, 최근배, 조병신, 곽행서, 이주홍 참여.

10) 이선희, 최옥희, 이현욱, 곽행서, 이주홍 참여.

발표일	분류	제 목	발표지
1939. 11	평론	영화횡수설(映畵橫竪說)	영화연극
1939. 12	시	밤의 연보(年譜)	시학
1939. 12	수필	〈노변기(爐邊記)〉 조상원 (早霜怨)	조광
1940. 1. 1	만화	자동 스케트	동아일보
1940. 1	시나리오	전원환상곡	영화연극
1940. 1	잡문	연애(戀愛)의 세대적 (世代的) 고민(苦悶)	비판
1940. 1	만문만화	대지(大地)의 아들	가정지우
1940. 5	만문만화	이설춘향전(異說春香傳)	가정지우
1940. 9	만문만화	여성학교(女性學校)	가정지우
1940. 10	만문만화	걱정 백태(百態)	가정지우
1940. 11~ 1941. 5	연재만화	즐거운 박 첨지	가정지우
1941. 3~8	연재만화	즐거운 박 첨지	반도의 빛(半島の光)
1941. 9~11	그림	정만서 : 신정언 안, 이주홍	반도의 빛(半島の光)
1941. 11	그림	비경(秘境)에 사는 사람들 : 갑산(甲山), 풍산(豊山)을 다녀와서 : 산지대농촌현지보고 (山地帶農村現地報告)	반도의 빛(半島の光)
1942. 1	만화	전쟁만화(戰爭漫畵)	동양지광
1942. 1	좌담	문화인(文化人)의 눈에 빗친 농촌(農村)과 금융조합 (金融組合)	반도의 빛(半島の光)[11]

---

11) 채만식, 인정식, 이주홍 참여.

발표일	분류	제 목	발표지
1942. 1~ 1942. 12	만화	명랑(明朗)한 김산(金山) 일가(一家)	반도의 빛(半島の光)
1942. 2	그림	일휴화상(一休和尙) 강담 (講談)(2회) 유추강 저, 이주홍 그림	반도의 빛(半島の光)
1942. 10	그림	북관농가(北關農家) : 비화 (扉畵)	반도의 빛(半島の光) 선문판(鮮文版)
1942. 12	단편	방콕 선생과 그 제자들 (盤谷先生とその弟子達)	동양지광
1942. 12	만문만화	만화의 1년(漫畵の一年)	동양지광
1943(4)?	희곡	여명	매일신보(현상작품)
1943. 1	야사	정초의 우슴판 새벽에 도라온 중 : 유모어 야사(野史)	반도의 빛(半島の光)[12]
1943. 3~5	만화	버려야 할 습속(習俗)	반도의 빛(半島の光)
1943. 3~5	만화	버리지 못할 전통(傳統)	반도의 빛(半島の光)
1943. 7	단편	청년과 도의(靑年と道義)	동양지광
1943. 8	소설	내 산(山)아	야담
1943. 11	잡문?	가두쇄담(街頭瑣談)	동양지광
1943. 12~ 1944. 1	콩트	지옥안내(地獄案內)	동양지광
1944. 1	만문만화	적(敵)의 흑심폭로전 (黑心暴露展)	반도의 빛(半島の光)
1944. 4	소설	청일(晴日)	야담
1944. 5	시	전원에(田園にて)	동양지광

12) 작품 말미에 '『대동야승(大東野乘)』의 「용재총화(慵齋叢話)」에서'라고 출처를 밝힘.

발표일	분류	제 목	발표지
1945	역사	초등 국사	명문당
1945	작사	어린 병사의 노래	별나라
1945	작사	독립의 아침	예술운동
1945. 12	시	감방음	인민
1945. 12	시	청년	인민[13]
1945. 12	시	역사(歷史)	인민
1946. 1	시	벽(壁)	우리문학[14]
1946. 11	소설	명암(明暗)	인민[15]
1946. 1~4	소설	가족(家族)	여성공론[16]
1946. 2	소설	거문고	문학
1946. 2	수필	희작십유(戲作拾遺)	건설
1946. 5	소설	대차(待車)	학생월보
1949. 9	수필	주중종횡기(酒中縱橫記) 1	중외정보
1946. 11	소설	거문고	문학
1947	동화집	못난 도야지	아동사
1947		요전촌(搖錢村)	세기문화사
1947	동화	쫓겨난 개	민주신보
1947	희곡	대차	문예신문
1947	희곡	열풍	민주신문
1947	아동극	토끼의 가정	아동문학(미발굴)

---

13) 권환, 박세영 등 조선 문학가동맹 시인 13명이 펴낸 해방 기념 시집 『횃불』(우리문학 사)에 수록.
14) 해방 기념 시집 『횃불』(우리문학사)에 수록.
15) 『조춘』에 「미명」으로 개제.
16) ≪여성공론≫에 3회 연재 후 중단되었으나 1948년 ≪대중일보≫에 재연재하여 54회 로 완결.

발표일	분류	제 목	발표지
1947. 4~5	학생극	좀	백민
1947. 4. 30	수필	피곤(疲困)한 위안(慰安)	문화일보
1948	소설	김 노인	대중일보[17]
1948	동화	찌―와 쨱	문예신문
1949	희곡	탈선 춘향전	대중신문
1950	시	군신 충무공	해군
1951	장편소설	탈선 춘향전(脫線春香傳)	남광문화사[18]
1951	동화	세 친구의 자리 다툼	경남신보
1951	희곡	구원의 곡	부산일보
1952	장편 소년소설	피리 부는 소년	파랑새
1952	소설	안개 낀 아침	수산[19]
1952	희곡	나비의 풍속	한일신문
1952	소설	도소주(屠蘇酒)	부산일보[20]
1952. 2~3	소설	종차(終車)와 여왕(女王)	경남공보[21]
1952. 5	소설	낙선미인(落選美人)	주간국제
1952. 10	동화	강희하고는	소년세계
1952. 10. 16~ 11. 25	중편소설	희문(戲紋)	국제신보
1952. 11~ ?	장편 소년소설	아름다운 고향	소년세계
1952	시	우수	도덕
1952	동화	비오는 들창	소년세계

17) 원본 미확인.
18) 신구문화사에서 '유―모어 소설'이라는 표제로 1955년 재출간.
19) 원본 미확인.
20) 원본 미확인.
21) 「대차」(1945. 희곡)의 개보(改補)

발표일	분류	제 목	발표지
1952	희곡	보재기	한일신문[22]
1952	아동극	승전고	파랑새[23]
1952	희곡	성웅 이순신	민주신문
1953	장편 소년소설	아름다운 고향	남향문화사
1953	콩트	초야(初夜)	국제신보[24]
1953. 7	소설	철조망(鐵條網)	수도평론
1953. 9. 15	콩트	방파제	수산타임즈
1953. 11	소설	늙은 체조 교사(體操敎師)	문화세계
1953	소설	권태(倦怠)	태양신문
1953	시	청추	민주신보
1953	민속소담	쌍호장야화	민주신보
1954	장편 소년소설	이순신 장군	남향문화사
1954. 1	소설	심설(深雪)	신생공론
1954	소설	동복(冬服)	주간국제[25]
1954. 9	소설	소녀상(少女像)	자유평론[26]
1954	시	바다에 부침	경남공론
1954	인형극	똘이의 재판	경남공론
1955	동화집	비오는 들창	현대사
1955	장편 소년소설	피리 부는 소년	세기문화사
1955	편저	학생(學生)과 생활(生活)	세기문화사
1955. 1	수필	차어(差語)	예술집단

---

22) 미발굴.
23) 미발굴,
24) 「배필」로 개제하여 《태양》에 발표 『조춘』에 수록.
25) 원본 미확인.
26) 《경남공론》(1956.7)에 「소녀가 있는 풍경」으로 개제하여 재수록.

발표일	분류	제 목	발표지
1955. 2. 20	소설	악야(惡夜)	민주신보[27]
1955. 6	논문	관서별곡(關西別曲) : 실전 (失傳)을 전(傳)해 오는 고전가사(古典歌詞)의 내용(內容) 여하(如何)	국어국문학
1955. 11. 9	단평	사회악(社會惡)과 자녀교육 (子女敎育) — 아동문학관 (兒童文化館) 설치(設置)의 중요성(重要性)	동아일보
1956	소설집	조춘(早春)	세기문화사[28]
1956	번역 동화	후라이 대감의 모험	정음사
1956	소설	소녀가 있는 풍경	경남공론
1956. 1	콩트	닭국집	한글문예
1956. 8. 23	수필	생환자의 독백, 가신 이의 명복을 빌며	조선일보
1957	수필집	예술과 인생	세기문화사
1957. 8. 21	수필	성하(盛夏)수필 — 세검정의 매미	조선일보
1957. 10	희곡	뒷골목	문필(부산문필가협회지)
1958	번역 소설집	요전수(搖錢樹)	세기문화사

27) 「수야(獸夜)」로 개제하여 『조춘』에 수록. ≪조선문학≫.
28) 「안개 낀 아침, 수야(獸夜)」, 「늙은 체조 선생(體操敎師)」, 「낙선미인(落選美人)」, 「심설(深雪)」, 「배필(配匹)」, 「철조망(鐵條網)」, 「완구상(玩具商)」, 「제수(弟嫂)」, 「조춘(早春)」, 「닭국집」, 「청일(晴日)」, 「미명(未明)」, 〈후기〉에 작품은 해방 전의 ≪조선문학≫, ≪풍림≫을 비롯해서 ≪수도평론≫, ≪문화세계≫, ≪신생공론≫, ≪주간국제≫, ≪수산≫, ≪민생신보≫, ≪국제신보≫, ≪한글문예≫ 등에 발표한 것들임을 밝힘. 「악야(惡夜)」를 「수야(獸夜)」로, 「초야(初夜)」를 「배필(配匹)」로 제목 고침.

발표일	분류	제 목	발표지
1958	장르	따뜻한 밤	부산일보
1958	번역 소설	수호지(연재)	부산일보(대학연합학회)
1958. 5	소설	연(緣)	신조문학
1958. 5	소설	송아지	현대문학
1958. 7	수필	좋은 날: 낙서(落書) 수필	신문예
1958. 10. 30	소설?	내방수기(內房手記): 병인양란록(丙寅洋亂錄)	백경
1958. 12	수필	부운음(浮雲吟)	학보(부산대 문리과)
1959	동화집	외로운 짬보	세기문화사
1959	동화	외로운 짬보	부산일보
1959	동화	메아리	부산일보
1959. 1	수필	산소(山所)에서	현대문학
1959. 10	수필	더위술	문예
1959. 12	평론	아동문학의 문단적 위치	자유문학
1960	번역 소설집	수호지 전 5권	을유문화사
1960. 1	콩트	회유기(懷幼記)	신생활
1960. 1~4	시나리오	피리 부는 소년	현대문학
1960. 5. 3	수필	나의 기벽 나의 결함— 유화를 그리는 멋	조선일보
1961	수필집	조개껍질과의 대화	성문각
1961	동화집	이주홍 아동문학독본	을유문화사
1961	동화집	톡톡 할아버지	세기문화사
1961	동화	꾸중 듣는 선생님	새벗
1961	소년소설	어사 박문수	새벗
1961. 9. 1	평론	고전 특집: 심규(深閨)의	백경

발표일	분류	제 목	발표지
		저항 (抵抗): 한국 고전 여류 문학의 문학사적 성격	
1962	민속자료집	한국풍류소담 (韓國風流笑談)	성문각
1962	번역 소설	부나비	국제신보
1962. 12. 5	평론	경남(慶南)의 설화문학	백경
1963	작법	글짓기 선생	창조사
1963	동화	주막집	학생
1963	전래동화	구수한 옛날이야기	새벗
1963	장편동화	도둑 섬과 김 장군	국제신보
1963	장편동화	이상한 고조 할머니	부산일보
1963. 9	수필	생각나는 술집들	현대문학
1963. 9	평론	아동문학은 전진하고 있는가	아동문학
1963. 11. 25	자료	발굴 자료 가고 3·4조 향토 찬가 2곡(二曲)	백경
1964	장편 소년소설	섬에서 온 아이	소년부산
1964	동화	정만서의 무전여행기	새벗
1964. 6		장수여화	도서
1964. 10	수필?	산가초(山家抄)	현대문학
1964. 10. 30	평론	아동문학론(兒童文學論) — 백철(白鐵) 김동리(金東里) 씨 등의 소론(小論)을 중심 (中心)으로	백경
1965	번역 동화집	중국동화집	삼화출판사
1965. 5		희시수첩(戱詩手帖)	현대문학

발표일	분류	제 목	발표지
1965. 6	콩트	분화구(噴火口)	윤좌
1965. 11	소설	바다의· 시(詩)	현대문학
1966	장편 소년소설	어사 박문수	새벗사
1966	번역 소설집	서유기 전 3권	어문각
1966	수필집	뒷골목의 낙서(落書)	을유문화사
1966. 1. 10	잡문	북산(北山)에는 들지마라 — 한 변절자(變節者)의 뒷꼭지에	백경
1966. 4	소설	장터	문학춘추
1966. 6	소설	승자(勝者)의 미소(微笑)	문학
1966. 10	소설	지저깨비들	현대문학
1966	소설	햇빛과 나뭇잎과	한글문학
1967	번역 소설	수호지	계몽사(어린이판)
1967. 1	수필	고마운 사람들: 인정(人情), 세정(世情), 유정(有情)	사상계
1967. 6	소설	유기품(遺棄品)	현대문학
1967. 11	소설	해변(海邊)	현대문학
1968	동화집	섬에서 온 아이	태화출판사
1968	번역 동화집	중국동화집(세계동화선집 제13권)	삼화출판사
1968	번역 소설집	홍루몽 전 5권	을유문화사
1968	장편 소년소설	정만서 무전 여행기	배영사
1968. 3	소설	불시착(不時着)	창작과 비평
1968. 5	소설	땅	현대문학
1968. 8	장르	말〔言〕의 효과(效用): 어린이 가산보(街散步)	교육평론

발표일	분류	제 목	발표지
1968. 12	소설	수염 난 동화(童話)	현대문학
1968	동화	쫓겨난 살찐이·	가톨릭소년
1968	동화	꽃이 된 소녀	어깨동무
1968	동화	살찐이의 일기	아동문학
1969	번역 소설	서유기	계몽사
1969. 1. 1~ 1971. 7. 1	장편소설	영웅(英雄) (771회)	부산일보
1969. 2	소설	동래 금강원(東萊 金剛園)	신동아
1969. 3	소설	편리한 사람들	월간문학
1969. 3. 10	시	태양의 길목에 서서 — 충무공 추념제에 올린 시	백경
1969. 5	서평	한정동 창작집『꿈으로 가는 길』	아동문학
1969. 9	동화	서울 손님 오던	날햇불
1969. 11	소설	낙엽기(落葉記)	현대문학
1969	동화	청개구리	새벗
1969	동화	바다에 갔던 살찐이	새벗
1970. 5	평론	해학(諧謔) 속의 한국문학 (韓國文學) : 한국문학과 해학	월간문학
1970. 10	소설	산장(山莊)의 시인(詩人)	신동아
1970. 12	소설	상장(喪章)	창작과 비평
1970. 10	소설	습지(濕地)	여성동아
1970	평론	해학 속의 한국	국제신보
1971	소설집	해변(海邊)	을유문화사[29]

29) 「유기품」, 「해변」, 「상장」, 「습지」, 「불시착」, 「낙엽기」, 「산장의 시인」, 「바다의 시」,

발표일	분류	제 목	발표지
1971	번역 소설집	중국해학소설전집	동서문화사[30]
1971. 6	콩트	봄	여성동아
1972	소설집	희문(戲文)·탈선춘향전	삼성출판사[31]
		(삼성문고 한국문학전집 84권)	
1972. 7. 9	소설	송하문답기(松下問答記)	한국일보
1972. 7	소설	풍마(風魔)	월간문학
1972. 8	소설	음구(陰溝)	신동아[32]
1972	평론	해양문학의 개발	백경
1973	소설집	풍마(風魔)	을유문화사[33]
1973	역주	채근담(菜根譚)	을유문화사
1973	공역	플루타르크 영웅전 전 10권	을유문화사
	(이원수, 이주홍, 손동인)		
1973. 5	소설	돌아오지 않는 다리	문학사상
1973. 10	소설	신화(神話)	현대문학
1973. 12	회고	아동문학 출발(出發)의	아동문학
		언저리	
1974	번역 설화집	중국의 민담 전 12권	동아문화사[34]

「지저깨비들」,「승자의 미소」수록.
30) 『유선기(游仙記)』1권,『일도이비삼첩(一盜二婢三妾)』2권,『육포단(肉蒲團)』3권,『인
  간수라경(人間修羅境)』4권,『춘궁비희지도(春宮秘戲之圖)』5권,『군자십팔계(君子十八
  計)』6권,『남도여창(男盜女娼)』7권,『외보살내야차(外菩薩內夜叉)』8권,『여열교열(女
  悅交悅)』9권,『제자백가문(諸子百家門)』10권 등 전 10권.
31) 『희문』,『탈선춘향전』수록.
32) ≪부산문학≫(1972. 12)에 재수록.
33) 「풍마」,「음구」,「돌아오지 않는 다리」,「봄」,「송하문답기」,「햇빛과 나뭇잎과」,「편리
  한 사람들」,「동래금강원」,「연」,「장터」,「수염 난동화」,「땅」,「신화」수록.
34) 『기문열전(奇聞列傳)』1권,『군자십팔계(君子十八計)』2권,『소천미지(笑天笑地)』3권,
  『육도삼략(六盜三掠)』4권,『외보살내야차(外菩薩內夜叉)』5권,『유선기(游仙記)』6권,

발표일	분류	제 목	발표지
1974	동화집	살찐이의 일기	교학사
1974	공저	소년소녀 한국사 이야기 (최인욱, 이주홍) 전 11권	계몽사
1974	번역 소설집	소년 수호지 전 3권	계몽사
1974	번역집	삼국유사	계몽사
1974. 5	소설	서울나들이	여성동아[35]
1974. 9~ 1975. 2	칼럼	이주홍 칼럼 ― 격랑을 타고 1~6	신동아
1974. 10	소설	돌	한국문학
1974. 11	소설	차로(遮路)	현대문학
1974. 12	소설	좌석(座席)	월간문학
1974	회고록	청춘은 아름다워라	국제신보
1975	소설	한국대표단편문학전집 16	정한출판사[36]
1975	번역집	소년 삼국사기	계몽사
1975	번역집	중국풍류골계담 (中國風流滑稽譚)	정음사
1975. 6	수필	인간(人間) 박문하(朴文夏)	한국수필
1975. 7	소설	낙서(落書) 최후의 날	현대문학
1975. 7	소설	수병(壽餠)-문제작가 33인 신작집	어문각[37]

『우웅현난(愚雄賢難)』 7권, 『인간수라도(人間修羅道)』 8권, 『요몽담(妖夢譚)』 9권, 『고지경(古志境)』 10권, 『괴력난신(怪力亂神)』 11권, 『제자백가문(諸子·百家門)』 12권 등 전 12권.

35) 소설집 『아버지』에 「촌수상경기」로 개제 수록.

36) 「음구」, 「풍마」, 「신화」 수록. 1981년 3월 증판.

37) 『아버지』에 수록.

발표일	분류	제 목	발표지
1975. 7	잡문	8도(道)의 미각 산책 (味覺 散策) 4 — 경남(慶南) 남해(南海)의 백미풍정(百味風情)	월간중앙
1975. 7. 5	수필	일사일언 어른의 자장가	조선일보
1975. 7. 12	수필	일사일언 해인사 시절	조선일보
1975. 7. 19	수필	일사일언 이 아이들을	조선일보
1975. 7. 26	수필	일사일언 일갈의 영검	조선일보
1975. 8	소설	우리 집 경사(慶事)	소설문예
1975. 8. 2	수필	일사일언(一事一言) 두 여름	조선일보
1975. 9	소설	산도원(仙桃園) 일지(日誌)	신동아
1975. 10	소설	부유(蜉蝣)	한국문학
1975. 11. 25	수필	오늘을 사는 지혜 어린것에게, '일본 경찰 무섬증'에 놀라운 간장, 분단의 살벌 너에겐 없어야	조선일보
1975. 12	단편소설	쪼다전(傳)	월간중앙
1975.	수상	송춘	월간중앙
1975	수상	다시 산들 어쩌리	독서신문
1976	소설집	격랑(激浪)의 타고	삼성출판사
1976	번역 소설집	수호지 전 5권	을유문화사
1976	중편소설	경대승(慶大升)	민족문학대계
1976. 9	소설	선사촌(先史村)	한국문학
1976. 9	소설	노인단(老人團)	현대문학
1976	동화	아침 새우	소년동아

발표일	분류	제 목	발표지
1977	소설집	신화(神話) 범우소설 문고 22권	범우사[38]
1977	소설선집	김정한 · 이봉구 · 이주홍 · 최인욱 선집 신한국문학 전집 43	어문각[39]
1977	소설집	지저깨비들	동서문화사[40]
1977	동화집	못나도 울 엄마	창작과비평사
1977. 6	소설	제비꽃과 굴바위	현대문학
1977. 6	중편소설	어머니	창작과 비평
1977. 6	동화	아기 원숭이	가정의 벗
1977. 9	소설	달순이	신동아
1977. 9	소설	천신과의 약속	월간문학
1977. 12	동화	검은 둑	소년
1978	소설집	이주홍 · 이봉구 · 박연희, 「어머니」 · 「풍마」: 「산타마리아」 · 「잡초」: 「변모」 · 「환멸」 외, 한국 현대문학전집 15	삼성출판사(1981. 9 중판)[41]
1978	동화집	청개구리	상아출판사
1978	동화집	해같이 달같이만	새로출판사
1978. 1	소설	성난 계절(季節)	한국문학

38) 「음구」, 「풍마」, 「신화」 수록.
39) 「완구상」, 「늙은 체조 교사」, 「철조망」, 「지저깨비들」, 「낙엽기」, 「산장의 시인」, 「불시착」, 「바다의 시」, 「유기품」, 「해변」 수록.
40) 「지저깨비들」, 「유기품」, 「낙엽기」, 「풍마」, 「음구」 수록.
41) 「어머니」, 「유기품」, 「낙엽기」, 「음구」, 「지저깨비들」, 「풍마」 수록.

발표일	분류	제 목	발표지
1978. 8	소설	연못가의 움막	현대문학
1978. 9	동화	복실이	소년
1978. 10	소설	불고기 파티	신동아
1979	소설집	어머니	동서문화사[42]
1979	평론집	한국인(韓國人)의 웃음	성문각[43]
1979	동화집	정만서의 무전여행	송원문화사
1979	역사서	소년 한국사	을유문화사
1979	동화	미운 입	아동문예
1979. 3~ 1980. 8	민속설화	파도따라 섬따라 1~16 : 선상 생활과 어촌의 밤을 엮는 읽을거리	현대해양
1979. 5	소설	춘뢰(春雷)	월간중앙
1979. 6~12	역사소설	백화난비(百花亂飛) ─ 중국여걸전	새어민
1979. ?~ 1980. 6	장편동화	소년 홍길동 16회	새농민 어린이판
1979. 10	소설	영야켄 씨(氏)의 초상(肖像) · Ⅵ	현대문학
1979. 12	소설집	경대승(慶大升) : 민족문학 대계 8	동화출판공사[44]
1980	동화집	사랑하는 악마	창작과비평사

---

42) 「돌」, 「차로」, 「좌석」, 「우리집 경사」, 「선도원 일지」, 「부유」, 「노인도」, 「쪼다전」, 「어머니」 수록.
43) 365화 수록.
44) 한국문화예술진흥회 편. 1980년 1월 재판.

발표일	분류	제 목	발표지
1980	소화집	한국소화집(韓國笑話集)	로코[六興]
1980	수필집	파도따라 섬따라	현대해양사
1980	동화집	가자미와 복장이	삼성당
1980	시	참말	갈숲
1980	시	밤	갈숲
1980	시	사랑	갈숲
1980	역사소설	김유신 장군	새농민 어린이판
1980. 2	소설	달밤	현대문학
1980. 5	소설	마중	월간조선
1980. 11. 4	평론	근린국의 문학적 이해	백경
1981	장편 소년소녀소설	바다의 사자	갑인출판사
1981	산문집	진달래를 주제로 한 명상	학문사
1981	번역 민담	중국민담선	정음사
1981	동화?	고전 이야기	금성출판사
1981	시	외로움	갈숲
1981	동화	구리 방석	동아일보
1981	동화	훈장 찬 쥐	소년조선일보
1981	동화	은행잎 하나	엄마랑 아가랑
1981. 1	동화	오수릿골 아이 맹돌이	소년
1981. 1. 11	동화	노랑이	부산일보
1981. 5	수필	해외살롱 먼 데 가 있는 동인들: 청마 유치환	현대해양
1981. 6	중편소설	아버지	문예중앙
1981. 8	소설	화산이라는 친구	소설문학
1981. 10	소년소설	미옥이	현대문학

발표일	분류	제 목	발표지
1982	단편소설집	아버지	홍성사[45]
1982	단행본	고사성어	인문출판사
1982	동화집	새끼 사슴	동화출판사
1982	동화집	피리 부는 소년	삼성당
1982	동화집	오수릿골의 맹돌이	계몽사
1982		주락태평기	현대해양사
1982	시	멀고도 가까운 친구	갈숲
1982	시	태양이 없는 나라의 애국가	갈숲
1982	동화	돌소	어린이문예
1982	동화	이사 가는 쪽군 부부	새벗
1982	동화	이야기 파도강산	새소년
1982. 1	동화	병아리의 나들이	소년
1982. 3. 5	수필	권두 에세이 : 짐을 진 사람들	백경
1982. 5	단평	원로 작가 이주홍 선생이 생각하는 아동문학	아동문예
1982. 5	동화	목마 아저씨	아동문예
1982. 8	소설	아름다운 악마(惡魔)	현대문학
1982. 10	동화	돌장승	소년
1983	소설집	이주홍, 김정한, 「탈선 춘향전」·「승자의 미소」 외 : 「수라도」·「인간단지」	삼성당[46]

---

45) 「영야켄 씨의 초상·Ⅵ」, 「선사촌」, 「달밤」, 「수병」, 「춘뢰」, 「성난 계절」, 「마중」, 「촌수상경기」, 「달순이」, 「불고기 파티」, 「아버지」 수록.

46) 「탈선춘향전」, 「승자의 미소」, 「지저깨비들」, 「해변」, 「유기품」, 「불시착」, 「낙엽기」, 「음보(陰譜)」, 「풍마」, 「신화」 수록.

발표일	분류	제 목	발표지
		외, 한국문학전집 16권	
1983	동시	집현이네 집	보리밭사
1983	동화집	소년 홍길동	인간사
1983	동화집	어사 박문수	새벗사
1983	동화집	철우 요술통	꿈동산
1983	동화집	사랑하는 악마	창작과비평사
1983	동화	감나무 집에 경사 났네	어린이문예
1983	동화	가야산 다람쥐	소년
1983	동화	북치는 곰	새한신문
1983	동화	진달래 공원의 5월	부산일보
1983. 1	동화	철우 요술통	여성중앙
1983. 1. 1	콩트	가선대부의 손	부산일보
1983. 12	소설	떠돌이	부산문예
1983. 12	소설	초가(樵歌)	현대문학
1984	시집	풍경(風景)	보리밭사
1984	번역 소설	금병매	어문각[47]
1984		무지개 뜨는 바다	부산아동문학협회
1984	역사소설	백화난비(白花亂飛)	청한문화사[48]
1984	동화집	북 치는 곰	견지사
1984	역사	삼국유사 이야기	견지사
1984	중편소설집	깃발이 가는 곳을 향하여	태화출판사[49]
1984	시	풍경	아동문예

---

47) 전 5권 중 2권 번역.
48) 태한(太翰)출판사에서 『백화난비 : 중국왕비열전』으로 동시 출판.
49) 「경대승」, 「어머니」, 「아버지」 수록.

발표일	분류	제 목	발표지
1984	시	빗방울	어린이문예
1984	시	숲은	아동문예
1984	시	병실에서	갈숲
1984	시	그리움 소곡	갈숲
1984. 8	소설	미로의 끝	현대문학
1984. 12	소설	감	부산문예
1985	수필집	바람의 길목에 서서	문음사
1985	역사	어린이 삼국유사	견지사
1985	동시	당산나무	새벗
1985	동시	산새들	어린이문예
1985		작은 손을 흔들며	어린이문예
1985		내 자랑	새벗
1985. 12	수필	어린이날 큰 잔치	부산문예 4집
1986	소설	우리 시대의 한국문학 2, 박화성·계용묵·이주홍·심훈·이효석 외 4명	계몽사
1986	번역 동화	서유기 전 2권	어문각
1986	동화집	천신과의 약속	거암출판사
1986. 7	동화	빛 없는 동화	아동문예
1987	소설	소년 홍길동	인간사
1987	동화집	아기 곰 형제	종로서적
1987	수필집	술 이야기	자유문학사
1988	번역 소설	중국고전문학전집	어문각[50]
1988	번역집	어린이 삼국유사	견지사

---

50) 『금병매(金甁梅)』 3~4권 완간, 『열국지(列國志)』 5권.

발표일	분류	제 목	발표지
1988	동화집	북 치는 곰	견지사
1989	유고집	저 너머에 또 그대가 부산	수대학보사
1990	동화집	청개구리	꿈동산
1991	소설선집	학원 한국문학전집 8, 이상·유진오·박영준· 이주홍·김정한	학원출판공사[51]
1996	인물 이야기	바다의 사자 안용복	우리교육
1996	동화집	톡톡 할아버지	우리교육
1996	동화집	청어 뼈다귀	우리교육
1999	소설	해변, 부산문학전집 4	부산문인협회
2000	동화집	가자미와 복장이	여명미디어
2000	동화집	북 치는 곰과 이주홍의 동화 나라	웅진닷컴
2001	그림책	메아리	길벗어린이 [52]
2001	동화집	멸치	지경사
2001	전래동화집	이야기 팔도강산	청연
2002	전래동화집	이주홍 할아버지가 들려 주는 팔도 옛이야기 2권	웅진닷컴

---

51) 「완구상」, 「늙은 체조 교사」, 「지저깨비들」, 「유기품」, 「낙엽기」, 「풍마」 수록.
52) 이주홍 글, 김동성 그림.

이주홍 연구 서지

1954. 12. 5   홍효민, 「신간 서평, 이주홍 작 소년소설 『이순신 장군』」, ≪동 아일보≫

1955. 8. 8   이원수, 「신간 서평, 이주홍 저 소년소설 『피리 부는 소년』」, ≪동아일보≫

1956. 7. 27   김춘수, 「서평, 『조춘』을 읽고」, ≪국제신보≫

1956. 8. 1   정진업, 「자학서 참여로 —— 이주홍 저 「조춘」을 읽고」, ≪민주 신보≫

1957. 3. 2   정상구, 「향토작가론 5 : 사실(寫實)의 해체 ——「조춘」을 통해 본 이주홍 씨」, ≪부산일보≫

1958. 11   이경선, 「고전의 현대화 : 이주홍 씨의 『요전수』의 경우」, ≪신문 예≫ 5호

1961. 4. 10   송재오, 「이주홍 저 『수호지』(신간서평)」, ≪동아일보≫

1963   손동인, 「해설, 『이주홍 아동문학독본』」, 을유문화사

1967   이재철, 「이주홍론」, 『아동문학개론』, 문운당, 이주홍아동문학상 운영위원회(강남주)『이주홍 문학 연구』1권, 대산, 2000

1969. 1~1970. 5 이재철, 「이주홍, ≪횃불≫」, 소년한국일보사 ; 『한국현대아동문 학사』, 일지사, 1978. 11

1969   박동규, 「식민지의 풍속도 —— 조용만 · 이주홍 · 이석훈 · 유진 오 · 이무영」, 『한국단편문학대계』3, 삼성출판사

1969. 6   안춘근, 「이주홍론」, ≪횃불≫, 소년한국일보사

1969. 11   이재철, 「1930년대의 중요 작가들 1 — 윤석중, 이주홍」, 「한국

현대아동문학사」 제11회, ≪횃불≫, 소년한국일보

1972. 3   천이두, 「양식과 관조」, ≪월간문학≫ ; 『한국소설의 흐름』, 국
학자료원, 1998. 11

1973. 1   김상일, 「권력의 희화──이주홍의 『희문』, 『탈선춘향전』」, 『한
국문학전집』 별권 1, 삼성문고 ; 『한국작가·작품해설집』, 삼성
출판사

1974. 12 신동한, 「향파 이주홍론」, 『재부 작가론·작품집』, 한국문인협회
부산지부 ; 『비평문학산책』, 자유문학, 1981

1975   구중서, 「작가·작품 해설」, 『한국단편문학전집』 4, 문성당

1975. 11. 16 하영수(기자), 「문학산책 ⑪ : 소설가 이주홍 씨」, ≪한국일보≫

1976   김윤식, 「30년대의 작가들──이무영·이상·이주홍·유진오·
김말봉」, 『한국단편문학대전집』 2, 동화출판공사

1976. 10 김병걸, 「이주홍 문학의 세계」, 『한국문학전집』 제21권, 민중서관

1976. 10 정영일, 「따뜻한 노안에 비친 인간 축도 : 『격량을 타고』, 이주
홍 저」, (서평), ≪독서생활≫ 11호, 삼성출판사.

1977   이오덕, 「아동문학과 서민성」, 『시 정신과 유희 정신』, 창작과
비평사

1977   신동한, 「이주홍론──세련된 현실 달관의 세계」, 『신화』, 범우
소설문고 22, 범우사

1977   신동한, 「김정한·이봉구·이주홍·최인욱과 그 문학」, 『신한국
문학전집』 43, 어문각

1977   신동한 「(해설), 『지저깨비들』」, 동서문고 249, 동서문화사

1977. 2   이오덕, 「익살 속에 담긴 겨레 마음, 『못나도 울 엄마』」, 창비아
동문고 2, 창작과비평사

1978   신동한, 「이주홍의 문학──구도의 길」, 『한국현대문학전집』 15, 삼
성출판사, (1981. 9 중판) ; 『이주홍 문학 연구』, 1권, 대산, 2000

1979   임신행, 「향파 이주홍 선생님을 찾아서」 ; 이주홍아동문학상 운

	영위원회(강남주),『이주홍의 문학과 인생』, 세한, 2001(비매품)
1979. 3	구중서,「작가·작품 해설」,『한국단편문학전집』4, 신화사
1979. 12	최일수,「계몽주의에서 탈피한 형상력」,『민족문학대계』8, 동화출판공사, 1980(재판)
1980	이오덕,「전래동화, 그 전통 계승 문제」, 《세계의 문학》 여름호;『어린이를 지키는 문학』, 백산서당, 1984
1980. 4	김병걸,「다양한 전개」,『한국단편문학전집』2, 진문출판사
1980. 11	한국문화연구원,『한국소화집』, 이주홍 저 (서평), 《한국문화》 14호
1981. 6	원형갑,「한 토양에서 달리 우뚝한 나무들」,『현대한국단편문학전집』6, 금성출판사
1982	박지홍,「천년 묵은 거목」, 《윤좌》 13집 ; 이주홍아동문학상 운영위원회(강남주),『이주홍의 문학과 인생』, 세한, 2001(비매품)
1982. 6	김천혜,「두 편의 역사소설 — 이주홍의 「어머니」·「아버지」론」, 《부산문학》 9호, 부산문인협회 ;『이주홍 아동문학 연구』, 대산, 2000
1983	김병걸,「이주홍 문학의 세계」,『한국문학전집』16, 삼성당
1983	이재철,「한국아동문학의 흐름」,『아동문학의 이론』, 형설출판사
1983	이오덕,「이주홍 선생의 동화,『사랑하는 악마』」, 창비아동문고 13, 창작과비평사
1983	이재철,「이주홍론」,『한국아동문학작가론』, 개문사
1983. 1	이재철,「한국아동문학사」,『개고판 아동문학개론』, 서문당
1983. 3	손동인,「이주홍론 — 향파 동화의 빛깔」, 《아동문학평론》 26호, 아동문학평론사
1984	원형갑,「한 토양에서 달리 우뚝한 아무들」,『현대한국단편문학』6호, 금성출판사
1984. 12	김정자,「모티브 구조로 본 김정한·이주홍 소설의 문체적 특성」,

≪어문교육론집≫ 8호, 부산대 사대 국어교육과

1985 구자옥,「비탈길 계속 오르시기를」, ≪윤좌≫ 16집 ; 이주홍아동
문학상 운영위원회(강남주),『이주홍의 문학과 인생』, 세한,
2001(비매품)

1985 김동주,「힘센 병자생(丙子生)」, ≪윤좌≫ 16집 ; 이주홍아동문
학상 운영위원회(강남주),『이주홍의 문학과 인생』, 세한, 2001
(비매품)

1985 김병규,「선풍도골(仙風道骨)의 향파(向破) 선생(先生)」, ≪윤
좌≫ 16집 ; 이주홍아동문학상 운영위원회(강남주),『이주홍의
문학과 인생』, 세한, 2001(비매품)

1985 박지홍,「정자나무 그늘에서」, ≪윤좌≫ 16집 ; 이주홍아동문학
상 운영위원회(강남주),『이주홍의 문학과 인생』, 세한, 2001(비
매품)

1985 손동인,「풍류와 정력의 제왕」, ≪윤좌≫ 16집 ; 이주홍아동문학
상 운영위원회(강남주),『이주홍의 문학과 인생』, 세한, 2001(비
매품)

1985 최해군,「향파 선생의 문학(文學)」, ≪윤좌≫ 16집 ; 이주홍아
동문학상 운영위원회(강남주),『이주홍의 문학과 인생』, 세한,
2001(비매품)

1985. 5~6 송명희,「현대문학사의 산 증인, 향파 이주홍」, 부산문학회, ≪부
산문화≫ 4호 ;『이주홍 아동문학 연구』1권, 대산, 2000

1986. 11 정신,「생애 그 자체로서의 문학」,『우리 시대의 한국문학』2,
계몽사

1986. 12 김천혜,「부조리에의 반역 — 이주홍의「수염 난 동화」론, 부산문
인협회, ≪부산문예≫ 20호 ;『이주홍 아동문학 연구』, 대산, 2000

1987 강남주,「이제윤신(以制潤身)을 타이르시더니 — 향파 선생의
문학과 인생」, ≪윤좌≫ 17집 ; 이주홍아동문학상 운영위원회

(강남주), 『이주홍의 문학과 인생』, 2001(비매품)

1987   김동규, 「여초제생(與草濟生)」, ≪윤좌≫ 17집 ; 이주홍아동문학
상 운영위원회(강남주), 『이주홍의 문학과 인생』, 세한, 2001(비
매품)

1987   김영, 「새벽길 떠난 향파 선생님」, ≪부산문화≫ 13호 ; 이주홍아
동문학상 운영위원회(강남주), 『이주홍의 문학과 인생』, 세한,
2001 (비매품)

1987   김정한, 「술로서 나를 앞지른 친구」, ≪윤좌≫ 17집 ; 이주홍아
동문학상 운영위원회(강남주), 『이주홍의 문학과 인생』, 세한,
2001(비매품)

1987   김천혜, 「역사적 현실에 바탕 둔 위대한 리얼리스트」, ≪아동문
학의 탑≫ 7호 ; 이주홍아동문학상 운영위원회(강남주), 『이주홍
의 문학과 인생』, 세한, 2001(비매품)

1987   손동인, 「향파 선생님 보옵소서」, ≪윤좌≫ 17집 ; 이주홍아동문
학상 운영위원회(강남주), 『이주홍의 문학과 인생』, 세한, 2001
(비매품)

1987   원형갑, 「한 토양에서 달리 우뚝한 나무들」, 『한국단편문학』 3,
금성출판사

1987   조순, 「목마른 온천장」, ≪아동문학의 탑≫ 7호 ; 이주홍아동문
학상 운영위원회(강남주), 『이주홍의 문학과 인생』, 세한, 2001
(비매품)

1987   조순, 「퉁소 부는 온천장」, ≪아동문학의 탑≫ 8호 ; 이주홍아동
문학상 운영위원회(강남주), 『이주홍의 문학과 인생』, 세한, 2001
(비매품)

1987   조해군, 「향파 선생과 ≪문학시대(文學時代)≫」, ≪윤좌≫ 17집 ;
이주홍아동문학상 운영위원회(강남주), 『이주홍의 문학과 인생』,
세한, 2001(비매품)

1987	최승범, 「향파 선생」, ≪아동문학의 탑≫ 7호 ; 이주홍아동문학
	상 운영위원회(강남주), 『이주홍의 문학과 인생』, 세한, 2001(비
	매품)
1987. 1. 5	손동인, 「향파 선생님 영전(靈前)에」, ≪부산일보≫ ; ≪윤좌≫
	17집 ; 이주홍아동문학상 운영위원회(강남주), 『이주홍의 문학
	과 인생』, 세한, 2001(비매품)
1987. 1. 6	고미석, 「부산 문단(釜山文壇) 지킨 향토(鄕土) 작가―81세
	로 타계(他界)한 향파 이주홍 씨」, ≪동아일보≫ ; ≪윤좌≫ 17
	집 ; 이주홍아동문학상 운영위원회(강남주), 『이주홍의 문학과
	인생』, 세한, 2001(비매품)
1987. 1. 6	송지영, 「선비 중의 선비―내가 본 향파」, ≪조선일보≫ ; ≪윤
	좌≫ 7집 ; 이주홍아동문학상 운영위원회(강남주), 『이주홍의 문
	학과 인생』, 세한, 2001(비매품)
1987. 1 .6	양헌석, 「문단 산 증인, 부산 문학계 대부―소설·희곡 등 60년
	간 작가 활동―타계한 이주홍 씨 인생관과 작품 세계」, ≪중
	앙일보≫ ; ≪윤좌≫ 17집 ; 이주홍아동문학상 운영위원회(강남
	주), 『이주홍의 문학과 인생』, 세한, 2001(비매품)
1987. 1. 6	이진두, 「박식(博識)·유머·풍류(風流)의 인생―타계한 향파
	이주홍 씨의 문학 세계, ≪부산일보≫ ; ≪윤좌≫ 17집 ; 이주홍
	아동문학상 운영위원회(강남주), 『이주홍의 문학과 인생』, 2001
	(비매품)
1987. 1. 6	조양욱, 「창작(創作) 반(半)세기…부산 문단의 거목―고(故)
	이주홍 씨의 문학, ≪조선일보≫ ; ≪윤좌≫ 17집 ; 이주홍아동
	문학상 운영위원회(강남주), 『이주홍의 문학과 인생』, 세한,
	2001(비매품)
1987. 2	김영, 「꼿꼿하면서도 정이 많은 선비」, ≪어린이문예≫ ; 이주홍
	아동문학상 운영위원회(강남주), 『이주홍의 문학과 인생』, 세한,

2001(비매품)

1987. 2   이재철, 「향파 이주홍 선생의 문학 세계」, ≪어린이문예≫ ; 이주홍아동문학상 운영위원회(강남주), 『이주홍의 문학과 인생』, 세한, 2001(비매품)

1987. 2   임신행, 「인정 많고 자상한 어른」, ≪어린이문예≫ ; 이주홍아동문학상 운영위원회(강남주), 『이주홍의 문학과 인생』, 부산 : 2001(비매품)

1987. 2   조유로, 「선생님! 선생님! 선생님! ― 향파 이주홍 선생님께 올리는 글」, ≪어린이문예≫ ; 이주홍아동문학상 운영위원회(강남주), 『이주홍의 문학과 인생』, 세한, 2001(비매품)

1987. 3   김문홍, 「인간 신뢰의 미학 ― 이주홍의 아동문학」, ≪부산문화≫ 13호, 부산문학회

1987. 3   이재철, 「향파 이주홍 선생의 문학 세계, 해학적 문장, 건강한 리얼리즘 ― 이주홍 추모 특집」, ≪아동문학평론≫ 41호, 아동문학평론사 ; 『이주홍 문학 연구』 1권, 대산, 2000.

1987. 3   최해군, 「「말 없는 황소」 등을 두드리며 ― 이주홍 선생과 나」, ≪부산문화≫ 13호 ; 이주홍아동문학상 운영위원회(강남주), 『이주홍의 문학과 인생』, 세한, 2001(비매품)

1987. 3   류종렬, 「위식된 삶의 풍자 ― 이주홍의 소설 세계」, 부산문학회, ≪'부산문화≫ 13 ; ≪갈숲≫ 25호, 태화출판사, 1987. 6

1987. 7   김천혜, 「현실 인식의 문학」, ≪월간문학≫ ; 『현실 인식의 문학』, 전망, 1997.

1987. 7. 20~8. 3 도난실, 「향토 출신 예술인 향파 이주홍의 작품 세계와 그 생애」, ≪경남신문≫ ; 이주홍아동문학상 운영위원회(강남주), 『이주홍의 문학과 인생』, 세한, 2001(비매품)

1988   송원희, 「독야청청(獨也靑靑) 향파 선생님」, ≪갈숲≫ 23호 ; 이주홍아동문학상 운영위원회(강남주), 『이주홍의 문학과 인생』,

세한, 2001(비매품)

1988   임신행, 「백운공원에서 — 고 향파 선생님 1주기를 즈음하여」, ≪갈숲≫ 23호 ; 이주홍아동문학상 운영위원회(강남주), 『이주홍의 문학과 인생』, 세한, 2001(비매품)

1988   신동한, 「만년(晩年)에 더욱 빛난 향파의 문채(文彩), ≪아동문학의 탑≫ 8호 ; 『우리 시대의 한국 문학』, 계몽사, 1986 ; 이주홍아동문학상 운영위원회(강남주), 『이주홍의 문학과 인생』, 세한, 2001(비매품)

1989   신동한, 「이주홍론」, 한국문학평론가협회 편, 『한국문학작가연구·하』, 백문사

1989. 2   신동한, 「평론(제목 없음)」, 『저 너머에 또 그대가』(향파 이주홍 유고집), 수대 학보사

1989. 7   최영희, 「"해같이 달같이만" 언제까지 오랠 선생님」, ≪어린이문예≫ ; 이주홍아동문학상 운영위원회(강남주), 『이주홍의 문학과 인생』, 세한, 2001(비매품)

1990   정춘자, 「작품을 통해서 만나게 된 인간 세계의 지평」, ≪아동문학의 탑≫ 10호 ; 이주홍아동문학상 운영위원회(강남주), 『이주홍의 문학과 인생』, 세한, 2001(비매품)

1990   정춘자, 「이주홍 연구 — 창작 동화와 소년소설을 중심으로」, 단국대 대학원 석사 논문 ; 『이주홍 문학 연구』 2권, 대산, 2000

1990. 2   송명희, 「이주홍의 시적 지향과 정신적 깊이」, 『최정석정년퇴임기념문집』, 그루 ; 『이주홍 문학 연구』 1권, 대산, 2000

1991   강남주, 「큰 우산 아래서 비를 피하던 때 — 다시 향파 은사님을 추억함」, ≪수필부락≫ 10호 ; 이주홍아동문학상 운영위원회(강남주), 『이주홍의 문학과 인생』, 세한, 2001(비매품)

1991   윤소암, 「해같이 달같이」, ≪아동문학의 탑≫ 11호 ; 이주홍아동문학상 운영위원회(강남주), 『이주홍의 문학과 인생』, 세한,

2001(비매품)

1991   조월례, 「어린이 문학과 함께 살다간 사람」, 『재미있는 동화 읽기 어떻게 지도할까』, 돌베개

1991   조월례, 「재치와 풍자와 익살의 동화 작가 이주홍」, 『재미있는 동화 읽기 어떻게 지도할까』, 돌베개, 1991 ; 이주홍 문학의 밤(발제문) 2002. 5. 22, 『2002 이주홍문학제 기념 작품집』(비매품), 이주홍문학재단, 2002

1991   최해군, 「문학가(文學家) 향파(向破) 이주홍(李周洪) 선생」, ≪수필부락≫ 10호 ; 이주홍아동문학상 운영위원회(강남주), 『이주홍의 문학과 인생』, 세한, 2001(비매품)

1991   김병걸, 「이주홍 문학의 세계」, 『학원 한국문학전집』 8, 학원출판사공사 ; 『이주홍 문학 연구』 1권, 대산, 2000

1991   정춘자, 「이주홍론 ― 이주홍 아동문학의 특성」, 이재철 편, 『한국아동문학 작가 작품론』(전편), 서문당

1991. 6   김중하, ≪부산시사≫ 제4권 제2장 문화예술 제1절 「문학」, 부산시사편찬위원회, 부산직할시

1992   공재동, 「향파 선생님과 나」, ≪아동문학의 탑≫ 12호 ; 이주홍아동문학상 운영위원회(강남주), 『이주홍의 문학과 인생』, 세한, 2001(비매품)

1992. 2   유신숙, 「향파 이주홍 동화에 나타난 배경 연구」, ≪국어과교육≫ 제12집, 부산교육대

1993   박경희, 「이주홍 동화의 '재미' 연구」, 동아대 교육대학원 석사논문 ; 『이주홍 문학 연구』, 2권, 대산, 2000

1994   구상, 「불세출(不世出)의 문호(文豪) ― 향파 이주홍 선생」, ≪아동문학의 탑≫ 14호 ; 이주홍아동문학상 운영위원회(강남주), 『이주홍의 문학과 인생』, 세한, 2001(비매품)

1994   허영석, 「이주홍 소설의 변모 과정 연구」, 부산외대 교육대학원

석사 논문

1995   김동규, 「부산 초기 연극과 향파」, ≪아동문학의 탑≫ 15호 ; 이
        주홍아동문학상 운영위원회(강남주), 『이주홍의 문학과 인생』,
        세한, 2001(비매품)

1995   박홍근, 「이주홍 선생의 문학과 인간」, ≪한국문화≫ ; 이주홍아
        동문학상 운영위원회(강남주), 『이주홍의 문학과 인생』, 세한,
        2001(비매품)

1995   이재복, 「웃음 속에 배어 있는 고통스런 현실·이주홍 이야기」,
        『우리 동화 바로 읽기』, 한길사 ; 류종렬 편저, 『이주홍의 일제
        강점기 문학 연구』, 국학자료원, 2004

1995   이재복, 「해방을 꿈꾸는 수염 난 아이」, 『우리 동화 바로 읽기』,
        한길사

1995   송명희, 「이주홍의 역사소설과 역사적 상상력」, ≪문학도서≫ 2호,
        전망 ; 『이주홍 문학 연구』 1권, 대산, 2000

1996   손상익, 『한국만화통사 ― 선사시대부터 1945년까지』, 프레스빌

1996   손춘익, 「가면을 벗어던진 피에로의 일상 ― 다재다능한 낭만파
        이주홍 선생」, 『깊은 밤 램프에 불을 켜고·책 만드는 집』 ; 이
        주홍아동문학상 운영위원회(강남주), 『이주홍의 문학과 인생』,
        세한, 2001(비매품)

1996   주성호, 「잔정이 많으셨던 향파 이주홍 선생님」, ≪아동문학의
        탑≫ 16호 ; 이주홍아동문학상 운영위원회(강남주), 『이주홍의
        문학과 인생』, 부산 : 세한, 2001(비매품)

1996   황국명, 「부산소설사 별견」, ≪문학지평≫ 5호(봄호), 빛남 ;
        『존재의 아름다움』, 전망, 1996. 11

1996. 6 목요동화비평, 「아름다운 고향」, 어린이도서연구회, ≪동화 읽는
        어른≫

1996   남송우, 「이주홍 소설에 나타난 일상성과 역사성 속의 인물」,

　　　　　《문학지평》, 빛남 ; 『생명과 정신의 시학』, 전망, 1996. 12 ;
　　　　　『이주홍 문학 연구』 1권, 대산, 2000

1997　　　강남주, 「삶의 가치를 추구한 문학―이주홍 선생 10주기를 맞
　　　　　아」, 《아동문학의 탑》 17호 ; 이주홍아동문학상 운영위원회
　　　　　(강남주), 『이주홍의 문학과 인생』, 세한, 2001(비매품)

1997　　　김영, 「《문학시대》」와 나」, 『세상을 흔들어 깨우는 소리』 ; 이
　　　　　주홍아동문학상 운영위원회(강남주), 『이주홍의 문학과 인생』,
　　　　　세한, 2001(비매품)

1997　　　이송희, 「따뜻한 마음과 날카로운 눈―이주홍의 작품 세계」,
　　　　　『교사·학부모를 위한 아동문학 이해와 감상』(비매품), 겨레아
　　　　　동문학연구회

1997　　　성병호, 「부산 소설사(1930~1960)」, 부산문인협회, 『부산문학사』
1997　　　강인수, 「부산 소설문학사(70년대와 80년대)」, 부산문인협회,
　　　　　『부산문학사』

1997. 6　강남주, 「삶의 환희에 대한 문학적 추구―작가 이주홍의 편모」,
　　　　　『중심과 주변의 시학』, 전망 ; 『이주홍 문학 연구』 1권, 대산, 2000

1997. 6　김소원, 「청어 뼈다귀」, 《동화 읽는 어른》, 어린이도서연구회

1998　　　김중하, 「문학 활동과 현황」, 『부산의 역사와 문화』, 부산대 한
　　　　　국민족문화연구소 편, 부산대 출판부.

1998. 2　류송렬, 「이주홍의 역사소설 연구―「어머니」를 중심으로」, 《외대
　　　　　논총》 18집 1호, 부산외대 ; 『이주홍 문학 연구』 1권, 대산, 2000

1998　　　송명희, 「이주홍의 「피리 부는 소년」과 이니시에이션 소설」, 《아
　　　　　동문학평론》, 아동문학평론사 ; 『이주홍 문학 연구』 1권, 대산,
　　　　　2000

1998. 12　조갑상, 「이주홍 소설에 묘사된 부산과 그 의미」, 《인문과학논
　　　　　총》 창간호, 경성대 인문과학연구소 ; 『한국소설에 나타난 부
　　　　　산의 의미』, 경성대 출판부, 1999. 9 ; 『이주홍 문학 연구』 1권,

대산, 2000

1999	손상익, 「이주홍의 만화」, 『한국만화통사』 상, 시공사
1999	손수자, 「이주홍 동화에 대한 소고」, 부산아동문학인협회 연간집 출판기념 세미나 ; 이주홍아동문학상 운영위원회(강남주), 『이주홍의 문학과 인생』, 세한, 2001(비매품)
1999	신현득, 「향파 선생의 향기」, ≪아동문학의 탑≫ 19호 ; 이주홍아동문학상 운영위원회(강남주), 『이주홍의 문학과 인생』, 세한, 2001(비매품)
1999	한국예술종합학교 한국예술연구소 엮음, 『한국현대예술사대계』 1, 시공사
1999. 1	윤영애, 「톡톡 할아버지」, ≪동화 읽는 어른≫, 어린이도서연구회
1999. 2	류종렬, 「이주홍의 「아버지」 연구」, ≪비교문화연구≫ 10집, 부산외대 비교문화연구소 ; 『이주홍 문학 연구』 1권, 대산, 2000
1999	원종찬, 「한국 아동문학이 창조한 주인공 — 근대 아동문학사 연구의 반성」, ≪창작과 비평≫ ; 『아동문학과 비평정신』, 창작과비평사, 2001
2000	이동렬, 「향파 선생을 생각하며」, ≪아동문학의 탑≫ 20호 ; 이주홍아동문학상 운영위원회(강남주), 『이주홍의 문학과 인생』, 세한, 2001(비매품)
2000	원종찬, 「한국 아동문학의 기원과 성격 비교」, ≪한국학연구≫ 11집, 인하대 ; 『아동문학과 비평정신』, 창작과비평사, 2001
2000. 2	곽홍란, 「이주홍 동시 특성 연구」, 영남대 대학원 석사 논문 ; 『이주홍 문학 연구』 2권, 대산, 2000
2000. 2	류종렬, 「이주홍 소설 연구의 현황과 방향」, ≪우암어문논집≫ 10호, 부산외대 우암어문학회 ; 이주홍아동문학상 운영위원회 (강남주), 『이주홍 문학 연구』 1권, 대산, 2000
2000. 2	손수자, 「이주홍 동화의 문체론적 연구」, 부산교육대 교육대학

원 석사 논문;『이주홍 문학 연구』2권, 대산, 2000

2000. 10. 25   강남주,「부산의 예술혼」,《부산일보》; 이주홍아동문학상 운영위원회(강남주),『이주홍의 문학과 인생』, 세한, 2001(비매품)

2000. 11   이주홍아동문학상 운영위원회(강남주),『이주홍 문학 연구』1·2권, 대산

2000. 11   김정자,「모티브 구조로 본 이주홍 소설의 문체적 특성」,『이주홍 문학 연구』1권, 대산, 2000

2000. 11   이주홍아동문학상 운영위원회(강남주),『이주홍아동문학상 수상자 작품집』, 대산

2000. 11. 10   신태범,「목수로 내몰린 문화계 거봉(巨峰)」,《국제신문》; 이주홍아동문학상 운영위원회(강남주),『이주홍의 문학과 인생』, 세한, 2001(비매품)

2000. 11. 28   조봉권,「아동문학가 이주홍 문학 세계 다시 본다」,《국제신문》; 이주홍아동문학상 운영위원회(강남주),『이주홍의 문학과 인생』, 세한, 2001(비매품)

2000. 11. 28   최학림,「캐면 캘수록 더욱 짙은 문학의 향기」,《부산일보》; 이주홍아동문학상 운영위원회(강남주),『이주홍의 문학과 인생』, 세한, 2001(비매품)

2001   강희근,『경남문학의 흐름』, 보고사

2001   임신행,「섬, 비밀 수첩 갈피에는 — 향파 이주홍 선생을 그리며」, 이주홍아동문학상 운영위원회(강남주),『이주홍의 문학과 인생』, 세한, 2001(비매품)

2001   문종현,「이주홍 동화의 교재화 방안 연구」, 춘천교육대 교육대학원 석사 논문

2001. 2   강남주,「제자들이 연구 논문 집대성해 '연구집' 간행」,《월간조선》; 이주홍아동문학상 운영위원회(강남주),『이주홍의 문학과 인생』, 세한, 2001(비매품)

2001. 5	이주홍아동문학상 운영위원회(강남주), 『이주홍의 문학과 인생』, 세한
2001. 5. 28	조봉권, 「향파의 삶과 문학 고스란히」, ≪국제신문≫ ; 이주홍아동문학상 운영위원회(강남주), 『이주홍의 문학과 인생』, 세한, 2001(비매품)
2001. 7	최학림, 「향파 이주홍 관련서 "풍성"」, ≪부산 이야기≫ ; 이주홍아동문학상 운영위원회(강남주), 『이주홍의 문학과 인생』, 세한, 2001(비매품)
2001.10	김지은, 「이주홍 시 연구」, ≪지역문학연구≫ 7호, 경남지역문학회
2001. 11. 7	임성원(기자), 「부산 문학 양대 거목 예술 향취 되살린다」, ≪부산일보≫ ; 이주홍아동문학상 운영위원회(강남주), 『이주홍의 문학과 인생』, 세한, 2001(비매품)
2001. 12	류종렬, 「이주홍 초기 소설의 작품 세계 연구」, ≪현대소설연구≫ 제15집, 한국현대소설학회 ; 류종렬 편저, 『이주홍의 일제강점기 문학 연구』, 국학자료원, 2004
2002	이주홍문학재단(강남주), 『2002 이주홍 문학제 기념작품집』, 아침
2002	한연, 「한·중 동화문학 비교 연구」, 전남대 박사 논문
2002	한채화, 『개화기 이후의 「춘향전」 연구』, 푸른사상사
2002. 4. 29	조봉권(기자), 「'향파 이주홍' 문학제로 기린다」, ≪국제신문≫ ; 이주홍문학상 운영위원회(강남주), 『이주홍의 문학과 인생』, 세한, 2001(비매품)
2002. 5. 16	임성원(기자), 「부산의 5월은 아동문학의 달」, ≪부산일보≫ ; 이주홍문학상 운영위원회(강남주), 『이주홍의 문학과 인생』, 세한, 2001(비매품)
2002. 5. 22	나카무라 오사무〔仲村修〕, 새롭게 발굴된 ≪신소년≫지(あたらしく發掘された ≪(新少年)≫), 2002 이주홍 문학의 밤(발제

문) ; 새로 발굴된 ≪신소년≫지(번역본), 『2002 이주홍 문학제 기념 작품집』(비매품), 이주홍 문학재단, 2002

2002. 5. 24 조봉권(기자), 「이주홍 아동문학 전집 발간 서둘러야(한국아동 문학연구가 나카무라 씨 인터뷰)」, ≪국제신문≫ ; 이주홍문학 상 운영위원회(강남주), 『이주홍의 문학과 인생』, 세한, 2001(비 매품)

2002. 6 박태일, 「경남 지역 문학과 부왜 활동」, ≪한국문학논총≫ 30집, 한국문학회.

2002. 10. 17 임성원(기자), 「향파 문학 초기 '계급주의' 지향」, ≪부산일보≫ ; 이주홍문학상 운영위원회(강남주), 『이주홍의 문학과 인생』, 세 한, 2001(비매품)

2002. 12 박태일, 「이주홍의 초기 아동문학과 ≪신소년≫」, ≪현대문학이 론연구≫ 18집, 현대문학이론학회 ; 류종렬 편저, 『이주홍의 일 제강점기 문학 연구』, 국학자료원, 2004

2002. 12. 12 임성원(기자), 「초기 작품 카프 의식 치열」, ≪부산일보≫ ; 이 주홍문학상 운영위원회(강남주), 『이주홍의 문학과 인생』, 세한, 2001(비매품)

2002. 12. 12 조송현(기자), 「이주홍 펄벅과 인기 겨룬 농촌 작가」, ≪국제신 문≫ ; 이주홍문학상 운영위원회(강남주), 『이주홍의 문학과 인 생』, 세한, 2001(비매품)

2003 김태경, 「이주홍『사랑하는 악마』의 시공간과 등장인물에 관한 연구」, ≪유아교육논총≫ 11권, 부산유아교육학회

2003 차희정, 「아동문학을 통한 인성교육 방안 연구」, ≪기전어문학≫, 14~15호

2003 차희정, 「아동문학을 통한 인성 교육 방안 연구 ― 이주홍 동화 를 중심으로」, 수원대 교육대학원 석사 논문.

2003 류종렬, 「이주홍의 소설집 서지 연구」, ≪외대논총≫ 26집, 부

산외대

2003   이정임, 「이주홍 초기 사실 동화 연구」, 부산대 석사 논문

2003   정금자, 「이주홍 동화의 인물 유형 연구」, 창원대 석사 논문

2003   류종렬, 「「결혼 전날」에 대한 소고 ─ 이주홍 문단 당선작의 의미」, ≪오늘의 문예비평≫ 48호

2003   나카무라 오사무[仲村修], 「「배암 새끼의 무도」 해제」, ≪창비 어린이≫ 창간호[53]

2003   박상재, 「현실과 유리되지 않은 경향적 사실주의 문학 ─ 이주홍의 「청어 뼈다귀」」, ≪아동문학평론≫ 28권 2호, 한국아동문학학회

2003. 4 류종렬, 「이주홍의 미완의 장편소설 「야화」 연구」, ≪한국문학논총≫ 제33집, 한국문학회 ; 류종렬 편저, 『이주홍의 일제강점기 문학 연구』, 국학자료원, 2004

2003. 5. 31 박태일, 「이주홍 등단작 시비에 관하여」, 『2003 이주홍 문학제 이주홍 문학 세미나』(유인본) ; 「향파 이주홍의 등단작 시비」, ≪인문논총≫ 16호, 경남대 인문과학연구소.

2003. 5. 31 신현득, 「향파 이주홍의 동시 세계」, 『2003 이주홍 문학제 이주홍 문학 세미나』(유인본)

2003. 5. 31 이재철, 「이주홍의 문학 세계」, 『2003 이주홍 문학제 이주홍 문학 세미나』

2003. 5. 31 정선혜, 「이주홍 동화에 나타난 독서 치료적 조망」, 『2003 이주홍 문학제 이주홍 문학 세미나』

2003. 5. 31 조대현, 「이주홍 동물우화의 특징과 한계」, 『2003 이주홍 문학제 이주홍 문학 세미나』

2003. 8 류종렬, 「이주홍 소설의 서지적 연구」, ≪한국문학논총≫ 제34집,

---

53) 발표 당시 제목이 「배암 색기의 무도(舞蹈)」이고, 필자명은 향파(香波), 장르는 '동화(童話)'로 표시되어 있으며 ≪신소년≫ 1928년 5월(6권 5호)에 발표되었다는 사실을 밝힘.

한국문학회

2003. 9　　류종렬, 「이주홍과 부산 지역 문학」, 《현대소설연구》 제19호,
　　　　　　한국현대소설학회

2003. 9　　류종렬, 「이주홍의 프로문학 연구」, 《비교문화연구》 제14집,
　　　　　　부산외대 비교문화연구소 ; 류종렬 편저, 『이주홍의 일제강점기
　　　　　　문학 연구』, 국학자료원, 2004

2003. 9　　박경수, 「계급주의 동시 이해의 밑거름 —'푸로레타리아 동요집'
　　　　　　『불별』에 대하여」, 《지역문학연구》 8호, 경남·부산지역문학회

2003. 9　　박태일, 「이주홍론 — 교육자로서 걸었던 길」, 《소설시대》 6호,
　　　　　　한국작가교수회, 평민사

2003. 11. 14　류종렬, 「이주홍의 생애와 소설 세계」, 제3회 경남 작고문인 문
　　　　　　학 심포지엄(유인물), 경남문학관 ; 《이주홍 문학저널》 창간
　　　　　　호, 이주홍 문학재단, 2003

2003. 12　　류종렬, 「이주홍의 초기 소설 연구」, 『한중인문학연구』 11집,
　　　　　　한중인문학회

2003. 12　　박경수, 「일제강점기 이주홍의 시 연구」, 《우리말글》 29집,
　　　　　　우리말글학회 ; 류종렬 편저, 『이주홍의 일제강점기 문학 연구』,
　　　　　　국학자료원, 2004

2003. 12　　박경수, 「일제강점기 이주홍의 동시 연구」, 《한국문학논총》
　　　　　　35집 ; 류종렬 편저, 『이주홍의 일제강점기 문학 연구』, 국학자
　　　　　　료원, 2004

2004　　　류종렬 편저, 『이주홍의 일제강점기 문학 연구』, 국학자료원

2004　　　류종렬, 『이주홍과 근대문학』, 부산외대 출판부

2004　　　정봉석, 「일제강점기 이주홍의 극문학 연구」, 류종렬 편저, 『이
　　　　　　주홍의 일제강점기 문학 연구』, 국학자료원

2004　　　박태일, 「나라 잃은 시기 아동 잡지로 본 경남·부산 지역 아
　　　　　　동문학」, 《한국문학논총》 37집

2004	송순희, 「이주홍 동화의 현실 수용 양상 연구」, 광주교대 교육 대학원 석사 논문
2004	장영미, 「이주홍 동화의 현실 인식 연구」, 성신여대 석사 논문
2004	정봉석, 「이주홍 희곡의 정체와 부산 연극과의 접변 양상 연구」, ≪한국문학논총≫ 38집
2004	한옥선, 「이주홍 동화의 신화·원형적 인물 연구」, 부경대 석사 논문
2004. 2	송순희, 「이주홍 동화의 현실 반영 연구」, ≪국어교육연구≫ 16집, 광주교육대 초등국어교육학회
2004. 6	김성진, 「1930년대 이주홍의 동화 연구」, ≪현대소설연구≫ 22호, 한국현대소설학회
2005	구모룡, 「일제시대와 해방공간의 향파와 요산」, ≪작가와 사회≫ 21호, 작가와사회 출판부
2005	김상욱, 「이주홍 동화의 현재성」, ≪작가와 사회≫ 21호, 작가와사회 출판부
2005	남송우, 「향파와 요산 문학의 근저 더듬기 ― 1950년대 수필을 중심으로」, ≪작가와 사회≫ 21호, 작가와사회 출판부
2005	최해군, 「내가 본 향파와 요산」, ≪작가와 사회≫ 21호, 작가와 사회 출판부
2005. 11	정봉석, 「이주홍의 춘향 제재 변용 희곡 연구」, ≪동남어문논집≫ 20집, 동남어문학회
2006	오혜진, 「1930년대 아동문학의 전개 ― 이주홍, 이태준, 현덕의 작품을 중심으로」, ≪어문논집≫ 34집, 중앙어문학회
2006	이주홍 문학재단 지음, 류종렬 엮음, 『이주홍 소설 전집』 전 5권, 세종출판사
2006	이주홍 문학재단 지음, 정봉석 엮음, 『이주홍 극문학 전집』 전 3권(1, 2권 희곡, 3권 아동극·시나리오), 세종출판사.

2006   임신행, 「이주홍 시에서 해학성과 회화성의 그 미학」, ≪아동문
학평론≫ 31권 1호, 아동문학평론사

작성자 염희경 인하대 대학원 박사과정 수료, 인하대 강사

여성 문학의 두 얼굴

이상경(한국과학기술원 연구원)

머리말

2001년에 시작된 '탄생 100주년 문학인 기념 문학제'에서 기념해 온 문학인 중 여성은 2004년의 박화성 이후 강경애, 최정희가 두 번째이다. 박화성, 강경애, 최정희의 순으로 거론되는 여성 문학인의 이름은 어떻게 계보화되었는가. 또 그러한 계보화의 의미는 무엇인가.

그동안 보통 강경애는 박화성과 함께 1930년대 전반 여성 문학의 특징을 보여 주는 작가로, 최정희는 이선희와 함께 1930년대 후반 여성 문학의 특징을 보여 주는 작가로 평가받았다. 그런데 보통 1912년생이라고 기록되어 온 최정희는 스스로 자신을 1906년 생이라고 주장했으며[1], 이 자리는 그 주장을 공식적으로 받아들인 자리이기도 하다. 이렇게 되면 강경애와 최정희는 같은 해에 태어나 일정 기간 동시대를 여성으로 살아간 것이 된다. 나혜석, 김명순, 김일엽의 다음 세대인 이들을 제2기 여성 작가[2]라고

---

1) 서정자, 『한국여성소설과 비평』, 푸른사상, 2001, 363쪽.
2) 박화성(1903~1988), 강경애(1906~1944), 최정희(1906~1990), 백신애(1908~1939), 이선희(1912~ ?), 장덕조(1914~2003) 등이 이에 속한다.

부르면서도 1930년대 후반을 대표하는 작가로 최정희를 꼽고, 1930년대 전반 쓰인 「흉가」이전 최정희의 문학 활동을 하나의 에피소드로 취급하는 것은 은연중에 나이차를 감안한 것이기도 하다. 그런데 이렇게 강경애와 최정희의 나이가 같아지고, 똑같이 1931년에 처음 소설을 발표했다는 점을 염두에 두면 두 여성 작가를 한자리에 놓고 공통점과 차이점을 논하는 것은 훨씬 더 흥미로운 작업이 된다.

근대문학사를 일별하면 여성 문학과 그들의 문학이 중요한 화제로 등장하는 것은 1930년대 초반에서 1932년 무렵이며, 1930년대 내내 간헐적으로 논의가 이루어졌다. 지금 이 자리에서 기념하고자 하는 두 작가, 강경애와 최정희라는 존재와 그들의 작품은 바로 1930년대에 등장한 여성 작가와 그들의 작품 활동을 둘러싸고 진행된 여성 문학론의 특징을 드러내는 두 축이며, 그 이후로도 우리나라 여성 문학을 논할 때 준거점이 되는 문학 세계를 보여 주고 있다.

해방 후 북쪽에서는 강경애가 높은 평가를 받았으며, 남쪽에서는 박화성과 최정희, 모윤숙이 여성 문단의 원로처럼 활동했지만, 여성 문학에 대한 논의 자체는 없었던 편이다. 그러다가 남쪽에서는 1980년대 후반에 들어서서 새롭게 여성 문학론이 부각되었는데, 그간 소홀히 취급되었던 강경애가 복권되고 동시에 일방적으로 여성 문학을 대표했던 최정희가 재평가되면서 다양한 여성 문학론이 등장했다. 그리고 이제 두 사람을 한자리에서 기념하고 평하는 것으로 논의의 균형을 잡아 가고 있는 셈이다.

이런 전개 과정을 염두에 두면서 이 글에서는 일제시대에 전개된 여성 문학과 여성 문학론의 계보를 살펴보고, 두 축으로서 강경애와 최정희의 의미를 고찰하고자 한다.

근대 여성 문학의 전개 과정

근대 여성 작가들을 범주화하는 데 준거가 되는 자료는 1930년대 후반

에 출간된 각종 선집류이다. 1937년 조선일보 출판부에서 펴낸 『현대조선
여류문학선집』에는 여성 문인 15명의 작품이 실려 있는데, 그중 소설가는
강경애, 김말봉, 이선희, 박화성, 백신애, 장덕조, 최정희 7명이다.[3] 이 선집
의 편자는 "재화와 실력을 구비한 십수 인의 작품을 선발하여 여류 문단
제1기적 청산을 보이는 의미"로 책을 펴낸다고 했다. 즉 이 선집에 실린
15명이야말로 여류 문단의 제1기라는 의미인데 이를 통해서 나혜석, 김명
순, 김일엽 같은 이들은 이미 작가로서는 잊혔거나 혹은 후배 여성 문인들
이 기억하고 싶어 하지 않는 선배이었음을 알 수 있다.[4]

　나혜석, 김명순, 김일엽은 1900년 이전에 태어나 3·1운동을 전후하여
일본 유학을 하고 돌아와 문화계에 등장하여 자유주의적인 입장에 서서 첨
단의 생활방식을 취해 언론에도 자주 오르내리며 대중의 호기심을 자극했
다. 통상 신여성이라고 할 때 다른 여러 예술가나 활동가들보다도 이들을
제일 먼저 떠올리게 되는 것은 이들만이 연애와 결혼을 둘러싼 일화 수준
의 보도 기사를 넘어서서 좀 더 체계적이고 지속적으로 여성 자신의 생각
을 표현하는 글을 남겼기 때문이다. 그러나 당시 (모성으로 대표되는) 강요
되던 윤리를 거부하고 (여성성으로 상징되는) 여성의 자기 찾기에 나선 이
들의 개인사에 대해 그 다음 시기 여성들은 일정한 거리를 취했고, 그들의
문학 역시 소홀히 여겼다. 다음 세대들은 다른 방향, 다른 방법으로 모성과
여성성의 문제에 대면했다.

　『현대조선여류문학선집』에 작품을 올린 이들은 대개 1900년대에 태어나
1920년대에 융성해진 여학교 교육을 받고, 1930년대 초반에 본격적으로 문

---

3) 강경애 「어둠」, 김말봉 「편지」, 이선희 「계산서」, 박화성 「춘소: 봄밤」, 백신애 「꺼래
이」, 장덕조 「자장가」, 최정희 「흉가」.

4) 최정희는 이들 여성에 대해 "과거에 선성(先聲)라고 할 수 있는 김명순, 김일엽 씨 등
이 있었다고 할지라도 현금에 있어서 객관적으로 검토해 보건대 (중략) 찬성할 수 없는
공적과 결과를 지었음을 유감으로 생각한다"고 쓰고 있다. (「신여성의 신년 신 신호ㅡ
신흥 여성의 기관지 발행」, ≪동광≫, 1932. 1) 이들이 제1기 여성 작가로 정당한 자리
를 찾게 된 것은 1990년대 들어서이다.

학 활동을 하면서 당시 '여류 문인' 논의의 중심이 되었다. 여성 작가가 하나의 집단으로 각인된 것은 ≪신가정≫(1933년 1~5월)의 연작 소설 『젊은 어머니』에서라고 할 수 있다. 잡지 ≪신가정≫을 창간하면서 새로운 기획으로 시도한 것인데, 1933년 당시 박화성, 송계월, 최정희, 강경애, 김자혜 5명이 '여성 작가'로 인식되고 있었음을 알 수 있다. 이후 유사한 기획이 신문이나 잡지에서 이루어지고, 1930년대 후반에는 여성 작가들의 작품을 뽑아 모은 선집이 두 번 출간되었다. 1937년의 『현대조선여류문학선집』이후 조선일보 출판부에서는 1939년에 다시 『여류단편걸작집』이란 제목의 소설선집을 펴낸다. 여기에는 강경애의 「지하촌」, 장덕조의 「한야월」, 이선희의 「연지」, 박화성의 「춘소」, 최정희의 「곡상」, 노천명의 「사월이」가 올라 있다. 1938년 3월부터 9월까지 조선일보에서 7권으로 펴낸 『현대조선문학전집』은 근대문학사상 최초의 앤솔러지라고 생각되는데, 거기에는 여성 작가가 6명 들어 있다. 박화성(「한귀」), 장덕조(「창백한 안개」), 백신애 (「적빈」), 이선희(「매소부」), 강경애 (「마약」), 최정희 (「산제」)가 그들이다.[5] 이전집에 실린 6명의 작가들을 우리는 보통 제2세대 여성 작가라고 부른다.

중등 정도 이상의 교육을 받은 여성의 수가 늘어나면서 여학교 작문 시간에 훈련을 받은 여학생들이 자기를 표현하는 글을 쓰다가 문단에 나와 기자가 되고 작가가 되었다. 여학생 일부는 보통학교 훈도, 유치원 보모, 간호부 등의 직업을 가졌다. 나머지 대부분은 결혼을 해서 신가정의 현모양처가 되기를 꿈꾸었으며, 동시에 이들은 여러 문예지의 독자이기도 했다. 이렇듯 여성 문학인과 여성 독자가 늘어나면서 문단에서 '여류 문인'을 거론할 만큼 수가 많아졌고, 그들은 일정하게 당대 교육받은 여성들의 생각을 대변했다.[6]

---

5) 이런 '선집'류에는 소설가로서 김말봉, 백신애가 들락날락하는 셈이다.
6) 그런데 이들 작가 대부분은 일제 말기 강요되던 '군국주의 모성'에 동의하면서 친일적인 문학 활동을 하게 된다. 물론 이는 여성계만의 문제는 아니다. 많은 지식인들이 일본의 식민지 정책에 협력하는 쪽으로 방향을 바꾸었다. 이는 주로 교육계에 몸담고 있

해방 후 '한국여류문학인회'가 주체가 되어 1968년에 펴낸 『한국여류문학전집』의 제1권은 박화성, 강경애, 백신애, 최정희, 장덕조, 김말봉의 순서로 나가고 있다. 이선희는 북쪽으로 갔기에 뺐을 것이고, 강경애와 백신애는 작품을 각각 1편만 실었다. 그들은 1990년대에 들어서서야 정당하게 평가받기 시작했다.

이들에 비하면 이들 다음 세대 즉 1930년대 후반에 작품 활동을 시작한 지하련, 임옥인, 임순득 같은 작가는 1930년대 말에 등단하여 작품을 쓰기 시작했으나, 조선어 말살 정책으로 제대로 문학 활동을 펼치지 못한 경우이다. 이들은 각각 다른 방식으로 자율적인 여성 주체의 가능성을 모색했고, 그들의 모성이든 여성이든 그렇게 쉽게 국가주의에 동원되지도 않았다.

1930년대 여성 문학론의 두 국면

1930년대 초반에 문단에 등장한 여성 문학론은 '여류 문사(인)'의 범주를 어떻게 잡을 것인가 하는 데서 출발해서 1930년대 후반에는 여성 문학인에 의해 이루어지는 여성 문학은 어떠해야 할 것인가로 논의가 옮겨갔다.

'여류 문사'의 범주 논란은 여성이 언론에 이름이 오르기만 하면 여류 '문사'로 과대평가하여 대접하고, 또한 그렇게 이름을 올려놓고서는 '여류' 문사이기에 그들의 문학 활동을 과소평가해서 경시하는 태도를 상업주의라고 비판하는 것에서 시작됐다. 언론이나 특정 인맥과의 관련이 아닌 작품을 기준으로 여성들을 정당하게 '문사'로 평가할 것을 주장한 안함광은 그러한 언론의 상업주의 탓에 여류 문사로 과대평가되면서 오히려 진정한 문

던 지식인 여성들이 친일의 길로 들어선 것과 궤적을 함께하는 것이다. 이들 중 박화성은 1937년 9월 「호박」(소설), 강경애는 1938년 5월 「검둥이」(소설), 1940년 7월 「약수」(수필)을 끝으로 더 이상 작품 활동을 하지 않았다. 백신애는 1939년에 세상을 떠났기에 친일 문제에서는 자유롭다.

학적 발전의 기회를 얻지 못한 인물로 김일엽, 최정희, 송계월, 김원주를 들었다. 그리고 언론의 편파적 태도 때문에 당시 논의되던 '여류 문사'의 범주에 들지 못하고 그래서 제대로 조명을 받지 못하고 있지만 상당한 수준의 작품 세계를 보여 주는 인물로 강경애와 모윤숙을 꼽았다.[7]

'여류 문사' 논란의 중심에 있던 인물은 그중에서도 최정희와 송계월이었다. 최정희는 「정당한 스파이」(1931. 10)나 「명일의 식대」(1932.1) 등 짤막한 작품 몇 편을 발표했고, 송계월은 「가두 연락의 첫날」(1932. 3) 1편밖에는 작품을 발표하지 않는 상태였다. 한 사람은 삼천리사의 기자이고, 다른 한 사람은 개벽사의 기자로서 글을 썼다. 이들은 남성 중심적인 문단 가까이에 있었으며, 당시 문단의 주류였던 프로문학의 경향——당시 사회주의 운동권에서 '레포'의 역할을 맡았던 여성을 주인공으로 했다는 것——을 띠고 있었기에 좀 더 많이 주목을 받았던 것으로 보인다.[8] 반면 강경애의 경우는 「파금」(1931. 1)에서 서울과 간도에서 투쟁을 계속하는 남녀 학생을 다루었으며, 여성과 모성의 문제 및 자율적 여성 주체 수립을 모색하는 본격적인 '여성 문학'이라고 할 만한 『어머니와 딸』(1931. 8~1932. 12)을 연재했고, 「그 여자」(1932. 9) 역시 사회적 존재로서 여성의 역할을 묻는 작품이었음에도 불구하고 언론의 월평이나 좌담회 같은 데서 '여류 문사'의 범주에 들지 못했던 것이다. 이렇게 강경애는 1930년대 초반 문단의 왜곡된 '여류 문사' 논의의 일면을 보여 주는 존재이다.

1930년대 전반에 일었던 '여류 문사' 범주에 대한 시비는 1930년대 후반으로 가면서 '여류 문학'의 정체성 문제로 옮겨갔다. 이는 1930년대 초반에 논의의 대상이 되었던 여성 작가 중 송계월이 병으로 죽고, 다른 여러 여

---

7) 안함광, 「문예시평——두 가지 문제를 가지고」, 《비판》, 1932. 12.
8) 이들에 대해 백철이나 이갑기, 이헌구 등이 험담을 해대자, "완전한 여류 문사라고 자처한 일도 없고 완성한 여류 문사라고 내세워 달라고 한 적도 없"는 여성들이 다만 작품을 발표한 것을 두고 남성 평론가들이 '여류 작가 특집' 운운하면서 "좋다, 잘한다고 헛칭찬을 하고 나서 뒤로 돌아앉아 흉을 보고 욕을" 한다는 여성측의 반격도 있었다. ——이혜정, 「여성 전선——억울한 여류 작가」, 《신여성》 1932. 8.

성 문학인들의 작품 활동이 활발해지면서 '여류 문사'의 존재 자체를 부정할 수 없게 되었다는 점과 최정희의 변신에 그 이유가 있다.[9] 카프가 해산되고 거대 담론을 함부로 말할 수 없게 된 문단 상황에서 논의가 '일상'과 '사소한 것'으로 옮겨 가면서 박화성이나 강경애 같은 작가들의 작품을 평가할 때는 "남성에게 지지 않는" 혹은 "남성에 비하여" 등 '남성적'이라는 수식어를 쓰고, 최정희나 이선희, 장덕조, 모윤숙, 노천명 같은 작가들의 작품을 평가할 때는 "여류답게 섬세한"이라는 식으로 '여성적'이라는 수식어를 쓰면서 '여류 작가'의 대표로 최정희가 부각되었다. 이런 언사는 남성성을 기준으로 그것과의 동질성과 차별성을 강조하는 비평적 표현으로서, 1930년대 남성 중심 문단에서의 여성 문학 논의의 특징을 그대로 보여준다.[10]

실상 1930년대 초반 남성 평론가들이 '여류 문사'의 존재를 따로 인정할 수 있느냐 없느냐로 객담을 하고 있을 때, 여성 작가들 자신은 자신들의 자리와 할 일에 대해 자각을 갖고 활동을 하고 있었다. 최정희와 송계월 두 사람은 1932년 초두에 '여인문예가클럽'에 대해 잠깐 논의를 주고받았다. 당시 삼천리사의 기자로 있던 최정희는 "남성 본위의 사회에서 자유 평등을 마음으로만 외치는 우리 여성들을 위하야 싸워 보겠다는 것이 주요 임무"라고 하면서 목적의식을 가진 여성 문인이 "여인문예가클럽을 결성"하여 "진정한 여성을 위한 기관지라도 발행"할 것을 제의했다.[11] 그러자 당시 개벽사의 기자로 있던 송세월은 "진정한 진보적 의의를 가지는 것은 남성 대 여성의 성적 관계에 있는 것이 아니고 부르조아 계급 대 프로레타리아 계급에 있다"고 하면서 여인문예가클럽을 따로 조직하기보다 카프에 참

---

9) 이 과정에 대한 논의를 정리한 것으로 송지현의 「1930년대 여성 문학론 고찰」(≪한국 언어문학≫ 30호, 1992), 박정애의 「'여류'의 기원과 정체성」(서울대 석사 논문, 2003), 심진경, 「문단의 '여류'와 '여류 문단'」(≪현대문학연구≫, 2005)이 있다.

10) 그러나 다른 한편에서는 여성 문학이 그러한 범주로 제한당하는 것에 반대하면서 강경애의 의의를 적극 부각시키는 여성 평론가의 반론도 제기되었다.

11) 최정희, 「신여성의 신년 신 신호 —— 신흥 여성의 기관지 발행」, ≪동광≫, 1932, 1.

가하여 그 안에 '부인부'로 결성할 것을 제안했다. 그러면서 다른 사람도 아니고 "자칭 프로레타리아적 입지에서 예술운동 운운해 온" 최정희가 "너무도 예술 운동의 의식이 애매"하다고 비판했다.[12]

당시 여성 운동 쪽의 조직에 대한 고민을 답습한 것처럼 보이기는 하지만 당시로는 함께 프로문학을 지향한다고 생각했던 두 사람 사이에 이미 여성 문인들이 남성 문인과 '같이 평등'의 문학을 지향할 것인가, '따로 차이'의 문학을 추구할 것인가 하는 생각의 차이가 드러나고 있는 것이다. 물론 이 논의는 단발성의 것이고 두 사람 사이에서 더 진전되지는 못했다. 그러나 이것은 1930년대 후반, 여성 문학의 정체성을 둘러싼 논란에서 계급과 사회의식을 강조하면서 여성으로 특화시키는 것을 거부하는 입장과 전통적 여성관의 연장선상에서 여성으로서의 차이를 강조하는 입장으로 갈라지는 단초를 보여 준다. 실제 작품 활동에서 박화성과 강경애는 전자의 대표로, 최정희는 후자의 대표로 평가받았다.

'여류 문사'의 존재 여부에 대한 논의 이후 나온 1933년 초두 ≪신가정≫의 기획은 강경애와 최정희가 모두 '여류 문사'로 대접받게 되었음을 보여 준다. 다만 강경애의 경우 생물학적으로는 여성 문인으로 인식되었으나 그 문학적 자질이 '여성적'이라고 말하기는 곤란한 존재로 생각되었다. ≪신가정≫이 창간 특집으로 '여류 작가' 5명이 이어서 쓰는 연작 소설 『젊은 어머니』(1933. 1~5)를 기획한 것은 '여성'이라는 것만으로 하나의 작품을 쓸 수 있을 만큼 공통성을 가진다고 당시의 편집자가 여성 문학을 간단하게 생각했거나 아니면 어쨌든 여성들을 모아 놓으면 주목거리가 될 수 있으리라는 상업적 계산을 했음을 드러낸다. 그러나 이 연작소설에서 강경애와 최정희는 이미 그 '여성적' 특질에서 차이를 보였다.

---

12) 송계월, 「여인문예가 클럽 문제」, ≪신여성≫, 1932. 3.
   이 두 사람은 논의를 하면서 '여류 문사'라는 말을 스스로는 쓰지 않았다. '여성 문인' 혹은 '여인 문예가'라고 불렸는데 당대의 남성 문인들이 이들을 '여류 문사' 혹은 '여류 문인'이라고 부르고, 이후 이것이 그대로 굳어 버렸다고 한다.

『젊은 어머니』는 남편이 사상 사건과 관련되어 북행 차를 타고 떠난 지 3년 후 남편이 죽었다는 소식을 들은 현우희가 주인공이다. 우희 주변에는 세 남자가 있다. 채 주사는 남편의 옛 동창으로, 지금은 은행의 지배인이다. 김 선생 역시 남편의 친구인데 사상 사건으로 복역하고 나온 인물이다. 민상(민철호)은 우희가 경영하는 음식점에 찾아와 일자리를 청해 같이 있게 되었는데 밤마다 책을 많이 읽는 사람인 것만 알고 있다. 채 주사가 우희에게 결혼을 강요하자 민상은 폭탄을 들고 가서 채 주사 집에 터뜨리고, 질투에 사로잡힌 김 선생의 고발로 경찰에게 잡혀간다. 음식점에도 영업 금지 명령이 떨어져 우희는 삯바느질을 하며 민상의 옥바라지를 하고 아이들을 키우는 한편 야학을 열어 무산 아동들을 가르친다. 그러면서 우희는 '힘찬 어머니'가 되기를 당부한 남편의 말을 떠올리고 '굳센 어머니'가 되어야겠다고 다짐한다.

첫 회는 박화성이 현우희와 채 주사, 김 선생, 민상을 등장시키고 그들의 관계를 설정해 놓았다. 제2회는 송계월이 썼는데, 채 주사는 우희에게 청혼을 하고 민상은 우희에게 가는 마음 때문에 괴로워하면서 김 선생을 타락 분자라고 비난한다. 김 선생은 "좌익적 언사를 함부로 놓으며 이론으로 가장 정당한 계급의식을 파악한 것처럼 뒤떠드는" 인물이며, "사랑을 미끼로 삼은 좌익적 언사를 함부로 입 밖에 내어놓고" 있다는 것이다. 그러면서 민상은 우희가 자기에게 보내는 호의와 우희에게로 가는 자신의 마음을 외면하려고 애를 쓴다. 이 글을 쓰던 당시 송계월 주위에 있던 '사랑을 미끼로 좌익적 언사를 함부로 입 밖에 내어놓는' 남자들에 대한 강한 비난이 서려 있다.

제3회는 최정희가 썼는데, 민상과 현우희 사이에 감정이 발전하는 과정과 김 선생의 질투에 초점이 놓여 있다. 채 주사가 우희에게 청혼을 하고 우희가 이를 민상에게 하소연한다. 그러자 민상은 사랑과 질투에 못 이겨 채 주사의 집에 폭탄을 던진다. 그것을 안 김 선생이 음모를 꾸며 민상을 고발하고 민상은 형사에게 잡혀가고 만다. 우희는 민상에 대해 "그의 남성다운 행동의 그림자가 더 맘을 끌었"고 "6년 전에 가버린 남편이 길모퉁이로 사라질 때와 조금도 다름 없"는 감정을 느낀다.

제4회는 강경애가 썼는데, 우희는 민상의 옥바라지를 하면서 남편이 최후로 남기고 간 말 "굳센 어머니가 되어 주시오!"의 뜻을 깨닫는다. 그때까지도 우희는 "두 어린것을 친정어머니에게 맡기고 자신은 남편과 같이, 민상과 같이 뛰쳐 나려고 몇 번이나 생각하여 보"기는 했다. 그러나 아이들 때문이라기보다도 그것이 현실적으로 가능하지 않다는 것을 알기에 행동하지 못하고 있었다. 그러나 현실의 여러 억압에 부딪치면서 그렇게 가족을 떨치고 간 남편에 대한 원망이 사라지고 "남편의 그 용감함이야말로 칼을 들고 적과 대항하는 전사보다 몇 배 더 용감함을 알 수가 있었다." 김자혜가 쓴 제5회는 마무리 부분으로 교육과 계몽에 초점이 놓여 있다.

최정희가 쓴 부분에서 우희는 채 주사에게 저항하지도 못하고 민상 앞에서 울고 하소연하며 그의 남성다운 행동에 매혹되는 매우 약한 모습을 보인다. 그러나 강경애가 쓴 부분에서 우희는 개인의 삶에 몰두하는 평범한 아내와 어머니로부터 공동체의 운명을 생각하는 사회적 존재로 변화하는데, 그 계기는 남편에 대한 동지적 이해였다. 이 조그만 차이에서도 두 작가의 이후 작품의 방향을 짚어 볼 수 있다.

1933년은 최정희가 신건설사 사건을 겪기 이전으로, 김유영과 함께 지내면서 동반자작가로 대접을 받던 시기이다. 그런데도 이미 최정희의 작품에서 여성은 남성과의 관계 속에서 울음과 하소연으로 자기를 드러낸다. 그리고 이 경향은 바로 다음 최정희가 ≪매일신보≫에 연재한 『다난보』에서 더 뚜렷해진다. 강경애의 작품에서 여성은 처한 생활 조건 속에서 남편을 원망하다가 좀 더 넓은 사회적 시야를 갖게 되면서 남편을 이해하고 모성도 새롭게 구성한다. 소설 「모자」라든지 시 「단상」의 세계를 예견하게 하는 인물의 심리를 설정하고 있는 것이다. 이 지점은 이후 두 여성 작가가 각각 자기의 독특한 세계를 구축하면서 이후 남북 양쪽에서 각각 여성 작가의 전범으로 평가되는 것과도 밀접한 관계를 갖는다.

여성과 모성의 갈등 —— 균열과 봉합 혹은 새롭게 구성하기

근대 여성 문학이라 이름 붙이게 될 때, 거기에는 '모성'(가부장제에서 여성에게 요구하는 자질)이라는 기존의 윤리에 대항하는 '여성'(여성 자신의 애욕, 자아실현 등)의 갈등이 당연히 포함된다. 이 점은 선배 세대인 나혜석에게서부터 극명하게 드러난다.[13] 여성에게 강요되는 윤리와 여성이 인간으로서 지닌 욕망 사이의 갈등은 바로 여성 문학을 구성하는 기본적인 요소이다.

그런데 두 작가의 '여성' 문학적 특질에 관한 평가는 엇갈려 왔다. 일찍부터 주목받은 최정희 작품의 경우 1인칭 여성 화자의 고백체와 여성이 어머니로서 운명에 순응하는 자세는 일찍부터 문학의 '여성적' 특질로 고평받아 왔다. 반면에 강경애의 경우는 '남성적'이라고 하여 '여류 문인'에서 예외적인 존재로, 그래서 평가의 대상에서 제외되는 경향이 있었다. 박화성에 이어 강경애가 등장하여 『인간문제』를 연재하기 시작했을 때 어떤 논자는 그 제목부터가 '과학적, 철학적, 남성적'이며 '억세고 뻑뻑하'기에 '문예적, 감정적, 여인적'이지 않고 '웃음과 눈물'과는 멀기에 보고 싶지 않다고 비난을 했다.[14]

그러나 1930년대 후반 강경애와 최정희의 작품을 보면 이런 차이가 그렇게 분명하게 일관적으로 드러나는 것은 아니다. 즉 강경애의 「동정」이나 「산남」에 구사된 1인칭 여성 화자의 고백체라든지, 최정희의 「산제」(1938. 4)나 「곡상」(1939. 7), 「밤차」(1940. 6)에 나타나는 하층계급의 빈곤에 대한 문제 제기라든지 하는 것을 보면, 다루는 소제에 따라 적절한 형식을 구사한 것이라고 보는 편이 낫다. 그렇다면 지금 이 시점에서 우리가 따져 보

---

13) 나혜석의 「모 된 감상기」가 그 대표적인 글이다.

14) "박화성 휴식 년여의 여류 문단에 강경애 돌현(突現). 심히 쾌사(快事). 다만 표제의 '인간문제' 평범에 우(又) 평범. 이는 과학적일지 모르나 비문예적 제요, 철학적일지 모르나 비감정적 제요, 남성적일지 모르나 비여인적 제다. 예술은 정서의 산물. 눈물과 웃음과 영탄의 산물. 억세고 뻑뻑하고 —— 대개 웃음과 눈물과 거리가 먼 것은 표제든 내용든 오인(吾人)불취(不取). 심창(深愴)의 가인(佳人) 일고(一考)할 일." 초정병, 「문단 귀거래」, 《삼천리》, 1934. 9.

아야 할 문제는 문체론 차원의 여성적 글쓰기, 소재로서 여성의 신체에 대한 고유한 경험 드러내기, 갈등이 아닌 조화를 추구하는 새로운 가치로서의 모성 추구를 넘어서서 여성과 모성의 갈등을 얼마나 깊이 파고들고, 정면에서 대면하였는가다. 그리고 그것을 통해서 기존에 틀 지어 있는 여성성이나 모성을 해체하고 개념을 바꾸는 데까지 나아가야 한다는 것이다.

최정희가 전주 사건으로 검거되어 9개월간 감옥살이를 하고 나온 후 이전 시기의 문학 활동을 부정하고 「흉가」(1937)를 내놓았을 때, 그녀는 그 이전 시기, 자신이 시도했던 계급이나 민족이 처한 조건 속에서 사회적 존재로서 여성의 삶을 드러내는 방식보다는 남편이나 자식이라는 가족 관계 속에 고립된 여성 화자의 내면의 목소리를 담는 데 주력하는 '여류 작가'로 자기를 규정하고자 하는 욕망을 드러냈다. 이것은 여성 화자의 고백체를 활용한 「정적기」와 「삼맥」의 창작으로 이어졌다.

「흉가」는 신문사 여기자가 마침 집세가 싼 집을 구하여 무척 기뻐했는데, 알고 보니 그 전에 살던 사람이 죽고 미쳐 나간 흉가였더란 이야기이다. 소설 앞부분은 살던 집에서 갑자기 쫓겨나 남의 집에 빌붙어 살면서 겪는 곤욕과 거기에 비례해서 운 좋게 구한 집에 이사해서 기를 펴는 기쁨이, 뒷부분은 그러한 괴로움이 있었기에 그 집이 '흉가'로 변하는 데서 느끼는 공포와 곤혹스러움이 섬세하게 묘사되어 있다. 이 소설은 인물의 심리가 변화하는 계기나 필연성 같은 것은 박약한 반면 주어진 상황을 '운명'으로 여기고 자학적으로 반응하는 여성의 내면의 생생한 묘사가 주를 이룬다.

「정적기」(1938. 1)는 '여성적 경험'에 대한 진솔한 기록이다. 남편이 미워서 '나'는 시집에다가 아이를 데려가라고 한다. 내심으로는 아이를 데려가겠다고 하면 안 내어 줄 생각이었는데 정작 시어머니가 와서 아이를 기르라고 하니 순간적으로 화가 나서 아이를 보낸 다음 아이가 그리워서 어쩔 줄 몰라 한다는 이야기이다. 자식을 떼어 보낸 어머니의 마음뿐만 아니라 '홧김'에 본래 마음과 반대로 행동하는 '여성 심리', 불합리하고 욕망에 어긋나는 것을 운명이라고 여기고 순응하는 자세는 1930년대 말 '여류 문학'

논의에서 기준이 되었던 최정희의 '여류스러움'의 주요 내용이다.

「지맥」(1939. 9)에서는 아이를 위해서 사랑하는 사람과의 재결합을 단념하고, 「인맥」(1940. 4)에서는 아이가 생기면서 친구의 남편에 대한 사랑을 단념한다. 3인칭 주인공 '연이'를 등장시킨 「천맥」(1941. 1~4)은 아이를 위해 재혼했으나 오히려 아이에게 해가 되자 보육원 교사로 들어가 자기 아이에 대한 사랑이라든지 보육원 원장에 대한 사랑을 보육원생에 대한 사랑으로 승화시키는 모성의 확대를 꾀한다. 이런 최정희 소설의 문체 및 모성으로 회귀하는 인물 성격에서 풍기는 여성성을 찬양한 것이 1930년대의 '여류 문학론'이었다.

1990년대에는 그런 최정희 작품에서 드러나는 '여성과 모성의 갈등'이 모성의 승리로 귀결되는 결말을 강조하여, 최정희의 작품이 견고한 모성 중심의 여성관을 옹호한다고 비판하는 측과 '여성과 모성의 갈등'의 과정에 주목하여 그런 보수적 여성관에 균열을 내는 것을 의의로 보는 입장으로 나뉘었다.[15] 필자가 보기에 최정희 작품의 여성 주인공들은 여성으로서 자신의 욕망을 자학적인 방법으로 발산하고, 여성의 가장 중요한 역할은 모성이라고 보고 모성과 여성을 동일시하거나, 모성에 여성을 종속시킨다. 기존에 구성되어 있는 여성상에 맞추어 갈등을 무화하거나 봉합하는 측면이 강한 것이다.[16]

강경애는 작품 활동 초기부터 문단에서 대접받고 활동한 다른 '여류 문인'들의 모습에 자기를 비추면서 오히려 당시에 문단에서 운위되던 '여류 문인'의 상에 거리를 두고자 했다. 「그 여자」의 주인공 마리아는 어쩌다가 소곡 몇 편이 잡지에 실리면서 일약 시인이 되어 우쭐거리다가 농민에게 봉변을 당했고, 「원고료 이백 원」에서 화자인 내가 경계하는 대상은 온갖 사치를 다하면서 입으로만 '무산자여'를 부르짖는 '여류 문인'이다. 강경애

---

15) 박정애, 「최정희 소설에 나타난 여성적 글쓰기의 특징 연구」, 서울대 석사 논문, 1998.
16) 이에 대한 자세한 논의는 이상경, 「식민지에서 여성과 민족의 문제 ── 일제 파시즘하의 최정희와 임순득」(《실천문학》 69호, 2003) 참고.

는 기존 문단의 '여류 문인'처럼 되기를 의식적으로 거부했던 것이다. 그러면서 새로운 여성과 모성의 추구로 나아갔다. 『어머니와 딸』의 예쁜이나 『인간문제』에서 첫째 어머니처럼 상식화된 모성 ── 자식에게 헌신적인 어머니 ── 을 벗어던지고 식욕이나 성욕 등 자신의 욕망에 충실한 여성을 그리는가 하면, 「모자」(1935. 1)에서는 그 이전과는 전혀 다른 새로운 어머니의 모습을 창조해 냈다.

만주사변 전만 하여도 사람들이 남편의 행동을 훌륭하게 여겼으나 만주사변 이후 간도 룽징〔龍井〕 사회의 인심은 표변하였다. 승호 어머니 자신도 "잠 한잠 뜨뜻이 자지 못하고 밥 한 끼니 달게 먹어 보지 못하고 산으로 들로 돌아다니다가 적에게 붙들려 죽은 남편"을 원망하기까지 했다. 그러나 백일해에 걸린 승호를 업고 도움을 청하다가 철저히 배척당한 후 승호 어머니는 남편이 그렇게 살 수밖에 없었음을 이해하고 자신도 남편을 따라 산으로 가겠다고 결심한다. 그러나 눈 속에서 모자는 죽어 간다. 이 작품에 묘사된 모성애에 대해서 당시 남성 평론가 두 사람이 내놓은 상반된 평가는 흥미롭다. 박태원은 강경애의 「모자」에 대해 우선 문장이 제대로 되어 있지 않다고 비판을 한 다음 승호 어머니가 기침하는 아이를 업고 산으로 간다는 것은 내용이 자연스럽지 않고 사실성이 없다고 지적했다. "제 어린 자식을 미처 생각할 여유도 없게스리 참말 미쳐서, 또는 반미치광이가 되어서 산으로 간다든가, 또는 너무나 냉혹한 사회 인심에 그만 악이 나서 그 모진 마음으로 에라 죽어나 버리자, 그래 산으로 간다든가 하는 것이면" 그래도 이해가 되지만, 그것이 아니고, "눈송이에 묻혀 잘 보이지 않는 저 산, 꿈같이 아득히 보이는 저 산, 자기네 모자는 남편의 뒤를 따라 저 산으로 갈 곳밖에 없는 듯"해서 가다가 죽는 것은 작가의 미숙함을 드러낼 뿐이라는 것이다.[17]

반면 김환태는 "진실한 리앨리티"가 출현한 작품이라고 고평했다. "모성

---

17) 박태원, 「문예시감 ── 신춘 작품을 중심으로 작가 작품 개관」, 《조선중앙일보》 1935. 2. 1.

170

애, 그것이 승호 어머니의 '도수장에 들어가는 소 모양으로 왼몸이 부르르 떨리고' 차마 떼어 놓이지 않는 발길을 시형의 집 문 안에 들여놓게 하였다. 백일해 앓는 아들의 입김을 빨게 하였다. 눈구멍에 빠져 들어가면서도 아들의 숨 쉴 구멍을 파도록 하였다. '이까짓 눈 속 같은 것은 꺼릴 것이 없다고 부쩍 생각'게 하였다"라고 하여 모성애의 여러 국면을 포착한 것을 높이 평가했다. 즉 아들의 목숨을 구하기 위해 자신의 굴욕을 참는 것도, 더 이상 "이 아들은 자신과 같은 인간을 만들지 않으리라"고 함께 죽음을 무릅쓰는 것도 모성애라는 것이다. 이 중 전자는 기존 모성애의 극대화인 반면 후자는 사회적 존재에 눈 뜬 어머니의 새로운 모성애이고 아직 현실에서 쉽지 않은 '센티멘털리즘'의 영역이지만, 그것을 포착한 데에 「모자」의 가치가 있다고 보았다.[18]

박태원은 기존의 모성에 대한 관념의 기준으로 「모자」를 평가했고, 김환태는 강경애가 새로운 모성의 가능성을 열었다고 평가한 것이다. 그런데 일제 말기로 가면서 최정희는 모성의 사회적 확산을 논하면서 군국주의 모성의 구성에 나선 반면 강경애는 광기라든지 아니면 맹목적인 모성이라는 훨씬 더 협소한 세계로 들어서는데, 이것은 일제 말기의 지배 담론에 순응하거나 역행하는 여성 작가의 대조적인 두 모습이라고 할 수 있다.

파시즘에 맞서는 '여성'적 가치 — 지배 담론 거스르기

우리는 '여성 문학'을 말할 때 그것이 소수자의 목소리, 지배 담론의 억압을 뚫고 솟아오르는 침묵의 소리임에 항상 의미를 두어 왔다. 그런 점에서 지배 담론 거스르기는 근대 여성 문학 등장의 가장 기본적인 전제이다. 이미 나혜석이 '자기 폭로'의 글쓰기를 통해 이것을 시도했고 커다란 파장을 불러 일으켰다. 그러면 그 다음 세대는 이러한 거스르기를 어떻게 시도

---

18) 김환태, 「신춘창작총평」, ≪개벽≫ 복간 4호, 1935. 3.

했는가.

　형식상으로 보면 「삼맥」으로 대표되는 최정희의 글쓰기는 진솔한 여성 고백체를 취하고 있으며, 그 점에서 높은 평가를 받았다. 그러나 최정희의 자기 고백은 과감하거나 솔직하지 못했고 지배 담론을 거스르는 것도 아니라는 데에 문제가 있다. 이미 보았듯이 "작가의 목소리가 묻어나는 일인칭 고백체"일 때 오히려 '모성'으로 회귀하는 식의 전통적 여성 이데올로기에 대한 강박관념을 집요하게 내비치는 것이다. 이는 최정희가 지배 담론을 거스르는 것을 꺼려했으며 오히려 거기에 편승했음을 보여 주는 대목이다. 이에 대해 "강경애나 박화성과는 기질과 체험이 다른 최정희로서는 여성성을 부각시키는 쪽이 문학적 생존의 길이었고 그것이 지략적으로 형상화된 작품군이 「삼맥」이었으며, 그 「삼맥」은 최정희가 작가로서의 문명을 떨치는 전기를 마련해 준 것은 물론 필생의 대표작으로 남았다"[19]는 해석도 가능하다.

　일제 말기 최정희가 여성의 욕망과 모성의 갈등을 쉽사리 봉합하지 않고 여성의 개인적 욕망의 문제를 끝까지 추구했다면 국가주의에 동원되는 것을 거부하는 데까지 이어질 수도 있었을 것이다. 그런데 최정희는 평온한 겉모습 이면에서 내면적으로 여성의 욕망을 추구하면서 가부장적 질서에 균열을 냈다고 하더라도, 그것을 서둘러 봉합하는 식[20]으로 타협의 길을 택했고, 그만큼 쉽게 그 갈등에서 벗어날 수 있었기에 군국주의 모성이 지배 담론이 되었을 때 쉽게 그에 부응할 수 있었다. 그 행로의 중간에 「천맥」이 놓여 있다.

　그 이전의 「지맥」이나 「인맥」에서 여성 주인공은 자식 ── 핏줄이라는

---

19) 박정애, 앞의 논문.
20) 서영인, 「순응적 여성성과 국가주의」, 민족문학연구소 편, 『탈식민주의를 넘어서』(소명출판, 2006)에서는 최정희 소설의 균열을 읽어 내면서도 여성과 모성의 갈등을 끝까지 밀고나가지 못하고 봉합을 하는 것이 최정희 소설의 한계이며, 그 봉합이란 여성과 모성의 갈등으로 보이는 것이 기실은 가부장제에서 배제되는 것에 대한 두려움으로서의 '여성성'이기에 봉합이란 방식으로 더 큰 권위에 순응하는 것으로 드러난다고 보았다.

172

여성의 비극적 운명에 순응하는 자세를 보였는데, 「천맥」에서 여주인공 연이는 주변 세계를 냉정하게 직시하고 개인의 욕망(아들 진호와 성우 선생에 대한 특별한 사랑)을 넘어서는 생활을 모색하면서 이기주의를 버리고 '더 큰 어떤 것'에 헌신하는 모습을 보여 주고 있다. 작품 자체가 당시의 '향린원'이라는 아동 보육 시설을 방문하고 난 뒤에 이뤄진 것이기도 하지만, 그 이전 개인의 욕망이 구현된 '핏줄'에 그렇게도 연연해했던 여성 주인공이 어떻게 그것을 넘어설 수 있었던가. 당대의 지배 담론에 기대는 것으로써 그것을 가볍게 넘어섰다. 여기서 한 걸음 더 나아가면 여성 개인의 핏줄이나 사랑을 넘어서서 자식을 죽음의 길로 의연히 보낼 수 있는 군국주의 모성으로 가는 길이 열릴 수 있다.[21]

이 점은 이후 일세의 징병제 실시를 환영하는 「잊히지 않는 여성들」이라고 하는 글에서 바로 확인된다. 3번에 걸쳐 연재된 이 글 첫 회의 부제는 '어머니'인데, 그 내용은 「천맥」의 이야기를 고스란히 옮겨 놓은 것이다. 인물의 이름도 '연이' 그대로인데, 맨 마지막에 덧붙인 내용은 작가가 여성의 내면 고백에서 사회적 문제에 대한 발언으로 관심을 옮겨 가는 지점이면서 그것이 동시에 개인의 핏줄에 대한 천착이 어떻게 제국의 부름에 헌신하는 것으로 변화하는가를 보여 준다. 핏줄에게서 버림받은 가여운 아들들이 훌륭한 사람이 되는 길은 더 큰 '핏줄'에 연결되는 것으로부터이다.

연이는 하염없는 서글픔을 느끼는 깃이었으나, 연이는 그의 아이와 또 가엾은 많은 아이들이 자기가 그곳에 들어가면서 착해 가고 명랑해 가고 굳세어 간다는 말을 원장으로부터 들었기 때문에 자기의 서글픔은 눌러 죽이고 오직 아이와 이이들을 더 좋은 훌륭한 사람들을 만들기 위해 힘쓰겠다고 마음먹었습니다.

반도에도 징병제가 실시되어서 인제 오래지 않아 반도의 남아들도 제국의

---

21) 야마다 요시코[山田佳子], 「최정희의 작품집 『풍류 잡히는 마을』에 대해서」, ≪조선학보≫ 189호, 2003.

군인으로 부르심을 받게 되었습니다. 연이도 반도의 모든 어머니와 똑같이 자기 아들이 제국의 군인으로서 사명을 다하는 아들이 되기를 기원할 줄 압니다. 아니 그는 다른 어머니보다 더한층 그의 아들과 또 그의 아들과 같이 자라 가는 가엾은 아들들이 폐하의 부르심을 받아 그 본분을 다하는 날을 고대할 것입니다.[22]

이러한 변신 —— 개인주의를 넘어선 사회에의 관심 —— 은 해방 이후 작품집 『풍류 잡히는 마을』에서 더 확대되어 나타나는데, 한 분석에 따르면 이것은 당시의 시류에 따라 좌와 우 양쪽의 눈치 보기를 이행한 것이었다.[23] 여기서도 지배 담론에 순응하는 최정희의 일관된 자세를 다시 확인할 수 있다. 그렇다면 그의 '여성적 어투'는 지배 담론에 의한 자기 검열을 거친 것이고 객관적 어조를 취하더라도 그에 순응하고 있다는 점에서 우리가 생각하는 전복으로서의 여성 문학에 값하는 것인지 의문을 표하지 않을 수 없다.[24]

---

22) 최정희, 「잊히지 않는 여성들 —— 어머니」, 『반도노광』 1943. 7.
23) 야마다 요시코〔山田佳子〕, 앞의 논문.
24) 한국 전쟁 후에 최정희가 쓴 『끝없는 낭만』은 국제결혼을 다룬 것이다. 이 작품에서 이차래는 캐리 조오지와 서로 연애하고 아이도 낳는다. 다른 작품에서 여성 인물(가령 『녹색의 문』의 유보화)은 사랑하는 사람을 기다리다가 엉뚱한 남자에게 성폭행 당해 아이를 낳고 아이에 대한 사랑으로 다른 갈등을 봉합한다. 혹은 「인맥」에서처럼 사랑하는 남자를 떠난 뒤에 아이에 대한 사랑으로 나머지 갈등을 봉합한다. 그런데 『끝없는 낭만』에서는 특이하게도 사랑해서 낳은 아이이고, 미국으로 간 캐리 조오지에게서도 계속 사랑의 편지와 선물이 오고 있는 상태인 데도 차래는 아이를 보육원에 맡기고 자살하는 길을 취한다. 아이를 두고 엄마가 자살하는 것은 최정희 소설에서 보지 못했던 결말이다. 캐리 조오지와의 사이에서 낳은 아들 토니는 이차래가 국가와 민족에게 내세울 수 있는 핏줄로서는 너무 문제가 많았기 때문이다. 외모부터가 달랐다. 이 점에서 최정희의 '모성'이 생명과 보살핌의 모성이기보다는 '핏줄로서의 모성'에 집착하는 것이고 그것은 "법률적 근거가 없는 어머니를 보상하는 가장 강력한 대체물은 바로 법으로도 끊을 수 없는 핏줄"이라고 하는 지적은 정당하다.(서영인, 앞의 논문) 해방 후에도 최정희는 국가주의에 크게 침윤되어 있고 그것은 지배적 담론에 순응하는 최정희의 일관된 태도이기도 하다.

반면 근대문학에서 강경애만큼 과감하게 지배 담론에 거스르기를 시행한 여성 작가도 없다. 일찍이 『어머니와 딸』에서 예쁜이는 모성을 방기하고 애욕을 좇는다. 산호주는 애욕에서 벗어나 모성을 구현한다. 작가는 둘 다 비판하고 옥이를 통해서 주체적인 여성의 삶을 모색했다. 「모자」에서 승호 어머니는 남편의 뒤를 따라 산으로 가고자 한다. 그것은 남편이 없는 삶의 고난에서 사회의 물정을 알게 된 승호 어머니가 삶의 방식을 변화시킨 결과이다. 백일해를 앓는 아이를 업고서도 산으로밖에 갈 수 없는 비정한 세상에 대한 비판과 그것이 승호 어머니가 맹목적으로 남편만을 뒤쫓아 가는 것이 아니라 사회적 존재로서의 새로운 깨달음에 의한 것이라는 점, 그러나 작가는 그것이 현실에서 쉬운 일이 아닌 것까지 함께 그렸다.

　「소금」의 봉염 어머니는 중국인 지주에게 성폭행 당하고 난 뒤 차라리 좀 더 편하게 살 수 있을지도 모른다는 생각을 한다. 이 점은 『인간문제』의 선비도 마찬가지다. 정덕호가 선비를 성폭행하면서 학교를 보내 준다고 했을 때 선비는 그 유혹에 흔들린다. 옥점처럼 학교를 다니고 수를 놓고 싶다는 여성 —— 인간으로서의 욕망이 기존의 정조 관념을 이겨내는 지점이다. 그 이후는 기존의 윤리나 가부장제의 질서는 이 여성들에게 더 이상 힘을 발휘하지 못한다.

　강경애가 간도에서 벌어졌던 항일 무장투쟁을 검열과 언론의 외면을 뚫고 대변하고 애썼음은 주지의 사실이다. 덧붙여 그가 투쟁으로 얼룩진 '간도의 봄'을 전하고자 했을 때 일제는 그의 글 전체를 사제함으로써 다시 강경애를 침묵시키고자 했다는 사실을 확인해 둔다. ≪조선일보≫ 1933년 2월 19일자 학예면에는 「봄의 전주곡」이라는 강경애의 수필이 실릴 예정이었으나 삭제된 채 그 부분은 백지인 채 신문이 나왔다. 그런데 ≪조선출판경찰월보≫ 제54호(1933. 3)는 강경애의 수필 「표호! 규환!」을 입수하여 일본어로 번역해 두었다. 그중의 일부를 다시 한글로 번역해 보면 다음과 같다.

　이 봄은 긴장하는 봄! 착란하는 봄, 또는 포효하는 봄이다.

나는 작년에 간도에서 이 봄을 맞이했다. 간도의 대중은 그 어느 곳보다도 자신들이 나아갈 바를 잘 알고 있다. 그리고 단지 하나의 길을 추구하며 맹진하고 있다. (중략) 그들은 결코 굴하지 않는 단 하나의 길을 향해 척척 대지를 밟고 전진하지 않으면 안 된다는 것을 잘 알고 있다. (중략) 나는 서른에 가까우니 이미 인생의 반을 걸어왔다. 되돌아보면 과거는 무의미한 삶을 연장해 온 것에 불과하다. 그러나 이 봄은 한가한 봄이 아니며, 이전의 봄이 아니다. 포효의 봄! 규환의 봄!이다. 지나온 반생처럼 질곡(桎梏)에 매여 신음하는 비겁한 인생이 되지 않으면 안 되는가?

이런 지배 담론에 마주서는 강경애의 태도는 1930년대 후반부에도 계속 견지된다. 여성 화자 '나'의 고백체로 쓴 「동정」이나 「산남」에서 자기 속의 이기주의를 가차 없이 그려낸 작가는 거의 마지막 작품인 「마약」에서 맹목적으로 남편의 말을 믿다가 아편 값으로 팔리고, 또 맹목적으로 아들을 찾아 나섰다가 죽음의 길로 빠져드는 어머니를 냉혹하게 그린다. 그런 태도는 일제 말기 억압은 더욱 심해지면서 할 수 있는 일이 없어 보이고 강경애 자신이 병으로 무력해졌을 때 더 이상 작품을 쓰지 않는 상태로 이어지는 것이다. 끝까지 '반항의 작가'였던 강경애의 반항[25]이야말로 또한 여성 작가의 자세가 아니겠는가.

---

25) 이에 대한 후배 여성 문인의 평가는 이러하다. 강경애 씨와 동시대의 여성 작가들의 작품 세계가 과연 어떠한 것이었던가. 그에 대해서는 일일이 묻지 않기로 하더라도 어떻든 그들의 작품이 진정한 인민의 벗이 되기에는 너무도 실패한 자본주의적 퇴폐가 아니면 유독(有毒)한 세기말적 니힐에 빠져 불건전한 신음(呻吟)을 일삼고 있지 않았던가. (중략) 가난한 농민의 딸로 태어난 작가 강경애 씨가 능히 끝까지 반항의 작가로서 자기를 확보(確保)하여 왔다는 것은 또 결코 우연한 일이 아니거니와 이런 의미에서 오늘 우리는 작가 강경애 씨의 문학적 위치와 그 작품이 표시하는 진보적 정신을 또 한 번 높게 평가하지 않을 수 없는 것이다. ――임순득, 「『인간문제』를 읽고 ―― 간단한 약력 소개를 겸하여」, 《문학예술》 제8호, 북조선 문학예술총동맹, 1949. 8.

강경애 장편소설 재론

─ 페미니스트적 독해에 대한 하나의 문제 제기

김경수(서강대 부교수)

문제 제기

강경애는 식민지 시대에 활동한 여성 작가 가운데 가장 많이 연구된, 그리고 현재도 활발하게 연구되고 있는 작가 가운데 한 명이다. 물론 짧은 문학적 생애와 그로 인한 제한된 작품 분량도 폭넓은 연구를 가능케 한 조건이지만, 보다 근본적인 이유는 그녀가 일제의 식민 지배로 인한 한국 근대사의 파행적 전개를 몸소 겪은 예외적인 여성 작가라는 점과 얼마 되지 않는 그녀의 문학이 일제의 식민 지배에 대해 우리 문학이 보여 주고 거두어 낸 문학(혹은 문학사상)석 응선릭을 실펴보는 데 적절한 재료가 되기 때문일 것이다. 그리하여 현재 강경애 문학에 대한 연구는 개인사적 삶의 재구는 물론이거니와 간도 체험과 문학의 상관성, 그리고 사회주의적 리얼리즘의 문학적 수용 및 여성 비평적 견지에서의 심층적인 해석에 이르기까지 다양하게 이루어지고 있는 것이 사실이다.

그러나 그중에서도 최근의 가장 두드러진 연구 경향이 이른바 여성주의적 연구 혹은 여성 비평적 연구라는 것에 이견을 제기할 사람은 그다지 많지 않을 것이다. 작가 자신이 식민지 시대 예외적으로 작가로 활동했던 여성이라는 사실과 그녀의 주요한 작품들이 식민지 치하에서 여성 인물들이 겪는 고난과 그로부터의 각성에 주안점을 두고 있다는 점에서 이런 접근법은 매우 적절하고 또 필요한 것이라고 할 수 있다. 뿐만 아니라 그러한 여성주의적인 시각은 강경애 소설에서 반복적으로 전경화되는 사회주의 이데올로기 및 계급의식 문제로까지 심화되는데, 이런 방향으로 연구가 확산되고 심화되는 것 또한 긍정적인 현상으로 보인다.

그런데 강경애 소설에 대해 기왕에 이루어진 많은 논의들은, 미세한 대목에서는 의견 차이가 확연히 나기도 하지만, 당대의 사회적 문제를 여성의 문제와 연관시켜 파악하는 작가의 사상적 지향이라든가 작품의 문학사적 위상에는 대체로 의견의 일치를 보이고 있다. 장편소설 『인간문제』에 대해 제출된 최근의 해석들 가운데, 여성 비평적 시각에서 비교적 이견 없이 받아들여지고 있는 대표적인 논의들을 인용하면 아래와 같다.

강경애의 대표작은 장편소설 『인간문제』인데, 이 소설은 황해도 장연과 인천 부두를 공간적 배경으로 하고 있지만, 작가는 간도라는 특수한 공간에서 국내를 바라보면서 당대의 어느 작가보다도 분명하고 구체적으로 역사와 현실 변혁에 대한 튼튼한 낙관적 전망을 가지고 현실을 반영함으로써 뛰어난 성과를 낳았다. (중략) 또한 선비가 일하는 인천 방적 공장에서의 노동 과정, 기숙사 생활, 상금·벌금 제도를 교묘히 활용하여 노동을 착취하는 자본가의 술책, 공장 감독의 여공에 대한 성적 착취, 공장 내의 조직 선전 작업과 그에 대한 노동자들의 반응, 공장 감독의 노동자 이간책, 노동 현장에서 느끼는 동지애에 대한 폭넓은 묘사는 우리 문학사에서 최초의 것이며, 이 시기 다른 소설에서 찾아보기 어려운 구체성과 현실성을 지닌 것이다.[1]

이 작품의 성과 중 하나는 지배계급에 대한 생생한 묘사, '신철'로 대표되

---

1) 이상경, 「강경애의 『인간문제』」, 이상경 편, 『인간문제』, 창작과비평, 1992, 369~372쪽.

는 동요하는 지식인의 계급적 한계, 피지배계급 여성과 남성 간의 연대와 같은 다각적인 부면을 통해 역사 발전의 전망을 보여 주고 있는 점이다. 그러나 이와 같은 '인간문제'는 어디까지나 '여성 문제'를 통해 구체성을 얻게 된다. 작가는 여성의 개인적 경험을 뛰어넘어 선비, 간난 등 노동하는 여성들의 집단적인 경험에 주목한다. (중략) 사회적, 계급적, 성적으로 변화해 가는 '과정 중인 여성 정체성'은 인간문제가 여성 문제와 맞닿아 있음을 입증하는 것이다.[2]

『인간문제』에서 선비의 삶이 잘 보여 주고 있듯이, 한때 현실에 안주했던 구여성은 공·사 영역의 편협한 구분을 초월하는 생산적인 사회 구성원으로 성장해 나간다. 그들은 가부장적 순결 개념에 더 이상 연연하지 않고 노동과 (재)생산의 주체임을 인식한 행위자로 변모한 것이다. 그 결과, 자본의 논리에 희생당하고 착취당하면서도 자본의 논리를 거슬러 갈 수 있을 정도로, 그리고 성적 폭력에 노출될수록 더욱더 자신의 여성적 정체성을 자각해 나갈 수 있을 정도로, 구여성의 의식은 역동적으로 재현될 수 있었다.[3]

위에 인용한 세 편의 논의는 강경애의 『인간문제』가 식민지 시대에 억압의 대상이었던 여성들의 자기 정체성 정립의 문제를 본격적으로 다룬 작품으로서, 집단적인 여성의 문제가 인간문제와 연관되어 있음을 보여 주는 동시에 여성들을 억압했던 근대라는 시대적 조건에 대한 인식도 게을리 하지 않음으로써 당시 노동 현실의 구체적 실상을 소설화해 낸 문학사적 문제작이라는 것으로 요약할 수 있다. 외견상 이러한 논의는 더없이 타당해 보인다. 작가가 일제시대를 나름대로 혹독하게 경험했으며, 그 위에서 여성으로서의 분명한 자의식을 가지고 자신을 포함한 여성 일반의 시대적 굴레

---

2) 김양선, 『1930년대 소설과 근대성의 지형학』, 소명, 2003, 260~261쪽.
3) 김민정, 「일제시대 여성 문학에 나타난 구여성의 정체성에 관한 연구」, ≪여성문학연구≫ 제14호, 216쪽.

를 '공장'이라고 하는 식민지 시대의 대표적인 사회적 공간을 배경으로 그려냈다는 것은 누구라도 수긍할 만한 논의이다.

그런데 이런 논의들은 미세한 차이에도 불구하고 하나의 공통된 인식을 전제로 하고 있다. 그것은 작가의 젠더 정체성이 그의 문학 활동을 규정짓는 근본적인 요소로서, 특정 작가의 작품에 구현된 젠더 정체성은 필연적으로 작가의 젠더 정체성의 연장일 수밖에 없다는 확신 같은 것이다. 문학 작품의 해석에 있어서 작가의 젠더는 물론 독자의 젠더가 또한 중요한 요인이라고 하는 페미니스트적 전망이 보편화되어 있는 현실[4]을 감안하면 이런 해석이 중첩적으로 제기되는 것은 어쩌면 당연해 보이기도 하는데, 공교롭게도 위에 인용한 필자들을 포함하여 강경애를 위와 같은 입장에서 해석하고 있는 상당수의 논자들이 여성 학자라는 것은 그러한 전제가 한번쯤 의심되어도 괜찮을 성질의 것이라는 것을 알려 준다.

이 글은 이런 문제의식에서 출발해 강경애의 장편소설에 대한 기존 해석의 빈틈을 다시 한번 생각해 보고자 한다. 문제의식은 다음과 같다. 즉, 강경애의 장편소설은 과연 작가의 젠더 의식을 고스란히 구현하고 있는가? 만일 그렇지 않고 작가적 전망과 소설의 서술적 전망 사이에 괴리가 존재한다면 그 빈틈은 어떤 의미로 해석될 수 있는가? 그리고 또 하나. 기존의 지배적 논의가 페미니스트적 텍스트에 대한 페미니스트적 전망에서 도출된 독해라면, 동일한 작품을 다른 각도, 이를테면 남성비평(phallic criticism)의 전망에서 볼 경우 작품의 의미가 어떻게 달리 읽힐 수 있는가 하는 점 등이다.[5]

---

4) 남자와 여자가 동일한 텍스트를 다르게 읽는다는 인지론적 견해는 이론의 여지없이 받아들여지고 있다. 이 경우 어떤 텍스트의 해석에 독자가 작동시키는 스키마 — 선험적 도해 — 가 젠더 — 특유(gender-specific)적이라는 점은 페미니스트적 독해의 변별성을 정당화하는 기본적인 전제다. 이 점에 대해서는 Mary Crawford/Roger Chaffin의 *The Reader's Construction of Meaning*(Elizabeth A. Flynn & Patrocinio Schweickat ed, Genderand Reading, Johns Hopkins U. p., 1986), 3~30쪽이 중요한 참조점이 된다.
5) '남성비평'이란 초기 페미니스트 비평의 권내에서 제기된, 섹슈얼리티와 문학적 스타일

이 글은 이런 시각에서 강경애의 장편소설『어머니와 딸』과『인간문제』[6] 를 다시 고찰하고자 한다. 그렇다고 해서 이 글이 의식적으로 남성비평적 독법을 견지하고 있는 것은 아니다. 일차적으로 이 글은 해석자의 젠더를 문제 삼자는 것이 아니라 많은 논자들이 암묵적으로 동의하고 있는 그 전제가 정말 확고부동한 것인가를 논의해 볼 수 있지 않느냐는 문제 제기임을 밝혀 둔다.

강경애 장편소설의 재독해

『어머니와 딸』(≪혜성≫, 1931~1932)은 강경애의 첫 작품으로, 옥이라고 하는 한 구여성의 자기 각성 과정을 그린 소설이다. 조실부모한 후 산호주에게 거두어진 옥이는 산호주의 유언대로 산호주의 아들 봉준과 결혼한다. 그러나 도쿄에 유학을 다녀온 봉준은 친구인 재일의 여동생 숙희를 사랑하게 되어 번뇌하던 끝에 옥이에게 이혼을 요구한다. 그 와중에 영철 선생의 지도로 서울에 유학하여 여학교에 입학하는 등 나름대로 새로운 의식을 갖게 된 옥이는 급기야 남편의 이혼 요청을 받아들이고, 이런 사정을 무마하기 위해 고향에서 올라온 영철 선생의 만류에도 불구하고 자신의 길을 가겠다는 의지를 확고하게 내비친다.

그런데 작품에서 옥이의 의식 각성이 이루어지는 일련의 과정을 살펴보면 엉성하기 짝이 없다. 어린 시절부터 자신을 거두어 준 의붓어머니 산호주에 대한 각별한 애정과 의리로 봉준을 보살펴 왔던 옥이는, 숙희에 대한 봉준의 상사병이 깊어지자 그것을 보다 못해 그녀를 데리러 간다. 그러나

의 교점에 대한 관심의 연장선상에서 이른바 문학적 양식상의 '남성성'을 규명하는 것을 표방한 비평적 접근법이다. 그러나 이 글에서 명시적으로 이 방법론을 채택하고 있는 것은 아니다. 남성비평에 대해서는 Peter Schwenger, *Phallic Critiques*(RKP, 1984), 1~15쪽을 참조하라.

6) 이상경 편, 『강경애전집』(소명, 1999)을 텍스트로 하며, 인용 시 면수만 밝힌다.

숙회가 응하지 않는 바람에 허탈하게 영실과 함께 집으로 돌아오는 길에 호송되어 가는 영실의 오빠를 보게 된다. 바로 그 순간, 옥이는 영실의 오빠가 "몇 백 명의 노동자를 위하여 자기 몸을 희생해 바친"(121쪽) 사람임을 상기하고, 그가 밟고 간 길로 자신도 가야겠다고 영실에게 말한다. 그리고 그 연장선상에서 집으로 돌아와서 봉준을 보며 속으로 "불쌍한 인간! 차라리 울 바에는 너를 위하여 울어라. 좀 더 나아가 여러 사람을 위하여 울어라! 한낱 계집애를 생각하여 운다는 것은 너무나 값없는 울음이 아니냐!"(123쪽)고 생각한다. 그리하여 뒤이은 봉준의 이혼 요구에 선뜻 응하겠다는 뜻을 밝히면서 자신이 어리석었다는 말을 내비친다.

옥이가 유학에서 돌아와 숙회에게 미쳐 날뛰는 봉준에게 지속적으로 실망했다는 점과 자신에게 연서를 보낸 재인의 행동에 대해 봉준이 숙회와 결혼하기 위해 꾸민 짓이 아닌가 하는 의혹을 가졌다는 점을 감안하더라도, 길거리에서 우발적으로 만난 영실의 오빠로 인해 자신의 과거를 비판적으로 반추하고 선뜻 봉준의 이혼 요구를 받아들이는 것은 비약이 심하다. 하지만 이보다 더 심한 비약은 봉준이 옥이와의 관계를 다시 정립하기 위해 영철 선생을 불러올렸을 때 그와 나누는 대화이다. 고향 사람들의 근황을 묻는 자리에서 십여 가구나 되는 사람들이 만주로 떠났다는 말을 들은 직후 옥이와 영철 선생이 나누는 대화는 아래와 같다.

"그들이 만주로는 무엇 하러 갔나요?"
눈물이 핑 돌았다.
신문을 통하여 농촌 형편을 대강 짐작은 했지만 막상 낯익은 자기 고향 사람들이 못 살고 떠났다는 소리를 들으며 마치 나기 일이나 당한 듯하였다.
"만주에서는 누가 이마에 손 없고 기다린답더이까?"
봉준, 재일까지도 멍하니 그들의 하는 이야기를 듣고 있었다.
"그곳에는 땅이 흔하다네. 그래서 농사 지으러들 가지. 우리 근처서 몇몇 들어간 사람들은 아조 넉넉히 지낸다는데."

옥의 흘리는 눈물을 물끄러미 바라보며 당연할 것이다 하였다.

"땅이 흔하면 거저 준다나요! 내 땅을 떠나서 가면 무얼 해요. 이제도 떠
나겠다는 어리석은 사람들이 있거들랑 선생님께서 제발 말려 주세요. 앞길을
막고 사정없이 때려 주세요. 아니 반쯤 죽여 주세요! 굶어 죽어도 내 땅에서
죽고 빌어먹어도 내 고향에서 먹어야지요."

선생은 어리둥절하여 옥이를 보았다.(131쪽)

위 인용문에서 알 수 있는 것처럼, 작품 속의 인물들이 어리둥절하게 느
낄 만큼 옥이의 변화는 낯설고 돌연하다. 오늘날의 독자가 읽어도 사정은
크게 다르지 않다. 옥이의 위와 같은 변화는 작품 내적으로 이렇다 할 필
연성 위에서 이루어진 것이 아니라, 작가의 간도 체험과 계급의식이 과도
하게 투영되어 일어난 것이기 때문이다. 어린 시절 어머니 예쁜이의 난봉
으로 인해 옥이가 겪었던 고통의 기억과 의붓어머니 산호주의 유언에서 비
롯된 일정한 사고의 심화, 또 영실의 오빠를 본 뒤 자신이 살아온 삶에 대
한 자성의 계기를 감안하더라도 작품 말미로 가면서 점차 요지부동의 것으
로 화(化)하는 옥이의 변화는 설득력이 떨어진다.

이런 옥이의 변화가 작위적이라고 한다면, 봉준의 경우는 그 인물화가
훨씬 자연스럽다. 구여성과 결혼한 유학생으로, 새롭게 사랑하게 된 신여성
으로 인해 겪는 봉준의 심리적 갈등은 당시 우리 소설에 넘쳐나던 주제로
서, 강력한 시대적 개연성을 확보하고 있다. 뿐만 아니라 숙희와의 담판이
여의치 않게 된 뒤에 상사병을 앓는 대목이라든지, 숙희와의 결합을 위해
서는 먼저 이혼을 해야 한다는 재일의 말을 그대로 따라 옥이에게 이혼을
요구하는 철부지 같은 행동, 그리고 옥이가 자신의 이혼 요구를 받아들인
뒤에 다시금 남편의 권리를 요구하는 관성적인 가부장적 행동 등은, 『무
정』의 이형식을 연상시킬 만큼 그를 일종의 피카로로 부각하기에 족하기
때문이다. 그리고 작품의 말미에서 옥이가 자신의 후원자로 영철 선생을
불러올리고, 또 위 인용문에서 보는 것처럼 옥이의 기상천외한 발언에 영

철 선생이 넋을 잃고 마는 것을 보면, 이 작품은 오히려 15세 때에 연상의 구여성과 결혼한 후 뒤늦게 자유연애에 눈뜬 봉준이라는 사춘기적 인물이 방황하는 이야기로 해석하는 편이 훨씬 자연스럽다. 이렇게 읽는다면 『어머니와 딸』은 그 제목에서나 내용 면에서 작가가 어떤 새로운 여성상을 탐구하려고 했던 간에, 그 의도가 온전히 반영되지 못한 습작 정도로 평가하는 것이 온당해 보인다.

다음으로 『인간문제』를 살펴보자. 위에 인용한 세 편의 논의에서도 알 수 있듯이, 이 작품 또한 선비라고 하는 여자 주인공의 정체성을 중심으로 많은 논의가 이뤄진 작품이며, 더 나아가 작가 강경애의 여성 문제에 대한 인식이 전경화되어 있는 작품으로 평가받고 있다. 황해도 용연의 가난한 농부의 딸로 태어난 선비는 아버지와 어머니가 죽자 지주인 덕호의 집으로 옮겨 부엌일이며 집안일을 도와주며 호구를 해결한다. 그러던 어느 날 선비는 덕호에게 겁탈을 당하게 된다. 덕호의 시달림에서 벗어나기 위해 선비는 자신처럼 덕호의 첩 노릇을 하다가 내쳐져 서울로 간 간난의 주소를 손에 넣는데, 바로 그 즈음 신철과의 혼약을 이루지 못한 덕호의 딸 옥점이 홧김에 덕호에게 선비가 신철과 관계가 있다고 무고하는 바람에 덕호로부터도 내쳐지게 된다. 여기까지가 작품의 전반부라 할 수 있다.

작품의 후반부는 서울로 간 선비와 선비를 사랑했으나 덕호에게 대드는 바람에 농지를 떼이고 인천의 노동자로 전락한 첫째, 그리고 법관 시험을 준비하다가 혼인 문제로 아버지와 다툰 후 인천으로 와 노동운동을 하는 신철의 이야기를 담고 있다. 간난과 함께 인천의 대동방적 공장에 들어간 선비는 간난의 도움으로 자신이 있는 공장이며 그 밖의 현실이 어떤가를 점차 인식하기에 이른다. 그러나 폐병을 앓고 있던 선비는 어느 날 야간작업 도중 쓰러져 죽는데, 작품은 첫째가 병원에서 죽은 여공이 바로 선비라는 것을 확인하고 결론적으로 선비와 자신의 운명을 규정하고 있는 '인간문제'를 자신의 문제로 인식하고 장차 나아갈 길을 자문하는 것으로 끝을 맺는다.

『어머니와 딸』과 비교할 때, 『인간문제』는 기법적 측면에서나 주제적 측면에서 한층 안정된 작품이다. 많은 논자들이 지적한 것처럼, 용소의 전설이 깃들어 있는 용연 마을의 지주와 소작인의 현실이라든가 선비와 간난이 일하는 인천 방적 공장의 체계와 인력 통제의 현실, 그리고 거기에 맞서는 비밀스러운 노동운동 및 신철 같은 부르주아 출신 노동자의 변절 등이 사실적으로 그리고 핍진하게 그려져 있기 때문이다. 인물들의 자기 각성 과정도 『어머니와 딸』에 비하면 자연스러운 경로를 밟고 있어 주목된다. 농민의 아들에서 노동자로 탈바꿈한 첫째는 물론 덕호에게 상처를 받고 고향을 떠나 공장의 노동자가 된 간난과 선비가 자신들을 둘러싸고 있는 현실에 눈뜨는 과정이 한결 자연스럽다.

작품이 선비의 등장으로 시작해 그녀의 죽음으로 마감되고, 또 작품에 할애된 지면도 선비의 비중이 압도적이라는 측면에서, 이 작품이 여성 문제와 인간문제의 상관성을 고찰했다거나 식민지 여성의 곤란과 운명이라는 것을 통해 식민지에서의 삶의 문제, 더 나아가 자본주의 체제하에서의 보편적인 인간문제를 파악했다는 해석은 일정 부분 타당하다. 그러나 위의 개요에서도 드러나듯이 첫째 또한 선비와 간난 못잖은 이 작품의 중심인물이며, 또 그런 입장에서 이 작품이 "남성 주인공을 중심으로 한 계급적 각성의 서사 외에도 여성 인물을 대상으로 하는 애정의 서사를 공통적으로 내포하고 있다"[7]는 해석이 제기된 만큼, 일방적으로 '여성 문제'에 초점을 맞춘 작품으로 규정하는 것은 문제가 있다. 앞서 첫째와 선비 및 간난의 자기 각성 과정이 자연스러움은 말한 바 있지만, 만일 그 자연스러움과 핍진성의 정도를 거론한다면 선비의 경우는 많은 부분 그 변화가 작위적이며 그 폭 또한 큰 반면에 첫째의 경우는 더 설득력이 있기 때문이다.

작품 초반에 애정의 이야기 선에 압도되었던 선비와 첫째 가운데 현실 논리에 대한 고뇌를 먼저 체험하는 것은 첫째이다. 첫째는 덕호네 타작마

---

7) 이수현, 「1930년대 경향소설의 이중서사 연구 ─ 이기영의 『고향』과 강경애의 『인간 문제』를 중심으로」, 서강대 대학원, 2001, 14쪽.

당에서 덕호에게 대들다가 주재소 신세를 지고 나온 뒤로부터 '법'의 존재에 대해 의문을 갖게 되는데, 이 대목은 향후 고향을 등지고 인천으로 가는 첫째의 변신에 있어 가장 중요한 계기이다. 그 대목은 다음과 같다.

첫째는 그 하늘을 묵묵히 바라볼 때, 어젯밤 순사부장이 자기들을 모아 놓고, " 너희들에게 법이란 것을 가르쳐야겠다" 하던 말이 그의 머리에 획 떠오른다.
"법, 법…… 법, 법에 걸리면 죽이는 법까지 있다지?"
그가 법이란 막연하게나마 전통적으로 신성불가침의 것으로 알았지마는…… 아니 지금도 그렇게 알지마는 어제 일을 미루어 곰곰이 생각하니 웬일인지 그 법에 대하여 무엇이라고 형용할 수 없는 엉킨 실마리가 그의 온 가슴을 꽉 채우고 말았다.
"우리들이 어제 덕호와 싸운 것이 법에 걸리는 일이라지? 그 법……
법…….."(243쪽)

이 서방은 이 법이란 것이 어떤 사람이 만든 게 아니라 사람이 나기 전부터 이 세상에는 벌써 이 법이란 게 있었던 것같이 생각되었다. 이 말을 들은 첫째는 한참 더 말로 형용할 수 없는 비애를 느꼈다. 동시에 벗어나지 못할 철칙인 이 법? 어째서 자기만이, 아니 그의 앞에서 신음하고 있는 이 서방, 그의 어머니만이 여기에 걸려들지 않고는 못 견딜까?……(258쪽)

위와 같은 첫째의 고뇌가 그의 사상적 각성과 서울로의 도망 및 이후 노동자로서 자의식을 갖추는 일련의 변화 과정에 중요한 동기가 되었다는 것은 의심의 여지가 없다. 인천에서 신철과 알게 된 후에도 첫째는 신철에게 법에 걸리지 않는 방법을 물을 정도로 집요하게 관심을 표하는데, 이런 점을 보면 훗날 신철과 함께 선비가 일하고 있는 공장에 삐라를 넣어 주는 등의 활동을 하면서 첫째가 이르게 되는 계급적 각성은 선비의 그것과는 비교할 수 없게 설득력을 지닌다.

　선비도 자기가 넣어 주는 그 삐라를 보고 똑똑한 선비가 되었으면…… 하였다. 과거와 같이 온순하고 예쁘기만 한 선비가 되지 말고 한 보 나가서 씩씩하고도 굳센 여자가 되었으면…… 하였다. 그때에야말로 자기가 믿을 수 있고 같이 걸어갈 수도 있는 선비일 것이라…… 하였다.
　그는 이러한 생각을 하며 걸었다. 인간이란 그가 속하여 있는 계급을 명확히 알아야 하며 동시에 인간 사회의 역사적 발전을 위하여 투쟁하는 인간이야말로 참다운 인간이라는 신철의 말을 다시 한번 생각하였다.(373쪽)

　『인간문제』에서 첫째가 신철로 인해 계급적 자각을 하게 되는 삽화는 선비가 간난의 도움으로 서서히 자기 각성에 이르게 되는 과정과 매우 유사하다. 그러나 작품의 진행 과정에서 간난과 선비의 연대가 꾸준히 지속되는 데 반해, 신철과 첫째의 연대는 금이 가고 만다. 첫째도 가담한 부두 노동쟁의와 관련하여 잡혀간 신철이 아버지와 친구인 판사 병식의 회유에 전향하고 다른 길을 걷기 때문이다.
　작가가 다른 인물의 입을 빌려 '소위 지식계급' 출신인 신철의 전향과 첫째와 간난을 위시한 노동자계급의 연대를 대비적으로 그리고 있는 것은 물론 작가 자신의 계급의식이 반영된 결과이다. 이렇게 보면 이 작품의 의미를 여성 문세를 중심으로만 해석하는 것은 작품의 의미를 축소하는 격이다. 그 근거는 바로 위에서 인용한 첫째의 법에 대한 자각 문제를 다시 살펴보는 것만으로 충분하다. 법에 대한 첫째의 위와 같은 의구심과 그 형평성에 대한 고뇌는 식민지 시대 소설을 통틀어 아주 예외적인 장면 가운데 하나로, 우리 소설과 법의 상관성이라는 측면에서 매우 중요한 단서를 제공하는 예로서, 다른 각도에서의 조명이 필요한 주제다.
　그러나 이 점과 별개로 이 작품에 그려진 사건과 법의 상관성은 비단 첫째만의 일로 그치지 않는다는 점에 유의할 필요가 있다. 작품 초반에 덕호의 딸 옥점과 애정의 하위 이야기 선을 형성했던 신철은 경성제대 대학생으로 역시 전향한 아버지의 권고대로 일제의 관리인 고등문관 시험을 준비 중이던 인물로 그려지고, 작품 말미에서 그를 사상적으로 전향하게 하는 판사 병식은 신철이 고문시험 준비를 하던 시절 육법전서를 가슴에 안고 소리 내어 법조문을 외우던 인물이기 때문이다. 첫째와 신철 및 병식에 이르기까지 작품의 중심 이야기 선의 변화를 주도한 인물들과 사건들에 한결같이 법의 문제와 법과 연관된 인물들이 등장하고 있다는 점은 예사롭게 볼 사항이 아니다. 이런 맥락을 염두에 두면 작품의 말미에서 인물인 신철과 서술자의 합치된 목소리로 전달되는 아래와 같은 진술 또한 새롭게 해석될 여지가 충분하다.

첫째는 불불 떨었다. 이렇게 무섭게 첫째 앞에 나타나 보이는 선비의 시체는 차츰 시커먼 뭉치가 되어 그의 앞에 칵 가로질리는 것을 그는 눈이 뚫어져라 하고 바라보았다.

이 시커먼 뭉치! 이 뭉치는 점점 크게 확대되어 가지고 그의 앞을 캄캄하게 하였다. 아니, 인간이 걸어가는 앞길에 가로질리는 이 뭉치…… 시커먼 이 뭉치, 이 뭉치야말로 인간의 근본 문제가 아니고 무엇일까?

이 인간문제! 무엇보다도 이 문제를 해결하지 않으면 안 될 것이다. 인간은 이 문제를 해결하기 위하여 몇 천만 년을 두고 싸워 왔다.

그러나 아직 이 문제는 해결되지 못하였다. 앞으로 이 문제는 첫째와 같이 험상궂은 길을 걸어왔고 또 걷고 있는 그러한 수많은 인간들이 굳게 뭉침으로써만 해결할 수 있을 것이다.(413쪽)

이상 살펴본 것처럼, 강경애의 『인간문제』는 기왕의 여성비평적 독해와는 달리, 이야기 선의 전개상 중심인물을 남성 주인공인 첫째로 상정할 수 있는 충분한 근거가 있으며, 또 그렇게 해석하는 것이 여성 인물 중심으로 해석했을 때보다 훨씬 자연스럽고 메시지의 해석 영역 또한 확장된다. 그리고 비록 습작 수준의 작품이긴 하지만 『어머니와 딸』의 이야기 또한 개연성 측면에서나 소설의 핍진성 측면에서 남성 인물인 봉준의 인물화가 훨씬 안정적이다. 비록 이 두 편의 소설에서 여성 문제가 중요한 주제적 국면을 이루고 있는 것은 사실이지만, 그것은 여러 의미망 가운데 하나일 뿐, 여러 주제들을 통합하고 주도하는 상위 수준의 주제는 되지 못한다. 위와 같은 해석은 문학 연구에 있어서 작가의 젠더와 젠더 의식의 일치를 자명한 것으로 간주하는 해석이 놓칠 수 있는 작품의 의미 영역을 드러내 주는 예로서 충분한 근거를 제공한다. 그리고 이는 더 나아가 본고가 서론에서 제기한 것처럼, 여성 작가의 젠더 의식을 자명한 것으로 전제하거나, 사회적 개인으로서 특정한 여성 작가가 지니고 있는 젠더 의식이 고스란히 소설의 주제로 구현되었을 것이라고 상정하고 행하는 기왕의 해석적 관점이 문제가 있다는 것을 암시해 준다.[8]

이 점에 대해서는 안숙원의 기존 논의가 또 하나의 중요한 참조점을 제공해 준다. 안숙원은 강경애가 "빈/부의 갈등에 강박된 나머지 남녀 관계도 노동자/자본가의 경제적 구조 속에서만 보려 한 까닭에 여성 인물들이 겪는 성적 정체성의 위기에 대한 섬세한 통찰력이 미흡하다"고 평가한다. 즉, 강경애가 『인간문제』에서 목화솜 틀과 방적 기계라는 여성적 작업의 동기화를 마련하고, 그것을 통해 여성의 젠더 문제를 거론하고자 한 작의는 분명하지만, "'배고픔'의 인간문제를 남성적 감수성으로 드러내고자 했기 때문에 언술과 젠더의 착종이 있게" 되었다고 평가하고, 강경애 소설의 이런 특성을 "유사남성성(pseudo-masculinity)"이라고 해석한 것이다.

결국 강경애는 두 편의 소설을 통해 전통사회의 가부장적 제도의 폭력성

8) 안숙원이 이 논문에서 사용하고 있는 '젠더 공간'이라는 용어와 언술과 젠더의 상관성은 다소 추상적이고 부족하게 설명되고 있으나, 이런 논의가 이른바 여성 언어(WL)와 관련하여 여성 소설을 새롭게 해석할 수 있는 의미 있는 시각을 열어 보이고 있는 것은 분명하다. ——안숙원, 「유사 남성적 언술과 '젠더' 의식의 착종」, 안숙원 외, 『한국여성문학비평론』, 개문사, 1995, 147~163쪽.

과 그것의 직접적 희생양인 여성의 존재를 문제 삼고 있는 것이 사실이지만 역설적이게도 남성 인물 및 젠더 의식을 넘어서는 주제에 초점을 맞춤으로써 애써 포착한 문제의식을 무화한 것이다. 이것은 작가 강경애가 자신의 젠더와는 무관하게 당대 식민지 현실을 가부장적 세계관으로 인식하고 있었다는 것을 말해 준다. 말하자면 작가 강경애에게 전통 사회의 가부장적 제도의 관성에 노출된 구여성에 대한 인식이 자명한 것이었다고는 해도, 급변하는 시대 속에서 그러한 구여성의 존재의 문제성을 소설적으로 형상화하기에는 역부족이었다는 것이다. 강경애는 최소한 계급의식의 소설적 수용이라는 차원에서는 일정 부분 성공했는지 몰라도, 오늘날 많은 여성 비평가들이 읽어 내는 것처럼 여성의 존재의 문제성을 통해 식민지 근대의 문제를 전달하는 데에 있어서는 실패했다. 다양한 남성들의 현실적 모습을 파악하고 묘사하는 데는 성공했지만 여성 인물을 형상화하는 데 있어서는 기계적인 패턴을 답습했다는 것 자체가 이런 판단을 가능케 한다.

결론과 몇 가지 가설

어떤 작가가 개인적으로 견지하고 있는 세계관이 그의 소설로 그대로 연장되는가, 그렇지 않은가 하는 문제는, 비록 오늘날 새롭게 제기된 것은 아니지만 여전히 문제적이다. 이 점을 인식하는 데에는 개인적 신념에 있어서 왕당파였던 발작의 세계관과 그의 작품의 반(反)왕당파적 성격 사이의 괴리를 두고 벌어졌던 논란을 상기하는 것만으로도 족할 것이다. 강경애의 장편소설을 두고 그것을 가부장적 세계관의 반영으로 읽을 것이냐, 페미니스트적 전망의 반영으로 읽을 것이냐 하는 문제 또한 이런 각도에서 우리 소설을 해석하는 데 있어 중요한 문제점을 제기한다. 이런 문제와 관련하여 강경애의 『어머니와 딸』과 『인간문제』가 소설의 발상법 내지는 이야기를 축조하는 서사적 문법의 차원에서 제기하는 일정한 문제점 또한 매우 중요한데, 이 점을 가설적으로 언급하는 것으로 논의를 끝맺고자 한다.

『어머니와 딸』과 『인간문제』는 인물화 과정에서 각성의 당위와 핍진성을 드러내기 위해 동일한 방법론을 사용하고 있는데, 그것은 인물들의 현재를 역사적 맥락에서 파악하는 것이다. 『어머니와 딸』의 경우, 작가는 주인공 옥이의 현재를 이야기하기 위해 그의 모친인 예쁜이의 운명은 물론 부친인 김창문의 삶과 죽음까지 비교적 구체적으로 이야기한다. 이런 사정은 『인간문제』에 있어서도 마찬가지다. 여주인공 선비의 삶을 이야기하기에 앞서 그녀의 부친과 모친의 삶을 축약적으로 이야기하고, 첫째의 삶 또한 그런 연장선상에서 전경화한다. 이 과정에서 작가는 여주인공들을 겁탈은 물론 죽음과 같은 극한상황으로 내모는 것은 물론 그 가해자로서 이춘식이라든가 덕호와 같은 지주를 상정하고 있다.

이런 설정이 인물들의 계급적 구도를 명확히 함은 물론, 선비와 첫째가 도달하는 계급적 인식의 절실성과 역사적 당위성을 강조하기 위한 것임은 분명하다. 그런데 이 과정 때문에 『어머니와 딸』과 『인간문제』는 작품의 전반과 후반, 그러니까 여성 인물의 배경이 되는 성장사와 봉준과 친구들의 이야기라든가, 첫째와 신철의 연관 같은 현재의 이야기가 긴밀하게 조응되지 못하고 기계적으로 결합된 듯한 느낌을 강하게 준다. 『어머니와 딸』의 경우 서술자는 옥이와 산호주를 소개하는 자리에서 드러내 놓고 "지루하나마 옥의 친정어머니 이야기로부터 시작하자"라든가, "그 부인의 과거를 잠깐 이야기하고 지나가자"라는 말로서 인물의 역사를 이야기하고 있는데, 드러내놓고 이야기하는 이런 서술의 진환은 이야기 — 현실에 대한 독자의 집중을 저해하는 동시에 서술자가 서술의 논리에만 충실하려 한다는 인상을 강하게 전해 준다. 또한 『인간문제』의 경우에도 이야기 무대가 서울로 변함에 따라서 총독부의 미곡정책, 미두(米豆), 미쓰코시 백화점의 풍요로움, 만주국과 같은 다양한 시대적 정보들이 제시되어 있지만, 이러한 정보들이 작품의 주된 사건과 긴밀하게 맞물려 있는 것으로 보이지는 않는다.

그런데 더 문제적인 것은 이러한 강경애의 작법이 그보다 앞서 발표된 남성 작가들의 방법론과 일정 부분 유사하다는 점이다. 『어머니와 딸』의 경우 인물의 현재를 이야기하기 위해 가계사를 들춰내는 방법론은, 역사적인 배경이라는 관점에서만 인물을 창조했던 김동인 특유의 소설적 방법론과 닮아 있는데, 「감자」와 「배따라기」 등 초기 소설에서 김동인이 마련한 통시적 인물화의 기법이 이에 대응하는 것이 하나의 증거가 될 만하다. 또한 유학생인 봉준과 그 친구들의 교류담은, 일본에 유학을 갔던 남성들이 부모가 맺어 준 아내와 신여성 사이에서 보이는 심리적 동요를 담고 있는 채만식의 「과도기」(1923)의 장면과 매우 흡사하다. 보다 상세한 접근과 정황 증거가 포착되어야 할 문제이긴 하지만 『어머니와 딸』 및 『인간문제』에서 그려진 여성 인물의 각성의 작위성을 함께 고려해 볼 때, 이런 정황은 강경애가 여성적 전망에 의해서 여성들의 삶의 경험을 담아내는 독자적인 이야기 문법을 확보했다기보다는 기존에 존재했던 남성적 경험을 담아내는 이야기 문법에 기대고 있다는 점을 암시해 준다.

따라서 강경애가 참조한, 선행하는 그 남성적 이야기 문법이 그녀의 독서 체험으로부터 비롯되었음을 상정하기란 그다지 어렵지 않으며, 이때 강경애의 독서 체험의 원천이 되어 주었던 작품들은 시기적으로 볼 때 거의 대부분 춘원과 김동인, 그리고 염상섭과 장혁주 등과 같은 남성 작가의 작품이었을 가능성이 크다.[9] 이렇게 생각한다면 강경애의 소설이 위에서 살펴본 것처럼 남성 중심적인 전망을 강하게 함축하고 있는 것도 의외는 아니라고 판단된다. 위에서 살펴본 바 『인간문제』가 첫째라는 남성적 인물의 각성이라는 플롯으로 귀결된 점도 하나의 방증이다. '각성의 플롯'을 배타적으로 남성적인 플롯이라고 하기는 어려울지도 모른다. 그러나 발단에서 절정, 그리고 대단원에 이르는 플롯 자체가 이른바 남성적 플롯(oedipal plot)으로 의심받고 있는 페미니스트 시학 연구의 현주소를 감안한다면, 『인간문제』의 플롯이 설사 애초에 이중 영웅의 플롯을 지향했다고 하더라

---

9) 강경애의 독서 체험의 수준과 범위가 어느 정도인지는 그녀의 산문이 간접적으로 증거하고 있다. 횡보의 「명일의 길」을 읽은 독후감이라든가 양주동에 대한 논전의 글, 그리고 장혁주의 작품에 대한 그녀의 독서체험은 그녀의 산문에서 분명하게 확인된다.

도 남성적 영웅주의를 되풀이했거나 대파국으로 귀결되는 남성적 플롯의 기계적 차용일 가능성은 배제할 수 없을 것이다.[10] 강경애가 놓였던 이런 문제적인 독서 체험의 상황은 아마도 1930년대에 활동했던 상당수 여성 작가들의 문학적 환경이기도 할 텐데, 최정희나 이선희와 같이 강경애와 대척적인 위치에 놓이는 여성 작가의 작품 또한 식민지 시대 여성 작가들의 이러한 문학적 수련의 특수성과 긴밀하게 연관되어 있다. 향후 여성 문학을 연구할 때 유념해야 하고 또 반드시 검증해야만 할 대목이 바로 이 점이다. 여성적 경험과 여성적 인식에 부합하는 이야기 형식과 문법의 구축이 어떤 경로를 통해 이루어졌는가 하는 문제가 바로 그것이다.

참고문헌

김민정, 「일제시대 여성 문학에 나타난 구여성의 정체성에 관한 연구」, ≪여성문학연구≫ 14호.
김양선, 『1930년대 소설과 근대성의 지형학』, 소명, 2003.
안숙원, 「유사 남성적 언술과 '젠더' 의식의 착종」, 안숙원 외, 『한국여성문학비평론』, 개문사, 1995.
이상경, 「강경애의 『인간문제』」, 이상경 편, 『인간문제』, 창작과비평, 1992.
이수현, 「1930년대 경향소설의 이중서사 연구 — 이기영의 『고향』과 강경애의 『인간문제』를 중심으로」, 서강대 대학원, 2001.
Mary Crawford/Roger Chaffin의 The Reader's Construction of Meaning, Elizabeth A. Flynn & Patrocinio Schweickat ed, Gender and Reading, Johns Hopkins U. p., 1986.

10) 다분히 논쟁적인 이 논의에 대해서는 rachle blau dupleseeie의 「지진성 오르가즘」 seismic orgasm-Sexual Intercourse and Narrative Meaning in Mina Roy(Kathy Mezei(ed), ambiguous discourse, Chapel Hill, 1996), 187~214쪽을 참조하라.

Peter Schwenger, Phallic Critiques, RKP, 1984.

rachle blau dupleseeie, *seismic orgasm–Sexual Intercourse and Narrative Meaning in Mina Roy*, Kathy Mezed(ed), ambiguous discourse, Chapel Hill, 1996.

【제3주제 ─ 여성 문학론】

1930년대 후반 최정희 소설의 내성화 양상

방민호(서울대 조교수)

서론 ── 1930년대 후반 여성소설과 최정희

1900년대 중반경을 전후로 하여 출생한 여성 작가들이 직면했던 시대 상황은 1990년대 중반 이후 여성 작가들이 직면했던 상황과 중요한 유사점을 공유하고 있다. 이들 두 시기의 여성 작가들은 모두 사회주의 이념이 퇴조한 상황을 배경으로 나타나 새로운 문학 조류를 형성해 나갔다. 이들 여성 작가는 모두 사회주의 문학 운동이 지향한 정치 일원론적 총체성 개념에 가리어 있던 여성 담론을 새롭게 활성화했다.

박화성(1903), 강경애(1906), 최정희(1906), 백신애(1908) 등 1900년대 중반기에 출생한 일련의 여성 작가들은 사회운동의 주류화를 배경으로 신경향파 및 카프 문학의 영향권 아래서 창작 활동에 진입했으며, 동시에 카프 운동의 퇴조와 함께 형성된 새로운 문학적 환경 속에서 여성 문학의 길을 개척해 나가야 하는 상황에 직면해 있었다.

이 점에서 이들은 김일엽(1896)이나 김명순(1896)이나 나혜석(1896)과 같은 1890년대 중반기에 출생한 여성 작가들과는 처한 상황이 달랐다. 이들 초창기 여성 문학인들에게 중요한 것은 자유연애로 표상되는 여성 주체의 개체적 삶의 자립성과 독립성이었다. 김일엽이나 김명순의 경우 그들은 당시 신개인주의를 주창하고 중성주의를 표방하면서 예술 지상주의적 가치를 강조한 임노월(1899)의 사상에 공명하면서 윤리적 사회성을 강조한 이광수 일파나 김기진 등으로 대표되는 신흥 계급문학파와 대립했다.[1]

반면에 최정희 세대의 여성 작가들은 최정희 문학의 출발점이 극단 신건설사의 전주 공연이 단초가 된 카프 제2차 검거 사건에 연결되어 있는 것에서 볼 수 있듯이 당대 사회운동의 영향권 아래 문학 창작 활동에 진입한 사람들이다. 박화성은 당대는 물론 후대에 이르기까지 프롤레타리아 작가, 동반자작가, 사회 비판적인 경향을 보이는 작가로 지목되고 있다.[2] 강경애가 계급문학론의 전형 및 전망 이론에 부합하는 『인간문제』(1934)의 작가임은 두말할 나위가 없고 백신애의 삶과 문학은 사회주의 여성 운동가의 그것이었다.

권영민에 따르면 1934년 5월 중순경에 시작된 카프 해체로 향하는 길목이 된 극단 신건설사 사건에 관련되어 기소된 인물들은 두 부류로 나뉜다. 그 하나는 카프 조직을 주도해 온 핵심 간부에 속하는 일련의 인물들이고, 다른 하나는 직접 극단 신건설에 관련되어 있던 극단원들이다. 최정희는 이 가운데 첫 남편 김유영과 함께 후자에 속하는 인물이었다. 사건의 예심 종결 결정에 따르면 당시 최정희는 각본을 담당하는 형태로 사회주의 연극 운동에 관련되어 있었다.[3]

이 연극 운동의 결과로 나타난 피체(被逮)와 수감은 최정희 문학의 시발

---

1) 졸고, 「사랑과 절망과 도피의 로망스」, 『임노월 소설집 악마의 사랑』, 향연출판사, 2005.

2) 이병순, 「박화성 소설 연구」, ≪숙명여대 어문논집≫, 1997, 276쪽.

3) "좌익 문예에 취미를 가진 자로 1931년 8월경, 경성부 와룡동 시대공론사에서 회합하고 프롤레타리아 연극을 통해서 마르크스주의의 선전을 행하여 궁극에는 조선에 있어 사유재산 제도를 부인하고 공산주의 사회의 실현을 목적으로 하는 이동식 소형 극장이란 결사를 조직하고 동시에 그 부서를 (중략) 각 본부 최정희 (중략) 으로 정하여 그 후 수회 회합하여 위 결사의 활동 방침을 협의" — ≪동아일보≫, 1935. 6. 29∼7. 2 및 권영민, 『한국계급문학운동사』, 문예출판사, 1998, 306쪽.

점이 된다. "남들은 내가 기자 노릇을 시작하면서 문학을 한 것 같이 알지만 실상 내가 문학을 하게 된 것은 그 뒤 썩 지나서 전주 감옥에 가 있을 무렵부터 싹트기 시작한 것이다."[4] 이러한 진술은 이 9개월간의 수감 생활이 최정희로 하여금 계급주의적 투쟁과 그 수단으로서의 문학이라는 카프적 명제를 대신할 만한 새로운 명제를 제공해 주었음을 의미한다.

한 칠 분가량 돌았을까. 세멘트 군은 바닥이 가늘게 갈라진 틈새로 지극히 작은 풀 한 포기가 싹을 올리밀고 있음을 발견했다.
가슴의 피가 딱 멈추는 것 같았다. 정신이 아뜩해지는 것을 깨달았다. 그 자리에 쓸어질 것 같아 나를 주체할 수가 없었다.
「어쩌나」
앓음 소리를 내쉬면서 발을 멈췄다. 들창으로 들이미는 꼭 하나의 별을 발견하던 날 밤에도 이런 앓음 소리를 쳤던 것이다.
(중략)
며칠 밤과 낮을 앓는 사람처럼 지나다가 누가 일러 주었는지 모를 어떤 소리를 들었다.
……너는 문학을 해야 할 여자다. 너를 구원할 길은 문학밖에 없다.[5]

독방에 수감되어 대단한 사상범이라도 되는 것처럼 간수의 감시 아래 혼자 운동을 해야 했던 최정희의 시야에 어느 날 문득 잡힌 것이 바로 "지극히 작은 풀 한 포기"다. 즉 수감 생활은 그녀를 운동으로서의 문학에서 "지극히 작은 풀 한 포기"로 표상되는 여성적 존재의 문학으로 나아가게 한다. 그로써 최정희 문학은 여성이라는 이름의 운명을 계시하는 문학으로 나타나게 된다.

---

4) 최정희, 「자화상」, 『젊은 날의 증언』, 육민사, 1962, 11쪽.
5) 앞의 책, 11~12쪽.

옥에서 나와서 처음 쓴 것이 「흉가」였다. 이것이 물론 나의 처녀작이다. 전에 쓴 것은 최정희의 아무것도 없는 글이라 찾아다니며 업새 버렸다. 그러니까 나의 문학 생활이라고 하면 「흉가」에서부터 시작되는 셈이겠다.

「흉가」 이후로 겨우 열두서너 편의 단편을 써 왔다. 언제나 외롭고 슬프고 약한——밤낮 세상에 저(負)만 가는 여자들을——써 왔다. 참정권 한 번 부르짖는 일도, 남녀동등을 한 번 말해 보는 일도 못 하는 지질이 못난 여자들을 써 왔다. 하지만, 나의 여자들은 세상의 어느 여자보다 「사랑」이 무엇이며 아름다운 것이 무엇인 것을 알고 있는 총명한 여자들이다.[6]

위 인용문이 보여 주듯이 최정희 문학의 주제는 여성이라는 것으로 요약할 수 있다. 이러한 양상은 그 자신이 처녀작으로 간주한 「흉가」를 비롯하여 해방과 전쟁의 간난신고를 거쳐 나온 창작집 『바람 속에서』(인간사, 1955)와 장편소설 『끝없는 낭만』(신흥출판사, 1958)[7] 같은 작품에 이르기까지 비교적 일관된 주제를 이룬다.

이러한 최정희의 문학이 강경애를 비롯한 같은 세대의 다른 여성 작가들과 다른 점은 계급이나 운동 또는 투쟁이라는 명제 대신에 여성이라는 명제를 선택하는 과정이 보여 주는 전격성이다. 그리 길지 않은 삶을 살아가면서 비교적 말년에 이르기까지 사회주의 문학 이론의 패러다임 속에서 여성의 운명을 포착하고 표현하려는 노력을 버리지 않았던 강경애와 달리 최정희는 계급주의적 시각을 여성적 또는 여성주의적 시각으로 대체했다고 말해도 좋을 만큼 전격적인 시각적 방법의 전향을 보여 준다.

반면에 바로 그러한 점으로 말미암아 최정희 문학은 당대에 새롭게 형성된 여성 문학 가운데 매우 독특한 유형을 이룬다고 평가할 수 있다. 다시 말해 이들 세대의 여성 작가들 가운데 최정희만큼 여성의 운명이라는 문제를 다른 문제들과 연동시키지 않고 그것만을 중심으로 깊이 천착해 들어간

---

6) 최정희, 「나의 문학생활 자서」, ≪백민≫, 1948. 3, 47쪽.
7) 원작은 『희망』에 연재한 『광활한 천지』이다. 서지사항 확인 필요.

작가는 없다. 이러한 고립적 탐색으로 말미암아 최정희 문학은 일제 말기의 가파른 역사 파고 와중에서 대일협력에 귀결되는 약점을 배태한 것으로 보는 시각이 있다.[8] 이러한 평가는 설득력이 있다. 반면에 이러한 비판적 시각을 취함으로써 최정희 문학의 내적인 본질에 대한 분석과 해석이 다소 외면화되는 부정적 효과 또한 발생하지 않았다고는 말할 수 없다.

이 글은 이러한 비판적 분석들을 염두에 두면서 먼저 최정희의 삶과 문학의 관련 양상을 살펴본 후 이를 바탕으로 그녀의 1930년대 중후반경에 나타난 당대 여성들의 삶에 대한 인식과 표현의 문제를 내성화의 측면에서 새롭게 분석하고 재평가해 보고자 한다.

최정희 문학의 연원 ——'남성 = 법' 테두리 바깥의 삶

최정희 소설에서 여성의 운명이라는 문제가 다른 무엇보다 압도적인 주제로 부상한 것은 최정희 자신의 생애와 밀접한 관련이 있다. 특히 출생과 성장에서 김유영 및 김동환과의 만남, 동거, 이별 등에 이르는 삶의 과정에서 특징적인 것은 남성이 곧 넓은 범주에서의 법으로 기능하는 사회적 질서로부터 소외된 경험이다.

최정희는 흔히 알려져 있는 대로 1912년생이 아니라 1906년생이다.[9] 최

---

8) 이와 관련하여 이상경 교수는 최정희의 문학을 임순득의 문학과 비교, 대조하는 풍부하고도 구체적인 검토를 통해서 최정희는 사회적 연관 관계에 대한 고려 없이 고립된 여성성을 추구했으며, 주어진 여성성과 모성을 '운명'으로 받아들임으로써 가부장적 국가의 권위에 순응하는 길로 나아가게 되었다고 지적한 바 있다.—이상경, 「식민지에서의 여성과 민족의 문제」, 《실천문학》, 2003, 79~82쪽.

9) 출생연도는 1912년과 1906년의 두 가지 기록이 있으나 올해 탄생 100주년 작가 행사를 기획하고 있는 대산문화재단이 유족인 작가 김채원 씨에게 확인한 결과 후자로 확인되었다. 또한 "지금도 제일 내 기억에 남는 것은 열세 살 무렵의 일인데 (중략) 좀 더 자라서 알고 보니 그게 1919년 3·1 운동이었어."(김선주 외, 『이야기 여성사』 2, 여성신문사, 2000, 279쪽)라는 인터뷰 기록 등이 이를 뒷받침한다. 이상경 교수 역시 또 다른 인터뷰 기록에 근거하여 1906년 쪽이라고 밝혀 놓은 바 있다. — 이상경, 「식민

정희 자신에 따르면 그녀는 함경남도 성진의 조그마한 어촌인 예동이라는 곳에서 출생했다. 그녀는 이 작은 어촌에서 10세 무렵까지 살다가 단천으로 이사한 것으로 파악된다.[10] 최정희의 삶은 유년 시절부터 이미 예사롭지 않다. 부친이 성진에 딴살림을 차렸던 것이다.

인터뷰 기록에 따르면 당시 단천에서 유명 한의사였던 최정희의 부친은 최정희를 포함하여 4남매를 낳고는 성진에서 다른 여자와 살림을 차린다. 그리고 그로부터 최정희는 가난 속에서 부친을 가까이 접할 수 없는 성장기를 보내게 된다.[11] 「병실기」(《문장》, 1940. 1)라는 수필은 부친에 대한 상실감과 그리움, 어머니에 대한 연민으로 뒤얽혀 있던 유년 시절을 보여 준다.

——명절이면 며칠 전부터 "뒷동이"(뒤언덕)에서 놉다리 기인 길을 해매없이 오고 가는 사람들이 도깨비로 보이도록 어둡기까지 오시지 않는 아버지를 기다리며 눈물짓던 일도, 아버지한테 돈을 타러 가면 아버지와 아버지의 여자——즉 지금 내게 아버지의 냄새를 풍기고 떠나간 동생의 어머니——는 내가 갈 적마다 아버지와 싸와서 아버지는 내가 간 것을 우리 어머님의 잘못으로 돌리는 때, 나는 가엾은 어머님을 위해서 한마디의 변명도 못하고 그 밤을 바닷소리가 들리는 그 집에서 바닷소리가 더욱 커져 가는 것을 들으며 꼬박 밤을 새우던 일도, 나와 내 동생과 어머님보다 그 집에 사는 사람들——아버지와 성이 각기 다른 의붓자식들과 또 아버지의 딸인 내 동생들은 이팝에 고기에 곻은 옷에 모두 즐겁게 지내는 것이 내게는 슬프기만 해서 나는 아무도 안 들리지 「어머님 제가 얼른 커서 돈을 벌어 우리두 즐겁게 사릅시다」

지에서의 여성과 민족의 문제」, 《실천문학》, 2003년 봄호, 59쪽.

10) "어느 번엔 고향이 함남 단천으로 되어 있고, 어느 번엔 함북 성진군에서도 아주 조그마한 촌, 예동으로 되어 있곤 했다. 실상 나는 어느 곳을 내 고향이라고 불렀으면 좋을지 모르겠다. 두 곳 다 그리워지는 곳이다. 예동은 내가 낳아서 열 살 가까이까지 살던 곳이요, 단천은 예동에서 이사를 해 온 뒤에 쭈욱 살아온 곳이다."—최정희, 「나의 고향」, 『젊은 날의 증언』, 육민사, 1962, 20쪽.

11) 김선주 외, 『이야기 여성사』 2, 여성신문사, 2000, 273~276쪽.

하고 마음속으로 부르짖어 보던 일, ——이러한 모든 일이 아버지가 돌아가신 이제는 옛이야기 같고 오직 아버지를 그리는 내 싸늘한 슬픔만이 병실 구석 구석을 헤매게 할 뿐입니다.[12]

위의 인용문은 최정희의 부친이 일찍부터 다른 여자와 동거했다는 것, 그 새로운 여인은 "성이 각기 다른 의붓자식들"이라는 표현에서 알 수 있 듯이 내력이 복잡한 사람이었다는 것, 또 그 둘 사이에는 또 다른 자식들 이 둘 이상 생겨났다는 것을 말해 준다. 즉 최정희의 부친은 그녀의 모친 과의 사이에서 최정희 자신을 비롯하여 4남매나 낳고는 이미 다른 남자들 과의 사이에서 두 아이를 가지고 있는 여인과 동거하면서 새로운 아이들을 낳았던 것이다.

부친이 다른 여자와 함께 새로운 가정을 꾸리자 그의 보호 속에서 유지 되었던 가족적 사랑, 평화, 안락, 배움 같은 것들이 모두 무너져 버리는 깊 은 소외를 경험한 것은 최정희 문학의 형성에 있어 원초적인 경험으로 자 리 잡은 것으로 해석된다.

어느 날 갑자기 어린 소녀 최정희는 그 자신을 둘러싼 따뜻한 보호막이 사라져 버린 자신을 발견하게 된다. 부친이 어머니와 자신의 곁을 떠나 다 른 여자의 남편이 되고 다른 아이들의 아버지가 됨으로써 자신의 삶을 유 지시켜 주던 모든 기제들을 박탈당하고, 그러한 기제들의 바깥에 선 자기 를 깨달아야 했던 것이다. 이처럼 본처외 맏딸임에도 불구하고 가부장적 제도의 보호 기제 바깥으로 밀려나 버린 원초적 경험으로 말미암아 최정희 는 평생에 걸쳐 그러한 가부장적 질서의 위력을 감당하고 또 그것에 기인 한 문제를 문학으로 옮기는 삶을 살아가게 된 것이 아닐까.

가난하고 억척스러운 어머니를 도와 막일이나 하고 정식으로 배우지 못 한 채 야학이나 기웃거리던 최정희는 10여 세가 되어서야 비로소 아버지가

---

12) 최정희, 「병실기」, 『최정희 수필집—사랑의 이력』, 계몽사, 1952, 47~48쪽.

있는 성진으로 가서 친척집 골방에서 지내면서 학교에 다니게 된다. 최정희 자신의 기록에 따르면, 그녀는 서양인이 운영하던, 보통학교에 해당하는 성진보신여학교(城津普信女學校)를 5학년 1학기까지 다니다 천금이라는 마을 친구를 따라 서울로 올라오게 된다. 처음에는 동덕고녀(동덕고등여자보통학교)에 1학년 2학기 과정을 보결로 다니고, 이후 숙명고녀로 옮겨서 학교를 마친다.[13] 숙명고녀를 졸업한 후에는 이 학교를 졸업한 여학생들의 평상적인 진로와는 달리 유치원 보모가 되는 것도 괜찮겠다는 생각에서 중앙대학교 전신인 중앙보육학교에 진학한다.[14]

필자가 살펴본 자료들에 따르면, 중앙보육학교를 졸업한 이후 최정희의 행적은 다소 명확하지 않다. 인터뷰 기록에 따르면 최정희는 실력검정고사로 1년 만에 중앙보육학교를 조기졸업하고 경상남도 함안에 있는 사회유치원 보모로 있다가 싫증을 느껴서 중앙보육학교 교장이던 박희도의 도움으로 일본으로 건너갔다고 한다.[15] 한편 민중서관에서 펴낸 1959년판 『한국문학전집』 14권 권말 연보에 따르면, 그녀는 1929년에 중앙보육학교를 졸업한 후 경남 함안 유치원과 일본 도쿄의 미가와시마〔三河島〕 유치원 등에서 보모로 근무한 것으로 나타난다. 최정희 자신에 따르면 그녀는 중앙보육학교를 마친 후 역시 노래 부르고 춤추는 것을 좋아해서 도쿄로 건너갔지만 갑자기 귀국하게 되었다고 했다. 그러나 자세한 이유는 밝혀 두지 않았다.[16] 다만 그대로 일본에 머물러 있었다면 어느 보육학교의 율동, 유희 선생으로 있었을 것이라고 한 것으로 보아서 일본에 체류해 있었던 동

---

13) 최정희, 「나의 여학생 시절」, 『젊은 날의 증언』, 육민사, 1962, 20쪽 및 최정희, 「기자 생활의 회고」, 『최정희 수필집—사랑의 이력』, 계몽사, 1952, 22~23쪽.

14) 최정희, 「중앙보육 시절」, 『젊은 날의 증언』, 육민사, 1962, 23쪽 및 김선주 외, 『이야기 여성사』 2, 여성신문사, 2000, 279쪽.

15) 김선주 외, 앞의 책, 280쪽.

16) 최정희의 첫 남편이었던 연극인이자 영화감독 김유영의 행적과 관련하여 살펴보면 최정희의 갑작스러운 귀국은 김유영과의 만남 때문이었을 가능성이 높다. 최정희가 일본에 체류하고 있던 1929년경 김유영 역시 일본 도쿄와 교토에 있는 영화촬영소를 방문하여 견문을 넓히고 있었기 때문이다. — 김종원, 『한국 영화감독 사전』, 국학자료원, 2001.

안에 유치원에 근무했었다는 기록은 신빙성이 높다.[17]

일본에서 약 1년 반 만에 경성으로 돌아온 최정희는 그 후 김유영이 주도하는 연극 운동에 배우로 참여하고, 나아가 그와의 사이에서 아이를 갖게 된다. 이를 계기로 둘은 결혼을 한다. 신건설사 사건의 예심 종결 결정 내용에 나타난 최정희의 본적은 최정희와 김유영이 정식 혼인 상태에 있었음을 보여 준다. 1931년 여름경에 김유영의 아이를 가진 상태에서 최정희는 다시 박희도의 도움으로 김동환이 운영하던 삼천리사에 취직한다.[18] 그리고 이것은 최정희가 문학을 업으로 삼게 된 중요한 계기가 된다. 최정희 자신의 회상에 따르면 당시 ≪조선일보≫의 문화부 기자로 있던 안석주의 청탁으로 수필을 발표하면서 글을 쓰게 되었다고 한다.[19]

삼천리사에 재직하면서 아이를 낳고 주로 수필과 기사문, 그리고 콩트나 짧은 단편소설들을 간간히 발표해 나간 최정희는 앞 장에서 이미 언급했듯이 신건설사 사건에 연루되어 9개월간 옥고를 치른 후 「흉가」로 다시 문단에 모습을 드러내기까지 상당한 기간 작품 활동을 하지 못하는 상태에 놓인다. 신건설사 사건은 1934년 5월 중순경부터 1935년 6월 말까지 1년여에 걸쳐 진행되었다. 이 사건에 관계되어 9개월간 수감 생활을 겪은 후 최정희의 행적 역시 확실하게 나타나 있지 않다. 다만 「흉가」와 「정적기」처럼 사소설적 성격이 농후한 작품이, 상정 가능한 몇몇 작가적 윤색에도 불구하고, 이 무렵 이후 1940년경까지 최정희의 삶에 대해서 유용한 정보를 제공한다. 특히 「정적기」가 그러하다.

「정적기」는 남편과 헤어지고 난 후 함께 살던 어린 아들을 시댁으로 보낸 후의 심정을 담은 일기 형식의 이야기이다. 작중 아이는 여섯 살이므로

---

17) 최정희, 「기자 생활의 회고」, 『최정희 수필집—사랑의 이력』, 계몽사, 1952, 23~24쪽.
18) 최정희가 삼천리사에 취직한 시기에 대해서는 1931년 가을이나 1932년경이라는 설이 있지만, 최정희의 인터뷰 기록과 문헌 자료 등에 비추어 1931년 여름경으로 본다.
19) 김선주 외, 앞의 책, 282쪽. 필자가 확인한 바에 따르면 이 수필은 ≪조선일보≫ 8월 14일자에 발표한 「항구」이다.

이를 중심으로 최정희의 삶을 연결해 보면 이 이야기는 1932년경부터 1937년경까지의 사연을 담고 있는 것으로 보인다. 이야기에 따르면 작중의 '나'는 남편과 헤어진 후 남편에게 최후통첩성 편지를 보내 아이를 데려가라고 한다. 편지를 받은 시가에서 시어머니가 올라와서 아이 아버지의 잘못을 인정하면서 '나'를 달래지만 '나'는 아이와 함께 살고 싶은 간절한 마음에도 불구하고 아이를 할머니 손에 딸려 보내고 만다.

사소설 문법을 선택한 점을 고려해 보면, 최정희가 이 작품을 쓴 것은 아마도 실제로 아이와 헤어져 살게 된 어머니로서의 죄의식과 그러한 개인사를 알고 지켜보고 있을 문단에 대한 변해(辨解)의 필요성이 작용했기 때문인 것으로 판단된다. 실제로 "못된 여자구나, 네가 그럴 줄은 몰랐다. 남의 말들이 이러쿵저러쿵 해두 나만은 너를 미덧드니"[20]라는 시어머니의 말에는 이 무렵 이미 김동환과의 관계가 세인의 구설에 오르내리고 있었음이 암시되어 있다. 그러한 탓에 이 작품에는 "세상의 도덕과 인습을 모르"고 "인정 없는" 남편에 대한 원망감[21], 신문사를 그만둔 후의 생활에 대한 불안감, 자기를 비방하고 돌아다니는 지인들에 대한 상념, 「흉가」로 인해 겪은 작가적 수난 같은 것들이 섬세하게 배치되어 있다는 인상을 준다. 그럼에도 불구하고 이 작품에는 남편과 헤어지고 어린 아들과도 헤어져야 했던 최정희 자신의 심경 세계가 깊이 있게 조각되어 있다.

김유영과의 결혼 생활이 파탄나면서 한동안 최정희는 아이와 서울로 올라온 친정 식구들과 함께 이 집 저 집을 전전하면서 가장 역할을 했다. 「흉가」를 보면 무슨 일 때문인지 작중 주인공의 친정 식구들은 집달리에 의해 살던 집에서 쫓겨나와 자하문 바깥에 나가 살아야 했고, '나'는 이 와중에 폐결핵에 걸리고 만다. 이 이야기가 그녀의 경험을 사실 그대로 담은 것인지는 확인할 수 없다. 새로 세 들어간 집이 말 그대로 흉가였는지도, '나'의 흉몽이 작가와 관련된 사실인지도 확인할 수는 없다. 그러나 흉몽을 꾸고

---

20) 최정희, 「정적기」, 《삼천리문학》, 1938. 1, 54쪽.
21) 앞의 책, 55쪽.

무서움과 불안으로 밤을 지새우는 '나'의 형상에는 남성이라는 이름의 법과 제도의 울타리 바깥에서 삶을 지탱해 나가야 했던 최정희의 내면세계가 가로놓여 있는 것으로 보인다.

한편 또 다른 일기 기록인 「병실기」에 따르면, 최정희는 「정적기」의 이별에도 불구하고 다시 아이를 데려와 함께 살았던 것 같다. 「병실기」는 글 끄트머리에 "1939년 성모병원에서"라고 부기되어 있는 것으로 보아 1937년경의 상황을 배경으로 삼은 「흉가」 및 「정적기」와는 시간상 거리가 있다. 여기서 아이는 최정희 밑에서 학교에 다니고 있다. 이 글에서 최정희는 거리에서 우연히 아이 아빠를 만난 것, 그가 아이를 데려가겠다고 한 것 등을 밝히고 있다. 또한 이때 최정희는 위궤양 진단을 받고 병원에 입원했고, 여전히 직장에 다니고 있는 상태였음이 나타난다.

이처럼 김유영과의 불행한 관계는 그가 세상을 뜨는 1939년 말까지 계속되었다.[22] 그리고 이러한 과정은 최정희로 하여금 당대의 남성 중심적 사회상에 대해서 지극히 심각한 문제의식을 형성하도록 했다. 이것을 잘 보여 주는 것이 「여류 문사의 애정 문제 회의」(《삼천리》, 1938. 5)라는 제목의 좌담이다.

여기서 최정희는, "연애는 비록 지상하여야 할 것이로되, 그 지상이란 우리가 사회인이요, 한 나라의 국민인 이상 그 나라 국법과 그 사회의 율법 우에서만 하여야 할 것이겠는데, 즉 국가나 사회의 이익은 전연 무시하고서 저만 조흐면 한다는 연애의 길은 우리로써 취할 길이 아닌 줄 아러요"[23]라는 모윤숙의 공익 우선적인 견해에 정면 대립한다. 그녀는 "그러다면 국가나 사회는 언제든 전통과 현실상의 이익만을 존중하는 것인데, 그 국가와 사회의 질서를 조곰치도 허트러 노치 안코서 방분한 개성대로의 신 연

---

22) 김유영은 영화 「수선화」의 감독으로 동분서주하다가 신장염이 악화되어 1939년 12월 15일경에 중태에 빠지고 만다.—김복진, 「슬픈 선구자」, 《삼천리》, 1940. 4 및 기사 「「산유화」 감독 김유영 씨 중태」, 《동아일보》, 1939. 12. 15.
23) 좌담, 「여류 문사의 애정 문제 회의」, 《삼천리》, 1938. 5, 310쪽.

애의 길을 우리들 청년 남녀가 어떠케 거러갈 수 잇을가요"라고 하면서 "자기 희생"이나 "저를 죽이는 유예"의 논리에 굴복하는 것은 "연애의 기회주의", "연애 감정의 농락"에 불과할 뿐이라고 한다. 여기서 한 발 더 나아가 최정희는 민사령(民事令)을 고칠 것을 주장한다.

그리고 또 민적을 고처 자녀의 종속을 모성 편에도 부칠 수 잇도록 하여 주어야 할 것이여요. 오히려 자녀의 자유의사대로 맛기어 부성에 가자면 부성에게 모성에 가자면 모성에게 갈 수 잇도록 하여야 할 것이애요.[24]

이처럼 최정희는 공익의 논리로 여성의 희생을 명령하는 국가나 사회에 맞설 것을 주장하고, 나아가 구체적으로 민사령을 개정하여 여성도 자녀 양육권을 갖거나 호주가 될 수 있도록 해야 한다는 취지로, 당시로서는 매우 혁신적인 생각을 갖고 있었음을 알 수 있다. 그리고 이것은 최정희 문학을 여성과 모성에 대한 순응적 관념을 가진 것으로 보고, 이러한 순응성과 인습성으로 말미암아 일제 말기 그녀의 행적과 문학이 대일 협력에 귀결될 수밖에 없었으리라는 추리를 재검토하게 한다.

한편 지금까지 별로 주목되지 않은 「반주」(≪문학과 예술≫, 1954. 6)라는 작품은 최정희와 김동환의 해방 전후 생활과 심리를 이해할 수 있게 해 준다. 최정희는 1939년 김유영이 타계하고 난 후 파인 김동환과의 사이에 첫 딸인 지원을 낳은 뒤 파인을 따라 덕소로 내려가 7년간의 전원 생활을 시작한다. 이 과정에 대한 작가 자신의 기록으로는, 소설로 쓴 「해당화 피는 언덕—탄금의 서(제1장)」(≪신천지≫, 1953. 9)를 꼽을 수 있으며, 그 외에 수필 가운데 "해방되기 바로 전 서울서 한 50리가량 떨어진 시골에 산 일이 있다. 기차로 사십 분이 걸리는 거리의 곳이다. 여기서 해방되던 이듬해까지 살았으니 만 7년을 산 셈이다"[25]라고 쓴 문장이 있다. 그렇다면 최정

---

24) 앞의 책, 321쪽.
25) 최정희, 「시골에서 살던 때」, 『젊은 날의 증언』, 육민사, 1962, 28쪽.

희의 덕소 생활은 대략 1940년경부터 1946년경까지인 셈이다.

자전적 소설인 「반주」는 해방 직전의 최정희의 삶이 평화스럽지만은 못했음을 시사한다. 이 작품의 주인공은 정녀인데, 그녀의 남편은 본처와의 관계를 청산하지 못한 상태에서 "축첩 생활을 청산하고 집으로 속히 돌아오시오"[26]라는 편지를 받는다. 이 편지가 불씨가 되어 "우리 과거 반생을 뚝 떼 버리구 살자구 하잖었소"라고 하는 남편과 "그놈의 것들이 발자국마다 밟히는 걸 어떡한다 말이야……"라는 정녀의 항변이 맞서는 상황이 벌어진다.[27] 사실 여부는 확인이 필요하지만, 한 문헌은 최정희가 생전에 전 남편과의 사이에서 태어난 아들을 파인의 호적에 올렸다가 파인의 처인 신원혜 측으로부터 피소된 적도 있다고 전하고 있다.[28]

이러한 기록들은 최정희의 삶이 가히 운명적으로 식민지 한국 사회의 가부장적 관습, 이를 뒷받침하는 규율 및 제도와 상극적인 상황에 직면해 있었음을 보여 준다. 성장 과정에서부터 결혼 생활에 이르기까지 최정희는 결혼을 비롯한 가족 문제에서 타의든 자의든 거의 언제나 제도 및 규율이 허용하는 세계의 바깥에 머물러 있었다. 1930년대 중반 이후 최정희의 문학을 깊이 이해하기 위해서는 이러한 작가적 삶의 양상을 양찰할 필요가 있다.

1930년대 중후반 최정희 소설의 변모 과정

1930년대 중후반 이후 최정희 소설은 몇 단계의 변화를 거친다. 이 장에서는 1930년대 중후반경 최정희 문학의 변모 과정을 '프롤레타리아 문학 경향→일본적인 사소설 경향→여성 운명의 탐구'라는 세 단계로 파악하여 분석하고자 한다.

---

26) 최정희, 「반주」, 『바람 속에서』, 인간사, 1955, 262쪽.
27) 앞의 책, 265쪽.
28) 정운현, 『나는 황국신민이로소이다』, 개마고원, 1999, 222쪽.

신건설사 사건의 예심 종결 결정문에 따르면 최정희는 잠깐 활동했다가 그만둔 1931년경의 프롤레타리아 연극 활동이 빌미가 되어서 구속당한다. 1934년경까지 최정희가 카프나 신건설사와 관련하여 실질적인 활동을 펼쳤는가 여부는 불확실하다. 그럼에도 불구하고 카프 검거 사건으로 수감되기 직전에 쓴 것으로 보이는 단편소설 「여인」(≪중앙≫, 1934. 12)은 그녀가 이 사건이 있기까지 프롤레타리아 문학 노선에 비교적 충실하고자 했음을 보여 준다.

「여인」은 러시아에서 태어나 조선으로 돌아온 보하라는 여인의 인생 유전을 그린 것이다. 그녀는 동수라는 유부남을 만나 새롭게 결합하여 숙히라는 딸을 낳지만, 동수는 타락 끝에 병들어 버린다. 또한 그녀는 동수의 중학교 선생인 리태성의 속임수에 넘어가 그만 정조를 잃고 그의 집에 기숙하는 상황에 내몰리고 만다. 이 작품의 결말은 다음과 같다.

이러는 사이에 보하는 칠 년간이나 불우한 생활에서 얻지 못햇든 완전한 의식을 얻게 되엿스니 그것은 순전히 리태성이로 해서 얻은 산물이엇다. 그래서 보하는 숙히 한 사람을 위하야 살겟다는 그릇된 생각을 청산하고 사회를 위하고 전 인류의 행복을 위하는 것이 숙히의 행복을 위하는 것이라는 굳은 신조를 가지게 되엿고, 따라서 리태성이 한 사람을 복수하려든 좁고 평범한 생각도 버리고 리태성이와 같은 인간을 명사니 교육자니 하고 떠들추어 주는 사회와 ××려고 결심하엿다.[29]

이러한 결말은 여성의 삶의 문제를 해결하는 방법을 사회 전체를 개조하는 방향에서 구하는 프롤레타리아 문학의 전형적인 양태를 보여 준다. 채만식의 『인형의 집을 나와서』(≪조선일보≫, 1933. 5. 27～11. 4)나 강경애의 『인간문제』(≪동아일보≫, 1934. 8. 1～12. 22) 등은 이러한 방향에서 완성미

---

[29] 최정희, 「여인」, ≪중앙≫, 1934. 12, 89쪽.

를 보여 준 장편소설들이다. 『인형의 집을 나와서』의 주인공 노라는 인쇄소 노동자가 되어 감독 책임을 맡게 된 전남편 현과 대립한다. 또 『인간문제』의 여성 주인공인 선비는 인천의 방적 공장의 노동자가 되어 싸우다 폐결핵으로 죽음을 맞고, 그녀의 죽음을 계기로 그녀의 고향 청년인 첫째는 주체적인 노동자로 싸워 나갈 것을 다짐한다.

이러한 작품들에 비추어 보면 최정희의 「여인」 같은 작품은 당대 유행하던 사조를 모방하여 촉급하게 결말을 처리한 흔적이 다분하여, 최정희 자신의 독자적인 의식의 산물이라고 보기 어려운 점이 있다. 이 무렵의 최정희는 동수와 리태성으로 대표되는 남성적 폭력의 세계에 노출된 여인의 궤적을 그리고자 한 그녀다운 주제 의식에도 불구하고 결말 자체는 프롤레타리아 문학의 천편일률적인 진망의 개념에 부합하는 데서 멀리 벗어나지 못했다.

「여인」으로부터 약 3년의 공백을 두고 발표된 「흉가」(≪조광≫, 1937. 4) 및 「정적기」(≪삼천리문학≫, 1938. 1) 사이의 거리는 매우 현격해 보인다. 이 거리는 단적으로 표현하면 프롤레타리아 문학으로부터 자전적 소설로의 전향이라고 할 수 있다.

1930년대 중후반의 소설을 문학사적으로 검토해 보면, 1930년대 중반 계급문학 운동의 퇴조와 함께 나타난 주요한 문학 현상으로, 여성 문학의 재출현과 소설의 자전화 경향을 꼽을 수 있다. 구인회 작가들, 예컨대 이태준, 박태원, 이상의 가장 큰 공통점은 모디니즘이라기보다는 차라리 사소설적 경향에 있다고 보아야 한다. 1920년대 중반 이후에 맹위를 떨친 계급문학 운동이 삭제한 것은 개체적인 존재로서의 인간이라는 문제였고, 구인회는 이러한 인간 개체의 운명에 대한 관심을 일본 사소설을 방불케 하는 자전적 소설을 통해서 새롭게 환기시킨 문학적 흐름이었던 까닭이다. 이러한 측면에서 볼 때 「흉가」와 「정적기」는 여성 문학의 재출현과 소설의 자전화 경향이라는 두 개의 지점이 만나는 국면을 형성한다는 점에서 시사적이다.

「흉가」와 「정적기」에 대한 작가의 회상은 이들 작품이 일본 사소설과 마찬가지로 작중 주인공이 곧 작가 자신과 동일인이라는 독법을 야기했음을 보여 준다. 당시 그녀는 자하문 바깥에서 세를 얻어서 살고 있었는데 「흉가」가 발표되자 집주인의 형과 형수와 그들의 아들이 와서 떠나라고 채근하고, 집주인의 형수는 최정희에게 젊은 여자가 무슨 할 일이 없어서 남의 집을 흉가를 만들어 놓느냐고 힐난한다.[30] 이러한 반응은 일본 사소설식 독법에 대한 독자들의 자연스러운 착각 가운데 하나라고 할 수 있지만, 「정적기」에 대해서는 작가 자신이 "「정적기」는 소설로서 쓴 것이 아니다. 그때의 괴롭고 아픈 나의 생활을 일기로서 쓴 것이다. 이것이 《삼천리》 문학지에서 소설 대접을 받았기 때문에 나의 첫 작품이라고 아는 분들이 있다"[31]라고 서술하여 최정희 자신 또한 소설과 자전 사이의 장르적 인식이 불분명함을 보여 준다. 이러한 술회는 「흉가」와 「정적기」가 비록 작가적 경험 그대로는 아니라 할지라도 그것을 매우 흡사하게 이야기로 옮겨 담은 사소설적 유형의 작품이라는 사실을 말해 준다.

그런데 여기서 중요한 것은 「흉가」와 「정적기」가 단순히 사소설적인 자전적 소설일 뿐만 아니라 작중 주인공의 악마적인 내면성을 드러낸 작품이라는 사실이다. 이러한 점에서 「흉가」 주인공의 꿈에 나타난 미친 안주인의 이미지를 도플갱어로 파악하면서 "자아를 짓누르는 온갖 억압에서 해방되고 싶은 욕구, 곧 정상인의 궤도를 이탈하고 싶은 욕구와 불건강한 육체로 인한 죽음에의 공포 따위가 결합"된 것으로 파악한 박정애의 견해는 탁견이다.[32] 작중에서 주인공은 식구들을 데리고 이리저리 이사를 다녀야 하는

---

30) 최정희, 「문학적 자서」, 『젊은 날의 증언』, 육민사, 1962, 13쪽.
　　최정희는 다른 글에도 똑같은 회상을 남겨두고 있다. "내가 앓으면서 「흉가」라는 소설을 쓴 것이 탈이 되어 어느 날 집주인의 동서라는 여인네와 또 그 남편과 아들과 일꾼까지 와서 야단법석을 치고 그리고 그 동서라는 중년 여인은 내게 젊은 여자가 무슨 할 일이 없어서 그런 못된 짓을 했느냐. 남의 집을 흉가로 맨들었으니 인제 그 책임을랑 어떻게 질 테냐? 생각이 고지경이고 보니 고렇게 밤낮 골골 앓는 것이 아니겠느냐. 한 시각 지체 말고 따나라 하며 내가 가꾸어 놓고 심어 놓은 꽃당의 꽃들을 마구 뽑아 던졌다." ─ 최정희, 「할미꽃」, 『최정희 수필집 ─ 사랑의 이력』, 계몽사, 1952, 161~162쪽.
31) 최정희, 「문학적 자서」, 『젊은 날의 증언』, 육민사, 1962, 13쪽.

괴로운 상황에서 겨우 안정을 되찾을 만하자 덜컥 폐결핵에 걸리고 만다.

그러면서 새로 든 집이 흉가라고 한 솥 붙이는 늙은이의 말을 떠올리고, 또 그날 밤에 남편이 죽고 나서 미쳐 버렸다는 안주인의 꿈을 꾸게 된다. 이 여자는 눈이 넷이고 머리가 크고 다리가 짤막한데, 한 손으로는 '나'의 머리채를 감아쥐고 다른 손으로는 '나'를 마구 때려낸다. 꿈에서 겨우 깨어난 후에도 '나'는 꿈의 위압으로부터 헤어나지 못하고 잠을 못 이루고 아침이 온 후에도 벽에 걸어 둔 이국의 탈을 보며 무서워한다. 꿈이 상징이라는 사실은 재론할 필요가 없다. 괴상하게 생긴 미친 여자에게 몹시 두드려 맞는 '나'의 꿈은 생활의 압력에 의해 처참하게 일그러진 '나'의 내면세계를 상징적으로 보여 준다. 이 내면적 자아는 외부에서 가해 오는 규율과 제도의 위압에 저항하면서 억압된 힘의 해방과 발산을 꿈꾼다. 또 그러한 억압에 대해 스스로를 처참하게 일그러뜨리는 마조히즘으로 저항한다. 이 전율은 폭력에 대한 공포의 표현이자 동시에 그것에 대한 자아의 자위적 반응인 것이다.

「정적기」의 주인공 역시 고통스러운 상황에 대해 이러한 자학적인 대응 방식을 보인다는 점에서 맥락을 같이한다. 아이와의 이별을 두려워하면서도 시어머니에게 아이를 데려가라고 하는 '나'의 심리를 작가는 "무서운 앞음을 당해 보자는 잔인한 마음이 나를 점점 더 움즉였던 까락(까닭―인용자)이다. 아이를 보내고 마음이 장작불에 타는 듯한 괴롬을 모르는 바가 아니였으나 아이를 안 보내고 미직지근한 모드락불에 타는 괴롬을 맛보기보다 낳을 것 같은 마음에서였다"[33]라고 표현한다. 또한 선배가 '나'를 비난하고 다닌다는 말에 '나'는, "아모래거나 좋다. 부정녀는 귀한 보물처럼 애끼는 영원한 비밀을 간직하리라. 세상에 비밀처럼 더러운 것 없고 비밀처럼 미운 것 없고 비밀처럼 악한 것이 없지마는 또 비밀은 즐겁고 또 그것은

---

32) 박정애, 「최정희 소설에 나타난 여성적 글쓰기의 특성 연구」, 서울대 석사 논문, 1998, 16쪽.

33) 최정희, 「정적기」, 《삼천리문학》, 1938. 1, 55쪽.

행복한 것이라고 나는 생각한다. 그런 까닭에 한 개의 비밀을 간직하지 못한 사람보다 나는 유쾌할 수 있으리라 생각한다"[34]라고 자위한다. 아이를 떠나보낸 후 스무 날의 극심한 방황과 고통을 그린 이 작품의 결말은 "……안저서 죽엄이 나를 차저드는 날까지 이 수난(受難)을 받으리라 마음먹었다. 그것이 내 할일인 것 같기도 했다. / 하나 마음은 넓은 벌판에 혼자 선 것보다 더 허젓하고 고독하고, 적막했다"[35]라는 것이다.

이처럼 수난을 자청하고 감내하는 역설적 방법으로 외부로부터 자기에게 닥쳐오는 억압과 폭력에 맞서는 주인공의 행동 방식을 가리켜 단순한 순응이라고 부를 수는 없다. 마조히즘을 창조적 전복의 의식으로 본 들뢰즈의 논법을 빌린다면, 최정희의 「정적기」는 억압에 노출된 자아의 전율과 자학적 전복을 보여 주는 작품으로 새롭게 해석된다.

「흉가」와 「정적기」 연작에 이어지는 또 다른 연작 작품군인 「지맥」(≪문장≫, 1939. 9), 「인맥」(≪문장≫, 1940. 4), 「천맥」(≪삼천리≫, 1941. 1~4)에 이르러서는 이러한 양상이 일층 심화되고 확장된 형태로 나타난다. 이 작품군에 이르러 작가는 사소설적인 방법에서 벗어나 여성의 운명을 본격적으로 탐구하는 양상을 보여 준다. 작가는 이미 「정적기」에서 '나'와 '어머니'의 동일시를 통해 당대 여성의 운명에 고뇌하는 주인공의 모습을 그려낸 바 있다.

나와 어머니의 운명은 누가 이렇게 맨드러 놓았는지 몰나. ——아니 이 뒤로 몇 십만 년을 두고도 여자는 늘 이렇게 스플기만 할건가. 그렇다면 그것은 여자에게 자궁(子宮)이란 달갑지 않은 주머니 한 개가 더 달닌 까닭이 아닐가. 수없이 만흔 여자의 비극이 자궁으로 해서 생기는 것이라면 그놈의 것을 도려내는 것도 좋으런만[36]

---

34) 앞의 책, 60쪽.
35) 앞의 책, 65쪽.
36) 앞의 책, 56~57쪽.

「지맥」, 「인맥」, 「천맥」에서 작가는 '나'와 어머니의 삶을 동일시하는 「정적기」의 수준에서 한발 더 나아가 "내가 쓴 모든 소설의 주인공이 '나'일 수도 있고 '나' 아닐 수도 있"[37]다고 하는 단언이 보여 주듯이, 당대 여성의 운명 전체를 문제 삼기에 이른다. 세 편의 연작을 두루 살펴볼 때 작가가 이를 위해서 선택한 방법은 대략 세 가지로 나누어 설명할 수 있다.

먼저 「지맥」, 「인맥」, 「천맥」을 통해서 작가는 당대의 가부장적 질서로부터 소외될 수밖에 없는 상황에 놓인 다양한 유형의 여성들을 그려내고자 했다. 「지맥」의 여주인공인 은영은 도쿄에 유학한 인텔리 여성으로, 사회주의 지식인 홍민규를 만나 그의 아이를 둘씩이나 낳고 살지만, 본디 그는 유부남인 데다가 요절하고 마는 바람에 그녀는 오갈 데 없는 신세가 되어 사생아를 기르며 살아갈 수밖에 없다. 「인맥」의 여주인공인 선영은 부친의 강권에 못 이겨 결혼한 인텔리 여성으로, 단짝 친구인 혜봉의 남편을 사랑하게 되면서 고통스러운 상황 속으로 빨려 들어가게 된다. 「천맥」의 여주인공인 연이는 「지맥」의 은영과 마찬가지로 조혼한 남자와 가정을 꾸려 아이를 가졌다가 남편이 죽은 후 시댁에서 버림받고 의사와 재혼하는 등 기구한 삶을 살아가게 되는 여인이다. 이와 같은 여성 인물들의 양상은 작품과 작품 사이에서만 아니라, 한 작품 내에서도 변주적인 형태로 다시 한번 나타난다. 특히 「지맥」은 주인공인 은영 외에도 가난한 남편과 어린아이를 놓고 부호의 첩이 된 부용, 새 남편을 따라 미국으로 건너간 어머니와 헤어져 홀로 성장해 나가다 어느 백화점 짐원을 따라 북행 열차를 타게 되는 하순 등을 나란히 보여줌으로써 당대 여성들이 처한 공통적인 상황을 폭넓게 제시하고자 한 의도가 엿보인다.

작중에서 은영, 선영, 연이 등 주인공들은 부르주아적 삶을 본위로, 척도로 삼는 자본주의 사회의 프롤레타리아들이 그러하듯이 가부장제를 본위로, 척도로 삼는 당대 식민지 조선 사회의 잉여적 존재들로 나타난다. 그들은

---

37) 최정희, 「내 소설의 주인공들—어머니일지도 모르고 나 자신일지도 모른다」, 『젊은 날의 증언』, 육민사, 1962, 16쪽.

당대의 남성 중심적 결혼 제도와 가족 제도의 희생양으로 조혼, 중혼, 축첩 제도 등의 굴레 또는 함정 속에서 헤어나지 못한 채 살아가면서 또 다른 삶을 꿈꾼다. 「지맥」의 은영은 생활고와 고독 속에서 그녀를 사랑하는 이상훈과의 새로운 만남 앞에서 갈등하고, 「인맥」의 선영은 남편과의 평온한 생활을 버리고 시인인 남성을 사랑하는 모험을 감행함으로써 주위의 비난에 직면하게 된다. 「천맥」의 연이는 전남편에게서 난 아들을 천대하는 허진영과 헤어져 보통학교 때 선생님이었던 김성우가 운영하는 보육원에 들어가 살면서 그를 사랑하게 된다. 그러나 이러한 꿈은 실현되거나 이행될 수 없다. 이처럼 작가는 꿈과 현실 사이에 가로놓인 넓고 깊은 간극을 통해서 당대 여성들이 처한 문제의 심각성을 드러낸다.

두 번째로 이들 작품을 통해서 작가는 여성 문제가 계급 문제를 비롯한 여타 사회문제만큼이나 심각한 문제라는 것을 구체적이면서도 실제적으로 드러내 보이고자 했다. 특히 「지맥」은 이러한 문제의식을 확인할 수 있게 해 주는 작품이다. 이 작품에서 은영은 남편이 죽은 후 고립무원의 처지에 떨어진다. "세상의 도덕이 나를 버리고 인습이 나를 버리고 법규가 나를 버렸다"[38]라는 문장이 이를 극명하게 보여 준다. 남편의 본처가 버티고 있는 시댁에서 버림받은 것은 물론이고 생활고에 시달리며 직업을 구하려 하지만 "그것 역시 남의 등록 없는 안해요 어머니라는 탓으로—다시 말하면 나를 증명해 주는 관청의 공증이 없는 까닭에"[39] 거부를 당한다. 또한 아이들을 학교에 보내려고 하지만 "서울 안에 있는 사립학교란 학교는 죄다 도라다니며 사정을 이얘기하고 입학을 애원했으나, 아무데서도 내원을 용납해 주지 않"[40]는다. 이러한 일련의 과정을 거치면서 당대 사회에 대한 은영의 문제의식은 심화되고 응결된다.

---

38) 최정희, 「지맥」, 『천맥』, 수선사, 1948, 11쪽.
39) 앞의 책, 11쪽.
40) 앞의 책, 56쪽.

나는, 내 잘못을 뉘우치는 한편 이러한 사회에 대한 불평불만이 목구멍까지 치밀어 올났다. 나는 상상의 온갖 규률, 풍속, 인습, 도덕의에 반발이 생기고 증오가 생겼다. 이것은 내가 한때 분별없이 남이 하니까, 나도 하고 남이 좋다니까 나도 좋거니 하고 남이 싫다니까 나도 그렇거니 하든, 즉 다시 말하면 분위기에 휩쌔여서 기분적 행동을 하는 그런 때에 가졌던 반발이나 증오가 아니었다. 이것이야말로 한 대(때 — 인용자)에 그러한 경솔과 무분별한 행동으로 해서 받은 보수, 그 쓰라린 체험에서 단련된 내 의지의 눈으로 정확히 보아서 하는 반발이었고 증오였다.[41]

이 인용 부분에서 중요한 것은 은영이 지금 품게 된 반발이나 증오가 "기분적 행동을 하든 그런 때에 가졌던 반발이나 증오"가 아니라 "쓰라린 체험에서 단련된 내 의지의 눈으로 정확히 보아서 하는 반발이었고 증오"라는 문장이다. 여기서 "기분적 행동에 사로잡혀 있었던 때"란 은영이 일본의 M대학에 적을 갖고 있으면서 사회주의자인 홍민규를 따라 공부하고 그의 사상을 모방하던 때를 말한다. 다시 말해 지난날의 마르크시즘이 은영에게는 체화되지 않은 남의 사상이고 따라서 한갓 외부적 장식물에 불과했다면 오늘날 은영이 품게 된 반발과 증오는 그 자신의 사상이자 체험을 통해서 그녀 자신의 몸과 마음에 깊이 각인된 사상이라는 것이다. 그리고 이것은 은영이 관념으로 배운 마르크시즘에 따라 세상을 계급 모순 중심으로 파악하는 상태에서 벗어나 그 자신이 무엇보다 여성이라는 자각 위에서 세상의 모순을 직시하게 되었음을 의미한다. 호적을 갖지 못하고 사생아취급을 받는 아이들 둘씩이나 데리고 세상을 헤쳐 나가야 하는 은영에게 세상은 계급 문제의 장이 아니라 가부장제가 빚어내는 여성적 고통과 신음의 장이다.

작가는 이처럼 가부장제 사회의 규범적 척도 안에 머무르지 못하고 벗어

---

41) 앞의 책, 56~57쪽.

나거나 버림받는 여성들의 심적 세계를 풍부하고도 섬세하게 묘사함으로써 그들의 존재를 독자적이고도 자립적인 실체로 만들어 나갔다. 그러나 최정희의 「삼맥」 연작을 비롯한 여러 작품들의 진정한 방법적 가치는 당대 여성들이 처한 상황을 리얼리티의 차원에서 재현해 냈다는 이상의 분석으로는 쉽게 포착할 수 없는 면을 가지고 있다는 데 있다. 이것에 관하여 필자는 장을 바꾸어 논의해 보고자 한다.

「지맥」, 「인맥」, 「천맥」 연작에 나타난 내성적 여성들

최정희가 1940년경을 전후로 하여 발표한 「지맥」, 「인맥」, 「천맥」 연작에서 빈번하게 나타나는 단어가 바로 운명이라는 말이다. 예컨대 「지맥」을 보면 "남편이 금방 숨이 지면서부터 나는 세상에 가장 불행한 운명의 소유자인 것을 알았다"[42], "인제 하는 수 없잖아. 운명이거니 하구 살밖에 없지"[43], "저는 아마 당신을 생각해야 할 운명을 가진 듯합니다"[44] 등과 같은 문장이 빈번하게 사용되어 있으며, 이것은 최정희 소설에 나타나는 여성 인물의 체제 순응적인 성격을 드러내는 것으로 평가되는 경향이 있다. 그러나 최정희 소설에서 운명이라는 말은 복합적인 뜻을 함축하고 있는 것으로, 쉽게 논단하기 어려운 측면이 있다.

앞에서 인용한 문장들에 나타난 운명은 대체로 어느 한 개인의 의지를 초월하여 절대적으로 존재하는 힘에 의해 좌우되는 삶을 지칭한다. 여기서 운명은 하나의 길을 가리키며, 여성이든 남성이든 작중 인물은 그 운명이 가리키는 길을 따라 하나의 궤도를 그려나가지 않을 수 없다. 그렇다면 이 작품의 후반부에 나타나는 다음의 두 대목은 어떻게 해석될 수 있을까.

---

42) 앞의 책, 10쪽.
43) 앞의 책, 32쪽.
44) 앞의 책, 59쪽.

(가)

"전 괴로우면서두 그대루 제 앞에 던져진 운명과 싸와가며 사는 것이 즐거운 때문웁니다. 거기서 버서난다는 건 제 양심에 다시없을 고통일 것 같애요."

"양심의 기준이란 게 어디 있읍니까…… 자기를 파멸식히랴는 양심, 그건 자기를 속이는 양심입니다."

모르는 것은 아니었다. 하나 나는 그의 이 말과 함께 내 귀에 쇠덩어리와 쇠덩어리가 서루 부디치는 때 생기는 그런, 아주 내 신경 전부를 일으켜 세우는 소리가 또 하나 들려 왔으니 그것은 —— 애욕에서 발을 빼는 날이래야 완전한 구원을 받을 수 있다 —— 든 검은 복장을 입은 엄숙한 신부의 음성이었다.[45]

(나)

그러나 별들은 그 무수한 별 중에 어느 하나도, 땅에 떨어지거나 몸부림을 치거나 하지 않고, 오직 제 몸을 불살르며, 아픔을 견대 가며, 눈물을 삼켜가며, 캄캄한 밤하늘의 궤도(軌道)를 직히고 있는 것같이도 보였다. 나는, 그러한 별들을 보는 사이에 문득 엄숙해져야 할 것 같은 충동을 받았다. 별이 하늘의 궤도를 버서나지 않듯이 나는 지상의 궤도를 버서나지 않을 인내와 극기와 성실과 용기를 준비해야 되겠다는 생각을 가졌다. 생각을 가질 뿐만 아니라, 나는 결심을 굳게 하고 형주, 설주가 엄마와 처음 타 보는 기차가 즐거워 밖았이 잘 보이시도 않는데 손까락길을 히며, 재깔거리며 웃어대며, 내게 여러 가지 질문을 하는 때, 나는 만족하게 그들 질문에 대답을 못 해 준 일을 뉘우치며, 그것들이 자는 옆에서 그들을 잘 성장식히는 것이 내게 던져진 운명이요, 내가 버서나지 못할 지상의 궤도라고 마음속에 부르짖었다.[46]

(가)는 은영이 고심 끝에 상훈의 결혼 요청을 거절하는 대목이고, (나)는

---

45) 앞의 책, 66~67쪽.
46) 앞의 책, 72쪽.

은영이 해주 요양원에 일자리를 얻어 아이들과 함께 떠나면서 상념에 잠기는 이 작품의 결말 부분이다. (가)와 (나) 역시 지금까지는 모두 「지맥」을 운명에 순응하는 삶을 옹호하는 것으로 해석하는 중요한 근거가 되어 왔다. 이러한 견해들은 「지맥」이 여성을 모성적 아이덴티티로 제한하고 단수화하는 것으로 해석하곤 한다.[47)]

그러나 이러한 해석들은 「지맥」의 중심 주제가 과거를 가진 여인의 사랑과 재혼에 관한 문제라기보다는 사생아를 가진 여인이 당대 사회를 살아가는 문제에 있다는 사실을 간과하는 경향이 있다. 작중에서 은영이 상훈을 찾아가는 것은 아이들의 입적 문제를 상의하고 도움을 얻기 위한 것인데, 이것은 호적이 없는 상태로는 아이들이 학교에 입학할 수 없기 때문이다. 또한 그러한 은영이 상훈의 결혼 요청을 거절하는 것은 단순히 모성적 본분에 충실하기 위함이 아니라 그 자신의 사랑 때문에 아이들을 의붓아버지에게 미움을 받아 천덕꾸러기가 된 하순처럼 키울 수는 없다는 의식이 작용한 때문으로 그려진 것 또한 간과되곤 한다. 나아가 은영은 결말 부분에 이르러 상훈이 다른 여자와 결혼하면서 아이들을 자기 앞으로 입적시키겠다고 하는 것을 거절하는데, 이것은 아이들의 성(姓)을 자기 성으로 바꾸겠다는 상훈의 뜻을 따를 수 없었던 탓이다. 그리고 이것은 법적으로 허용되지 않은 중혼으로 생겨난 아이들을 키워야 하는 은영 앞에 놓인 현실이 전혀 단순치 않음을 보여 준다. 왜냐하면 이것은 은영이 그녀 자신에 대한 상훈의 사랑은 변함이 없을지언정 타인의 피를 타고난 아이들까지, 그네들의 내력이 지닌 독자성까지 수용하면서 사랑할 수는 없으리라는 것을 이미 알고 있는 까닭이다.

그렇다면 은영이 상훈에게 취한 모성적인 엄숙성을 액면 그대로 작가의 여성에 대한 모성적 단순화로 치부하기는 어렵다. 나아가 오히려 은영은

---

47) 이상경, 「식민지에서의 여성과 민족의 문제」, 《실천문학》, 2003, 65~66쪽 및 박정애, 「최정희 소설에 나타난 여성적 글쓰기의 특성 연구」, 서울대 석사 논문, 1998, 12~14쪽.

결말에 이르기까지 상훈에 대한 사랑을 버리지 못하는 면모를 갖고 있는 것으로 그려진 점에 주목해 볼 필요가 있다. 상훈을 끝내 돌려보내고 은영은 상훈의 품에 안겨 있는 꿈을 꾼다.

나는 그것이 미안하고 못 잊어서 그랬든지 상훈의 가슴에 내 얼굴을 파묻고 흑흑 느껴가며 울고 그이는 나를 머리와 어깨를 어르만져 주고 쓰다듬어 주는데 나는 무엇이 슬퍼서 울었는지 자꾸만 울다가 깨고 보니 초생달이 진 검은 밤, 천정도 벽도 보이지 않고 오직 어둠이 공허한 방 안을 배회하고 있을 뿐이었다. 나는 허공을 눈으로 더듬으며 그가 쓰다듬든 내 머리와 어깨를 얼마를 만져 보았는지 모른다.[48]

이러한 꿈은 은영이 어머니로서의 성격과 이성애를 그리워하는 여성으로서의 성격을 동시에 구비한 존재임을 말해 준다. 이러한 은영이 "애욕에서 발을 빼는 날이래야 완전한 구원을 받을 수 있다"라고 한 "검은 복장을 입은 엄숙한 신부의 음성"에 귀를 기울이게 되는 것은 "여성의 육체를 감금하는 억압적인 지배 이데올로기의 음성"[49]에 굴복했기 때문이라기보다는 "애욕", 즉 상훈과의 사랑이 가져올 아이들에 대한 파괴적 결과에 따른 불안 때문이라고 해석할 수 있다. 반대로 은영이 상훈과의 사랑을 선택하여 아이들을 상훈의 성을 따라 입적시킨다면 그것은 자신의 이성애적 욕망을 위해서 임의로 아이들의 권리를 박탈하거나 제약하는 것이 아니고 무엇인지 생각해 볼 필요가 있다. 결국 당대의 가부장적인 결혼 및 가족 제도 아래에 놓인 은영에게는 내면적으로 어떤 심각한 갈등을 빚는다 해도 외면적으로는 사랑을 선택하면서 아이들에 대한 고민을 내면화하는 것 또는 아이들을 선택하면서 사랑을 내면화하는 것 중 어느 하나의 태도를 취하는 것

---

48) 최정희, 「지맥」, 『천맥』, 수선사, 1948, 71~72쪽.
49) 박정애, 「최정희 소설에 나타난 여성적 글쓰기의 특성 연구」, 서울대 석사 논문, 1998, 13쪽.

외에는 선택 가능한 길이 없다.[50] 이 가운데 은영은 후자의 길을 선택했지만 여기에는 사랑의 희생이 따르지 않을 수 없고, 따라서 그녀는 그러한 삶 속에서 괴로워하고 갈등하지 않을 수 없다.

앞에서 은영이 상훈의 결혼 제의를 받고 그대로 자기 앞에 던져진 운명과 싸워 가며 살겠다고 한 것은 바로 이러한 복합적 상황을 염두에 둔 말이라고 보아야 한다. 이때 운명이라는 말은 단순히 숙명론적으로 고정된 삶의 길을 지칭하는 것이 아니라 작중 주인공이 괴로움 속에서 선택해 나가는 길이라는 복합적인 뉘앙스를 갖는다. 이러한 양상은 다른 두 연작, 즉 「인맥」이나 「천맥」에도 동일하게 나타난다. 「인맥」의 선영은 사랑하는 남자의 뜻에 따라 남편의 아이를 낳고 정숙한 아내의 길을 걷게 되지만 그렇다고 해서 사랑으로 인한 마음의 번뇌까지 지워 버리지는 못한다.

내가 읽은 책들이 가르치고 있듯이 모성애가 세상의 무엇보다 가장 강하고 고귀하고 또 그것처럼 참된 것이 없는 것을 알면서도, 그 강한 것, 그 고귀한 것, 그 참된 것 때문에 내가 가진 다른 감정을 버릴 수는 없었습니다. 내게는 모성애가 강하고 고귀하고 참된 거나 마찬가지로, 그이를 생각하는 내 감정도 세상의 무엇보다 가장 강하고 고귀하고 참되다 생각했습니다. 이 감정이 심한 때면 아이에게서 그이의 영상(影像)을 발견하는 일까지 있게 되었습니다.[51]

마찬가지로 「천맥」의 연이는 성우의 숭고한 뜻을 좇아서 자기 아들과 보육원의 아이들을 살뜰히 보살펴 나가지만 이 과정에서 성우에 대한 사랑의 감정을 함께 키워 버리게 된다.

---

50) 관념적으로 생각해 볼 수 있는 다른 한 가지 방법은 당대의 사회 제도를 개혁해 나가는 것인데, 이것은 은영이라는 여인의 상황에 비추어 볼 때 소설의 리얼리티를 삭감하는 일이 되어 버릴 것이다.

51) 최정희, 「인맥」, 『천맥』, 수선사, 1948, 136쪽.

연이는 잠깐 섬찍해졌다. 아이가 '아부지같이 된다'고 말하는 아버지가 누구를 이르는 것인지 모르기 때문이었다. 죽은 아버지를 말함인지 성우 선생을 말함인지 그렇지 않아도 보육원에 와서 한 번도 느껴 보지 않은——그 저녁은 유별나게 아이가 성우 선생을 '아부지'라 하는 때마다 섬찍섬찍해 올 뿐 아니라 또 자기가 아이에게 성우 선생을 일러 '아부지'라 하는 것이 어쩐지 가슴이 두근거려 왔던 것이다. 그렇지만 연이는 그 가슴 두근거리는 속에 아이가 성우 선생을 '아부지'라 부를 수 있는 제도랄까 풍속이랄까, 어쨌든 다른 대명사가 아니고 '아부지'라 부를 수 있는 것을 은근히 다행해하는 심리가 숨어 있는 것도 숨길 수는 없었다.[52]

이처럼 「삼맥」 연작의 주인공들은 모두 모성애적 여성과 이성애적 여성 사이에서 갈등하고 방황하는 삶을 살아가고 있으며, 이성애적 여성으로서의 본성을 버리지 않고 있다. 나아가 제도적으로 금지된 사랑에 대한 열정으로 말미암아 모성애의 대상이 되어야 할 아이에게 이성을 느끼는 애정의 전치 현상까지 보여 주고 있다.

물론 그럼에도 불구하고 「지맥」에서 "검은 복장을 입은 엄숙한 신부의 음성"에 귀를 기울이고 상훈의 곁을 떠나 아이들을 잘 기르며 살아가는 것이 "내게 던져진 운명이요, 내가 버서나지 못할 지상의 궤도"라고 다짐하는 은영의 말이 자아내는 숙명론적이고 수동적인 분위기를 작중에서 완전히 거두어 버릴 수는 없다. 「인맥」의 선영도 자유를 위해 운명에 반역하려던 애초의 생각을 바꾸어 "마음을 단단히 먹고, 내가 지금까지 개혁하려든 운명을 꺼꾸로 다시 말하면 그이의 말씀대로 실험하리라는 마음"[53]으로 "정숙과 행복"[54]의 삶을 이어가게 된다. 마지막으로 「천맥」의 은이 역시 결말에 이르러 성우와 함께 사랑 대신에 눈물 없는 세상을 함께 만들어 가는

---

52) 앞의 책, 232~233쪽.
53) 앞의 책, 125쪽.
54) 앞의 책, 125쪽.

삶을 살아가야 하겠다고 생각하게 된다.

하지만 그런다고 연이 자기의 슬픔이 가 버리는 것은 아니었다. 오히려 그
는 아까 아이들이 나간 뒤보다 더한 공포와 적막이 밀려드는 것을 알았다.
크게 한 번 소리를 처 보고 싶었으나 자기의 웨치는 소리가 그 아이들의 '어
머니' 소리보다 더 머언데 하늘로 흩어질까 봐서 아무 소리도 없이 정말 숨
껼까지 죽여 가며 가만히 앉아 버렸다. 앉아서 조용히 이렇게 괴롭더라도 자
기는 두견새와 같이 착해질 수 있다면. 말[馬]과 같이 진실해질 수 있다면.
동류(冬柳)와 같이 아름다울 수 있다면. 그래서 눈물 없는 세상을 건설할 수
있다면 하고 생각했다.[55]

그러나 이때 상기해야 할 것은 이러한 선택을 행하는 것은 작중 주인공
들일 뿐이라는 점이다. 이 작품들은 「흙가」나 「정숙기」 같은 사소설 유형
의 작품이 아니라, 당대 여성들의 내면적 삶을 드러내고자 한 작가적 의욕
의 산물이라고 보아야 한다. 그리고 이때 작가는 다른 무엇보다 「지맥」의
은영처럼 엄숙한 어머니의 길을 가고, 「인맥」의 선영처럼 현숙한 부인의
길을 걷고, 「천맥」의 연이처럼 따뜻한 대모(代母)의 길을 걸어 나가는 여
성 주인공들의 외면적 형상 이면에 감추어져 있는 심리적 갈등과 소모를
보여 주고, 동시에 그들이 발산하는 생명적인 힘들을 드러내려고 했다.

작가의 손에 의해 그려진 그들은 법과 규율이 허용하지 않는 사랑을 선
택하고 그 '죄과'를 짊어져야 하는 삶을 살아가면서도 여전히 금기를 넘어
서서 작동하고 싶어 하는 측량하기 어려운 정염의 존재를 드러낸다. 「삼맥」
연작들은 이 정염이 창출하는 역동적인 마음의 드라마를 사태의 전말을 통
해서 생생하게 그려낸다. 연작들이 보여 주듯이 이 정염들은 금기의 울타
리를 넘어서 방황과 꿈, 은밀한 모험과 도전의 형태로 흘러넘치게 된다. 결

55) 앞의 책, 1948, 251쪽.

말에 이르러 이들 연작의 여주인공들은 외면상 현실의 제도에 순응하는 것 같은 길을 따라가지만, 이 과정에서 작가는 그들의 마음의 세계가 현실의 규율과 제도로 한정할 수 없는 질량을 가지고 있음을 보여 준다. 따라서 「삼맥」 연작들에서 중요한 것은 여성 주인공들의 삶의 선택 방향보다 오히려 선택해 가는 과정에서 겪게 되는 마음의 풍경들에 있다고 해야 할 것이다. 이 점에서 보면 그들은 이미 강제된 현실, 구속된 현실의 외부를 살아가는 존재들이다. 이것을 풍부하고 생생하게 드러냄으로써 작가는 남성 중심적으로 재현되어 온 수난 받은 여성들의 존재적 가치를 선명하게 부각시킨다.

최정희의 여성 인물들은 부당하고도 모순적인 현실과 외적으로 투쟁하는 대신에 그것을 내면성 속에 흡수해 들여서 감정의 드라마 형태로 내적인 투쟁을 전개하는 양상을 보여 준다. 이러한 탓에 이 여성 인물들의 삶을 둘러싼 투쟁은 연작들이 드러내듯이 거의 언제나 그녀들을 둘러싼 현실적 규율과 도덕의 승리로 끝나는 것처럼 보이지만, 실제로는 그녀들을 완전히 지배하지 못한 채 그녀들 외부에 일종의 타자로 남게 된다. 작가는 외견상 차고 경건한 어머니로 나타나는 여성 주인공들의 들끓는 내면을 생생하게 재현해 보임으로써 현실에 대한 마조히즘적인 역설적 전복을 시도했다고 해석할 수 있다.[56]

---

56) 이와 관련하여 「지맥」에 나디난 은영과 상훈의 관계를 마조히즘의 논리에 따라서 설명할 수 있는가 하는 흥미로운 문제가 남아 있다는 것을 지적해 두어야 할 것 같다. 여기서 상훈은 은영을 "내 맘속에 영원히 안주할 펠닉스"(앞의 책, 44쪽) "제 마음속에 언제나 깃드릴 페닉스"(앞의 책, 60쪽)로 숭배하면서 그녀를 위해 자신이 할 수 있는 모든 것을 기꺼이 바치려고 하며, 언제까지나 그녀가 자신을 사랑해 줄 때까지 기다리겠노라고 한다. 그러나 은영은 상훈의 결혼 요청을 수락하지 않음으로써 그의 기다림을 연기시키고, 상훈에 대해서는 끝내 어머니로서의 모성애만을 보여 주면서 자기 내면 속의 사랑은 보여 주지 않는다.

이러한 은영의 모습은 자허 마조흐의 소설 『모피를 입은 비너스』에 나타나는 모피를 입은 비너스의 이미지를 연상하게 한다. 『모피를 입은 비너스』는 일종의 액자소설로서, 액자 안에 놓인 제버린(Seberin)과 반다(Wanda)의 사랑 이야기가 주된 줄거리를 이룬다. 제버린은 처음에 반다가 살고 있는 저택의 정원에 놓인 모피를 입은 비너스상에 매료되는데, 반다라는 저택의 젊은 미망인이 이 비너스의 이미지를 갖게 되면서 제버린과 반다 사이에는 노예와 주인의 관계 같은 도착적인 애정 관계가 나타난다. 두 사람은 제버린이 반다의 노예가 되는 계약을 맺고 여행을 다니지만 제버린의 자기 학대적인 환상에 질린 반다는 끝내 그의 곁을 떠난다.(윤시향, 「잔인한 쾌락 — 자허 마조흐의『모피를 입은 비너스』」, ≪독일어문학≫, 2003) 최정희가 이러한『모피를 입은 비너스』의 이야기나 마조히즘의 논리를 알고 있었는가는 불확실하다. 그러나 적어도 1930년경에는 일본에 마조히즘이나 자허 마조흐에 관한 이야기가 들어와 있었으며, 특히 다니자키 준이치로의 여러 소설이 마조히즘 양상을 풍부하게 보여 준다는 것은 잘 알려져 있다. 「지맥」의 은영은 상훈에 대해서 모피를 입은 비너스처럼 냉정하고 무관심한 어머니의 형상으로 나타난다. 그럼에도 불구하고 상훈은 그러한 은영에 대한 숭배적인 사랑을 버리지 못한다.

윤시향에 따르면『모피를 입은 비너스』에서 이 비너스의 이미지는 냉정한 아름다움, 차가운 요염함, 힘과 아름다움이 융합된 것을 의미한다. 또 들뢰즈에 따르면 "매저키즘(마조히즘)의 이상에서 발견되는 냉정함은 (중략) 감정의 부정이 아니라 육감성의 부인"이다. "그 냉정함 깊은 곳에는 얼음 속에 묻혀 모피의 보호를 받고 있는 극히 감각적인 감성이 숨어 있으며, 이 감성은 얼음을 통해 새로운 질서의 생성 원리, 특수한 종류의 분노와 잔인성의 냉기를 발산한다."(질르 들뢰즈, 이강훈 역, 『매저키즘』, 인간사랑, 1996, 57쪽 및 58쪽) 이러한 관점에서 보면 상훈의 사랑과 결혼 요청에 대한 은영의 냉담한 거절은 그 자신을 미적 숭배의 대상으로 남겨 두려는 마조히즘적인 의미를 담고 있다. 이 냉담함을 유지함으로써만 은영은 여성에 대해 위압적이고 폭력적인 남성적 질서의 세계로부터 완전히 자유로워질 수 있다. 또 이러한 관점에 따르면 작중에 나타나는 문제적인 대목, 즉 "애욕에서 발을 빼는 날이래야 완전한 구원을 받을 수 있다—든 검은 복장을 입은 엄숙한 신부의 음성"에 귀를 기울이는 은영의 심리는 여성의 육체를 감금하는 지배 이데올로기에 대한 단순한 복종의 의미를 넘어서는 복잡한 저항 또는 전복의 의미를 내포하게 된다.

최정희 문학에 나타나는 정염, 불안과 공포, 신화적인 모티프들에 대한 연구는 아직까지 충분히 이루어져 있다고 볼 수 없다. 이와 관련하여 특히 「인맥」에서 선영이 사랑하게 되는 혜봉의 남편이 "비이너쓰의 애인인 아도니스"(「인맥」, 『천맥』, 수선사, 1948, 76쪽)로, "그이가 가진 교양, 그이가 가진 정열까지도 히랍적인 것같이 생각되었"(앞의 책, 76쪽)던 것, 그리하여 이 시인을 향한 선영의 사랑의 과정이 어떤 환영적인 세계로의 진입이라는 신화적 의미를 내포하고 있는 것으로 그려진다는 것을 상기해 두어야 하겠다. 또 이러한 관점에서 「인맥」을 해석해 보면 선영을 정숙한 여인으로, 미적 숭배의 대상으로 고정시켜 놓으려는 혜봉의 남편의 행동 방식 역시 마조히즘적인 여성 숭배를 연상시킨다. 또한 자허 마조흐의 소설 『모피를 입은 비너스』에도 그리스인의 모티프가 나타난다는 사실을 부기해 두는데, 이러한 점들은 최정희의 소설이 매우 복잡한

결론

최정희 자신의 회상에 따르면, 모윤숙은 최정희를 가리켜 "감빛 같아 그 붉지도 누르지도 않은 악마성이" "기뜰어 있어서 감을 그렇게 좋아하는 사람"[57]이라고 했다고 한다. 또 해방 전에 매우 친밀한 관계를 유지했던 지하련은 그녀의 집에 찾아간 최정희를 "무릎에 눕히고" "눈썹을 가늘게 밀어 주고 무녀와 같이 요염하다고 좋아하면서 인제 앞으로도 늘 밀어 줘야 하겠노라고 그래서 '희'의 본연의 자태를 보여 줘야 하겠노라고"[58] 했다고 한다.

최정희에게 "악마성"이 깃들어 있었다든가 "무녀와 같이 요염"한 면모가 있었다는 이러한 지적들은 평생에 걸쳐 현실이 허용하고 권장하는 사랑과 결혼의 제도적 방식과는 거리를 두고 살아갔던 그녀의 삶에 관해서 시사해 주는 점이 있다. 그녀의 삶은 법이나 도덕, 금기나 금지의 영역으로 한정할 수 없는 내면성의 존재를 암시한다.

현실과 이성의 경계를 넘어서 유출되는 이 악마적이고 무녀적인 내면성은 그녀 자신에 의해서 곧잘 낭만이라는 용어로 설명되곤 했다. "지금 내 앞에 가로 누운 황냉한 현실과는 아주 다른 세계 — 온갖 사랑의 노래와 춤이 있고 그리고 신화와 전설이 수두룩할 것 같습니다. — 이것도 내 낭만하는 '여기'가 아닌 '저기'를 동경하는 마음의 소치일까요"[59]라는 문장은 최정희가 이곳과 저곳을 대립시키고 이곳 대신에 저곳을 추구하는 낭만주의적인 기질의 소유자임을 말해 준다. 어렸을 때부터 바다를 동경한 이 작가는 성장한 후 "현실에선 온갖 규율과 세명이 두려워서 만나면 마음이 떨리기만 하는 당신을 꿈에선 왜 그처럼 자유롭게 행복하게 만나게 되는지 모르겠읍니다"[60]라는 편지의 일절의 말해 주듯이 현실적인 제약과 금지를 넘어

미학적 구성물이라는 사실을 알려준다.

57) 최정희, 「시·임금·밀감」, 『사랑의 이력』, 계몽사, 1962, 109쪽.
58) 최정희, 「옛벗 지하련 보오」, 『젊은 날의 증언』, 육민사, 1962, 42쪽.
59) 최정희, 「병실기」, 『사랑의 이력』, 계몽사, 1952, 44쪽.
60) 최정희, 「슬픈 전설을 넘어서—견우에게 보내는 편지」, 『젊은 날의 증언』, 육민사, 1962, 32쪽.

서 흘러넘치는 정염의 소유자가 되었다. "당신은 또 야만이 되십시오. 원숭이를 금방 벗어나던 때의 그 형상 그대로 좋습니다. 시끄러운 세상의 풍속을 모르셔도 당신은 회한하는 법만 아시면 그만입니다. 머리에 기름이 돌고 각색 문명의 장식을 한 자기 가책이라곤 털끝만치도 모르는 경멸하고 파렴치한 인간은 되지 마시고 무한무궁의 신비한 세계에 자기를 끌어 올리는 당신이 되십시오. 그렇게 되는 때의 당신의 야만은 예술품일 것입니다."[61] 라는 문장은 최정희의 낭만이 야만, 즉 세속적인 율법에 의해 지배되지 않는 신비스럽고 신화적인 공간을 향한 것임을 알게 해 준다.

「흉가」나 「정적기」 같은 자전적 소설은 현실의 굴레에 갇혀 버린 이러한 낭만적 정염이 연출하는 불안과 공포를 꿈과 병의 형태로 나타내 보여 준다. 이러한 작품들은 최정희가 비록 외면상으로는 모순되고 부당한 현실에 순응하고 현실의 요구에 부합하지 못하는 자신의 행동을 뉘우치는 것처럼 보일지라도 실제로는 뒤돌아보지 않고 반성하지 않는 마성적인 내면의 소유자임을 시사해 준다.

최정희의 문학적 특성을 가장 극명하게 보여 주는 것으로 평가되는 1940년 전후의 「지맥」, 「인맥」, 「천맥」 연작은 바로 위에서 언급한 그녀의 마성적인 특성이 여성 주인공의 현실 대응 태도 및 방법에 전이되어 표현된 작품들이다. 이들 작품의 여성 주인공들은 불가피하게 운명이라고 부를 만한 삶의 경계 속에서 살아가고, 또 그것을 자학적으로 수용해 나가지만 이것은 현실의 논리를 내면화하는 것이 아니라 오히려 그것을 타자화하는 마조히즘적인 전복의 방식을 보여 준다.

이렇게 보면 최정희는 박화성, 강경애, 백신애 등 이른바 제2기에 속하는 1930년대의 여성 작가들 가운데 가장 내성적인 스타일로 여성 소설의 새로운 경지를 개척한 작가로서, 수난을 겪고 학대 받는 여성의 내면적 드라마를 문학적으로 풍부하게 묘사함으로써 여성의 자립적 가치를 드러냈다

---

61) 최정희, 「현대남성미」, 『사랑의 이력』, 계몽사, 1962, 87쪽.

고 할 수 있다.

여기서 남는 문제는 이와 같은 현실 대응 태도 및 방법이 당시에 박두하던 신체제의 위협 속에서 과연 어떤 형태로 귀결되었는가 하는 것이다. 여성 문제를 계급이나 민족 문제와 연관 지어 사고하지 않고 여성의 운명이라는 형식으로 고립적으로 탐구해 나간 최정희의 문학이 1940년 이후의 국면에서 어떤 변화를 맞게 되며 어디로 귀결되는가 하는 문제는 매우 중요하다. 그러나 이러한 논의의 필요성에도 불구하고 최정희가 1930년대 중후반에 걸쳐 시도해 나간 독특한 내성적 스타일의 소설적 실험들은 한국 현대문학의 매우 중요한 자산으로 판단된다.

참고문헌

권영민, 『한국계급문학운동사』, 문예출판사, 1998.

기사, 「「산유화」 감독 김유영 씨 중태」, ≪동아일보≫, 1939. 12. 15.

김복진, 「슬픈 선구자」, ≪삼천리≫, 1940. 4.

김선주 외, 『이야기 여성사』 2, 여성신문사, 2000.

김종원, 『한국영화감독사전』, 국학자료원, 2001.

박정애, 「최정희 소설에 나타난 여성적 글쓰기의 특성 연구」, 서울대 석
　　　사 논문, 1998.

방민호, 「사랑과 절망과 도피의 로망스」, 『임노월 소설집 악마의 사랑』,
　　　향연출판사, 2005.

방민호, 『채만식과 조선적 근대문학의 구상』, 소명출판사, 2001.

윤시향, 「잔인한 쾌락—자허 마조흐의 『모피를 입은 비너스』」, ≪독일어
　　　문학≫, 2003.

이상경, 「식민지에서의 여성과 민족의 문제」, ≪실천문학≫, 2003.

이병순, 「박화성 소설 연구」, ≪숙명여대 어문논집≫, 1997.

정운현, 『나는 황국신민이로소이다』, 개마고원, 1999.

좌담, 「여류 문사의 애정 문제 회의」, ≪삼천리≫, 1938. 5.

들뢰즈, 『매저키즘』, 이강훈 역, 인간사랑, 1996.

최정희, 『끝없는 낭만』, 신흥출판사, 1958.

최정희, 『젊은 날의 증언』, 육민사, 1962.

최정희, 「나의 문학생활 자서」, ≪백민≫, 1948. 3.

최정희, 『바람 속에서』, 인간사, 1955.

최정희, 「여인」, ≪중앙≫, 1934. 12.

최정희, 「정적기」, ≪삼천리문학≫, 1938. 1, 54쪽.

최정희, 『천맥』, 수선사, 1948.

최정희, 『최정희 수필집—사랑의 이력』, 계몽사, 1952.

최정희, 「해당화 피는 언덕 — 탄금의 서 (제1장)」, ≪신천지≫, 1953. 5.

최정희, 「흉가」, ≪조광≫, 1937. 4.

제3주제에 관한 토론문 1

박정애(강원대 교수)

올해 '탄생 100주년 문학인 기념문학제'의 테마는 아시다시피 "주변에서 글쓰기, 상처와 선택"입니다. 토론을 맡은 저 역시 "주변에서 글 쓰고 있는" 한 사람의 소설가로서 묘한 동질감을 느끼고 있습니다. 저는 이 뜻 깊은 기념문학제가 꾸준히 명맥을 이어감으로써 2070년, 어느 후대 문학인이 바로 저를 기념하는 장면을 상상해 보았습니다. 탄생 100주년 기념문학제가 부디 2070년 이후까지 장수하기 바랍니다.

먼저 다음과 같은 점을 지적하고 싶습니다.

제1 주제는 이하윤론, 제2 주제는 이주홍론 하는 식으로 한 사람이 작가가 곧 하나의 주제가 되는 이 심포지엄에서 유독 여성 작가인 강경애와 최정희만 '여성 문학'이라는 하나의 주제 아래 묶여서 함께 연구되고 논의되고 있습니다. 강경애와 최정희가 이하윤이나 이주홍만 한 문학적 개성을 지니지 못해서일까요? 그보다는 소위 '여성 문학'의 태생적 주변성을 말해 주는 상징이 아닐까요?

남성은 늘 인간 일반의 특수한 현현으로 이해되지만, 여성은 우선적으로 '여성'인 것이 우리의 인식 체계입니다. 가령 한명숙 국무총리는 이해찬 전총리와 달리 우선적으로 '여성' 총리인 것입니다. 여성 작가 또한 작가이기 이전에 우선적으로 여성이기 때문에 개별 작가로서보다는 여성 작가 집단의 일원으로 인식되곤 합니다.

물론 남성 작가 중심, 가부장제 미학 중심의 문학사에 균열을 내기 위하여 총체로서 여성 문학의 전통과 발전 과정을 연구하는 작업은 매우 중요합니다. 그러나 여성 문학 연구자는 이른바 '여성 문학'이 어디까지나 양날의 칼이라는 자의식을 잃지 말아야 할 것입니다. 여성 문학이라는 개념은 기존 문학사에서 왜곡되거나 소외된 여성 작가의 실상을 재발견하고 복원하는 순기능과 아울러, 여성 작가의 문학에 거의 본질적인 주변성(중심을 균열시키고 해체하는 전복적 주변성이 아니라)을 낙인찍는 역기능을 발휘하기도 하는 것입니다.

저 또한 '여성 문학' 연구로 학위 논문을 쓴 연구자입니다. 칼이란 모름지기 조심조심 다루어야 하는 물건이란 생각을, 오늘 이 자리에서 다시 한번 가져 봅니다.

오랫동안 여성 문학의 계보와 발전 과정을 연구해 왔고 기존 문학사에서 배제되거나 망각되었던 여성 작가(특히 여성 평론가인 임순득)를 발굴하는 등 부단히 실질적 성취를 이루어 내신 이상경 선생님의 총론, 잘 들었습니다. 선생님의 총론은 최정희와 강경애에 대하여 결론적으로 다음과 같은 가치판단을 내리고 있습니다.

① 최정희의 '여성적 어투'는 지배 담론에 의한 자기 검열을 거친 것이고, 객관적 어조를 취하더라도 지배 담론에 순응하고 있다. 이런 점에서 우리가 생각하는 전복으로서의 여성 문학에 값하지 못한다.

② 강경애는 지배 담론에 저항하는 태도를 창작 인생 내내 견지하거니와 이야말로 진정한 여성 작가의 자세이다.

저로서도 동의하는 바가 적지 않지만, 두 가지 의문점이 있습니다.

230

우선 '지배 담론에 대한 저항' 여부가 여성 문학의 가치를 판단하는 단일한 척도일까요? 그리고 최정희식의 저항은 긍정적으로 재평가할 여지가 없을까요? 말하자면 가부장제에 순종하는 것 같은 포즈를 취하면서 그 아래에다 여성의 욕망과 고통을 각인시키는 방식에 주목하는 것입니다. 최정희 소설의 지배 담론 순응적인 면모들이야 확연히 드러나는 바이고, 여기에 대해서는 왈가왈부할 거리도 없는 것이 사실입니다. 여성 문학 연구자들이 이 시점에서 보다 정밀하게 탐구해야 할 거리는 오히려 그 지배 담론 순응적인 틀 안에서 순복과 전복이 뒤엉키는 순간일 것입니다. 본질주의를 벗어나면서 이분법을 넘어서는 시선이 요구되는 단계가 아닐까 생각해 봅니다.

김경수 선생님의 「강경애 장편소설 재론──페미니스트적 독해에 대한 하나의 문제 제기」는 "문학 연구에 있어서 작가의 젠더와 젠더 의식의 일치를 자명한 것으로 간주하는 해석이 놓칠 수 있는 작품의 의미 영역을" 찾고자 한 글입니다. 연구자가 작품을 새로운 관점으로 바라보고 새로운 해석을 논리화할 때 작품은 거듭 새로이 태어납니다. 저는 김경수 선생님께서 부제(副題)인 '페미니스트적 독해에 대한 하나의 문제 제기'에 그치지 않고 강경애 장편소설의 새로운 의미 영역을 탐사함으로써 강경애 장편소설을 거듭 되살리는 글을 완성해 주시리라 기대하고 있습니다.

비극을 포함한 모든 예술 작품은 존재의 기쁨을 표현한다는 닥터 지바고(혹은 보리스 파스테르나크)의 신념을 공유하는 사람으로서 저는, 강경애의 문학이 현실의 모순에 내한 분노와 진망 내기에 치우쳐 자기 존재의 기쁨에 천착하는 데에는 서투르지 않았나 하는 인상을 가지고 있습니다. 최정희가 소위 "자궁의 슬픔", 곧 자신의 여성됨(womanhood)을 마조히즘적으로든 사디즘적으로든 즐기고 활용하는 입장이라면, 강경애는 "자궁의 슬픔"을 너무나 정색하고 직시했기 때문에 역설적으로 외면하게 된 작가가 아닐는지요? "강경애가 두 편의 이야기를 통해 전통사회의 가부장적 제도의 폭력성과 그것의 직접적 희생양으로서 여성의 존재를 문제 삼고 있는 것은 사실이지만, 역설적이게도 강경애의 소설은 남성 인물에게 초점이 맞추어져 있으며, 이것은 더 나아가 강경애가 여전히 가부장적 세계관으로 현실을 인식하고 있다는 것을 말해 준다"는 김경수 선생님의 결론에 제가 공감하는 바가 있다면 이 지점일 것입니다. 여성 존재의 문제성을 파고들기에는 강경애(의 어머니 포함)의 여성됨이 극복할 수 없는 '구속(拘束)'이자 '고통'으로 인식되었다는 것인데, 이렇게 되면 작가는 그것을 섬세하게 재현하기 어려워집니다. 창작 행위란 곧 존재의 기쁨을 표현하는 것이기 때문입니다. 여성됨이 참을 수 없는 구속에 불과할 때 여성 작가는 여성을 제대로 형상화하지 못합니다. 김경수 선생님의 결론대로 개연성의 측면에서나 핍진성의 측면에서나 강경애가 여성 인물보다 남성 인물을 안정적으로 형상화했다면, 바로 이런 이유에서가 아닐까 생각해 봅니다.

최정희의 1930년대 소설들이 "여성 인물들의 들끓는 내면을 생생하게 재현해 보임으로써 현실에 대한 마조히즘적인 역설적 전복을 시도"한 한국 현대문학사의 중요한 자산이며, 최정희는 1930년대 여성 작가들 가운데 가장 내성적인 스타일로 여성 소설의 새로운 경지를 개척한 작가라는 것이 방민호 선생님 논문의 요지입니다. 최정희 소설 연구로 석사 학위 논문을 썼던 저로서는 선생님의 결론에 일종의 고마움(?)마저 느끼는 축입니다마는, 어쨌든 두 가지 정도의 질문을 드려 보겠습니다.

우선 선생님의 글에서는 작가 최정희 자신의 경험을 담은 글과 최정희의 소설들이 구별되지 않고 넘나드는 경우, 최정희 자신이 쓴 수필류의 글에서 어떤 주장의 근거를 찾는 경우가 몇 군데 발견됩니다. 최정희가 남달리 자기 폭로의 소설 문법을 즐겨 택했다고 하더라도, 보다 정밀한 논의를 위하여 작가와 작품 사이에 존재할 수밖에 없는 경계를 파악하는 작업도 필요하리라 봅니다. 같은 맥락에서 최정희 자신이 수필을 통하여 구성하는 자기 이미지는, 남에게 드러낼 만하거나 드러내 보이고 싶은 자신일 가능성이 크다는 것입니다. 최정희는——가부장제 사회의 약자로서 생존하기 위하여 그랬겠지요——자신을 적당히 가리고 적당히 드러내면서 적당히 신비화하는 일, 요즘 말로 이미지 관리에 능한 사람이었다는 것이 제 생각입니다. 최정희 자신이 말하는 최정희가 최정희일 수도 최정희가 아닐 수도 있다는 것이지요.

또 하나 질문 드리겠습니다. 방민호 선생님께서는 소설 「지맥」의 "은영이 상훈과의 사랑을 선택하여 아이들을 상훈의 성을 따라 입적시킨다면 그것은 자신의 이성애적 욕망을 위해서 임의로 아이들의 권리를 박탈하거나 제약하는 것"이며 결국 은영에게는 "내면적으로는 어떤 심각한 갈등을 빚는다 해도 외면적으로는 사랑을 선택하면서 아이들에 대한 고민을 내면화하는 것 또는 아이들을 선택하면서 사랑을 내면화하는 것 중의 어느 하나의 태도를 취하는 것 외에는 선택 가능한 길이 없다"고 보시고, 각주 50번을 통해 "관념적으로 생각해 볼 수 있는 다른 한 가지 방법은 당대의 사회제도를 개혁해 나가는 깃인데, 이것은 은영이라는 여인의 상황에 비추어 볼 때 소설의 리얼리티를 삭감하는 일이 되어 버릴 것이다"라고 하셨습니다. 저는 은영이 상훈과 재혼하여 아이들을 상훈의 성으로 입적시킨다는 것이 왜 자기 욕망을 위하여 아이들의 권리를 박탈하거나 제약하는 일이 되는지 잘 모르겠습니다. 친부의 성을 물려받는 것이 그렇게도 소중한 권리인지부터 의심하는 저로서는 고개를 갸웃거릴 수밖에 없습니다. 따라서 은영이 이성애적 욕망이냐, 모성이냐 둘 중에서 하나를 가지려면 하나를 버릴 수밖에 없다는 결론에도 동의할 수 없게 되지요. 당연히 사회제도 개혁 운동에 나서는 길 말고도 은영이 좀 더 단순하게 본인의 행복, 아이들의 행복, 상훈의 행복을 두루 취할 수 있는 길도 없지는 않다고 봅니다. 은영 자신의 부성(父姓) 중심주의, 피해망상, 그야말로 마조히즘 등등에다 조심스럽긴 하지만 작가 최정희의 자기 변호 심리 등이 복잡하게 얽히고설킨 지점을 잘 가려봐야 하지 않을까요?

제3주제에 관한 토론문 2

김미영(숭실대 전임강사)

뜻 깊은 자리에 불러 주셔서 좋은 글 읽고 많이 배울 수 있는 기회를 주
신 데 대산문화재단측에 감사드립니다. 평소에 제가 학문적으로 존경해 마
지않는 세 분 선생님의 발표에 대해 과문한 제가 토론을 맡게 되어 가슴이
떨립니다.

이상경 선생님께서는 1984년에 강경애 연구를 석사 논문으로 쓰신 이후
1999년에는 나혜석에 관한 연구 등 일제하 여성 문학에 대한 연구에서 뚜
렷한 성과들을 내셨습니다. 특히 강경애와 나혜석의 전집을 엮어서 이들
여성 작가의 문학에 대한 후학들의 연구에 길을 열어 주셨습니다. 이상경
선생님께서 1980~1990년대에 강경애 문학을 발견하셨다면, 오늘의 자리는
아마도 최정희 문학에 대한 재발견의 자리가 아닌가 싶습니다. 아무튼 저
는 이상경 선생님의 총론에 대해 궁금한 점을 질문하는 것으로 토론을 시
작하려 합니다.

1931년에 등단하여 1930년대 전반기 여성 문학을 대표하는 1906년생
작가인 강경애와 최정희의 문학을 비교하는 이상경 선생님의 발표를 잘 들
었습니다. 선생님께서는 강요되는 윤리로서의 모성과 여성의 자아 찾기로

서 여성성(성욕, 자기실현 등) 개념을 중심으로 강경애와 최정희의 문학을 비교하셨습니다. 특히 선생님께서 ≪신가정≫에 연재한 『젊은 어머니』라는 릴레이식 작품에서 두 작가의 차이를 이끌어 낸 부분은 무척 인상적이었습니다. 선생님의 발표에 있어서 결론은 최정희가 강요되는 윤리를 수용하면서 비교적 체제 내적인 문인이 되었던 반면, 강경애는 모성과 여성성에 함몰되지 않고 여성을 억압하고 무언가를 강요하는 현실에 보다 적극적으로 맞서는 굳건한 문학을 남겼다는 것입니다.

선생님께서는 서론에서 계급과 사회의식을 강조하면서 여성을 특화하는 것을 거부하고 남성에게 지지 않는, 보다 남성적인 문학을 한 사람으로 강경애를, 전통적 여성관의 연장선상에서 여성으로서의 차이를 강조하는 입장으로서 보다 '여성답게 섬세한'이란 수식어가 어울리는 작가로서 최정희를 상정하는 것이, 실제로는 그렇게 분명하거나 일관된 차이가 아님에도 불구하고, 후대의 문학 연구가들에 의해 만들어진 대립 구도라고 비판하면서 논의를 시작하시고 계십니다. 또 선생님께서는 오히려 개인과 사회의 갈등, 혹은 여성과 모성의 갈등을 이들이 얼마나 깊게, 정면으로 파고들었는가의 차원에서 이들의 문학을 검토하여야 할 것이라고 문제의식을 토로하셨습니다. 그런데 논의가 후반으로 가면서 오히려 전반에서 비판한 통상적인 평가를 재확인하는 방향으로 흐르지 않았나 싶은 감이 들었습니다.

물론 선생님께서는 '강경애는 남성적, 최정희는 여성적' 이런 식의 도식을 반복하시지는 않으십니다. 여성과 모성의 갈등에 대한 천착의 깊이를 문제 삼으십니다. 하지만 저는 선생님께서 서론에서 비판하신 이전의 논의와 오늘 선생님의 논의가 뚜렷이 다르다는 느낌을 받을 수 없었습니다. 제가 그런 느낌을 받은 것은 발표문에 나타난 강경애와 최정희의 작품들에 대한 해석이 20여 년 전 선생님께서 강경애론을 쓰실 때의 그것과 거의 차이가 없기 때문이 아닌가 싶습니다. 1980년대 중반에서 현재, 즉 2006년에 이르는 시간의 거리는 이들 작가들의 개별 작품에 대한 새로운 해석과 이해가 충분히 가능한 세월입니다. 그런데 선생님의 발표문에서는 그 시간의 거리가 느껴지지 않았습니다. 그래서 제가 그 같은 느낌을 받는 것인지도 모르겠습니다. 이 점에 대해서 선생님의 말씀을 듣고자 합니다.

선생님께서는 최정희의 모성 선택을 '봉합'이라 표현하시어 그의 문학이 좀 더 적극적이고도 깊이 있게 모성과 여성성의 대립을 추구하지 않았음을 아쉬워하십니다. 최정희는 남성과의 관계에서 울음과 하소연으로 자기를 드러냈고, 여성과 모성의 갈등을 그려 모성 중심의 보수적 여성관에 균열을 내긴 했으나, 모성과 여성의 갈등을 끝까지 밀고 나가지 못하고 봉합해 버림으로써 결국 지배 담론의 허용 범위 안에 머물렀다고 평가하십니다. 그 증거로 「삼맥」 시리즈를 제시하고 계십니다. 반면, 강경애는 「동정」이나 「산남」 등에서 자기 속의 이기주의를 드러내고, 남편이나 아들에게 맹목인 여성을 냉혹하게 그려냈다고 평가하면서 지배 담론 거스르기의 전통을 이어받아 처항의 문학으로 나아갔다고 평가하십니다.

저는 개인적으로 강경애의 작품에는 작위적인 요소나 부분이 보이는데, 최정희의 작품은 서사의 진행이 자연스러운 특징이 있다고 느껴 왔습니다. 최정희의 소설들은 여성 서사에서 모성과 자기애의 갈등이나 자식조차 부담스러운 혼자 아이 키우는 여성의 내면, 법이 용인하지 않는 관계를 체험한 여성의 이야기와 그 때문에 생긴 사생아의 교육 문제와 입적 문제, 그리고 남편 없이 아이 키우는 여성의 가난과 취업의 문제 등, 기존 여성 서사에서 볼 수 없었던 문제점들을 형상화했다고 생각합니다. 작가의 개인사적 체험까지 고려해 볼 때, 저는 최정희 소설의 여성 주인공들이 가부장제적 사회가 찬양해 마지않는 보수적 가치로서의 '모성'을 선택한 것은 어쩌면 기성 질서에 안착하고, 당시 보수적이고 가부장제적 사회로부터 완전히 내쳐지지 않기 위해 잡은 마지막 지푸라기 같은 선택이 아니었을까 생각합니다. 다시 말해 최정희 문학의 모성성은 여성성과 모성의 대립을 끝까지 추구하지 않고 '서둘러 봉합'해 버렸다기보다는, 소설 내 여성 인물들의 처지로서는 당시 식민지 조선 사회에서 내쳐지지 않기 위해, 즉 그 사회 속에서 아이들과 살아야 하고 아이들을 교육시켜야 하는 존재로서, 선택할 수밖에 없는 마지막 카드가 아니었을까 하는 것이지요. 최정희 소설의 모성 선택의 이면이야말로 가부장제적 현실의 억압성일 수 있고, 따라서 그의 작품들이 그러한 당시의 현실을 보여 주는 것이라고 볼 수 있지 않을까 하는 생각이 듭니다. 여기에 대해 선생님의 생각을 듣고 싶습니다.

저는 강경애 소설의 문제의식은 성별 대립보다는 빈부, 혹은 노동자/소작농 대 자본가/토지 소유자 간의 갈등이며, 최정희의 문제의식은 자기애와 모성의 갈등이라고 봅니다. 최정희는 시각 자체가 개체의 차원에 머물러 있고, 강경애는 사회성의 차원에서 접근하고 있는 셈이지요. 저는 개인적으로 이렇게 서로 다른 작가적 개성을 가진 두 작가를 여성 작가란 이름으로 여성과 모성의 문제에 대해 어떻게 인식하고 대결해 나갔는지라는 동일한 차원에서 굳이 비교하여 우열을 가리는 것이 필요한 일일까 하는 의문이 듭니다.

방민호 선생님의 최정희론에 대해서 질문 드립니다.

일반적으로 최정희의 소설들은 내면의 고백에서 남다른 성취를 보인 것으로 평가되어 왔습니다. 선생님의 발표문은 최정희 소설을 '내성화의 측면'에서 설명하신 것입니다. 선생님의 발표문은 "평생에 걸쳐 현실이 허용하고 권장하는 사랑과 결혼의 제도적 방식과는 거리를 두고 살아갔던 그녀의 삶에 관해서 시사해 주는 점"을 지적하면서, "그녀의 삶은 법이나 도덕, 금기나 금지의 영역으로 한정될 수 없는 내면성의 존재를 시사해 준다"고 평가하십니다. 선생님의 발표문에서 최정희 문학의 '내면성' 혹은 '내성학'가 과연 무엇인지, 좀 더 명쾌하게 설명해 주실 것을 부탁드립니다. 더불어 그것이 최정희 문학에 대한 기존의 평가 즉, 내면 고백체에서의 성취라는 것과 어떻게 다른지도 설명을 부탁드립니다.

최정희의 작품들이 자전적 요소가 강해서인지 발표자께서는 발표문에서 작가의 실체험과 작품의 내용을 섞어서 논의를 전개하고 계신 것 같습니다. 작가론의 성격이 강한 글인 만큼 이해가 되지 않는 것은 아닙니다만, 이 둘 사이에 분명히 선을 그어야 하지 않을까요? 이에 대해서 말씀을 부탁드립니다.

　마지막으로 김경수 선생님의 강경애론에 대해 질문 드립니다.

　김경수 선생님의 문제의식에 저는 충분히 공감합니다. 강경애의 『어머니와 딸』에서 봉준의 인물화와 『인간문제』에서 첫째의 변모 과정이 비교적 안정적이며 설득력이 있다는 말씀은, 저 역시 그 작품들을 읽으면서 느낀 바입니다. 저는 강경애의 『인간문제』에서 신철의 변모 과정, 즉 신철이 신경쇠약으로 인해 몽금포로 수양하러 가다가 옥점을 만나 옥점네 집에까지 오게 되는데, 잘 알지 못하는 처자를 따라와서 세 달가량을 머문다는 설정이나, 그의 신경쇠약이 이후 어떻게 되었는지, 또 신철의 아버지와 정덕호가 옥점과의 결혼을 종용하자 그에 반발한 신철이 집을 나가 인천 부두의 노동자가 되는 과정 등이 설득력 있게 제시되지 못했다고 생각합니다. 결혼을 반대하는 아버지에게 반발하여 가출을 할 수는 있지만, 그 때문에 법관의 길을 준비해 오던 법학도가 갑자기 공장의 노동자가 되는 길을 선택하는 것은 설득력이 떨어지는 서사 전개가 아닌가 싶습니다.

　선비 역시 덕호에게 겁탈을 당했을 때 덕호의 처(옥점의 어머니)에게 알리거나, 이후로도 계속 자기를 찾아오는 덕호에게 적극적으로 저항하지도 않을 뿐더러, 생리가 없음을 덕호가 좋아하였는데, 이후 인천의 근로자가 되었을 때 더 이상 그 문제에 대한 언급이 없으며, 동네 사람들로부터 자기 아버지가 덕호에게 맞아서 죽었다는 이야기를 자주 들어온 선비인데, 아버지 장례 이후에 호구를 위해 덕호네 집에 집안일 도와주는 사람으로 들어가 사는 것, 또 간혹 덕호의 처(옥점의 어머니)를 어머니라 부르고, 덕호를 아버지라 부르기조차 하는 대목 등은 설득력이 약합니다. 선비는 결국 덕호가 자신에게 행한 행악에 적극적으로 조치를 간구하지 않고 그냥 그곳으로부터 도망쳐 나옵니다. 그랬던 선비가 인천 생활에서 보인 변화는, 간난을 만난 것에서 비롯되긴 하지만, 그 과정의 필연성이 잘 나타나 있지 않습니다. 매우 소극적이고 구여성적인 면모를 지녔던 시골 처녀 선비가 어떻게 그런 적극적인 노동자가 되었는지가 작품에는 표현되어 있지 않습니다.

　선비의 어머니는 덕호로 인해 자신의 남편이 맞아서 그 후유증으로 앓다가 죽었음에도 불구하고 덕호가 선비네 집에 왔다가 과년한 선비에게 야릇한 눈길을 주고 떠날 때 선비에게 배웅을 종용하는 등 은근히 선비를 덕호에게 떼미는 느낌마저 있습니다. 선비는 가사 일을 잘하고, 얼굴도 예쁘고 근면한 여성으로 설정되어 있습니다. 이에 반해 교육받은 신여성이랄 수 있는 옥점은 일단 가사 일에 관심도 없고 서툴고 또 게으르며, 선미의 미모를 시기하는 여성으로 등장합니다. 전반부의 이러한 설정도 그렇고, 선비의 죽음으로 맥 빠지는 결말 처리 등 서사의 전개가 매끄럽지 않은 곳이 많습니다. 이에 비해 결말 부분에서 신철의 전향이나 첫째가 결의를 다지는 부분 등은 오히려 자연스러운 편이지요.

　정리해서 말씀드리면, 강경애의 『인간문제』는 덕호──옥점──선비──신철의 연애와 치정 이야기가 주로 나오는 전반부와 인천의 방적 공장의 노동자들과 부두의 노동자들 이야기가 주로 나오는 후반과 연결이 잘 안 되는 느낌을 지울 수 없습니다. 마치 두 사람의 작가가 쓴 다른 작품을 연결해 놓은 것 같기도 합니다. 전반부는 소작농 딸에 대한 성적 겁탈을 일삼는 파렴치한 토지 주인의 이야기와 젊은 청춘남녀의 연애 문제 등이 비교적 여성적 감수성으로 제시되어 있고, 후반부는 인천의 부두 노역자와 공장 노동자들의 연대 문제와 지식인의 한계, 노동 현장의 문제점과 그 가운데서 의식의 성장을 이루어 가는 노동자들의 긱성 과정 등이 비교적 남성적 진술로 이어지는 느낌입니다. 그리고 작품 전체를 주도하는 상위 주제는 역시 후반부에 집중된 빈부의 문제 내지는 계급적인 대립의 문제이지 여성 문제가 아니라고 봅니다. 이 작품에 여성의 정체성에 대한 자각을 획득하는 부분이 없진 않지만, 선비의 죽음으로 처리된 결말은 너무나 맥이 빠지는 것이 사실입니다. 따라서 저 역시 이 작품을 젠더 의식보다는 계급 의식을 나타낸 작품으로 봅니다. 강경애의 『인간문제』를 젠더 의식에 초점을 맞추어 논한다면, 작가 강경애의 젠더 의식은 작품을 통해 추론되는 것이어야 하므로, 결국 『인간문제』에 나타난 젠더 의식이 작가 강경애의 젠더 의식이라는 것이 저의 생각입니다.

  김경수 선생님께서는 작가 강경애의 젠더 의식과 작품 내에 나타난 젠더 의식이 다르므로 이를 구분하자고 말씀하시는데, 제 생각은 작품에 나타난 것이 곧 작가의 그것이라는 것입니다. 저는 강경애의 작품을 통해 1930년대 여성 작가가 지닌 젠더 의식의 한 최고치를 보는 것인 바, 연구자는 그것의 실체와 한계점을 동시에 지적해야 하는 것은 아닐까 생각합니다. 여기에 대해 선생님의 견해를 듣고 싶습니다.

강경애 생애 연보[62]

1906년   4월 20일 황해도 송화군 송화에서 가난한 농민의 딸로 출생.

1909년   겨울에 아버지 사망.

1910년   생계를 위해 재혼하는 어머니를 따라 황해도 장연군 장연으로 이주.
의붓아버지 최도감의 전처 소생 아들과 딸에게 미움과 구박을 많이
받아 자주 다툼.

1913년   집에 있던 『춘향전』에서 한글을 깨쳐 구소설을 읽기 시작. 『삼국지』,
『옥루몽』, 『조웅전』, 『숙향전』 등 구소설을 눈에 띄는 대로 독파했으
며 '도토리 소설쟁이', '도토리알'이란 별명을 얻어 동네의 집집마다 불
려 다니며 소설을 읽었다고 함.

1915년   열 살이 지나서야 어머니의 애원과 간청으로 장연여자청년학교를 거
쳐 장연소학교에 입학. 작문 실력이 뛰어나 선생님으로부터 칭찬을 받
고 친구들의 부러움을 사기도 함. 그러나 가난하여 월사금, 학용품 값
등을 마련할 수 없어 눈치 공부를 함.

1921년   형부에게 학비를 받아 평양 숭의여학교에 입학. 가난한 기숙사 생활을
함. 당시 평양의 진보적 학생들로 조직되었던 친목회 독서조 등에 들
어 교양을 쌓았다고 함.

1923년   봄, 장연 태생의 도쿄 유학생인 양주동을 만나 연애. 10월 15일에 "심
한 간섭과 기숙사 안에서의 규칙 제일주의의 생활에 반기를 들고" 일
어난 학생들의 동맹 휴학에 관련되어 퇴학을 당함. 이 사건 후에 양주

---

62) 강경애의 생애 연보와 작품 연표를 작성하면서 이상경 교수의 『강경애전집』(소명출
판)에서 많은 도움을 받았음을 밝혀 두면서 감사를 표합니다.

동과 함께 서울로 와서 청진동 72번지에서 동거하며 동덕여학교 3학
년에 편입, 1년간 공부함.

1924년 5월 양주동이 주재하던 ≪금성≫지에 강가마(姜珂瑪)라는 필명으로
시 「책 한 권」을 발표. 9월 초 양주동과 헤어지고 동덕여고보를 중퇴
한 뒤 장연으로 돌아옴. 양주동과의 연애, 그리고 서울로 출분했다가
돌아온 것에 실망하고 분노한 형부가 강경애의 뺨을 때린 것이 잘못
되어 이후 강경애를 늘 귓병을 앓았으며 이로 인해 청력도 나빠짐.

1925년 11월 ≪조선문단≫에 「가을」이란 시를 발표. 이때부터 굶주린 무산 아
동을 위한 '흥풍야학교'를 개설하여 학생들을 가르치다가 고향 사람들
과 가족들의 비난을 견디지 못해 간도로 감. 1년 반 정도 룽징〔龍井〕
일대에서 강사 노릇 등을 하다가 다시 장연으로 돌아옴. 이 무렵부터
본격적으로 작가가 되기로 결심하고 문학 공부에 매진함.

1929년 6월 근우회 장연 지회의 서무부장 일을 맡음. 10월 ≪조선일보≫에
근우회 회원이라 밝히고 독자 투고 형식으로 「염상섭 씨의 논설 「명
일의 길」을 읽고」를 발표함. (그런데 이 시기에 강경애가 간도에 있으
면서 1930년의 김좌진 암살에 관여했다는 설이 제기된 바 있다. 당시
강경애는 김봉환(金鳳煥)과 해림(海林)에서 동거 중이었고, 두 사람
은 하얼빈 영사관 경찰부의 회유로 공산계 급진주의자인 박상실(朴尙
實)을 사주해 1930년 1월 24일 김좌진 장군을 암살했다는 주장이다.
─ 오동룡, 「월 문화 인물 소설가 강경애는 김좌진 장군 암살 교사범
의 동거녀」, ≪월간조선≫, 2005. 2 및 이선우 및 「표리부동한 강경애
를 논한다 ─ 되살아나는 75년 전 악몽」, ≪순국≫, 2005. 3, 170쪽.

1930년 11월 ≪조선일보≫ 부인문예란에 「조선 여성의 밟을 길」을 발표함.

1931년 1월 ≪조선일보≫ 부인문예란에 「파금」이란 단편소설을 독자 투고로
발표함. 2월에는 ≪조선일보≫에 강악설(姜岳雪)이라는 필명으로 「양
주동 군의 신춘 평론 ─ 반박을 위한 반박」을 씀. 수원 농림학교 출신
인 장연군청의 고원 장하일(張河一)과 결혼한 뒤 6월경 간도로 이주.

8월부터 1932년 12월까지 ≪혜성≫지에 장편소설 『어머니와 딸』을 연재.

1932년 6월초 일본군의 간도 토벌과 중이염 때문에 룽징을 떠나 서울에서 머물다 9월경 다시 간도로 감. 이때의 경험을 수필로 씀. 이후 주로 간도에서 머물며 살림에 힘쓰면서 꾸준히 작품을 발표. 9월 ≪삼천리≫에 소설 「그 여자」 발표.

1933년 「커다란 문제 하나」(≪신여성≫, 1월)를 비롯하여 여러 편의 수필을 씀. 간도를 배경으로 한 소설 「채전」과 「축구전」을 9월과 12월 ≪신가정≫에 발표.

1934년 소설 「유무」(2월)와 「소금」(5~10월)을 ≪신가정≫에 발표하는 등 소설 창작에 주력함. 8일부터 12월까지 ≪동아일보≫에 장편소설인 『인간문제』를 연재함.

1935년 소설 「모자」(≪개벽≫ 1월), 「원고료 이백원」(≪신가정≫, 2월), 「해고」(≪신동아≫, 3월), 「번뇌」(≪신가정≫, 6~7월)를 발표.

1936년 간도 룽징에서 안수길, 박영준 등과 함께 '북향'의 동인으로 가담했으나 이때부터 건강이 좋지 않아 적극적 활동은 못함. 일본어로 쓴 소설 「장산곶」(≪오사카 마이니치 신문(大阪每日新聞)≫, 6월)을 비롯해 「지하촌」, 「파경」, 「산남」 등 세 편의 단편소설과, 수필 「불타산 C군에게」를 발표함.

1939년 ≪조선일보≫ 산도 시국장을 역임. 약 3년 전부터 얻은 신병이 악화되어 고향인 장연으로 돌아옴.

1940년 2월 상경하여 경성제대병원에서 치료를 받음. 6월 중순 천진동(天眞洞) 삼방 약수터에 감. 수필 「내가 좋아하는 솔」(≪신세기≫, 4월), 「약수」(≪인문평론≫, 7월)를 발표.

1944년 4월 26일 병이 악화되어 사망.

1949년 노동신문사에서 『인간문제』 단행본이 나옴.

1999년 8월 8일 중국 룽징에 '녀성작가 강경애 문학비'가 건립됨.

강경애 작품연보

발표일	분류	제 목	발표지
1924. 5	시	책 한 권	금성
1925. 11	시	가을	조선문단
1926. 8. 18	시	다림불	조선일보
1929. 10. 3~7	평론	염상섭 씨의 논설 「명일의 길」을 읽고	조선일보
1930. 11. 28~29	평론	조선 여성들의 밟을 길	조선일보
1931. 1. 27~2. 3	단편소설	파금	조선일보
1931. 2. 11	평론	양주동 군의 신춘 평론 ——반박을 위한 반박	조선일보
1931. 8~ 1932. 12	장편소설	어머니와 딸	혜성(연재 도중 '제일선'으로 개제)
1931. 12	시	오빠의 편지 회답	신여성
1932. 8	수필	간도를 등지면서	동광
1932. 9	단편소설	그 여자	삼천리
1932. 10	수필	간도야 잘 있거라	동광
1932. 12	수필	꽃송이 같은 첫눈	신동아
1932. 12	시	참된 어머니가 되어 주소서	신여성
1933. 1	수필	커다란 문제 하나	신여성
1933. 2	콩트	월사금	신동아

발표일	분류	제 목	발표지
1933. 3	단편소설	부자	제일선
1933. 4	연작소설	젊은 어머니	신가정(다른 작가 들과의 연작소설)
1933. 4. 23	수필	간도의 봄——심금을 울린 문인의 이 봄	
1933. 5	수필	나의 유년 시절	신동아
1933. 6	시	숲 속의 농부	신동아
1933. 6	수필	원고 첫 낭독	신가정
1933. 7	수필	여름 밤 농촌의 풍경 점점	신가정
1933. 9	단편소설	채전	신가정
1933. 12	단편소설	축구전	신가정
1933. 12	수필	이역의 달밤	신동아
1933. 12	잡문	송년사	신가정
1934. 2	단편소설	유무	신가정
1934. 5. 8	수필	간도	조선중앙일보
1934. 5~10	중편소설	소금	신가정
1934. 6	수필	표모의 마음	신가정
1934. 7. 27	잡문	작자의 말	동아일보[63]
1934. 7	수필	두만강 예찬	신동아
1934. 8. 1~ 12. 22	장편소설	인간문제	동아일보
1934. 10	단편소설	동정	청년조선
1934. 12	시	오늘 문득	신가정
1935. 1	단편소설	모자	개벽

---

63) 『인간문제』를 연재하기 전 신문의 예고란에 실은 글.

발표일	분류	제 목	발표지
1935. 2	단편소설	원고료 이백 원	신가정
1935. 3	단편소설	해고	신동아
1935. 5	수필	고향의 창공	신가정
1935. 6~7	단편소설	번뇌	신가정
1935. 7	수필	장혁주 선생에게	신동아
1935. 9. 1~6	수필	어촌점묘	조선중앙일보
1935. 12	시	이 땅의 봄	북향
1936. 1	시	단상	북향
1936. 3. 12 ~4. 3	단편소설	지하촌	조선일보
1936. 5	연작소설	파경	신가정
1936. 6. 30	수필	불타산 C군에게 ── 그리운 고향	동아일보
1936. 8	단편소설	산남	신동아
1936. 6. 6~10	단편소설	장산곶	오사카 마이니치 신문[大阪毎日新聞][64]
1937. 1	앙케트	작가 작품 연대표	삼천리
1937. 1~2	단편고향	어둠	여성
1937. 8	수필	기억에 남은 몽금포	여성
1937. 11	단편고향	마약	여성
1938. 5~?	단편고향	검둥이	삼천리
1938. 5	수필	봄을 맞는 우리 집 창문	삼천리

64) 이 소설은 일본어로 발표되었고 1937년 2월, 일본의 문예잡지 ≪분가쿠 안나이[文學案內]≫에 재수록되었다.

발표일	분류	제 목	발표지
1939	수필	자서소전	여류단편걸작집
1940. 7	수필	약수	인문평론
미상	수필	내가 좋아하는 술	미상[65]

---

65) 발표지와 발표 시기는 미상. 강경애·김광주, 『한국현대문학전집』 12(삼성출판사, 1978)에 수록되어 있다.

1931. 12   백철, 「문예시평 ──11월호 잡지를 중심으로」, ≪혜성≫

1933. 3   홍구, 「여류 작가군상 (속)」, ≪삼천리≫

1934. 1   김기진, 「조선 문학의 현재의 수준」, ≪신동아≫

1934. 2   양주동, 「여류 문인 단감 촌평」, ≪신가정≫

1934. 2   이무영, 「여류 작가 개평」, ≪신가정≫

1935. 1   김기진, 「구각에서의 탈출」, ≪신가정≫

1935. 2. 19   김동인, 「여류 작가 중의 백미: 강경애 씨의 「원고료 이백 원」」,
             ≪매일신보≫

1935. 7   장혁주, 「강경애 여사께」, ≪신동아≫

1935. 8. 24   김동인, 「일퇴월각(日退月却)인가: 강경애 씨의 '해고'」, ≪매
             일신보≫

1936. 12   백철, 「금년의 여류 창작계」, ≪여성≫

1938. 5   백철, 「강경애론」, ≪여성≫

1947   백철, 「여류 문학의 수준」, ≪조선신문학사조사≫, 백양당

1963. 2   최태응, 「고향서 뵌 강경애 여사」, ≪현대문학≫ 9권 2호

1975   이규희, 「강경애론 ──빛과 어둠의 절규」, 이화여대 석사 논문

1976   임경선, 「1930년대 여류 소설에 대한 연구: 특히 박화성, 강경
             애, 백신애 작품에 나타난 사회성을 중심으로」, 이화여대 교육
             대학원 석사 논문

1977   안숙원, 「강경애 연구」, 서강대 석사 논문

1981   이희수, 「강경애 연구: 식민지 상황과 여류 작가의 현실 인식」,

강원대 교육대학원 석사 논문

1982   강인숙, 「1930년대 여류 작가의 작품 경향 연구 : 박화성, 강경애, 백신애 작품에 나타난 저항 의식을 중심으로」, 이화여대 교육대학원 석사 논문

1982. 12   이강언, 「강경애 소설의 정신과 기법」, ≪여성문제연구≫ 11호, 효성여대

1983. 9   서정자, 「강경애 연구 : 새로운 평가를 위한 시고(試考)」, ≪원우논총≫ 1호, 숙명여대

1984   이상경, 「강경애 연구」, 서울대 석사 논문

1984   임선애, 「강경애 소설 연구」, 영남대 석사 논문

1984. 12   송백헌, 「강경애의 『인간문제』 연구」, ≪여성문제연구≫ 13호, 효성여대

1985   이남훈, 「소설에 나타난 간도의 의미」, 연세대 석사 논문

1985. 7   전기철, 「강경애의 『인간문제』 고(考)」, ≪어문논총≫ 7 · 8호, 전북대

1987   도애경, 「강경애 연구」, 건국대 석사 논문

1987   조남현, 「강경애 연구」, 『한국현대소설연구』, 민음사

1988   유상진, 「강경애 · 백신애 소설의 대비 연구」, 대구대 교육대학원 석사 논문

1988   이영숙, 「1930년대 여성 작가의 여성 문제 인식에 관한 연구 : 강경애, 백신애, 박화성 작품을 중심으로」, 이화여대 석사 논문

1988   정영자, 「한국 여성 문학 연구 : 1920년대, 1930년대를 중심으로」, 동아대 박사 논문

1988   유금위, 「강경애 작품 연구 : 인물의 현식 인식과 대응 태도 분석을 중심으로」, 충남대 석사 논문

1988   서정자, 「일제강점기 한국 여류 소설 연구」, 숙명여대 박사 논문

1989   정혜영, 「강경애 소설 연구 : 장편 『인간문제』를 중심으로」, 경

북대 석사 논문

1989   오상인, 「1930년대 한국 여류 소설 연구 —— 박화성, 백신애, 강
          경애 작품에 나타난 '빈궁'의 문제를 중심으로」, 영남대 교육대
          학원 석사 논문

1989. 12   이경혜, 「강경애 연구」, 《연구논문집》 9호, 대한신학교

1989. 12   장두식, 「강경애 소설 연구」, 《학술논총》 13호, 단국대

1990   배팔수, 「강경애의 『인간문제』 연구」, 계명대 석사 논문

1990   이은경, 「강경애 소설 연구」, 연세대 석사 논문

1990   송영희, 「강경애 문학 연구: 작가 의식의 변모 과정을 중심으
          로」, 숙명여대 석사 논문

1990. 3   임진영, 「『인간문제』의 비극성과 낙관주의」, 《연세어문학》 22호

1990. 4   이상경, 「강경애의 삶과 문학」, 《여성과 사회》 1호

1990. 5   송지현, 「강경애 소설에 나타난 여성 의식 연구」, 《한국언어문
          학》 28호

1990. 7   임금복, 「강경애 소설에 나타난 지식인 연구 Ⅰ」, 《국제어문》
          11호

1990. 12   김정자, 「강경애 '집'의 전이적 의미」, 《국어교육》 71·72호

1991   차은희, 「강경애 연구」, 중앙대 교육대학원 석사 논문

1991   이미혜, 「강경애 소설 연구」, 연세대 교육대학원 석사 논문

1991   정혜경, 「강경애 소설 연구: 식민지하 여성 문제 인식을 중심
          으로」, 고려대 석사 논문

1991   엄현미, 「강경애 소설 연구: 여성 인물을 중심으로」, 성신여대
          석사 논문

1991   김희선, 「강경애 연구」, 국민대 석사 논문

1991   김정자, 『한국 여성 소설 연구』, 민지사

1991. 8   이주일, 「강경애 소설의 분석 연구」, 《우산어문학》 1집, 상지대

1991. 9   송영순, 「강경애의 『인간문제』 원작과 개작의 비교 연구」, 《성

신어문학》 4호

1991. 12   김양선, 「1930년대 장편소설에 나타난 여성 문제 인식 : 강경애의 『인간문제』, 이기영의 『고향』, 한설야의 『황혼』을 중심으로」, 《연구논총》 2권 2호, 중앙대 국제여성연구소

1991. 12   차원현, 「식민지 시대 노동 소설의 이념 지향성과 현실 인식의 문제 : 강경애의 『인간문제』를 중심으로」, 《외국문학》 29호

1991. 12   서정자, 「페미니스트 성장 소설과 자기 발견의 체험 : 강경애의 「어머니와 딸」, 『인간문제』, 「소금」을 중심으로」, 《한국여성학》 7호

1992   김현영, 「강경애 소설 연구」, 경상대 석사 논문

1992   홍소희, 「강경애 소설 연구」, 서울여대 석사 논문

1992   양지숙, 「강경애 소설 연구」, 전북대 석사 논문

1992   박용수, 「강경애의 장편소설 연구」, 전북대 교육대학원 석사 논문

1992   김연희, 「강경애 소설 연구」, 연세대 교육대학원 석사 논문

1992   임선애, 「1930년대 한국 여류 소설 연구 : 박화성 · 강경애 · 백신애의 작품을 중심으로」, 효성여대 박사 논문

1992   김정화, 「강경애 소설 연구」, 동국대 박사 논문

1992. 5   정정숙, 「강경애 연구」, 《한성어문학》 11호

1992. 12   문화라, 「강경애 연구」, 《연구논집》 23호, 이화여대

1993   오원숙, 「강경애 소설 세계 변모 양상 연구 : 작가적 이상과 현실의 관계를 중심으로」, 경북대 교육대학원 석사 논문

1993   우찬제, 「현대 장편소설의 욕망시학적 연구 : 주체의 성격에 따른 욕망 현시 유형을 중심으로」, 서강대 박사 논문

1993   김종원, 「강경애 소설의 변모 과정 연구」, 연세대 석사 논문

1993   홍연실, 「간도 소설 연구 : 최서해, 강경애, 안수길의 작품을 중심으로」, 건국대 석사 논문

1993   최인자, 「작중 인물의 의미화를 통한 소설 교육 연구」, 서울대

석사 논문

1993   오현미, 「강경애 소설 연구」, 중앙대 석사 논문

1993   서상미, 「강경애 소설에 나타난 여성 문제의식 연구」, 홍익대 교육대학원 석사 논문

1993   심진경, 「강경애 장편소설 연구」, 서강대 석사 논문

1994   서은영, 「강경애 소설 연구: 계급 문제와 여성 문제를 중심으로」, 연세대 교육대학원 석사 논문

1994   김은하, 「1930년대 리얼리즘 소설 연구: 강경애의 『인간문제』, 이기영의 『고향』, 한설야의 『황혼』론」, 중앙대 석사 논문

1994   김은경, 「강경애 장편소설 연구」, 목포대 석사 논문

1994   이재빈, 「강경애 소설에 나타난 여성 인물 연구: 인물의 유형과 현실 대응 양상을 중심으로」, 공주대 교육대학원 석사 논문

1994   현종헌, 「강경애의 『인간문제』 연구」, 한국교원대 석사 논문

1994   최광현, 「강경애 소설 연구」, 인하대 석사 논문

1994   김도훈, 「강경애 『인간문제』 연구」, 한양대 교육대학원 석사 논문

1994   송명희, 『문학과 성의 이데올로기』, 새미

1995   백윤정, 「강경애 소설 연구」, 계명대 교육대학원 석사 논문

1995   한관웅, 「강경애의 『인간문제』 연구」, 인하대 교육대학원 석사 논문

1995   손효정, 「강경애 소설 연구」, 경남대 교육대학원 석사 논문

1995   민은홍, 「강경애의 소설에 나타난 여성 문제 연구」, 덕성여대 석사 논문

1995   박인숙, 「1930년대 여성 소설에 나타난 여성문제 인식 연구: 박화성, 강경애, 백신애 소설을 중심으로」, 한성대 석사 논문

1995   송지현, 『다시 쓰는 여성과 문학』, 평민사

1995. 3   송인화, 「하층민 여성의 비극과 자기 인식의 도정: 강경애론」, ≪문학과 의식≫ 27·28호

1995. 3	장민영, 「강경애 소설 연구」, ≪성심어문논집≫ 17호, 가톨릭대
1996	이금란, 「강경애 소설 연구 : 여성 인물의 의식 변모 과정을 중심으로」, 숭실대 석사 논문
1996	김명순, 「강경애의 장편소설 연구 : 여성의 자아실현 과정을 중심으로」, 조선대 교육대학원 석사 논문
1996	이유미, 「강경애 소설 연구 : 현실 형상화 방법의 변모 과정」, 연세대 석사 논문
1996	고은미, 「강경애 소설의 여성의식 연구」, 전북대 석사 논문
1996	심문자, 「강경애 소설 연구 : 작중 인물의 변모 양상을 중심으로」, 건국대 석사 논문
1996	이경란, 「강경애 소설 연구 : 여성의 현실 문제 인식을 중심으로」, 광운대 석사 논문
1996	이정아, 「강경애 소설 연구 : 일제하 여성 문제를 중심으로」, 영남대 교육대학원 석사 논문
1996. 2	조낙현, 「강경애의 『인간문제』 고찰」, ≪관대논문집≫ 24호, 관동대
1996. 12	이인복, 「1930년대 페미니즘 소설 연구」, ≪한국학연구≫ 6호, 숙명여대
1997	사성국, 「강경애 소설 연구 : 간도 배경 작품에 나타난 인물의 유형적 분류와 서항의식」, 연세대 교육대학원 석사 논문
1997	박미영, 「강경애의 소설 『인간문제』 연구」, 성신여대 교육대학원 석사 논문
1997	김은미, 「강경애 소설의 인물 연구」, 한양대 교육대학원 석사 논문
1997	신현주, 「강경애·백신애 비교 연구 : 시점과 작가 의식을 중심으로」, 국민대 석사 논문
1997	윤옥희, 「1930년대 여성 작가 소설 연구 : 박화성, 강경애, 최정

희, 백신애, 이선희를 중심으로」, 성균관대 박사 논문

1997. 12   정미숙, 「강경애 『인간문제』의 서술 시점」, ≪국어국문학≫ 34호, 부산대

1998   이진희, 「1930년대 소설에 나타난 모상 연구 : 박태원, 이태준, 최정희, 강경애를 중심으로」, 서강대 석사 논문

1998   조남진, 「『인간문제』에 나타난 '인천' : 공간 배경의 사실성과 그 소설적 기능」, 인하대 교육대학원 석사 논문

1998   정진희, 「강경애 소설의 공간 연구」, 한림대 석사 논문

1998   이영심, 「강경애 소설에 나타난 여성 정체성 연구 : 「어머니와 딸」・「소금」・『인간문제』를 중심으로」, 제주대 교육대학원 석사 논문

1998. 2   채상우, 「강경애론」, ≪국어국문학논문집≫ 18호, 동국대

1998. 5   김종호, 「여성의 수난과 현실 변혁을 향한 이념적 투쟁 : 강경애 소설을 중심으로」, ≪순국≫ 88호

1999   서현목, 「강경애 소설 연구 : 시기별 변모 양상을 중심으로」, 단국대 교육대학원 석사 논문

1999   한금성, 「강경애 소설 연구」, 전남대 교육대학원 석사 논문

1999   이하윤, 「강경애 『인간문제』의 문학사회적 접근」, 원광대 석사 논문

1999. 2   정미숙, 「시점과 여성 서사 : 강경애 『어머니와 딸』의 경우」, ≪우암어문논집≫ 9호, 부산외대

1999. 11   김윤식, 「세미나 〈동아시아 문학에 나타난 구'만주' 체험〉의 내면 풍경 : 강경애・안수길・윤동주」, ≪문예중앙≫ 88호

1999. 12   김은정, 「강경애 장편소설 『인간문제』 연구」, ≪교육논총≫ 15집, 한국외대 교육대학원

1999. 12   정미숙, 「차용된 남성 시점과 여성 발견의 한계 : 강경애 단편 소설의 시점」, ≪문창어문논접≫ 36집

1999. 12	홍성암, 「한국 여류 소설의 두 경향: 사회 반영의 축과 개인적 욕망의 축을 중심으로」, ≪한민족문화연구≫ 5집
2000	정미숙, 「한국 근대 여성 소설의 서술 시점 연구」, 부산대 박사 논문
2000	김정화, 『강경애 연구』, 범학사
2000	채정남, 「강경애 소설 연구」, 동국대 교육대학원 석사 논문
2000	장명득, 「『인간문제』의 갈등 양상과 인식의 변모」, 경남대 교육 대학원 석사 논문
2000	김윤정, 「강경애 소설 연구: 작가의 현실 인식과 여성 인물의 대응 양상을 중심으로」, 중앙대 석사 논문
2000	김은정, 「강경애 장편소설 『인간문제』 연구」, 외대 교육대학원 석사 논문
2000	강덕금, 「히구치 이치요의 『키재기』와 강경애의 『어머니와 딸』 에 대한 고찰: 각 주인공의 근대적 여성 역할의 자각과 대응 양상 비교」, 단국대 교육대학원 석사 논문
2000	이용순, 「강경애 소설의 변모 양상 연구: 창작 방식의 변화를 중심으로」, 공주대 석사 논문
2000	우영길, 「강경애의 『인간문제』 연구」, 한양대 교육대학원 석사 논문
2000	심현녕, 「강경애의 『인간문제』 인물 연구」, 안동대 교육대학원 석사 논문
2000. 6	이주미, 「『인간문제』에 나타난 노동 주체의 의식화 과정 연구」, ≪한민족문화연구≫ 6집
2000. 9	김경희, 「강경애 소설에 있어서 여성관」, ≪동남어문논집≫ 10호
2001	이향순, 「1930년대 여성 소설에 나타난 여성의 신체에 대한 연구」, 건양대 석사 논문
2001	이승아, 「1930년대 여성 작가의 공간 의식 연구: 강경애·박화

성·백신애를 중심으로」, 이화여대 석사 논문

2001   박사문, 「강경애 소설 연구: 식민지 여성 현실의 형상화 양상
          을 중심으로」, 경희대 석사 논문

2001   안현정, 「강경애 소설의 여성 성격」, 경희대 교육대학원 석사
          논문

2001   최고봉, 「강경애 문학 연구: 작가 의식 형성 과정을 중심으로」,
          경기대 석사 논문

2001. 2   이승희, 「한·일 노동 소설 비교 연구: 강경애 『인간문제』, 고
          바야시 다키치〔小林多喜二〕 『해공선(蟹工船)』을 중심으로」
          ≪동일어문연구≫ 16집

2001. 5   이희춘, 「강경애 소설 연구」, ≪한국언어문학≫ 46호

2001. 12 손영옥, 「강경애의 『인간문제』와 여성 노동자의 삶」, ≪인문논
          총≫ 14집, 경남대

2002   박금주, 「한국 근대 여성 소설의 타자적 여성성 연구: 강경
          애·백신애·최정희 단편소설을 중심으로」, 한남대 박사 논문

2002   민병선, 「강경애 소설의 현실 인식 양상 연구」, 충북대 교육대
          학원 석사 논문

2002   최유진, 「강경애 소설 연구: 작가의 현실 인식과 여성 인물의
          현실 대응 양상을 중심으로」, 경원대 교육대학원 석사 논문

2002   계곤, 「일제강점기 간도 소설 연구」, 경남대 박사 논문

2002   이수현, 「1930년대 경향 소설의 이중서사 연구: 이기영의 『고
          향』과 강경애의 『인간문제』를 중심으로」, 서강대 석사 논문

2002   김양선, 『한국근대여성문학사론』, 소명출판

2002   이주일, 『한국현대작가연구』, 국학자료원

2002. 12 천연희, 「강경애의 「어머니와 딸」과 케이트 초핀의 『깨달음』 비
          교 연구: 여주인공들의 자아 성찰과 자아 성숙의 여정을 중심
          으로」, ≪영어영문학연구≫ 28권 3호

2002. 12	이태숙, 「사회주의 여성 문학의 계급성 문제」, ≪어문학≫ 78호
2003	이호석, 「일제강점기 만주 한국 문학 연구: 만주 배경 소설에 나타난 이주민의 현실 대응 양상을 중심으로」, 아주대 교육대학원 석사 논문
2003	정영화, 「1930년대 여성 문학의 근대성 인식 양상 연구: 강경애와 이선희의 소설을 중심으로」, 중앙대 박사 논문
2003	김양선, 『1930년대 소설과 근대성의 지형학』, 소명출판
2003	이영조, 「근대 여성 수필 연구: 나혜석·강경애를 중심으로」, 대전대 석사 논문
2003	곽미숙, 「강경애 소설 연구: 여성 문제의 형상화 방식을 중심으로」, 국민대 교육대학원 석사 논문
2003	김윤정, 「강경애 소설에 나타난 여성 의식 연구」, 단국대 교육대학원 석사 논문
2003	이주미, 『한국 리얼리즘 문학의 지평』, 새미
2003	박정희, 「강경애 소설 속의 '가난' 연구」, 청주대 교육대학원 석사 논문
2003	주미연, 「에이드리언 리치와 강경애의 작품에 나타난 여성상: 현실 인식과 주체적 자아상 정립을 중심으로」, 원광대 석사 논문
2003. 2	천연희, 「강경애의 『어머니와 딸』과 에디스 위튼의 『연락(宴樂)의 집』에 나타난 어머니의 유산: '삭임'과 허영의 문제를 중심으로」, ≪신영어영문학≫ 24집
2003. 8	김윤선, 「1930년대 한국 소설에 나타난 성담론 연구: 강경애의 『어머니와 딸』에 나타난 여성 의식을 중심으로」, ≪한성어문학≫ 22집
2003. 12	박혜경, 「강경애의 작품에 나타난 여성 인식의 문제」, ≪민족문학사연구≫ 23호

2004 김경희, 「1930년대 여성소설에 나타난 여성의 자기 인식 양상 연구 : 강경애와 백신애의 작품을 중심으로」, 동국대 교육대학원 석사 논문

2004 도애경, 「해방 전 간도 체험 소설의 공간 수용 양상 연구 : 최서해·강경애·안수길의 작품을 중심으로」, 한림대 박사 논문

2004 김영범, 「성장 소설 속 작중 인물의 의미화를 통한 문학 교육 연구 : 강경애의 『인간문제』를 중심으로」, 대전대 교육대학원 석사 논문

2004 김승희, 「강경애의 『인간문제』 연구」, 대진대 교육대학원 석사 논문

2004 남주희, 「강경애 연구 : 작가 의식을 중심으로」, 부산대 석사 논문

2004 고승현, 「강경애의 『인간문제』 연구 : 서사 공간에 따른 인물의 성장을 중심으로」, 성균관대 교육대학원 석사 논문

2004 이상희, 「강경애의 『인간문제』 연구 : 공간 이동에 따른 인물의 의식 성장을 중심으로」, 경성대 교육대학원 석사 논문

2004 우한, 「강경애와 소홍 소설의 비교 연구 : 여성 인물을 중심으로」, 서울대 석사 논문

2004 고아라, 「강경애 소설의 사회교육적 효용 연구」, 연세대 교육대학원 석사 논문

2004 김현경, 「『인간문제』에 나타난 현실 반영과 여성의 자기 발견」, 한국교원대 석사 논문

2004 김연숙, 「식민지 근대 소설에 나타난 모성 담론 연구 : 이태준·나혜석·강경애를 중심으로」, ≪어문연구≫ 122호

2004. 6 김양선, 「강경애 후기 소설과 체험의 윤리학 : 이산과 모성 체험을 중심으로」, ≪여성문학연구≫ 11호

2004. 6 장춘식, 「간도 체험과 강경애의 소설」, 『여성문학연구』 11호

2004. 8 이평전, 「신여성의 식민 체험과 자전적 소설 연구 : 나혜석, 강

경애를 중심으로」, ≪한국어문학연구≫ 43집

2004. 9   김민정, 「강경애 문학에 나타난 지배 담론의 영향과 여성적 정
체성의 형성에 관한 연구」, ≪어문학≫ 85호

2004. 12   김종호, 「강경애의 간도 배경 소설 연구」, ≪교육연수논총≫ 9집

2005   임선애, 「여성 작가와 하층민의 재현 양상 : 박화성, 강경애, 백
신애를 중심으로」, ≪인문과학연구≫ 6집, 대구가톨릭대

2005   김장미, 「강경애·박화성 소설의 동반자적 성격에 대한 비교
연구」, 서울대 석사 논문

2005   이인순, 「강경애의 『인간문제』 연구 : 작가 현실 인식과 여성
인식을 중심으로」, 수원대 교육대학원 석사 논문

2005   이훈정, 「강경애 장편소설 연구 : 인물들의 관계 양상을 중심으
로」, 서강대 석사 논문

2005   김성이, 「강경애의 『인간문제』 연구」, 계명대 교육대학원 석사
논문

2005   최현정, 「강경애 소설 연구 : '탈향'의 계기와 인물의 의식 변화
양상을 중심으로」, 안동대 교육대학원 석사 논문

2005   김명임, 「노동자의 삶과 유희의 도시 '인천' : 강경애의 『인간문
제』와 이태준의 『밤길』을 중심으로」, ≪인천역사≫ 2호

2005. 3   이선우, 「표리부동한 강경애를 논한다 : 되살아나는 75년 전 악
농」, ≪순국≫ 1/0호

2005. 6   서정자, 「체험의 소설화, 강경애의 글쓰기 방식」, ≪여성문학연
구≫ 13호

2005. 6   윤광옥, 「강경애 소설에 나타난 현실 인식과 전망」, ≪한민족문
화연구≫ 16집

2005. 6   임선애, 「강경애 소설, 제도 뛰어넘기 방식 : 『어머니와 딸』을
중심으로」, ≪한민족어문학≫ 46집

2005. 10   이상경, 「1930년대 후반 여성 문학사의 재구성 : 강경애의 『어

둠』을 중심으로」, 《페미니즘연구》 5권

2006   이설희, 「강경애 소설의 인물 유형 연구 : 여성 인물의 현실 대
              응 방식을 중심으로」, 한남대 교육대학원 석사 논문

2006   김영임, 「강경애 소설 연구」, 경기대 교육대학원 석사 논문

2006   신민수, 「'일제강점기 재만 한국 문학' 연구」, 경기대 교육대학
              원 석사 논문

2006. 2   김은정, 「강경애 소설의 변모 과정 연구」, 《한국어문학연구》
              23집

작성자 박성란 인하대 대학원 국문학과 박사과정 수료. 인하대 강사

최정희 작가연보[66]

1906년   12월 3일 함북 성진군 예동에서 한의사인 최재연과 기독교도인 조덕
             선 사이의 4남매 중 장녀로 출생. 아버지 최재연은 인근에 의술이 소
             문난 사람이었다. 최정희에 의하면 아버지는 성품이 다분히 풍류적이
             었는데, 감정의 굴곡이 심하고 술과 여자를 좋아하며, 무엇에 빠졌다
             하면 금방 극단으로 치닫는 성격이었다고 함. 그러나 밤늦게까지 글을
             읽고, 신문지에다 틈 없이 글을 쓴 뒤라야 버렸으며 환자가 없을 때면
             아랫방과 윗방을 왔다 갔다 하면서 입 속으로 시를 뇌었다. 최정희는
             이러한 최재연의 풍류적인 모습과 문학가연한 모습을 이어받은 것으
             로 보인다. 부유하지는 않았어도 아버지의 자상한 배려로 다섯 살 때
             부터 학문을 접할 수 있었던 최정희는 아버지가 첩살림을 차려 나가
             가세가 기울어지자 극심한 가난에 시달리게 된다. 어머니 조덕선은 무
             학이지만 혼자 힘으로 한글을 깨친 신심 깊은 여성으로 남편 없는 설
             움을 기독교에 의지하여 극복해 내는 한편 떡 장사, 엿 장사로 힘들게
             가난을 이겨 나갔다.

1920년   부모와 함께 함남 단천으로 이사. 친척집 골방에서 보통학교에 다니면
             서 애국지사 김준성에게서 조선의 역사를 배움.

1924년   보통학교 5학년 1학기를 마치고 나서 유학을 떠나는 친구를 따라 상
             경하여 동덕여학교에 편입학.

---

66) 이 연보는 최정희, 『젊은 날의 증언』(육민사, 1962), 최정희 · 서영은, 『생의 태풍 속
   을 무구한 노로』(≪문학사상≫, 1988.08), 서영은, 『강물의 끝 —— 최정희 전기 소설』(문
   학사상사, 1984) 를 바탕으로 작성하였다.

1925년 숙명여자고등보통학교에 2학년으로 다시 편입학. 숙명여고보 시절 처
        음에는 영어와 일본어 실력이 모자라 고생을 했지만 3학년에 진급할
        때는 우등도 하고 영어부위원에까지 뽑히게 됨. 학창 시절의 최정희는
        소설가로서의 자질보다는 가수나 무용가로서의 천품을 보였다고 함.
        운동도 즐겼는데 농구 선수로서 대회에 나간 일도 있었다.

1928년 숙명여고보 19회로 졸업. 노래와 춤을 한꺼번에 배울 수 있다는 생각
        에 서울중앙보육학교에 입학. 이 시절엔 특히 무용을 잘하여 조교로
        뽑힐 정도였음. 또한 가수가 되려고 작곡가 전수린의 집을 찾아 사사
        하고 전국 라디오 시청자들 앞에서 선을 보이기도 했으며, 여배우의
        꿈도 키웠다. 한편 3·1운동 발기인의 한 사람인 중앙보육학교 교장
        박희도의 훈시를 통해 많은 감화를 받음.[67]

1929년 서울중앙보육학교 졸업하고 경남 함안의 함안유치원 보모로 근무. 3개
        월 만에 서울로 돌아온 뒤 박희도의 주선으로 도쿄 유학을 떠남.

1930년 일본으로 건너가 도쿄 마카와〔三河〕 유치원에서 보모로 일함. 극작가
        김진수를 만나 유치진, 김동원 등이 주도한 '학생극예술좌'에 참가.

1931년 생활고에 지쳐 도쿄에서 1년 반 만에 서울로 돌아옴. 아는 사람들의
        소개로 배우가 되려고 연출가 김유영을 찾아갔다가 동거 생활에 들어
        감. 김유영이 발간한 잡지 《문화공론》이 실패로 끝나고 결혼식도 올
        리지 못한 채 아기를 갖게 된 최정희는 생활고에 허덕이게 되고, 박희
        도의 주선으로 종합지 삼천리사에 입사함.

1932년 장남 홍조를 낳았으나 김유영과 헤어짐.

1934년 전주 사건(카프 제2차 검거 사건)에 연루되어 전주 형무소에 투옥되
        어 8개월간 옥고를 치름. 최정희에게 이 시기는 소설가로서 자신의 삶
        을 규정짓는 중요한 계기가 되었음.[68]

---

67) 박희도는 최정희에게 아버지와 같은 존재였다. 최정희를 도쿄 유학까지 보내 준 것
    도 그였고 삼천리사에 입사할 수 있도록 한 것도 그였다.

68) 최정희의 자서전에 따르면 수감 시절 '너는 문학을 해야 할 여자다. 너를 구원할 길

1935년	출옥 후 조선일보 출판부 입사. 최정희에 회고에 따르면 기자로서 가장 인상에 남은 것은 춘원의 「15년 투병기」를 대필하던 무렵 춘원에게 청찬을 받은 일이다.
1937년	「흉가」를 ≪조광≫에 발표하여 문단에 데뷔. 「흉가」 이전의 몇몇 단편들이 있으나 최정희는 「흉가」에서 자신의 문학 생활이 시작된다고 공언함.
1938년	「정적기」 발표. 이 작품은 소설로 쓴 것이 아니라 괴로운 자신의 생활을 일기로 쓴 것이라 함.
1939년	파인이 창간한 ≪삼천리문학≫에서 박계주, 모윤숙 등과 편집 일을 함.
1940년	「인맥」을 ≪문장≫에 발표.
1941년	「천맥」을 ≪삼천리≫에 발표.
1942년	장녀 지원 출생. 경기도 양주군 덕소로 이사를 하여 농촌 생활을 함.
1946년	차녀 채원 출생.
1947년	「점례」(≪문화≫), 「풍류 잡히는 마을」(≪백민≫)을 발표.
1948년	단편집 『천맥』을 수선사에서 간행.
1948년	창작집 『풍류 잡히는 마을』을 아문각에서 간행.
1950년	전쟁 발발 후 1·4 후퇴 시 대구로 피난을 가나 남편 파인 김동환이 납북됨.
1951년	종군작가단이 구성되자 종군기자로 활약. 대구에서 공연된 문인극에 참여.
1953년	장편소설 『녹색의 문』을 ≪서울신문≫에 연재.
1954년	동화집 『장다리꽃 필 때』를 학원사에서 간행. 장편소설 『녹색의 문』을 정음사에서 간행. 서울시 문화위원에 피촉.
1955년	창작집 『바람 속에서』를 인간사에서 간행.
1956년	중편소설 「데드 마스크의 비극」(≪평화신문≫), 「찬란한 대낮」(≪문학

은 문학밖에 없다'는 내면의 소리를 들었다고 한다.

예술≫) 발표.

1958년 장편소설 『인생찬가』로 제8회 서울시 문화상 본상을 수상. 장편소설
『끝없는 낭만』을 동학사에서 간행.

1960년 장편소설 『인간사』를 ≪사상계≫에 연재하다가 중단함. ≪현대문학≫
추천심사위원에 피촉.

1962년 장편소설 『별을 헤는 소녀들』을 학원사에서 간행.

1964년 장편소설 『인간사』를 신사조사에서 간행. 장편소설 『인간사』로 제1회
여류 문학상을 수상. 장편소설 『강물은 또 몇 천 리』 제1부를 ≪현대
문학≫에서 2년 동안 연재.

1965년 자유중국 부인사진작가협회 초청으로 자유중국을 방문해 문화계를 시
찰. 국세청 자문위원으로 피촉.

1967년 단편소설 「제2 여자의 풍경」, 「제3 여자의 풍경」을 발표. 파월 장병을
위문하기 위해 종군작가 단장으로 베트남을 방문.

1969년 한국여류문학인협회장에 피선.

1970년 단편소설 「바다」를 ≪월간문학≫에, 단편소설 「205병실」을 ≪현대문
학≫에 발표. 예술원 회원에 피선.

1972년 한국예술원 본상을 수상함.

1976년 『찬란한 대낮』을 문학과지성사에서, 『탑돌이』를 범우사 소설문고에서
간행.

1980년 단편소설 「화투기」를 ≪현대문학≫에 발표.

1982년 3·1문화상 수상.

1990년 정릉 자택에서 노환으로 별세.

최정희 작품 연보

발표일	분류	제 목	발표지
1931. 10	소설	정당한 스파이	삼천리
1932. 1	소설	명일의 식대(食代)	시대공론
	평론	문인 인상기	문예월간
1932. 2	평론	문인 초인상기	삼천리
1932. 3	소설	룸펜의 신경선	영화시대
	수필	봄 도시의 가두 해부	신동아
1932. 4	수필	오동 나무 아래서	삼천리
1932. 5	소설	푸른 지평선의 쌍곡선	삼천리
1932. 7	수필	비오는 날 밤	동광
1932. 7. 8	수필	깨어진 전원의 꿈	동방평론
1933. 1~5	소설	젊은 어머니	신가정
1933. 1	수필	빙문, 집필, 원고	신가정
	수필	직선, 전선의 기록	신동아
1933. 7	수필	가월(佳月)아	신가정
1933. 10. 10 ~11. 23	소설	다난보(多難譜)	매일신보
1933. 12	평론	1933년도 여류 문단 총평	신가정
	수필	수선(水仙)과 신(信)이	신동아
1934. 1	소설	질투	신여성

발표일	분류	제 목	발표지
1934. 2	소설	가버린 미례(美禮)	중앙
	소설	성좌(장편소설『빈군』의 축소)	형상
1934. 11 ~1935. 2	소설	낙동강	삼천리
1934. 12	소설	여인	중앙
1935. 1. 2	평론	조선 문학의 발전을 위하여 비평의 임무를 자각하라	조선일보
1935. 1	수필	현실에 가까운 것을	예술
1935. 3	수필	여성의 애정과 정조관	삼천리
1936. 6	수필	애달픈 가을 화초	삼천리
1937. 4	소설	흉가	조광
1938. 1	소설	정적기(靜寂記)	삼천리문학
1938. 2	수필	군밤	조광
1938. 4. 8~15	소설	산제(山祭)	동아일보
1938. 4	수필	설날과 그 옛날 꿈	삼천리문학
1938. 5	소설	길	동아일보
1938. 7. 8~22	소설	곡상(穀象)	조선일보
1938. 7	수필	어머니 전상사리	여성
1939. 2	수필	소리	문장
1939. 3	수필	달밤	문장
1939. 6	수필	다방의 여인	작품
1939. 7	평론	김동인 단편선	문장
	평론	동인의 성품	박문
	수필	못 잊는 사람	학우구락부
1939. 9	소설	지맥(地脈)	문장

발표일	분류	제 목	발표지
	평론	가정과 문학	사건
1939. 10	소설	초상	문장
1940. 1	수필	병실기	문장
1940. 4	소설	인맥(「별의 전설」)	문장
1940. 6	소설	밤차	
1940. 8	수필	병실기	인문평론
1940. 9	소설	적야(寂夜)	문장
1941. 1~4	소설	천맥(天脈)	삼천리
1941. 1	평론	이태준 작『청춘무성』	인문평론
1941. 6	수필	두견신세기	
1941. 7	소설	백야기(白夜記)	춘추
1942. 3	수필	꿈은 남역으로	대동아
1942. 5	소설	여명	야담
1942. 7	소설	장미의 집대동아	
	소설	야국초(野菊抄)	국민문학
	수필	바다	춘추
1947	소설	풍류 잽히는 마을	백민
1947. 7	소설	점례(占禮) 문화	
1947. 11	소설	청량리역 근경	백민
	소설	벼갯모	대조
1947. 12	평론	여류 작가 군상	예술조선
1948	소설집	천맥	수선사
1948. 2~5	소설	우물 치는 풍경	신세대
1948. 3	평론	나의 문학 생활 자서	백민
1948. 4	수필	창공에 부치는 호소	예술조선

발표일	분류	제 목	발표지
1948. 7 · 8	수필	영녀계적(令女界的) 사랑	백민
1948. 8	소설	수탉	평화신문
1948. 9	수필	푸르른 매력	예술조선
1948. 12	수필	잠자리 같은 여자	대조
1949	소설집	풍류 잡히는 마을	아문각
1949. 1	소설	청탑이 서 있는 동리	부인
1949. 8~9	소설	비탈길	문예
1949. 9	평론	문단 교우록	민성
1949. 12	평론	노천명론	주간서울
1950. 1	소설	봄	문예
	평론	여성과 문학	부인경향
1950. 3	소설	봉황녀	백민
1951. 6	수필	애증 교착기	시문학
1952	수필집	최정희 수필집 — 사랑의 이력	계몽사
1952. 3	소설	바람 속에서	신천지
1953. 2	소설	낙화	문예
1953. 2~7	소설	녹색의 문	서울신문
1953. 9	소설	해당화 피는 언덕	신천지
1953. 11	소설	추락된 비행기	문예
1954	소설집	녹색의 문	정음사
1954. 6	소설	반주(飯酒)	문학과 예술
1954. 11	소설	산가초(山家抄)	신천지
1955	소설집	바람 속에서	인간사
1955. 1	소설	그와 나와의 대화	신태양

발표일	분류	제 목	발표지
	소설	수난의 장	현대문학
	소설	속·수난의 장	새벽
1955. 2	소설	인정	사상계
1955. 8~9	소설	소용돌이	조선일보
1955. 9~10	소설	정적일순(靜寂一瞬)	현대문학
1955. 10	소설	흑의(黑衣)의 여인	여원
1956. 1~3	소설	떼스마스크의 비극	평화신문
1956. 6~8	소설	찬란한 한낮	문학예술
1958	소설집	끝없는 낭만	동학사
1960. 8~12	소설	인간사	사상계
1962	소설집	별을 헤는 소녀들	학원사
1962	수필집	젊은 날의 증언	육민사
1963. 11~ 1964. 3	소설	인간사	신사조
1963. 12	소설	귀뚜라미	현대문학
1964. 5~ 1966. 8	소설	강물은 또 몇 천 리	현대문학
1964	소설집	인간사	신사조사
1966. 5	소설	여자의 풍경	문학
1966. 12	소설	제2 여자의 풍경	현대문학
1968. 11	소설	가을	현대문학
1970. 4	소설	바다	월간문학
1970. 5	소설	205병실	현대문학
1975	소설집	인간사	삼중당
1975. 12	소설	탑돌이	현대문학

발표일	분류	제 목	발표지
1976	소설집	찬란한 대낮	문학과지성사
1976	소설집	탑돌이	범우사
1976. 1	소설	산	문학사상
1977	소설집	천맥성	바오로출판사
1977	소설집	최정희문집	명서원
1987	소설집	인간사	동서문화사
1980. 8	소설	화투기	현대문학
1990	수필집	귀로	중앙출판
1992	시집	노을의 축제	혜화당

최정희 연구 서지

1931. 5. 17   김기림, 「인텔리의 장래」, ≪조선일보≫

1932. 2. 20   최진원, 「인텔리겐차론(4)」, ≪조선일보≫

1934   김기진, 「조선 문학의 현재의 수준」, ≪신동아≫

1935   박영희, 「조선 지식계급의 고민과 그 방향」, ≪개벽≫

1939. 3   김광섭, 「인간 최정희 여사」, ≪조광≫

1943   서정주, 「인보 정신」, ≪매일신보≫

1947. 8. 24~26 조연현, 「삼맥의 윤리 —— 최정희론」, ≪평화일보≫

1949. 8   곽종원, 「최정희론」, ≪문예≫

1949. 12   노천명, 「최정희론」, ≪주간서울≫

1952   김동리, 「최정희 3부작」, 『문학과 인간』, ≪청춘사≫

1964. 4   홍사중, 「최정희론 —— 인간사를 중심으로」, ≪문학춘추≫

1971. 9   한흑구, 「파인과 최정희 : 문단 교우기」, ≪현대문학≫

1974   백철, 『한국 신문학 발달사』, 박영사

1976   오생근, 「찬란한 내닛 시평」, ≪한국문학≫

1976   이상섭, 「사실과 허구의 거리」, ≪창작과 비평≫ 겨울호

1978   이광복, 『담인 최정희』, 문학사상사

1980   김근수, 『한국잡지사』, 청록출판사

1980   신동욱, 「최정희의 작품에 나타난 여성과 인간 의식」, ≪청파문
              학≫

1980   이미리, 「최정희론」, 숙명여대 석사 논문

1981   조연현, 『한국현대작가연구』, 새문사

1981   천이두, 「천명에 순응하는 동양인」, 『현대한국단편문학전집』 7, 금성출판사

1982. 2   황현숙, 「최정희 소설에 나타난 여성 세계와 의식 고찰」, ≪향란문학≫

1982. 6   이동하, 「역사의 세계와 문학의 세계 —— 최정희 『인간사』 고」, ≪현대문학≫

1983. 8   서영은, 「생의 태풍 속을 무구한 노로」, ≪문학사상≫

1984   서영은, 『강물의 끝 —— 최정희 전기 소설』, 문학사상사

1984   조순애, 「현대소설의 페미니즘 연구 —— 최정희 소설을 중심으로」, 서강대 석사 논문

1985. 6   송하춘, 「또 하나의 전장」, ≪문학사상≫

1985. 12   한진수, 「최정희 문학에 나타난 여인상 고찰」, ≪조선대 국어교육논총≫

1986   정영자, 「최정희 소설 연구」, ≪수련어문학회≫, 부산여대

1986   한진수, 「최정희 문학에 나타난 여인상 고찰」, 조선대 석사 논문

1986. 8   서정자, 「최정희 소설 연구-습작기 작품과 「흉가」를 중심으로」, ≪숙대원우론총≫

1987   서정자, 「일제강점기 한국 여류 소설」, 숙명여대 박사 논문

1987   안숙영, 「최정희 소설 연구 : 지맥, 인맥, 천맥을 중심으로」, 충남대 석사 논문

1989   김정자, 「소설의 공간기법적 의미 분석 —— 최정희의 녹색의 문」, 『현대장편소설연구』, 삼지원

1990   임선애, 「최정희 소설 연구」, ≪국문학연구≫, 효성여대

1990   정미숙, 「최정희 소설의 공간 분석」, 부산대 석사 논문

1990   한경숙, 「최정희 소설 연구」, 연세대 석사 논문

1991   박금주, 「최정희 소설 연구」, 배재대 석사 논문

1991   임금복, 「최정희 소설에 나타난 지식인 연구」, ≪성신어문학≫

1991	야마다 요시코[山田佳子], 「최정희 소설에 나타난 여성의 성과 삶과 관한 연구」, 연세대 석사 논문
1991. 12	윤병로, 「고통 받는 여성의 인간화에 대한 갈구」, ≪문학사상≫
1991. 12	허형석・전홍남, 「해방 직후 농민 소설의 양상」, ≪군산대 논문집≫
1992	강현아, 「최정희 소설에 나타난 풍속성 연구」, 영남대 석사 논문
1992	김혜정, 「최정희의 「천맥」에 나타난 여성성」, ≪개신어문연구≫
1992	한경숙, 「최정희 소설 연구」, 연세대 석사 논문
1993	이상신, 「최정희 「풍류 잡히는 마을」에 나타난 쪽제비와 닭의 표상」, ≪장안논총≫
1994	김소영, 「 최정희 초기 소설 연구」, 계명대 석사 논문
1994	김영식, 「아버지 파인 김동환」, 국학자료원
1994	전혜자, 「모권에의 유토팡 지향」, ≪어문논총≫, 숙명여대
1994	정순진, 「모성과 여성의 갈등」, ≪한국언어문학≫
1995	권기성, 「최정희의 『인간사』 연구」, 한양대 석사 논문
1995	김동식, 「여성과 모성을 넘어서」, 『한국소설문학대계』, 동아출판사
1995	김효임, 「최정희 소설에 나타난 여성 인물 연구」, 숙명여대 석사 논문
1995	이유식, 「최정희의 작품 세계」, 『정통한국문학대계』, 동아출판사
1996	김경원, 「최정희 「역사적 격랑 속에서 여성의 좌표 찾기」, 역사비평
1996	김잔디, 「최정희 소설 연구」, 숙명여대 석사 논문
1996	신희교, 「일제 말기 소설 연구」, 국학자료원
1996	이우희, 「최정희 소설 연구」, 경희대 석사 논문
1996	이인복, 「1930년대 페미니즘 소설 연구」, ≪숙명여대 한국학 연구≫

1996	이호숙, 「결백한 도전과 수용」, 『페미니즘과 소설』(근대편), 한길사
1996	허유진, 「1930년대 여성 소설 연구」, 경원대 석사 논문
1997	권택영, 「한국 문학에 투영된 한국 여성의 초상」, ≪한국문학연구≫
1997	김민정, 「최정희 소설 연구」, 이화여대 석사 논문
1997	노수진, 「최정희 소설에 나타난 여성 인물의 정체성에 관한 연구」, 부산여대 석사 논문
1997	유남옥, 「최정희 노년기 소설 연구」, ≪어문논총≫, 숙명여대
1997	윤옥희, 「1930년대 여성 작가 소설 연구」, 성균관대 박사 논문
1997	황수진, 「최정희론」, ≪건국어문학≫
1998	김민철, 「일제하 사회주의자의 전향 문제」, 『친일파란 무엇인가』, 아세아문화사
1998	박정애, 「최정희 소설에 나타난 여성적 글쓰기의 특성 연구」, 서울대 석사 논문
1998	윤인미, 「최정희 소설 연구」, 대구대 석사 논문
1998	이명희, 『현대문학과 여성』, 깊은샘
1998	이진희, 「1930년대 소설에 나타난 모상 연구」, 서강대 석사 논문
1998	이호숙, 「최정희 : 페미니스트 시각에서 본 '여성다움' : 모계사회적 자궁 이미지」, ≪문학사상≫
1998	정영자, 「최정희 소설 연구」, ≪한국현대문예비평연구≫
1999	강진호, 『한국문단이면사』, 깊은샘
1999	김주현, 「한국 현대소설의 여성 의식 변화 연구」, 중앙대 석사 논문
2000	노애경, 「최정희 소설의 모성 의식 연구」, 동아대 석사 논문
2000	황수남, 「자연, 그 영원한 어머니와 생태 페미니즘」, 문예시학
2000	황수남, 「최정희 소설에 나타난 '구원'의 양상」, ≪한국문학논총≫

2001	이연옥, 「최정희의 『인간사』에 나타난 작중 인물 연구」, 공주대 석사 논문
2001	황수남, 「최정희 소설 연구」, 충남대 박사 논문
2002	박금주, 「한국 근대 여성 소설의 타자적 여성성 연구」, 한남대 석사 논문
2002	선은주, 「최정희 단편 소설 연구」, 경원대 석사 논문
2002	최정희, 「최정희 단편 소설에 나타난 모성 의식 연구」, 성신여대 석사 논문
2003	심진경, 『여성 작가 친일소설 연구』, 배달말
2004	황수남, 「최정희, 김채원 소설의 모티브 연구」, ≪비평문학≫
2005	김양신, 「일제 말기 여성 작가들의 친일담론 연구」, ≪어문연구≫
2005	이병순, 「최정희 소설에 나타난 모성 연구」, ≪여성문학연구≫
2005	이혜숙, 「최정희 소설의 여성 의식 연구」, 대전대 석사 논문
2005	한해남, 「최정희 소설의 여성 의식 연구」, 영남대 석사 논문

작성자 차원현 서울대 대학원 졸. 문학박사. 경주대 교수

견딤과 희망의 사상

정호웅(홍익대 교수)

유진오론을 위하여

유진오(1906~1987)는 소설가, 비평가, 법학자, 정치인의 삶을 살았던 사람이다. 유진오론이라면 마땅히 이 모두를 함께 다루어야 하겠지만, 내가 감당할 수 있는 것은 문학인 유진오에 대한 것뿐이니 이 글은 처음부터 불충분한 '유진오론'일 수밖에 없다.

「스리」(1927)로 시작되는 유진오의 작품 활동은 일문 소설 「조부의 쇠조각(祖父の屑鐵)」(1944)으로 마감한다. 20년도 채 못 되는 짧은 기간, 그것도 본업을 하고 남는 시간에 일군 것이니 작품 수가 많을 수 없다. 장편 1편, 중편 2편, 단편 50여 편이 「유진오 서지」(윤대석 작성)에 정리되어 있다. 유진오는 1932년 조선사회사정연구소[1] 사건으로 피검되었다가 풀려난

---

1) '조선사회사정연구소'는 이강국, 최용달, 박문규, 김광진 등과 함께 1931년에 설립하여 『조선사회운동사』를 집필하는 등 한국 사회의 근대적 전환을 마르크시즘적 방법론으로 설명하고자 한 연구 단체였다. 중편 「수난의 기록」에는 주인공이 지도 교수의 경계에도 불구하고 남몰래 조선 농업사 연구에 전심전력 심혈을 기울이고 있는 것으로 설정되어 있는데, 이후 경제사 연구에서 탁월한 연구 성과를 낸 박문규, 김광진 등이 포함된 이

뒤 한동안 붓을 놓는다. 1933년 보성전문 교수로 부임하여 시간을 내기 어려웠기 때문이기도 하지만, 1년여의 침묵기가 지나고나서 다시 붓을 든 이후 그의 소설이 대체로 감옥을 다녀온 인물의 우여곡절을 그리는 데 집중되어 있는 것으로 미루어 보아 연구소의 강제 폐쇄와 구금의 충격이 직접적인 원인이었으리라 추측 가능하다. 1934년 중편 「행로」를 발표하면서 작품 활동을 재개하는데, 이때부터 습작 수준에 머물렀던 초기 문학과 구별되는 '유진오 문학'이 본격적으로 펼쳐진다.

그 길머리에는 혁명적 정치 운동의 전선을 짓쳐 나아가던 푸른 열정, 도저한 미래 낙관을 잃고 "감옥에서 나와 보니 집안은 탕패가산해 간곳없고 내 몸은 이렇게 병들고 했으니 기가 막히나 어찌 합니까. 세상일이란 다 그런 거지요"[2]라 말하는 낙백(落魄)한 이념인의 허탈한 웃음소리가 울리고 있다. 분노도, 다시 일어서리라는 의지도 소멸되고 없는 이 인물의 텅 빈 내면 속으로 그가 믿었던 '역사철학의 철칙'에 대한 불신이 밀려드는 것은 시간문제이다.

나는 전에 역사 발전의 철칙이라는 것을 믿고 그것에 희망을 부쳐 왔다. 그러나 그 철칙이라는 것이 나에게 이렇게 무관심한 것이라면 나는 그것을 저주한다.[3]

우리 소설에서는 처음 나타나는, '역사 발전의 철칙'을 믿었던 사람의 입에서 터져 나온 그 철칙에 대한 근본 부정의 발언이다. 처음일 뿐만 아니라 이후 소설에서 거의 만날 수 없는 희유한 것이라는 점에서 이 발언의 의미는 매우 크다. 우리 소설은 그렇게 얕았던 것이다. 그러나 문제는 근본 부정의 발언이 아니라, 한국 소설에서 그 같은 믿음에 대한 반성적 성찰

단체의 연구 활동을 반영한 것이다.
2) 「행로」, 『한국소설문학대계』 16, 동아출판사, 1996, 130쪽.
3) 「수난의 기록」, 『봄』, 한성도서, 1940, 210쪽.

자체를 거의 찾을 수 없다는 점이다. 보편사로서의 세계사가 상정 가능하며 그 전개를 하나로 꿰는 철의 법칙이 존재한다는 믿음이 1920년대 중반 이후 한국 현대사 전개를 이끈 두 축 가운데 하나였다는 사실, 험난한 현대사 전개 과정에서 무수한 사상 전향자가 생겨났다는 사실 등을 생각할 때, 역사철학의 철칙에 대한 반성적 성찰이 우리 소설에서 거의 이루어지지 않았다는 것은 놀라운 일이다.

유진오 소설에서의 이에 대한 성찰은 드문 몇 예 가운데 하나라는 점에서 의미 있지만, 그러나 깊은 것이라 할 수는 없다. 자신에게 무관심하므로 저주한다는 것인데, 객관적 실체로서의 역사법칙을 문제 삼는 것이 아니라 자신의 개인적 손익을 문제 삼는 차원에 갇힌 것이기 때문이다.

이는 1920년대 중반 이래 무수히 생신된, 혁명운동의 한 톱니로서 존재하고 기능하고자 했던 혁명적 정치성의 문학 가운데서 프로 진영에서 부르주아 문인이라 규정하여 돌아보지 않았던 염상섭의 『삼대』 속에 개진된 수준의 혁명 사상조차 찾을 수 없다는 사실과 대응한다.

당장 고통을 견디지 못해서 죽는 것은 아니다. 몇 십 명의 숨은 동지를 대신해서 죽는다는 것도 말이 안 된다. 그들 개인이나 그들의 가족을 고통과 불행에서 건져 주려는 그따위 희생적 정신이란 것은 미안하나마 내게 없다. 나는 다만 조그만 시험관(試驗管) 하나를 주검으로 지킬 따름이다. 그 시험관은 자기네 일의 결정적 운명을 좌우하는 것이요, 지금 이 시각도 몇몇 우수한 과학적 두뇌를 가진 동지들이 머리를 싸매고 모여 앉아서 연구를 계속하는 것이다. 이 연구와 실험도 미구불원에 성공할 것이다. 이것을 주검으로 지켜 주는 것이 지금 와서는 나의 거룩한 천직이다. 그것 하나만으로도 내 주검은 값이 있는 것이다. 그러나 그 시험관의 결과를 못 보는 것만은 천추의 유한이다. 하지만 그 역시 내 눈으로 보자던 것도 아니었다. 어차피 성불성간에 그 시험관과 함께 이 몸도 없어질 것은 벌써벌써 각오하였던 것이 아닌가…….(밑줄 인용자)[4]

국외 공산주의 계열의 국내 조직원인 장훈의 독백이다. '국외의 붉은 자본'으로 활동 거점을 마련했다가 발각되어 취조 받던 중 그는 자살하는데, 그 직전의 자기 확인이다. 핵심은 혁명 과정의 주체는 개개인이 아니라 혁명 그 자체라는 것, 그러므로 중요한 것은 그 과정에의 전력투구이지 혁명의 성공을 직접 확인한다든가 혁명에 성공한 후 개인적 이익을 누린다든가 하는 것이 아니라는 것이다.

역사철학을 부정하는 완전 전향자를 바라보는 소설 내 시선은 다만 안타까움에 차 있을 뿐 부정 혹은 긍정의 평가와는 전혀 무관하다. 그 시선은 주인공의 그것이면서 서술자, 나아가 작가의 그것일 터이다. 유진오 소설 속에서 역사철학의 철칙을 문제 삼는 인물은 이뿐 더 이상 찾을 수 없다. 유진오 소설 속에는 돈벌이에 적극적인 인물들이 많이 등장하는데, 그들은 이미 자본주의 체제에 철저하게 동화된 사람들이니 자신을 돌보지 않는다 하여 역사철학의 철칙을 부정하고 나아가 저주조차 서슴지 않는 「수난의 기록」 속 인물과 마찬가지로 완전 전향자들이다. 동질의 존재들인 것이다.

만주나 북중국을 드나들며 밀수입에 종사하거나 금에 미쳐 나도는 그런 인물들을 바라보는 유진오 소설 속 주인공들의 시선은 차갑지도 호의적이지도 않다. 한때는 속물이라 하여 경멸하는 마음이 없었던 것은 아니지만, 어떻게 생각하면 그런 삶이란 "인생에 실패한 사나이의 피치 못할 운명"[5]이라, 접어 줄 수도 있는 것이다. 요컨대 물끄러미 바라볼 뿐이다.

완전 전향자를 바라보는 유진오 소설의 시선은 이처럼 안타까운 연민, 제3자적 이해의 마음 움직임을 담고 고즈넉하다. 그러나 다만 이뿐, 강고한 적과 악화된 시대 조류 때문에 좌절한 인물의 자기부정에 대한 안타까운 연민의 시선, 방관자적 이해에 갇혀 더 이상 나아가지 못하였다.

---

4) 염상섭, 『삼대』, 두산동아, 1995, 522쪽.
5) 「산울림」, 『창랑정기』, 정음사, 1963, 29쪽.

전향의 안쪽

유진오 소설의 중심인물은 이 같은 완전 전향자가 아니다. 시세에 떠밀려 생활인의 자리에 물러나 앉았지만 자본주의 체제에 완전히 동화되지는 않았다.

마주 앉아 건너다보며 기호는 태주의 건강이며 기운이며 모든 것이 한없이 부러웠다. 태주와 같은 생활 방법을 위하고 싶다고는 꿈에도 생각지 않으면서도[6]

그리고 허리를 펴자
"라 라 라 라 라 라……."
라·마르세유의 곡조를 소리 높여 불렀다. 오랜만에 불러보는 웅장한 곡조, 다시 부르려 할 때
"라 라 라 라 라……."
아까 동만이 부른 그 곡조가 그대로 먼 저편에서 도로 울려왔다. 그러나 그 소리는 동만이 잠깐 착각하듯이 몸이 그 산 어디 숨어서 마주 받는 것이 아니라 산울림이었다.[7]

몸은 비록 누항에 구르고 있다 해도 "청운의 높은 뜻은 가슴 속에 간직"[8]하고자 하는 마음이라 돈에 혼을 잇긴 완전 전향자의 "생활 방법"을 따를 수는 없다. 그 마음이 낙백하여 광산 브로커가 되었다느니, 마작판에 드나든다느니 하는 아름답지 못한 소문 속을 떠돌다 일찍 죽은 옛 벗(몽)을 불러내어 저처럼 쓸쓸한 「라·마르세유」를 부르고 받는 장면을 떠올렸다. 한국 소설사를 통틀어 옛 벗들과 어깨 겯고 「라·마르세유」 웅장한 곡

---

6) 「가을」, 앞의 책, 157쪽.
7) 「산울림」, 앞의 책, 35쪽.
8) 「산울림」, 앞의 책, 29쪽.

조에 발맞추어 새로운 세계 창조의 길로 나아가는 것이 가능하지 못하게 되었지만, 청운의 높은 뜻을 여전히 저버리지 않았던 이념인의 존재성을 가장 잘 보여 주는 장면이 아닌가 한다. 이 장면만으로도 유진오 문학은 문학사의 한 자리를 차지할 자격을 갖추었다.

흥미로운 것은 유진오 문학의 중심에 놓여 있는 이 같은 인물이 사회주의적 지향성을 지닌 이념인인 것은 분명하지만, 사회주의자라고 확언하기는 곤란한 존재라는 사실이다. 예컨대 「가을」에 등장하는 경석. 그를 두고 서술자는 그 시대의 청년들이 "대개 그렇듯이 그도 무슨무슨 운동을 한다고 하다가 고생도 여러 번 해" 보았다고 말하는데, 확고한 사상적 기반 위에 서서 혁명 운동에 나아간 인물이라고 할 수는 없다. 「김 강사와 T교수」의 개작 내용을 살펴 좀 더 자세히 검토해 보기로 한다.

(ㄱ)"속이다니요. 자네는 내한테 와서 취직 청을 할 때 무어라고 그랬어. 사상 방면에는 절대로 관계없다고 그랬지. 그래 그렇게 남을 감쪽같이 속이는 데가 어디 있나."

올 것이 온 것이다――라고 김만필은 생각하였다. 그러나 이렇게 되고 보면 어디까지 한 번 버티어 보는 수밖에 없었다.

"무슨 말씀이신지 저는 잘 모르겠습니다. 저는 사상이니 무어니 그런 것은 아무것도 모르고 더군다나 당신을 속이다니요. 그런 천만의 말씀입니다."[9]

(ㄴ)"그럼 내 입으로 말해 줄까. 자네는 대학 시대에 ××주의 단체에 들었었지. 이리로 온 후도 좌익 문학 운동에 관계했지."

"허지만 그것은……."

하고 김만철은 대답하려 하였으나 이번에는 H과장은 부들부들 떨리는 목소리가 되어,

---

9) 「김 강사와 T교수」, ≪신동아≫, 1935. 1, 232・247쪽.

(중략)

　H과장이 떠들어대는 동안 김만철은 올 것이 온 것이다, 라고 생각하였다. 그러나 막상 이렇게 되고 보니 도리어 별로 겁날 것이 없었다. 생각하면 작년 가을 이후로 날마다 밤마다 자기를 괴롭게 하고 눈앞에 얼씬거리던 검은 그림자의 정체는 겨우 요것이던가. 그렇게 생각하니 도리어 무거운 짐을 내려놓은 것 같았다. 그러나 사정만은 똑똑히 해 두어야 된다고 그는 생각하였다. 과거에 있어서 그는 제법 정말 무슨 주의자였던 일은 없는 것이다.

　"그건 무슨 오해십니다. 저는 지금까지 ××주의자였던 적은 없습니다."[10]

　유진오의 대표작으로 알려져 있는 「김 강사와 T교수」의 마지막 부분은 발표된 지 4년 만에 이렇게 달라졌다. 원작에서는 강사 취직과 유지를 위해 그 과거를 무조건 감추려 하는 김 강사의 안쓰러운 노력이 부각되어 있다. 그러니까 과거 행적, 머릿속 사상에 대한 김 강사의 현재 생각이 아니라 그것들을 감추는 데 성공하느냐 그렇지 않느냐가 구성의 초점인 셈이다. 감추려 했지만 실패하였고, 김 강사는 막다른 위기에 내몰렸다. 다른 길은 없다. "어디까지 한 번 버티어 보는 수밖에 없"는 것이다. 이렇게 살피면 원작은 사회생활을 막 시작한 청년이 당대 조선 사회의 지배 이데올로기와 그것의 운영 세력에 맞서 벌이는 한판 게임을 다룬 작품이라 읽을 수 있다.

　개작은 크게 달라졌다. 자신의 과거가 드러났음에도 불구하고 김 강사는 크게 겁내지 않고, 자신이 ××주의자였던 적이 없다고 당당하게 밝혀 맞선다. 이것이 원작에서의 버티기와 다른 것은 진실에 근거한 행위라는 사실이다. "그는 제법 정말 무슨 주의자였던 일은 없는" 것이다. 개작을 자세히 읽으면, 학교측과 그를 학교에 소개한 H과장이 불온시하는 김 강사의 과거에 대한 김 강사의 자부심과 그 속에 깃든 사회주의 지향성을 뚜렷이 드러나 있음을 알 수 있는데, 이는 원작과 크게 다른 점이다. 요컨대, 작가는

---

10) 「김 강사와 T교수」, 『유진오단편집』, 학예사, 1939, 145쪽.

개작을 통해 김 강사가 단지 사회주의 지향성을 지닌 이념인이라는 사실을 확인해 보인 것이다.

유진오 소설의 중심에 자리한 인물은 이처럼 사회주의 지향성을 지닌 이념인이다. 이 사실은 1930～1940년대 전향소설이 사회주의자의 전향을 다루었다는 종래의 이해에서 벗어나 전향소설을 새로운 관점에서 읽을 수 있게 이끈다. 그들의 이른바 '전향'은 사상 포기와 새로운 사상 선택이라기보다는, 학습기를 벗어난 청년이 사회생활을 시작하는 과정에서 자연히 겪게 되는 이념적 지향성의 약화에 더 가까운 것이다.

근대성의 탐구

유진오 소설의 이념인들은 비록 지배 질서와 타협하여 한갓 생활인으로 살아가고 있지만 가슴 속에 품은 이념적 지향성으로 여전히 당당할 수 있다. 경멸하는 것들과 타협하는 자신을 경멸하는 엄정한 비판의 정신이 내부에 살아 있기 때문에 그렇다. 그러나 그 당당함은 저 압도적인 근대성, 일본 제국주의의 힘 앞에서는 여지없이 무너져 내린다.

전문 연구자들에게도 잘 알려져 있지 않은 「신경(新京)」을 살필 차례이다. 이 작품이 발표된 1942년은 일본군이 파죽의 기세로 동남아를 휩쓸어 나가던 때이다. 당연하게도 일본이 진다는 것은 생각하기 어려웠고, 대부분의 조선 지식인들은 황도 사상을 좇아 친일의 욕된 길로 나아가고 있었다. 유진오도 그중 한 사람이다. 「신경」은 이 같은 시기를 힘겹게 살아가는 지식인의 복잡하고 미묘한 내면 풍경을 담담한, 그래서 더욱 치밀할 수 있는 문체에 담아내고 있는 작품이다.

작중의 정욱은 소설가 이효석을 모델로 하는 인물이다. 그가 1942년에 뇌막염으로 평양에서 죽었다든가, 애인이 병석을 지켰다든가, 유진오가 죽기 직전의 이효석을 찾았다든가 등등은 모두가 실제 있었던 사실이다. 작품에 《풍경》으로 나오는 동인지는 1924년에 조직되었다가 3～4년 후 학교측에 의해 해산된 경성제대의 문학 동인 '문우회'가 펴낸 동인지 ≪문우(文友)≫이고, ≪풍경≫에 실렸다는 정욱의 단편 「능금」은 이효석이 ≪문우≫에 발표했다는 습작 단편을 가리킨다.(이는 유진오의 증언임. ≪문우≫ 1~3권은 전해지지 않음) 주인공이 교수로 있는 학교는 유진오가 재직했던 보성전문이다.

함께 어려운 시대를 헤쳐 온 동지이고 서로의 심금을 열 수 있는 벗이던 정욱의 죽음과 그에 대한 회상이 이 작품의 중심 내용인데, 그 속에 담긴 의미는 간단치 않다. 벗의 죽음이 가져온 슬픔과 가슴을 에는 상실감은 시대와 무관하게 누구나 갖는 감정이니 별다른 의미가 있을 수 없다. 그러나 주인공과 정욱과 함께 행복했던 젊은 날을 가꾸었던 여인 삼주를 만난 주인공이 "모든 것은 지나갔다. 지나간 것은 추억의 환영 속에 가만히 묻어 둠이 또한 아름답지 아니한가"[11]라고 독백할 때, 그 속에는 자신의 현재에 대한 깊은 비애가 잠겨 있다. 이것이 이 작품의 참주제이다.

그 비애는 "자나깨나 두더지같이 인간사(人間事)에만 파묻혀" 때로는 비굴해져야 하고 때로는 불쾌도 참아 견뎌야 하는 처지에서 온다. 그러나 궁극 원인은 이보다 더 깊이 숨어 있다. 만주사변 전만 하더라도 중국과 러시아, 일본이 각축하던 신경[12]이 불과 십 년여 만에 완전히 일본의 지배하에 들어 근대적인 대도시로 돌변한 데서 확연히 알 수 있듯 일본의 국력은 온 천하를 뒤덮고 있었다. 조선의 유수한 전문학교 교수를 만주에 진출한 일본인 회사의 사장이 서서 내하듯 냉대하는 것도 이 같은 사정의 반영이다. 식민지 조선의 지식인은 이 같은 현실 앞에서 "변화의 심함을 뼈에 사모쳐 느끼"는데, 그 사무침은 곧 그가 맞닥뜨린 절망의 깊이이다. 이 막막한 절망감이 "현실을 현실 그대로 보고, 그것을 우선 그대로 받아들이는 것"[13], 즉 '사실 수리'의 태도를 낳는 것이다.

---

11) 「신경」, 『창랑정기』, 정음사, 1963, 356쪽.
12) 오늘날의 창춘[長春]. 일본에 의해 만주국의 수도가 된 이후 신징[新京]으로 개명됨.
13) 「신경」, 앞의 책, 343쪽.

그 현실은 유진오가 「창랑정기」에서 '굳센 현실'이라 했던 것이다. '추억의 나라 구름과 연기에 쌓인 꿈의 저편에만 있을 수 있는 존재'[14]인 옛 창랑정의 현실과 대비되는 그 굳센 현실을 유진오는 '단숨에 대륙의 하늘을 무찌르려는 전금속제 최신식 여객기'의 이미지로 제시하였다.

문득 강 건너 모래밭에서 요란한 프로펠라 소리가 들린다. 건너다보니 까맣게 먼 저편에 단엽쌍발동기 최신식 여객기가 지금 하늘로 날라 오르려고 여의도 비행장을 활주 중이다. 보고 있는 동안에 여객기는 땅을 떠나 오십 미터 백 미터 이백 미터 오백 미터 천 미터 처참한 폭음을 내며 떠올라갔다. 강을 넘고 산을 넘고 국경을 넘어 단숨에 대륙의 하늘을 무찌르려는 전금속제(全金屬製) 최신식 여객기다.[15]

그 전금속제 최신식 여객기는 이제 조선의 현실을 철두철미하게 지배하게 된 근대성과 세계 제패를 겨누고 대륙을 넘어 나아가려는 일본 제국주의의 침략성을 표상하는 이데올로기적 기호이다. 그 같은 근대성과 침략성의 지배 아래 옛 창랑정의 기억은 '나른한 추억'일 뿐, 현실과 맞설 수 있는 힘을 잃고 무력하다. 놀랄 정도로 번성한 신경의 웅자 또한 '전금속제 최신식 여객기'와 동질적인 이데올로기적 기호이다. 근대의 기획과 세계 제패의 꿈이 정당하다는 믿음을 담고 내달리며, 그것들이 지배하는 현실 질서를 구축하고 있는, 그리하여 구성원들의 의식과 삶의 방식까지 새롭게 바꾸고 있는 강력한 이데올로기적 기호인 것이다.

「신경」의 주인공은 그 이데올로기적 기호 뒤에 도사린 근대성과 일본 제국주의의 침략성이 지닌 가공할 힘을 간파하고 그 앞에 무력한 자신을 확인한다. "문화니 조직이니 지성이니 비판이니 하는 것을 떠나 자연과 그냥 함께 될 수 있는 순간. 무수한 그런 순간을 가졌"[16]기에 행복한 사람이었다

14) 「창랑정기」, 앞의 책, 22쪽.
15) 같은 곳.

고 죽은 정욱을 부러워하는 것은 이 때문이다.

이렇게 살펴면 「신경」은 조선을 넘어 욱일승천의 기세로 뻗어나고 있던 근대성의 힘, 제국주의 침략성의 폭력 앞에 무력한 자신에 대한 확인을 주제로 삼고 있는 작품이라 할 수 있다. 그 확인 과정에서 피어오른 비애가 작품에 서리서리 깃들어 있어 반세기를 지나 그의 작품을 읽는 독자의 마음속으로 스며든다.

1940년 전후 발표된 유진오의 소설에서 특징적으로 확인되는 이 같은 비애는 다른 한편 무조건적인 사실 수리를 가로막는 기제로 작동하기도 한다. 예컨대 「신경」의 주인공은 자신의 사실 수리적인 태도를 "미상불 일종의 타락이 아닐 수 없"다고 날카롭게 반성하며 동시에 그것이 "자기가 항상 꿈꾸는 더 큰 문학을 낳기 위해 도리어 필요한 수련(修練)"[17]이라 생각한다. 그러니까 그의 사실 수리는 사실에 매몰되는 것이 아니라, 사실에 매몰되는 자신을 날카롭게 경계하면서 그 속에서 새로운 창조를 꿈꾸는 성격의 것이다.

이로 인해 유진오 소설의 인물들은 무조건적 현재 긍정의 사실 수리로부터도, 무조건의 현재 부정인 거친 이분법에도 매몰되지 않을 수 있었다. 그 정시의 눈이 이 시기 한국문학에서는 찾기 어려운 "사람은 제각기 제 장기가 있으니까 그 장기를 키우고 발휘해 가는 것이 그 사람을 위하는 것도 되고 사회 전체를 위해서도 결국 유리"[18]하다는 사상을 낳는다. 이 작은 사상은, 이들 작품 속 인물들이 온 삶을 걸었던 사회주의 사상이나 당시 동아시아를 휩쓸었던 대동아 공영권론 같은 역사철학의 전체성적 권위에 대한 근본적인 비판이라는 점에서 큰 의의를 지닌다.

「화상보」의 주인공 장시영의 정신을 떠받들고 있는 "스스로 믿고 잡〔執〕는 바 잇는 사람"이 가지기 마련인 "어떤 권위도 두려워하지 않는 엉

---

16) 「신경」, 앞의 책, 348쪽.
17) 같은 곳.
18) 「화상보」, 《동아일보》, 1939. 12. 23.

큼한 자신"과 "실로 강철보다도 더 단단한 의지"[19]에 의해 추동되는 그 사상은 대동아전쟁의 전운이 무르익기 시작한 시대, 대동아 공영론과 사실 수리론이 횡행하고, 그 반대편에선 허무주의가 독버섯처럼 피어나던 시대를 견디며 앞날을 준비하는 견딤과 희망의 사상이다. 이 같은 사상의 눈으로 허무주의자의 내면에서 '인생의 희망'과 '정열'을 볼 수 있었다.

기섭의 조용조용 하는 말을 듣는 동안에 시영은 문득 그의 말에서 위대한 정열을 느꼈다. 노자를 말하고 무욕(無慾)을 말하고 하던 기섭은 그러면 아직도 인생의 희망을 내버리고 있지 않았던 것인가. 거꾸러진 것은 파뜩파뜩 하는 젊은 핏기뿐이고 정말 위대한 정열은 그 실패에 의해 도리어 한층 뿌리 깊이 속으로 파고들어 갔던 것이 아닌가.[20]

근대 지향성에 대한 반성 의식

1930년대 중반 이후의 한국 문학의 두드러진 특징 가운데 하나는 조선 문화에 대한 큰 관심이다. 그것은 여러 얼굴을 가졌던 것으로 보인다. 식민지 현실에 대응하는 심정적 민족주의의 자기 확인이기도 했고, 서구적 근대의 초극론에 이어진 동양 문화의 특수성 강조이기도 했으며, 맹목의 근대 지향적 의식과 지난 역사 전개에 내재한 폭력성에 대한 반성이기도 하였으며, 그 모든 것에 대한 이성적 접근을 차단하는 강한 전염성의 유행이기도 하였다.

유진오의 소설 속에서 우리는 스쳐 지나듯 조선 문화에 대한 관심이 표명되고 있음을 보는데, 그것은 맹목의 근대 지향적 의식과 지난 역사 전개에 내재한 폭력성에 대한 반성, 유행을 좇는 몰주체적 추종은 아닌가 하는 자기 점검을 수반하고 있다. 이는 다른 작가의 작품에서는 만날 수 없는

19) 《동아일보》, 1940. 4. 24.
20) 《동아일보》, 1940. 4. 13.

것이다. 그러나 그 반성은 한갓 관념 차원에 머물렀으며, 조선 문화에 대한 관심은 '조선적인 아름다움'이 "깊은 가슴 속 영혼에 깃들이고 포근하게 혈관 속으로 스며드는 것"[21]을 느끼는 감각의 차원에 머물러 더 나아가지 못하였다. 조선의 근대화에 대한 깊은 반성의 문학이라 할 수는 없는 것인데, 세월이 가로막았기 때문이리라.

---

21) 「가을」, 『창랑정기』, 정음사, 1963, 148쪽.

제4주제에 관한 토론문

강헌국(고려대 부교수)

정호웅 선생님의 발표는 사상사적 시각에서 유진오 소설의 이념적 지향과 현실적 고뇌를 검토한다는 점에서 충분히 주목할 만한 가치가 있다고 생각합니다. 선행 연구에서 확인되는 바와 같이 유진오는 지식인 문제를 주로 다룬 작가입니다. 초기 소설에서는 사회주의 이념과 세속적인 생활 사이에서 갈등하고 고민하는 지식인의 의식 변화를 추적하고, 후기 소설에서는 혁명적 정치 운동의 열정이 사라진 이후의 시간을 살아가는 전향자들의 모습을 그리고 있습니다. 본 발표는 그중에서 후기 소설을 유진오 문학의 본격적인 전개로 평가하여 검토하고 있습니다. 식민지 시대의 사상적 동향에 대한 포괄적인 사유와 설득력 있는 작품 해석에 힘입어 유진오 소설의 이해 지평을 확장하는 데 기여하는 바가 있다는 것이 본 발표에 대한 저 개인의 판단입니다. 특히 전향 지식인의 내면적 고뇌로부터 진정성을 읽어 내려는 시각이 인상적으로 다가왔습니다. 본 발표가 지닌 이러한 성과와 의의를 인정하면서 질문을 드리고자 합니다.

본 발표는 사상 전향자를 눈금이 미세한 척도에 의해 파악해야 한다는 주장을 저변에 깔고 있는 것 같습니다. 겉으로는 같은 사상 전향자들이라 할지라도 의식과 태도 면에서 그들을 구별할 필요하다고 보고 있습니다. 그래서 자본주의 체제에 완전히 동화된 전향자와 그 체제에 완전히 동화되지는 않은 전향자를 구분합니다. 완전 전향자는 돈벌이에 적극적인 인물들이라고 합니다. 「수난의 기록」에서처럼 설령 역사 발전 법칙에 대해 회의한다 하더라도 그 회의가 법칙 자체에 대한 논리적인 사유가 아닌 개인의 이해관계에서 비롯되었다면 그 당사자는 완전 전향자와 마찬가지라고 합니다. 그에 비해 불완전 전향자는 시세에 떠밀려 생활인의 자리에 물러나 앉았지만 사회주의 지향성을 지닌 이념인이라고 합니다.

그런데 제가 보기에 완전 전향자와 불완전 전향자가 선명하게 구별되지 않는 것 같습니다. 그것은 불완전 전향자 역시 현실의 질서와 타협하고 있기 때문입니다. 따라서 본 발표에서는 타협의 정도를 양적으로 파악하여 완전 전향과 불완전 전향을 구분하는 것처럼 이해됩니다. 다시 말해 불완전 전향자는 덜 타협하는 데 비해 완전 전향자는 그보다 심하게 타협한다는 뜻인 것 같습니다. 그리고 그러한 차이는 전향자의 의식과 태도에서 비롯된다고 설명하는 듯합니다. 그런데 타협하는 정도는 전향자의 내면적 지향뿐 아니라 현실적 질서에 얼마만큼 편입되는가에 따라 차이가 나기도 합니다.

전향자의 내면적 지향과 현실적 질서로의 편입은 반드시 일치하지 않습니다. 전향자가 현실적 질서로의 편입을 소망하더라도 그 소망이 성취되지 않으면 타협이 제대로 이루어지지 않은 셈입니다. 그 반대로 전향자가 내면적으로 사회주의를 지향하더라도 현실적 질서로 온전히 편입된다면 타협을 한 셈이 됩니다. 개인의 내면과 현실적 질서 사이에는 갈등과 모순의 가능성이 기본적으로 잠재되어 있습니다. 그래서 개인이 현실과 타협하려고 소망한다고 타협이 이루어지는 것이 아니며 개인이 현실을 부정하려는 의지를 지닌다고 하여 현실로부터 자유로워질 수 있는 것은 아닙니다. 내면적인 차원에 입각하여 완전 전향자와 불완전 전향자를 구분하는 선생님의 설명 방법은 그러한 사태를 고려치 않은 듯합니다. 이에 대한 보충 설명을 부탁드립니다.

아울러 본 발표는 「김 강사와 T교수」의 개작본에서 김 강사가 사회주의자로서의 경력을 부인하는 대목을 들면서 그의 사회주의 지향성을 확인하고 있습니다. 사회주의자임을 부정하는 것이 어떻게 사회주의를 지향하는 것과 연결될 수 있는지 석연치 않습니다. 이 부분에 대한 이해를 도와주시기 바랍니다.

유진오 소설의 주인공이 내면에 품은 사회주의에 대한 지향성이 일본 제국주의의 압도적인 힘에 의해 여지없이 무너지는 사정은 충분히 납득할 만합니다. 근대의 위력 앞에 무력함을 절감하고 사실 수리로 나가는 유진오의 소설적 행보가 자아내는 비애에 대해서도 공감이 갑니다. 그런데 유진오의 사실 수리론에 내포된 의지가 과연 근대에 대한 근본적인 비판이라고 평가할 정도의 수준에 도달하고 있는지는 선뜻 동의하기 어렵습니다. 본발표에서는 그 의지를 가리켜 견딤과 희망의 사상이라고 합니다. 그런데 그것은 사상이라기보다는 보신을 위한 태도 쪽에 더 가까운 것 같습니다. 무엇을 할 것인가 보다 어떻게 살 것인가를 고민하는 것처럼 보이기 때문입니다. 이에 대한 선생님의 견해를 듣고 싶습니다.

이상이 발표를 들으며 제가 갖게 된 의문들입니다. 저의 무지와 오독이수고로이 이루어진 선생님의 연구를 공연히 훼손하지 않았을까 적잖게 걱정이 됩니다. 토론을 위해 본 발표가 지닌 미덕을 접어 둔 채 문제점을 굳이 살피려고 하였습니다. 그러한 사정을 너그러이 헤아려 주시기 바랍니다.

유진오 생애 연보[22]

1906년   5월 13일 한성부 가회방 제동 계맹현 12통 12반에서 아버지 유치형과
           어머니 밀양 박씨의 장남으로 출생. 가계는 유길준(俞吉濬), 유성준
           (俞星濬) 등 한말의 개화 선각자로 이름난 기계(杞溪) 유씨 집안이
           다. 부친 유치형(俞致衡, 1877~1934)은 제1회 관비 유학생으로 후쿠
           자와 유키치〔福澤諭吉〕가 세운 게이오의숙〔慶應義塾〕에서 수학하고
           그후 주우오 대학〔中央大學〕 법과에서 3년간 수학을 하고 돌아온 개
           화 지식인으로, 귀국(1899) 후 궁내부의 제도국(制度局) 참서관(參書
           官), 관내부(官內府) 서기관(書記官) 등, 여러 관직을 거친 분이다.
           1907년부터는 보성(普成), 대동(大東) 전문학교에 출강하여 헌법·민
           법·해상법 등을 가르쳤고, 한일합방 후에는 고등관(高等官) 삼등(三
           等)으로 서품되었는데, 이를 거절하며 관료의 길을 청산하고, 주식회
           사 한성(韓城)은행 서무과장으로 취직했다.

1910년   천자문을 떼고 한글 공부를 시작. 부친의 지도로 일어와 산술 공부를
           집에서 끝냄.

1913년   폐위된 순종 황제에게 '축 성수무강'이란 붓글씨를 바쳐 지필묵을 하
           사받음. 또한 이 해에 부친을 따라서 유길준의 병문안을 감. 이때의
           기록은 나중에 「창랑정기」의 밑거름이 된다.

1914년   서울의 명문 자녀들이 다니는 제동(齊洞)공립보통학교(지금의 재동초

---

22) 생애 연보에 관한 자료를 모으는 과정에서 최혜림 선생의 도움을 많이 받았다. 이
    자리를 빌려 도움을 준 것에 감사드린다.

등학교)에 입학. 초등학교 시절의 교우로는 1930년대 ≪영화시대≫의 편집장을 맡았던 이재우(李載禹)가 있다.

1918년 3월에 보통학교 졸업. 성적이 우수해 경성고등보통학교(현 경기중학)에 무시험으로 입학할 수 있었으나, 만 12세가 아니라는 점 때문에 1년을 집에서 쉼.

1919년 3월 1일 친척 형들의 이야기를 엿듣고 독립선언의 현장인 파고다 공원에 가봄. 어린 유진오는 나중에 가서야 그것이 '독립선언'인 줄 알게 된다. 4월 경성고등보통학교 입학. 조진만(趙鎭滿)과 최하영(崔夏永), 이재학(李在鶴)을 사귐. 이재학은 유진오에게 문학에 관한 자극을 많이 준 이로, 훗날 시 잡지인 ≪십자가≫를 함께 간행함. 그림에 상당한 소질을 보여 미술전람회에 출품하나 스스로 대미술가가 될 소질이 없다고 생각하여 화필을 던진다. 집안 어른이 정해 준 바에 따라 성진순과 결혼. 17~18세가 되어 이성에 눈을 뜨자 자신의 조혼에 대해 많은 번민을 한 기록이 있다. 성진순은 1926년 봄에 요절함.

1922년 경성고보 4학년 때, 실력 없는 선생 두 명을 갈아 낸 사건을 주동함.

1924년 경성제일고보를 우수한 성적으로 졸업. 퇴역 대좌인 야스다가 주최한 '제1회 대학 예과 고등학교 모의시험'에서 수석을 차지, 조선인으로서의 자존심을 지킴. 4월 경성제국대학 예과에 수석 입학. 교사 건축이 늦어지는 바람에 5월에 가서야 개학식을 함. 유진오의 수석 입학은 당시 일본인들과 경쟁을 해 조선 학생이 이겼다 해서 일반 사회에서도 많은 관심을 가지게 되었고, 신문기자들이 그를 인터뷰하러 왔는데, 당시 기자는 나도향과 김을한(金乙漢)이었다. 예과 재학 중 조선 학생들끼리 따로 모여 문우회(文友會)라는 조직을 만들고, 일본말 잡지였던 ≪청량(淸涼)≫에 대해 우리말로 된 ≪문우(文友)≫라는 잡지를 냈다. 그러나 문우회는 예과 학생 이천진(李天鎭)이 관련된 사건과 한일 학생 사이에 불화의 원인이 된다고 하여 학교 당국으로부터 해산 명령을 받아 그 수명이 오래 가지 못하였다. ≪문우≫는 다음 해에 이강국(李康國), 최용달(崔容達), 박문규(朴文圭), 이희승(李熙昇), 이효석 등이 예과에서 학부로 올라오면서 활동이 활발해지고, 내용도 다채로워졌음.

1925년 이강국, 최용달, 박문규, 이희승, 이효석 등의 친구를 만남. 이강국은 수재형이고, 최용달은 노력형이라는 인상을 받음.

1926년 4월 예과를 마치고 학부의 법학과로 올라감. 개강하자마자 철학과로 전과원(轉科願)을 냈지만, 교수회의에서 부결되어 법학자의 길을 걷게 됨. 유진오가 철학과로 전과하고자 마음먹은 이유는 당시 아베 요시시게〔安倍能成〕, 미야모도 가즈요시〔宮本和吉〕, 하야미 히로시〔速水滉〕, 우에노 나호테루〔上野直昭〕 등 일본의 이와나미〔岩波〕 그룹[23]의 철학자들로서, 일본에서도 이름 있는 중견 철학자들이 철학과에 포진해 있었기 때문이다. 가을, 낙산(駱山)문학회와 경제연구회 설립. 낙산문학회는 법(法), 문(文), 의(醫)의 조선인 학생 중 문학에 흥미를 가진 동호인들을 모아 조직한 단체로서 그해 아베, 사토〔佐藤〕 두 교수를 끌어 들여 문학 강연회까지 가졌으나 이듬해 해산됨. 경제연구회는 오래 지속되었다. 법과의 전승범(全承範), 문과의 김계숙(金桂淑), 이종수(李鍾洙), 최창규(崔昌圭)와 유진오가 멤버가 되어 플레하노프의 『유물사관의 근본 문제』, 부하린의 『유물사관』 등을 윤독하였으며, 좌익 사상을 연구하려는 모임이었다. 당시 대학 당국은 회원들로 하여금 연구만 하고 외부 단체와는 일절 교섭을 갖지 않겠다는 각서를 쓰게 하며 미야케 시카노스케〔三宅鹿之助〕[24], 스즈키 다케오〔鈴木武雄〕를 지도 교수로 선정해 주었는데 이 두 지도 교수가 다

---

23) 신칸트철학을 연구하는 모임. ── 이충우, 『경성제국대학교(京城帝國大學校)』, 다락원, 1980, 108쪽.

24) 미야케 시카노스케〔三宅鹿之助〕는 1935년 조선공산당 재건 사건에 관련되어 조선에 와 있던, 일본인 고등관으로서는 치안유지법 위반으로 징역형을 산 유일한 사람이다. ── 김경일, 『이재유 연구』, 창작과비평사, 1993, 102∼115쪽.

좌익 교수여서 경제연구회는 한층 급격하게 좌경의 길을 걷게 되었다. 이들 교수들은 그 후 유진오 등이 조선사회사정연구소를 창설했을 때 재정적 후원을 해 주었다.

1927년　5월 첫 소설인 「스리」를 ≪조선지광≫에 발표하면서 등단. 「스리」는 주인공이 자신이 부르주아인가 프티부르주아인가, 프롤레타리아인가 탐색하는 과정을 그려 낸 작품으로, 구조가 완결되어 있지 않고 인물의 형상화도 이루어지지 않은 실패작이라고 할 수 있지만, 유진오의 초기 단편의 일관적인 문학적 주제인 사회적 자아 인식의 단초가 드러난 것으로 평가되는 작품이다.[25] 이 작품을 발표한 것을 기화로 유진오는 당시 ≪조선지광≫에 관계하고 있던 이기영, 최서해, 송영, 임화, 안석주, 한설야, 박영희, 김기진 등을 알게 된다. 소설 「복수(復讎)」, 「파악(把握)」을 ≪조선지광≫에 발표.

1928년　박복례와 재혼. 졸업을 앞두고 진로 문제로 고민함. 민법의 후지다 교수가 그를 민사소송 강좌 담임으로 추천했지만 조선인이라는 이유로 부결되는 사건이 일어남. 경성지방 법원장으로부터 판사를 시켜 준다는 제의를 받았지만, 거절함.[26] 「넥타이의 침전(沈澱)」을 ≪조선지광≫(3~4월 합병호)에 발표.

1929년　경성제대 수석 졸업. 형법의 하나무라 미키〔花村美樹〕 교수가 형법 연구실의 조수 자리를 제안하여 받아들임. 졸업생들과 '낙산구락부'를 조직하고 학술잡지 ≪신흥≫을 발간함. 7~8월 재학 중이던 최용달과 함께 일본 여행을 떠남. 도쿄에서 미키 기요시〔三木淸〕를 비롯하여 오오야마 이쿠오〔大山郁夫〕, 하세가와 뇨제칸〔長谷川如是閑〕 등 수십 명에 달하는 일본 명사들을 만난다. 이들 중 오오야마에 대한 인상이 각별했다. 이강국, 박문규, 최용달 등과 『조선사회운동사』를 분

---

25) 강삼희, 「유진오 문학 연구」, 서울대 석사 논문, 1994, 6쪽.

26) 당시에는 조선인에게만 '특별임용'이란 제도로 고문 사법과에 합격하지 않고도 특별히 임용하는 경우가 있었다. ——유진오, 「편편야화(片片夜話)」, 1974. 3. 30.

담, 집필하기 시작함.[27] 9월 「오월의 구직자(求職者)」를 ≪조선지광≫
에 발표.

1930년 장녀 효숙 출생. 이지휘란 필명으로 당시 운동 전반의 상황과 문제점
을 정리한 「년간조선사회운동개관」을 ≪동아일보≫에 발표. 만주를 여
행하고 돌아와 「마적」, 「귀향」, 「송군 남매와 나」 등의 많은 작품을
발표. 카프로부터 가입 권고를 받았으나 거절함.

1931년 법철학 연구실 조수로 이동. 예과에서 '법학통론'이란 과목으로 강사
시작함. 9월 이강국, 박문규, 최용달, 유진오는 김광진과 함께 '조선사
회사정연구소'를 조직. 연구소 간판을 내건 지 불과 며칠 후에 만주사
변이 터짐. 이중업(李重業) 등 경제연구회 회원을 중심으로 한 경성
제대 조선인 학생들의 반제동맹(反帝同盟) 사건이 터져 6∼7년간 꾸
준히 활동해 온 학내의 경제연구회가 해산 명령을 받음. 야마다 총장
은 유진오 등을 불러 만철 조사부(滿鐵 調査部)[28]에 취직을 시켜 주
겠다며 회유를 해 왔다. 야마다 총장의 구상은 조선인 조교들을 경성
제대에서 내보내려는 것이었으므로 이들은 모두 이 제의에 거절했다.
겨울, 『조선사회운동사』 완성. 이 책은 그 분량이 방대해서 국내에서
는 출판할 엄두를 내지 못하고 도쿄에서 출판할 것을 시도하였으나
사정이 여의치 않아 박문규가 십여 년간 보관하고 있었는데 그의 월
북 후 원고의 행방을 알 수 없음. 1월 2∼22일 「여직공(女職工)」을
≪조선일보≫에, 3월 「밤중에 기니는 자」를 ≪동광(東光)≫에, 11월
「첫 경험(經驗)」을 ≪동광≫에, 11월 「오월제전(五月祭前)」을 ≪신계
단≫에 발표. 이들 작품은 '동반자작가' 계열로 분류되는 작품군임.

---

27) 합방 전후부터 3·1운동 전까지는 이강국, 3·1운동기는 박문규, 3·1운동 이후 사
회운동의 분열 투쟁기를 유진오 자신이, 신간회와 그 이후를 최용달이 분담하였다고 한
다. ──유진오, 「편편야화」, 1974. 4. 3.
28) 만철 조사부란 다롄(大連)에 본부를 두고 있는 일본의 남만주철도 주식회사로, 일본
본토 내의 일류 대학 출신도 여간해서 들어가지 못하는 곳이었다.

1932년	장남 광 출생. 6월 재건 공산당 사건에 연루되어 '조선사회사정연구소' 해산. 이 사건으로 인해 경성제대 조교 사직.[29] 인촌 김성수가 보성전문학교를 인수하면서 법과 강사로 출강.

1932년   장남 광 출생. 6월 재건 공산당 사건에 연루되어 '조선사회사정연구소' 해산. 이 사건으로 인해 경성제대 조교 사직.[29] 인촌 김성수가 보성전문학교를 인수하면서 법과 강사로 출강.

1933년   2녀 충숙 출생. 보성전문 전임 강사로 출강. 문학적으로는 몇 편의 평론을 제외하고는 침묵함.

1934년   부친 별세. 3월 「문단인(文壇人)의 새해 선언(宣言) ── 문단(文壇)에 대한 희망(希望) 이(二) 삼(三)」을 ≪조선일보≫에 발표 "모든 객관적 조건이 극도로 불리한 조선에 잇서서는 정공법 이외에 측공법도 절대로 필요하다"고 주장함. 「행로」를 발표하면서 문학 활동 재개.

1935년   1월 「김 강사(金講師)와 T교수(教授)」를 ≪신동아(新東亞)≫에 발표. 지식인이 겪는 위기의식이 표출된 작품으로 평가된다.[30]

1938년   어머니 별세. 보성전문 교수가 됨. 「창랑정기」, 「어떤 부처」, 「수난의 기록」을 발표.

1939년   보성전문 법과 과장 역임. 「나비」와 「가을」 발표. 유일한 장편소설 『화상보』를 ≪동아일보≫에 연재하기 시작하여 다음해 5월까지 계속함. 『유진오단편집』(학예사) 출간. 「순수에의 지향(志向)」이란 평문을 계기로 김동리와 이른바 '신세대 논쟁'을 벌임.

1941년   2남 완 출생. 졸업생 직장 이탈 사건으로 학교를 대표하여 베이징에 사죄하러 가야 했는데, 베이징에 가기 위해 총독부의 주문대로 머리를 삭발하고 국민복을 입어야 했다고 한다. 이때의 경험은 「신경」에 나타나 있다. 김성수를 대신하여 장덕수 등과 함께 보성전문의 일에 전력함.

1942년   '조선문인보국회(朝鮮文人報國會)'에 나가 기조연설을 함.

1944년   보성전문이 경성척식경제전문학교로 강제 개편되자, 이 학교의 척식과

---

29) 형사가 집에 찾아와 조선사회사정연구소에 관해 압수할 것이 있다 하며 그의 원고를 닥치는 대로 빼앗아 갔다. 이때 그가 쓴 일기 등을 몽땅 가져갔는데 일기는 결국 그에게 불리한 기록이 되어 그후 유진오는 8·15해방 때까지 일기를 쓰지 않았다.

30) 윤대석, 앞의 논문, 37쪽.

과장직을 맡다가 해방 직전에 사임함.

1945년 해방이 된 바로 다음 날 새벽, 임화의 방문을 받고 문화 운동을 위해 함께 나서자고 권유받으나 거절함. 정치 운동으로 문학을 한다면 차라리 정치 운동에 뛰어들리라 결심을 했기 때문이라 한다. 보성전문 교수와 경성대학 법문학부 교수를 겸직. 교육심의위원 피촉.

1948년 대한민국헌법기초위원과 초대 법제처장 역임.

1949년 대한민국헌법기초위원으로 임명되어 헌법의 초안을 작성함. 고려대 대학원장, 고등고시위원과 교육위원회 위원 등 교육과 사법 분야에서 활약함.

1950년 6·25전쟁이 발발한 후, 가족을 서울에 둔 채 부산에서 고려대 임시 관리책임자로 근무.

1951년 대한민국교수단 단장과 전시연합대학 총장 역임.

1954년 처 박복례 사망. 학술원 회원, 대학교육심의회 위원이 됨.

1955년 고려대 창립 50주년. 물질적·정신적 후원자였던 인촌 김성수 작고.

1956년 이용재와 결혼. 학술원 회원이 됨. 유네스코 한국위원회 부위원장직 역임.

1957년 한국공법학회 회장, 한국법철학학회 회장 등 역임.

1959년 대한민국 학술원상 수상.

1961년 국가재건국민운동본부장에 취임.

1962년 대한민국 문화훈장을 받음.

1966년 민중당 대통령 후보로 지명됨.

1967년 민중당, 신한당을 합당한 신민당의 대표위원 역임. 제7대 국회의원 선거에서 종로에 출마하여 당선됨.

1968년 신민당 총재로 취임.

1969년 뇌졸중으로 쓰러짐.

1970년 신민당 총재직 사임.

1987년 향년 82세를 일기로 사망.

유진오 작품 연보

발표일	분류	제 목	발표지
1927. 5	소설	스리	조선지광
1927. 7~9	소설	파악(把握)	조선지광
1927. 9~10	소설	갑수의 연애	현대평론
1928. 1	소설	삼면경(三面鏡)	조선지광
1928. 4	소설	넥타이의 침전(沈澱)	조선지광
1928. 11	평론	진리의 이중성	조선지광
1929. 3	수필	학생층(學生層) 기타(其他)	진생
1929. 8	평론	무기교의 기교·기타	조선지광
1929. 9	소설	오월(五月)의 구직자(求職者)	조선지광
1929. 12	평론	민족적 신화와 사회적 문화	신흥
1930. 1	소설	가정교사(家庭敎師)	조선강단
1930. 1	평론	문예시감	조선지광
1930. 2. 6~8	평론	「1월 창작평」 필자 함군의 계급적 정체를 폭로	동아일보
1930. 5~7	소설	귀향(歸鄕)	별건곤
1930. 6	평론	예술파의 대두·기타	대중공론
1930. 9. 4~17	소설	송군(宋君) 남매(男妹)와 나	조선일보
1931. 1. 2~22	소설	여직공(女職工)	조선일보
1931. 2	소설	열네 살 때에	신광

발표일	분류	제 목	발표지
1931. 2~5	소설	형(兄)	조선지광
1931. 3	소설	밤중에 거니는 자(者)	동광
1931. 11	소설	상해(上海)의 기억(記憶)	문예월간
1931. 11	소설	오월제전(五月祭前)	신계단
1931. 12	평론	푸로 문학과 연애	동광
1931. 12	평론	문학과 성격 —— 작품 제작과 비평에 대한 제창	문예월간
1932. 1	평론	문예계에 대한 신년 희망 —— 평론계에	문예월간
1932. 3	수필	하아듸와 괴테 —— 문인의 이십 시대(二十時代) 회상(回想)	삼천리
1932. 3	평론	문예시평 —— 소설의 핀트, 역량 있는 작가와 평가(平家)	문예월간
1932. 4	소설	전별(餞別)	삼천리
1932. 4	평론	침통한 문학 기타	동방평론
1932. 11	소설	오월제전(五月祭前)	신계급
1933. 1. 1~8	평론	문단에 대한 희망 이삼(二三) —— 문예인의 새해 선언	문예월간
1933. 10. 3~4	평론	호호(虎狐)의 변 기타 —— 문단시평	동아일보
1933. 10. 5	평론	해외문학파의 재출현	동아일보
1933. 10. 6	평론	장혁주(張赫宙) 씨의 근작	동아일보
1933. 10. 7	평론	문예의 옹호 —— 문단시평	동아일보
1933. 12	수필	사색(思索)과 독서(讀書)	학등
1933. 12	평론	창작의 위기 기타	중앙

발표일	분류	제 목	발표지
1934. 7. 4~7	평론	장혁주 씨의 문학적 행정—— 소설집 『권(權)이라는 사나이』를 읽고	동아일보
1935. 1	소설	김 강사(金講師)와 T교수(敎授)	신동아
1935. 1	평론	창작자와 무대예술	
1935. 1. 1	평론	당래문학(當來文學)의 특징은 침통의 일색일까	동아일보
1935. 3	소설	김강사와 T교수(재수록)	삼천리
1935. 6	소설	오월2제(五月二題)	조선문단
1935. 12	소설	간호부장(看護婦長)	신동아
1936. 1	소설	황율(黃栗)——도회(都會)의 한 스케취	삼천리
1936. 12	평론	문학청년에게 주는 말	풍림
1937. 2. 10~13	평론	지드의 소련 여행기	조선일보
1937. 3	소설	스리(재수록)	사해공론
1937. 3. 19~20	평론	인삼과 밥과 아편——이무영 씨 창작집 『취향(醉香)』을 읽고	조선일보
1937. 4. 18~23	평론	개성 옹호의 한계	조선일보
1937. 6. 3	평론	현 문단의 통폐는 레알리즘의 오인	동아일보
1937. 6. 12	평론	문화담당자의 사명	조선일보
1937. 7. 1	평론	낙관(樂觀)하라	동아일보
1937. 7. 16~18	평론	문학 대화(文學對話)	조선일보
1937. 8	수필	황새가 아니라 뱁새	조선문학
1937. 8. 13~19	평론	'내일(來日)'을 기다리는 마음	조선일보

발표일	분류	제 목	발표지
1938. 1. 1~4	평론	조선어와 조선 문학, 조선의 특질	동아일보
1938. 1. 26	평론	비평과 예언 —— 김문집 군에게	동아일보
1938. 1~4	소설	수난(受難)의 기록(記錄)	삼천리문학
1938. 3. 2	평론	작가의 '눈'과 현실 구성 —— 이 시대의 내 문학	조선일보
1938. 4	수필	「대지(大地)」와 「지하촌 (地下村)」 —— 작가일기 (作家日記)	조선일보
1938. 4. 19~5. 4	소설	창랑정기(滄浪亭記)	동아일보
1938. 5. 21~27	평론	문단 사업의 의의를 사화 사업가에게 일언(一言)	동아일보
1938. 5. 29~6. 2	평론	생(生)에 대한 정열로서의 문학	조선일보
1938. 7. 3~5	평론	예지적 행동과 지성	조선일보
1938. 8	평론	문학과 연애	사해공론
1938. 8. 11~13	평론	제재의 비속성 시비	조선일보
1938. 10	소설	어떤 부처(夫妻)	조광
1938. 10	평론	문학과 성격	조광
1938. 10. 5	평론	창작의 이론과 실제 —— 작가와 비평가	동아일보
1938. 10. 9	평론	작품평의 임무	동아일보
1938. 10. 11	평론	창작의 이론과 실제 —— 문장론 관견(管見)	동아일보
1938. 10. 13	평론	창작의 이론과 실제 —— 작가와 문학혼(文學魂)	동아일보

발표일	분류	제 목	발표지
1938. 11	소설	수술(手術)	야담
1938. 11	평론	서구 문제는 곧 조선 문제—— 지성 옹호의 변	비판
1938. 12	소설	치정(痴情)	조광
1939	소설집	유진오단편집(兪鎭午短篇集)	학예사
1939. 1	평론	이기영 씨의 인상	조선문학
1939. 1. 10~13	평론	조선 문학에 주어진 새 길	동아일보
1939. 2	소설	이혼(離婚)	문장
1939. 2. 2	평론	문학의 영원성과 역사성	동아일보
1939. 2. 25	평론	전체주의 법이론의 윤곽	조선일보
1939. 3	평론	문예시평——「대하」의 역사성	비판
1939. 3. 23	평론	애수와 감고(感古)—— 임학수 씨의 신저 「후조(候鳥)」	동아일보
1939. 3. 30	평론	귀중한 노력「조선작품년감」의 간행	조선일보
1939. 4. 6	평론	새 초석의 하나——김남천의 신저 『소년행(少年行)』	동아일보
1939. 5	평론	신진에게 갖는 기대—— 신진작가를 논함	조광
1939. 5. 9	평론	웃음과 문학	동아일보
1939. 5. 10~12	평론	문화의 위기와 그 초극	조선일보
1939. 5. 19	평론	모랄·성(性)·영혼—— 이효석 씨의 「성화(聖畵)」	동아일보
1939. 5. 27	평론	문인도(文人道)	동아일보
1939. 6	평론	순수에의 지향	문장

발표일	분류	제 목	발표지
1939. 6	평론	무영(無影)의 문학	작품
1939. 6. 2	평론	6월/창작의 수확	동아일보
1939. 6. 28	평론	문단 신인군 —— 신세대론	조선일보
1939. 6. 30	평론	조로(早老)와 대성(大成)	동아일보
1939. 7. 17	평론	낭만의 정신 —— ≪백지(白紙)≫ 창간호 독후감	조선일보
1939. 10	수필	걸어온 길 —— 작가 생활 (作家生活)의 회고(回顧)	박문
1939. 10	수필	산중독어(山中獨語)	인문평론
1939. 11	수필	재등 백운대기(再登 白雲臺記)	조광
1939. 11	평론	현상은 불완전하나? —— 씨나리오를 문학의 장으로 보나?	영화연극
1939. 11	평론	구라파적 교양의 특질과 현대 조선 문학	인문평론
1939. 12	평론	걸어온 길 —— 작가 생활의 회고	박문
1939. 12. 8~ 1940. 5. 3	소설	화상보(華想譜)	동아일보
1940	소설집	봄	한성도서
1940. 1	소설	봄	인문평론
1940. 2	평론	나의 문청 시대 —— 나의 문학 십 년기	문장
1940. 2	평론	나의 팡세	문장
1940. 2. 23	평론	대립보다는 협력을 요망 —— 김동리 씨에게	매일신보
1940. 7. 29	평론	표어의 함정 —— 비평의 개념적	매일신보

발표일	분류	제 목	발표지
		경향	
1940. 7. 30	평론	시정 편력의 정체——인간적 진실의 파악	매일신보
1940. 7. 31	평론	방황하는 비평——탁청(濁淸) 과 추수(追隨)의 중간	매일신보
1940. 8	수필	해바라기	인문평론
1940. 8. 1	평론	소설과 기교——고전 창조에의 길	매일신보
1940. 8. 2	평론	독창의 문학으로——수이출 (輸移出) 문학에 관련하야	매일신보
1940. 8~12	소설	우수(憂愁)의 뜰	여성
1940. 10. 7	평론	문학과 의상(衣裳)—— 문예잡감(文藝雜感)	매일신보
1940. 10. 8	평론	문학과 권투(拳鬪)-문예잡감	매일신보
1940. 10. 9~10	평론	문학과 세대(世代)-문예잡감	매일신보
1940. 11	수필	화상보 기타(其他)	조광
1941	소설집	화상보	한성구서
1941. 1	소설	산(山)울림	인문평론
1941. 2	소설	마차(馬車)	문장
1941. 2	소설	젊은 안해	춘추
1941. 4	소설	우수(憂愁)의 뜰	신세기
1942. 1	소설	남곡 선생(南谷先生)	국민문학
1942. 1	평론	지식인의 표정(知識人の表情)	국민문학
1942. 2	소설	정(鄭)선달	춘추
1942. 7	평론	작가 이효석	국민문학

발표일	분류	제 목	발표지
1942. 7	평론	이효석 군의 마지막 날	대동아
1942. 7	평론	이효석과 나	조광
1942. 10	소설	신경(新京)	춘추
1942. 10	평론	주제로 본 조선의 국민 문학	조선
1942. 11	평론	창작의 1년(創作の一年)	국민문학
1943. 1. 9~13	평론	부흥(復興)과 서양 —— 동아 문예 부흥에 대한 단상	매일신보
1944. 3	소설	조부의 쇠 조각(祖父の屑鐵)	국민총력
1950. 3	수필	짓꿎은 작란(作亂)	백민
1956. 2	소설	김 강사와 T교수(재수록)	사상계
1956. 3	수필	교체(交替)되는 세대(世代)	문리대학보
1964	소설집	창랑정기(滄浪亭記)	정음사
1966	수필집	구름 위의 만상(漫想)	일조각
1974. 3. 1~5. 16	수필	편편야화(片片野話)	동아일보
1975	소설집	화상보	어문각
1976	소설집	김 강사와 T교수	삼중당
1976	소설집	마차	범우사
1977	소설집	서울의 이방인(異邦人)	범우사
1977	수필집	양호기	고려대 출판부
1978	수필집	미래로 향한 창	일조각
1978	수필집	젊은 날의 자화상	박영사
1978	수필집	젊음이 깃 칠 때	휘문출판사
1994	소설선집	정통한국 문학대계 27 (전영택·유진오·김송 선집)	어문각
1995	소설선집	김 강사와 T교수/모밀꽃 필	동아출판사

발표일	분류	제 목	발표지
		무렵(한국소설 문학대계 16)	
2002	소설선집	나도향·유진오 단편집	소담
2005	소설선집	이효석·유진오 외(최원석 외 엮음)	창작과비평

1933. 6　　　안함광, 「문학적 형식의 탐구와 그 태도에 관하여 ── 유진오 씨의 소론과 작품을 읽고」, ≪비판≫

1933. 7. 2~9　이기영, 「작가가 본 작가 ── 현민 유진오론」, ≪조선일보≫

1935　　　　　청조사 편, 「작가와 문학 연구실 풍경 : 유진오 씨의 문학 연구 실」, ≪신인문학≫ 제2권 제3호

1935. 3　　　현동염, 「작가론 ── 현민과 '인텔리'」, ≪신인문학≫ 4호

1936. 1　　　김철웅, 「작가 방문기 ── 유진오 편」, ≪문학≫ 1호

1936. 4　　　안함광, 「작가 유진오 씨를 논함」, ≪신동아≫ 54호

1937. 3　　　정비석, 「유진오론」, ≪풍림≫ 4호

1937. 3. 4~12　이영묵, 「'지드'와 이성 ── 유진오 씨에게 보내는 공개장」, ≪조 선일보≫

1938. 2. 17~18　박영희, 「현민 유진오론」, ≪동아일보≫

1938. 5　　　김문집, 「비평의 권위와 비평 수준 ── 유진오 군에 여함」, ≪삼 천리≫

1939. 1　　　이기영, 「내가 본 유진오 씨」, ≪조선문학≫ 15호

1939. 9. 18　최재서, 「시대의 동행자 ──『유진오단편집』을 읽고」, ≪조선일보≫

1939. 10　　　김남천, 「유진오단편집」, ≪문장≫ 9호

1940. 1　　　이원조, 「유진오론 ── 그의 단편을 중심으로 하여」, ≪인문평론≫ 제2권 1호

1940. 2. 21~22　김동리, 「신세대의 문학 정신 ── 신인으로서 유진오 씨에게」, ≪매일신보≫

1941. 1	이효석, 「유진오 작 「봄」」, ≪인문평론≫ 14호
1941. 2. 7	임화, 「유진오 저 「봄」」, ≪매일신보≫
1941. 2. 25	박종화, 「유진오 저 「화상보」를 읽고」, ≪매일신보≫
1941. 3	임학수, 「유진오 창작집 『봄』을 읽고」, ≪문장≫ 24호
1941. 4	신남철, 「유진오 저 「화상보」」, ≪인문평론≫ 16호
1941. 7	임화, 「유진오 저 「화상보」」, ≪춘추≫ 6호
1945. 1	임화, 「유진오 저 「화상보」를 독함」, ≪춘추≫
1946. 3	김동석, 「소시민의 문학——유진오론」, ≪상아탑≫ 6호
1949	백철, 『조선신문학사(현대편)』, 백양당
1956. 9	강동수, 「사학 총장의 두 사나이 : 백낙준 박사와 유진오 박사」, ≪산태양≫ 5·9호
1957. 9	춘해, 「천재적인 학자 유진오」, ≪삼천리≫ 2·9호
1958. 11	이항녕, 「유진오 박사론」, ≪사조≫ 1·6호
1964. 1	천이두, 「소설에 나타난 실직자 문제」, ≪세대≫
1976	조진기, 「소설에 나타난 지식인의 양상」 1, ≪영남어문학≫ 3호
1976. 2	조남현, 「관점으로 본 서해와 현민——기독교와 한국문학」, ≪월간문학≫ 84호
1979. 11	이내수, 「식민지의 상황도——유진오론」, ≪현대문학≫ 299호
1980	조남현, 『일제하의 지식인 문학』, 평민사
1981. 12	정한숙, 「환경과 지식인의 체험——현민론」, ≪인문논집≫ 26호, 고려대 문과대학
1982	박용수, 「유진오 소설 연구」, 단국대 대학원 석사 논문
1982	장윤수, 「유진오와 이효석 소설에 나타난 현실 인식」, 고려대 대학원 석사 논문
1982	김금소, 「현민 소설 연구」, 고려대 대학원 석사 논문
1983	박용주, 「유진오 소설 연구」, 단국대 대학원 석사 논문
1983	장윤수, 「유진오와 이효석 소설에 나타난 현실 인식」, 고려대

대학원 석사 논문

1983. 9   변정화, 「유진오 작품 고: 전기 시대를 중심으로」, ≪원우논총≫
              1호, 숙명여대 대학원 총동창회

1983. 12   김금조, 「위대한 운명에의 개척」, ≪새국어교육≫ 37~38 합본호

1984   김윤식, 『한국근대문학사상사』, 한길사

1984   김윤식, 『한국근대문학사상연구』 1, 일지사

1984   조남현, 『한국지식인소설연구』, 일지사

1984   윤인희, 「유진오 소설 연구」, 숙명여대 대학원 석사 논문

1985   최종고, 『위대한 법사상가들』 3, 학연사

1985   윤인희, 「유진오 소설 연구」, 숙명여대 대학원 석사 논문

1985. 8   변정화, 「유진오의 리얼리즘 고——현실 지평과 문학적 지평」,
              ≪원우논총≫ 3호, 숙명여대 대학원 총동창회

1985. 12   이동하, 「1940년 전후의 소설에 나타난 지식인상」, ≪국어국문
              학≫ 94집

1986   이중재, 「유진오론: 그의 동반자적 특질을 중심으로」, 동국대
              대학원 석사 논문

1986   곽근, 「유진오와 이효석의 전기 소설 연구——동반자작가 논의
              를 중심으로」, 성균관대 대학원 박사 논문

1986   곽근, 「일제하의 한국 문학 연구, 작가론을 중심으로」, 집문당

1986   서석준, 「현민 유진오 소설 연구」, 경희대 대학원 석사 논문

1986   이재춘, 「현민 유진오 소설 연구」, 강원대 교육대학원 석사 논문

1986   허영주, 「유진오 소설 연구」, 계명대 대학원 석사 논문

1986   성세용, 「현민 유진오 소설 연구」, 건국대 대학원 석사 논문

1987   윤기영, 「유진오 소설 연구」, 서울대 대학원 석사 논문

1987   김재용, 「1930년대 도시 소설의 변모 양상 연구」, 연세대 대학
              원 석사 논문

1987. 2   윤기영, 「유진오 소설 연구」, ≪국어국문학 논문집≫ 제28집,

1988   이홍태, 「유진오 소설 연구──전기 소설을 중심으로」, 한양대 대학원 석사 논문

1988   이강언, 「1930년대 모더니즘 소설 연구」, 영남대 대학원 박사 논문

1989   김병우, 「작중 지식인상에 투영된 작가 의식 연구: 1930년대를 중심으로」, 충북대 교육대학원 석사 논문

1990   오영숙, 「유진오 문학 연구」, 서울대 대학원 석사 논문

1990   박진숙, 「1930년대 한국 동반자 문학 연구」, 서울대 대학원 석사 논문

1990   조현일, 「1920~30년대 한국 노동소설 연구」, 서울대 대학원 석사 논문

1990. 2   서석준, 「현민 유진오 소설 연구」, ≪고봉논집≫ 6호, 경희대 대학원

1990. 8   유영윤, 「1930년대 도시 소설에 나타난 소외 연구: 유진오와 이무영을 중심으로」, ≪건국대 대학원 논문집≫ 31호, 건국대 대학원

1991   고려대 중앙도서관, 『현민문고목록』, 고려대 출판부

1991. 6   유문선, 「파시즘의 억압과 과학주의, 그리고 정태현과 석주명 ──「화상보」」, ≪문학정신≫ 57호, 열음사

1991. 4   서석준, 「창랑정기 연구」, ≪어문연구≫ 69호, 한국어문교육연구회

1992   이강언, 『한국현대소설의 전개』, 형설출판사

1992   최지현, 「현민 소설 연구」, 연세대 대학원 석사 논문

1992   황경, 「유진오 문학 연구」, 고려대 대학원 석사 논문

1992   조남현, 「동반자작가의 성격과 위상에 관한 연구」, 서울대 인문논총

1993   장양수, 『한국의 동반자 소설』, 문학수첩

1993   김문숙, 「유진오 소설 연구 ── 동반자적 성격과 지식인 소설을
            중심으로」, 군산대 대학원 석사 논문

1993   김장원, 「1920~30년대 노동소설 연구 : 서술자와 인물을 중심
            으로」, 서강대 대학원 석사 논문

1994   김윤식, 『한국근대문학사상연구 2 : 문협 정통파의 사상 구조』,
            아세아문화사

1994   강삼희, 「유진오 문학 연구」, 서울대 대학원 석사 논문

1994. 4   박헌호, 「현민 유진오 문학 연구 : 동반자 작가의 존재 방식과
            그 좌표 1」, ≪반교어문연구≫, 반교어문학회

1994. 12   강삼희, 「서구 교양주의에서 동양적 세계로 ── 유진오론」, ≪외
            국문학≫ 48호

1995. 9   정호웅, 「일제하 지식인의 내면 풍경 : 유진오의 「신경」」, ≪문
            학사상≫ 275호

1995. 12.   조남현, 「유진오와 이효석 소설의 거리」, ≪인문논총≫ 34호,
            서울대 인문학연구소

1995. 12   홍재범, 「「창랑정기」의 내적 형식 연구」, ≪관악어문연구≫ 20
            호, 서울대 국어국문학과

1996   윤대석, 「유진오 문학 연구」, 서울대 대학원 석사 논문

1996   한기철, 「유진오 문학 연구」, 대구대 대학원 석사 논문

1997   구본정, 「현민 유진오 소설 연구」, 홍익대 교육대학원 석사 논문

1997   허근영, 「유진오 문학 연구」, 경북대 대학원 석사 논문

1998. 11   이강언, 「현민 유진오의 도시 소설 연구」, ≪우리말글≫ 16호,
            우리말글학회

1999. 9   양진오, 「문학의 새 지평 문제를 둘러싼 세대 논쟁 : 문학사적
            전통에 대한 차별화 전략의 문제」, ≪문학사상≫ 323호

1999. 12   김용희, 「유진오 소설에 나타난 도시 공간」, ≪진단학보≫ 88호,

진단학회

2000   현승일, 『신발을 벗고서』, 오롬시스템

2000   홍은경, 「동반자 작가 연구」, 경남대 대학원 석사 논문

2000. 2   김도희, 「1930년대 세대·순수논쟁 연구」, ≪대전어문학≫ 17호,
            대전대 국어국문학회

2000. 12   정호웅, 「1940년 전후 소설 속의 지식인」, ≪인문과학≫ 8호,
            홍익대 인문과학연구소

2000. 12   김윤식, 「조선 작가의 일어 창작에 대한 한 고찰 : 이효석, 유진
            오, 김사량의 경우」, ≪예술논문집≫ 통권 39호, 예술원

2001   국사편찬위원회, ≪자료대한민국사≫ 15~18호

2002   정승미, 「1930년대 지식인 소설 연구, 채만식과 유진오의 작품
            을 중심으로」, 대구가톨릭대 대학원 석사 논문

2003. 9   홍기돈, 「일제시대 세대 논쟁 연구」, ≪인문학연구≫ 36집, 중
            앙대 인문과학연구소,

2005   김용희, 『근대 소설의 도시 공간』, 한신대 출판부

2005   강재순, 「20세기 전반 서울지역 기계 유씨가의 사회운동과 정
            치 활동」, 부산대 대학원 박사 논문

2005   진선영, 「유진오 소설의 여성 이미지 연구」, 이화여대 대학원
            석사 논문

2005. 4   호사카 유지〔保坂祐二〕, 「유진오의 동양주의 : 태평양전쟁 중
            유진오의 대일 논리(兪鎭午の東洋主義 : 太平洋戰爭中の兪
            鎭午の對日論理)」, ≪일본문화연구(日本文化硏究)≫ 14집, 동
            아시아일본학회

2005. 5   김형섭, 「유진오 일본어 소설에 대한 한 고찰」, ≪일본어문학≫
            29집, 일본어문학회

작성자 차원현 서울대 대학원 졸. 문학박사. 경주대 교수

【제5주제 ── 엄흥섭론】

조선적 상황과 엄흥섭 문학

박진숙(성균관대 교수)

들어가는 말

엄흥섭은 1906년 충남 논산에서 출생하여 1951년 월북하기까지 한국 현대사의 전개 과정 속에서 매우 성실하게 문학 세계를 구축해 간 작가이다. 일제 식민지 시대에 작품 활동을 한 대부분의 작가를 논의할 때 한국 현대사의 전개 과정과 무관하게 논의를 할 수는 없다. 특히 엄흥섭의 경우는 조선프롤레타리아예술가동맹(카프) 가입과 제명, 해방 후 1946년 '조선문학가동맹' 중앙집행위원 및 소설부 부원으로 활동, 1951년 월북이라는 독특한 이력을 시녀 이러한 필요성은 더욱 증대된다.

엄흥섭에 대한 연구는 월북 문인에 대해 해금 조치가 취해진 이후 간헐적으로 이루어져 왔다.[1] 김재용의 연구는 엄흥섭에 대한 가장 최초의 논문

---

1) 엄흥섭에 대한 주요 연구는 다음과 같다.
김재용, 「식민지 시대와 동반자작가 ── 엄흥섭론」, ≪연세어문학≫ 20집, 1987.
졸고, 「엄흥섭 문학에 나타난 동반자적 성격 연구」, ≪관악어문연구≫, 16호, 1991.
이봉범, 「엄흥섭 소설 연구」, 성균관대 석사 논문, 1992.
정호웅, 「엄흥섭론 ── 엄흥섭의 농촌 현실 증언과 휴머니즘」, 『한국현대소설사론』, 새미, 1996.

으로서 중요한 의미가 있다. 김재용은 엄흥섭이 다른 동반자 작가와는 차이가 있으며, 타의에 의해 카프 조직에서 배제되었다는 점을 강조하면서, 그의 작품 세계가 일제 식민지 지배로 인한 당대의 중요한 모순 즉 민족 모순과 계급 모순을 극복하고자 했던 반제·반봉건의 성격을 지니고 있다는 점을 강조한다. 이봉범의 연구 역시 엄흥섭을 민족해방운동과 관련하여 문학을 사회 변혁의 수단으로 인식한 작가, 자신의 신념을 지속적으로 유지한 성실한 문학가라는 점에서 높게 평가한다. 이주형의 연구는 제재 및 작가 의식의 변모 양상을 중심으로 엄흥섭의 문학론, 작품 세계의 지형을 구체적으로 보여 주고 있다는 점에서 가장 정치한 논의라고 할 수 있다. 가장 최근에 발표된 장명득의 논문은 ≪군기(群旗)≫ 사건을 중심으로 초기 소설과의 관련성을 살피고 있다.

본 연구는 위와 같은 기존 연구에서 나타난 문제의식에 충실하면서도 간과하고 있다고 판단되는 몇 가지 지점을 짚어 가면서 논의를 진행할 것이다. 첫째, 작가 연보에서 미흡한 부분에 대한 보완. 둘째, ≪군기≫ 사건과 엄흥섭 작품의 관계. 셋째, 카프가 문단에서 실제적인 활동을 하지 못하는 상황에서도 더욱 선명한 원칙을 내세우고 있다는 점. 넷째, 엄흥섭 문학 세계 전체를 꿰뚫고 있는 정신 등에 주목하여 논의를 펴고자 한다.

엄흥섭의 문학적 성장과 출발

엄흥섭은 1906년 충남 논산 출생으로, 부친이 돌아가신 후 진주에서 살게 된다. 경남 도립 사범학교에 들어간 그는 18세 때 이미 ≪학우문예≫라는 학생 문예 잡지를 창간하고 주필 역할을 담당했다. ≪학우문예≫와 학우문예회가 가능했던 것은 '상당한 자유주의자'였던 교장과 다야마 가타이

이주형, 「엄흥섭 소설 연구 ── 제재 및 작가 의식의 변모 양상을 중심으로」, ≪국어교육연구≫ 30호, 1998.
장명득, 「≪군기≫ 사건과 엄흥섭의 초기 소설」, ≪배달말≫ 34호, 2004.

〔田山花袋〕, 구니키다 돗포〔國木田獨步〕 등 리얼리즘 문학에 깊은 이해를 가진 문학 애호가 작문교원의 영향 때문이기도 했다.[2] 그들은 스스로를 진보적 문학청년이라 할 정도로 상당한 자부심을 갖기도 했다.

≪동아일보≫에는 그 무렵 썼을 것으로 추정되는 엄흥섭의 시가 여러 편 실려 있는데, 「꿈속에서」(1925. 9. 12), 「성묘」(1925. 9. 24), 「들에 피는 꽃」(1925. 9. 29), 「나그네」(1925. 10. 5), 「바다」(1925. 10. 12), 「아침 해가 돋는 뜻은」(1926. 5. 5), 「등잔불」(1926. 5. 31), 「무명화」(1926. 8. 28) 등이 연보에 누락되어 있는 작품들이다. 여기서 엄흥섭의 등단이 언제 이루어졌는지를 생각해 볼 필요가 있다. 『한국근대문인대사전』에 의하면 엄흥섭은 1929년 5월 ≪조선문예≫ 1호에 시 「세거리로」를 발표한 것으로 되어 있다. 그러나 ≪조선문단≫ 11호(1925. 2)를 보면 엄흥섭의 「엄마 제삿날」이 '당선소곡'으로 실려 있다. 또 ≪조선문단≫ 12호(1925. 10)에 「나의 시」(진주 엄흥섭)가 시 당선작으로 실려 있다.[3] 이로써 그의 등단은 1925년에 시를 통해 이루어졌음을 알 수 있다. 이때 그는 진주 근교 농촌에서 교원 생활을 하고 있었던 것으로 보인다.[4] 1927년 1월에는 인천 진우촌, 박아지, 김도인, 한형택 등과 연합하여 동인지 ≪습작시대(習作時代)≫를 냈다. 그 후신 ≪백웅(白熊)≫은 공주 윤귀영의 편집으로 간행됐으며, ≪백웅≫이 휴간되자 ≪습작시대≫ 동인 시절부터 절친했던 김병호와 함께 ≪신시단≫을 간행하기도 한다.[5]

한편 엄흥섭은 시에는 소질이 없다고 생각하여 소설로 장르를 바꾸었으며, 이후 외국 작가 도스토예프스키, 톨스토이, 투르게네프 등을 탐독하였

---

2) 「나의 수업 시대——작가의 올챙이 때 이야기」, ≪동아일보≫, 1937. 7. 30~8. 3.

3) 이봉범, 「1920년대 부르주아 문학의 제도적 정착과 『조선문단』」, ≪민족문학사연구≫ 29호, 2005, 200쪽.

4) 조선총독부 및 소속 관서 직원록에 의하면 엄흥섭은 1928~1929년 경남 공립학교인 평거보통학교에서 '훈도'를 한 것으로 기록되어 있다.

5) 「나의 동인지 시대를 말함」, ≪조선문학≫, 1939. 1, 40~43쪽.
   이때 조선 문단은 신경향파 문학이 대두되어 찬란한 논쟁이 시작될 때라는 것으로 보아 1928~1929년 무렵으로 보인다.

다고 밝혔다. 이와 함께 그의 등단작에 대해 직접 언급한 대목은 주목할 만하다.[6] 그는 도스토예프스키, 톨스토이, 투르게네프, 셰익스피어, 괴테 등을 탐독했는데, 이 중 도스토예프스키를 위대한 리얼리스트라 칭하며, 그의 문학의 특징을 "지나치게 치밀한 관찰, 작중인물의 심각한 심리 묘사"라고 하면서 창작 방법의 특수성에 주목한다. 그에 의하면 도스토예프스키 창작 방법의 특수성에 주목하여 쓴 것이 바로 「흘러간 마을」이다.

(도스토예프스키의 ―― 인용자) 작품의 발단이 종말 장면에서부터 시작되고 작중인물의 대화나 그 심리와 성격, 행동 등에 있어서 그 사건의 전반부가 투영되어 있기 때문에 일종의 수수께끼와 같은 입체적 호기심의 성질을 띠우게 되어 독자를 끌고 나가는 매력이 있음을 깨닫게 되었습니다. (중략 ―― 인용자) 훨씬 지낸 뒤에 쓴 「흘러간 마을」의 작품 발단이 사건의 종말 장면에서 시작된 것과 같은 것은 비록 그것이 무의식적이었다 하더라도 도스토예프스키의 작품 구성술을 모방한 것이 아닌가 하고 비난을 받더라도 할 말이 없습니다.[7]

이 작품은 이기영이 편집을 담당하고 있던 《조선지광》(1930. 1)에 투고되어 실리는데, 카프의 각광을 받게 된다. 소설 등단은 이로써 이루어진 셈이다. 카프의 준기관지적 성격을 띤 《조선지광》에 작품이 게재되자, 그는 사상 불온이라는 이유로 교직에서 파면되어 서울로 올라가 본격적인 작가로서 활동한다.[8] 「흘러간 마을」이 호평을 받은 것은 엄흥섭 나름대로 도스토예프스키를 탐독하여 작품에 반영한 것도 하나의 요인이다.

이와 같은 과정을 보더라도 엄흥섭의 문학 세계는 리얼리즘적 경향을 특

---

6) 「내가 사숙하는 내외 작가 ―― 조그만 체험기」, 《동아일보》, 1937. 7. 5.
7) 앞의 글.
8) 1929년경 서울에 올라와 취직한 곳은 《여성지우》였으며, 1930년에는 한성도서 주식회사에 근무한 것으로 되어 있다.

징으로 한다. 이는 위와 같은 작가 수업과 관련이 있다. 엄흥섭의 작품에 수시로 등장하는 노래 가사나 시는 엄흥섭이 문학 활동을 시로 시작했다는 것을 보여 주며, 카프의 노선 변화와도 관련이 있다. 또한 서울로 올라오기 전 4~5년간의 교원 생활은 엄흥섭의 독특한 이력으로, 그의 문학 세계에 서 농촌과 학교의 실상을 그리는 데 중요한 체험으로 작용한다. 요컨대 엄 흥섭 문학의 특징은 그의 교사 체험, 작가 수업, 이념적 지향이 조선이라는 특수한 상황과 어우러져 형성된 것이라 할 수 있다.

카프 가입·제명과 프로문학의 세계

엄흥섭은 한국 문학사에서 동반자작가로 분류되어 있는 작가이다. 본 논 문에서는 동반자작가라는 규정에 구애받지 않으면서 엄흥섭의 문학적 활동 과 작품 세계를 살펴보고자 한다. 카프가 조직을 확장해 가는 과정에서 명 명한 '동반자'[9]라는 용어는 다소 특이한 이력의 소유자인 엄흥섭에게도 적 용되는데,[10] 이로 인해 그의 작품은 때로 한정적으로 이해되기도 한다. 이 러한 특징으로 인해 엄흥섭 문학을 이해하기 위해서는 카프와의 관련성에 대한 검토가 불가피하다. 그가 한때는 카프의 중앙위원이었고, 그의 작품 경향 역시 카프의 창작 방법론을 수용한 면모를 지니고 있기 때문이다.

1930년 「흘러간 마을」로 등단한 그는 카프에 가입하였고, 1930년에는 안막, 권환, 송영과 함께 카프 중앙위원을 지냈다.[11] 양창준이 1930년 8월 발행한 《음악과 시》는 시와 음악에 관한 내용을 중심으로 한 프롤레타리 아 예술 운동을 목적으로 발행된 잡지이다. 엄흥섭의 작품 역시 이주홍, 손

---

9) 박영희, 「카프 작가와 그 수반자의 문학적 활동」, 《중외일보》, 1930. 9. 18.
   '카프 작가가 아니면서도 카프의 예술적 강령에 추종하려는 경향을 가진 작가'를 동반 자작가라고 칭하고 있다.
10) 김기진, 「조선 문학의 현재 수준」, 《신동아》 27호, 1934. 4.
11) 《조선일보》 1930년 4월 22일자에 의하면 엄흥섭은 송영, 권경완, 안막, 안석주와 함 께 카프 중앙위원회 신임위원으로 소개되어 있으며, 서기국에 소속되었다.

풍산, 이일권, 이구월, 양우정, 권환, 김창술, 김병호, 박아지, 박세영, 김해강, 신고송, 박철 등과 함께 실려 있다.[12] 1931년 3월에는 김병호, 양창준, 이석봉, 박세영, 손재봉, 신말찬(고송) 등의 작품과 함께 『불별』이라는 프롤레타리아 동요집을 펴내기도 했다. 『불별』에 동요를 발표한 시인들은 이미 카프의 맹원이거나, 카프의 이념에 동조하여 프로문학 운동을 하고 있었다.[13] 동요집뿐만 아니라 동화를 창작하는 등 아동문학계에서의 활동도 주목할 만하다. 엄흥섭은 ≪별나라≫나 ≪신소년≫을 통해서 소년소녀들의 계급의식을 고취하는 내용의 동화를 창작하기도 했다.[14]

그런데 1931년 발생한 ≪군기≫ 사건으로 인해 그는 카프로부터 제명당한다. ≪군기≫ 사건은 노동자·농민을 위한 잡지인 ≪군기≫[15]를 편집하던 카프 개성 지부의 양창준, 민병휘, 엄흥섭, 이적효 등이 카프를 '적색 상아탑'이라고 칭하고, 전조선예술가단체협의회 같은 조직으로 카프를 재조직해야 한다고 주장하면서, 활동이 부진한 카프 지도부를 비판한[16] 것이 계기가

---

12) 류종렬, 『이주홍과 근대 문학』, 부산외대 출판부, 222~223쪽.
　　권영민, 『한국계급문학운동사』, 문예출판사, 1998, 231~238쪽.
13) 앞의 책, 72쪽.
　　앞의 책 134~138쪽에 의하면 엄흥섭이 ≪여성지우≫에 다음 두 편의 글을 발표했다고 언급되어 있다.
　　　엄흥섭, 「님 가신 후」, ≪여성지우≫, 1929. 12.
　　　엄흥섭, 「처녀직공 방문기」, ≪여성지우≫(1주년 기념호), 1930. 6.
　　이뿐만 아니라 ≪음악과 시≫, 『불별』을 간행할 때 ≪신시단≫ 간행 시 같이 작업했던 김병호와 함께 활동한 것으로 보아 1929년을 전후하여 카프의 활동 혹은 프로문학 운동에 가담하였음을 알 수 있다.
14) 이봉범, 「엄흥섭 소설 연구」, 성균관대 석사 논문, 1991, 33~34쪽.
15) 안함광, 「조선 프롤레타리아 예술운동의 현세와 혼란된 논란」, ≪조선일보≫, 1931. 3. 28. 및 「하리코프 대회 성과에서 조선 프로예술가 얻은 교훈(2)」, ≪동아일보≫, 1931. 5. 17.
　　노동자, 농민을 위한 기관지 확보와 실천의 중요성이 강조되고 있는데, 이를 원칙적으로 수용하려는 노력의 결과 최초의 노동자 농민 대중잡지로 발간된 것이 ≪군기≫였다. 그런데 ≪군기≫가 종파 분쟁의 온상이 된 것이다.
16) 안재좌, 「31년의 조선 프로예술 운동」, ≪동광≫, 1931. 12.

되어 발생했다. 이에 대하여 카프 지도부는 자기들의 활동 부진이 자신들의 탓이 아니라 객관적 정세가 불리하기 때문에 빚어진 것이라고 설명했다. ≪군기≫ 편집진의 비판이 제기되기 전 1931년 3월 카프 재조직을 둘러싼 중앙간부회를 소집하려 했으나 일제 경찰의 저지로 무산되었다는 것이다. 그리하여 카프 지도부는, 카프가 처해 있는 사정도 모르고 일방적으로 카프를 비판하는 ≪군기≫ 편집진의 태도는 해당(害黨) 행위라고 하여 그들의 제명을 결의했다.[17]

그러나 엄흥섭의 경우 실제로는 가담 성격이 미약했다.[18] ≪군기≫ 사건은 카프가 추진하고 있던 예술 운동의 볼셰비키화 과정에서 일어난 하나의 돌출 사건으로, 카프의 지도부였던 박영희, 김기진이 이 사건으로 인해 사임을 하고 임화, 신고송 등 소장파가 조직의 중심으로 부상한다는 점에 그 의미가 있다.[19] 이 시기 경향문학 운동은 "경향예술은 노동자, 농민의 것으로! 경향예술 운동가는 노동자, 농민 속으로! 공장 속으로! 농촌 속으로!"란 슬로건 아래 현장 운동과 대중성 확보를 강조하였는데, '노동자, 농민 대중 잡지'를 표방한 ≪군기≫는 문학 대중화의 방편으로, 이 같은 경향에 대한 실천적 대응 의식의 산물이었던 것이다.[20]

≪군기≫의 위상이나 카프와의 관련성 측면을 고려하여, 초창기 엄흥섭

---

17) 이헌인, 「카프 분규에 대한 대중적 견해」, ≪시대공론≫, 1932. 1.
18) 이헌인은 앞의 글에서 "그를 일파(민병휘, 양창준 신응지)의 기만 정책자에 속아서 그 일파에 투신한 엄흥섭 군을 위시한 계급적 분자와 개성 지부 제군이 이제야 그 자신이 기위(欺僞) 수단에 쓰러져서 반동적 탁류에 들러져 잇다는 것을 자각하고 다시 그들이 가젓든 바 계급적 진영에로 환원하려고 이들을 배격함으로써 노력하는 것만 보아도 능히 그 일파의 반계급성을 규지할 수 있는 것이다"라고 밝히고 있으며, 박영희도 "그런데 나중에 세밀히 조사한 바에 의하면 엄흥섭 군은 관계가 미소하였던 것을 알게 되었다"고 언급하였다. ── 장명득, 「≪군기≫ 사건과 엄흥섭의 초기 소설」, ≪배달말≫ 34호, 2004, 109쪽.
19) 앞의 책, 109~110쪽.
20) 정호웅, 「엄흥섭론 ── 엄흥섭의 농촌 현실 증언과 휴머니즘」, 『한국현대소설사론』, 새미, 1996. 64쪽.

연구자들은 ≪군기≫ 사건을 중심으로 엄홍섭 문학 세계의 변모를 보여 주고자 했지만[21] 실제로는 카프 제명 이후 작품에서의 변모는 그다지 크게 나타나지 않음을 알 수 있다. 오히려 엄홍섭은 리얼리즘에 입각한 문학관을 일관되게 관철해 나갔다. 1935년 카프가 해산된 후 정립해 간 엄홍섭 문학론을 보면 그가 얼마나 일관된 관점을 고집스럽게 유지했는가를 확인할 수 있다. 엄홍섭은 카프에 대한 비판도 서슴지 않았는데, 이는 ≪군기≫ 사건으로 위축될 수밖에 없었던 작가로서의 지위 문제 때문이기도 하지만, 그 사건을 통해 경험한 카프의 종파주의[22]가 카프가 해산된 내적 원인이었음을 다시 한번 강조하기 위한 것이었다.

「흘러간 마을」(≪조선지광≫, 1930. 1)은 ≪사해공론≫ 3권 2호(1937. 2)에서 「현 문단 정예 작가 출세작 집성」에 소개가 될 정도로 그의 대표작으로, 엄홍섭 문학 세계의 본질을 보여 주는 작품이다.

「흘러간 마을」은 진주 부근의 어떤 한 농촌에서 일어난 지주와 소작인 사이의 갈등을 중심으로 전개된다. 이 작품은 최병식이라는 부호의 별장 앞에 만든 호수로 인하여 홍수에 흘러가 버리는 마을의 참상을 그린 작품으로, 주요 인물로는 최병식과 고 서방이 있다. 최병식은 기생첩, 학생첩을 두고 향락 생활을 하는 지주계급의 전형적인 인물이다. 고 서방은 "사오 년 전 이 마을에 들어온 사람으로 오사카에서 공장 일꾼 노릇도 해 보고 시모노세키나 부산에서 지게 품팔이도 해 본 사람"으로, 의식화된 노동자로서 매개 인물 역할을 한다. 별장에 방축을 쌓아 호수를 만드는데, 홍수가 나 마을 전체가 떠내려가는 상황에서 마을 사람들은 흥분한다. 별장 낙성식인 추석날, 고 서방이 먼저 노래를 하고 백여 명의 마을 사람들이 상사 뒤야를 부르며 별장에 쳐들어가는 내용이다. 이 노래 소리는 지주 최병식에 대한 농민들의 증오심을 고조시키며, 단결 의식을 한층 높이는 데 기여

---

21) 김재용, 「식민지 시대와 동반자작가 ── 엄홍섭론」, ≪연세어문학≫ 20집, 1987.
   박진숙, 「엄홍섭 문학에 나타난 동반자적 성격 연구」, ≪관악어문연구≫, 1991.
22) 「카프 해산의 생물학적 의의」, ≪조선중앙일보≫, 1935. 6. 9.

한다. 작가 엄흥섭의 목적의식이 투영된 결과라 할 수 있을 것이다.

「흘러간 마을」이 발표되자 카프 소속 비평가들은 대부분 많은 찬사를 퍼부으면서도 다음과 같은 문제점을 지적했다. 첫째 구상이 통일되어 있지 못한 점,[23] 둘째 로맨티시즘에 치우친 점[24], 셋째 우연성에 빠져 있으며 보편성이 적고 너무 특수한 점[25] 등. 물론 이 작품이 발표되던 시기가 신경향파 문학에서 목적의식기 문학으로의 변모 과정에 놓여 있음을 염두에 두면 이러한 문제는 엄흥섭 개인에게 국한된 것만은 아니라고 할 수 있다. 당시 프로문학 작품에서는 로맨티시즘이 많이 나타나고 있었으며, 프로문학에서는 필연적으로 나타나는 현상이기도 하지만 동시에 로맨티시즘과 같은 비마르크스주의적인 경향은 청산해야 한다는 비판도 있었다.

이 시기 프로문학을 관통하는 흐름은 부르주아지의 개인행동에 대한 증오, 생산 조건과 하등의 관계가 없는 계급적 대립, 즉 진보적 인도주의였다. 엄흥섭 역시 당시 프로문학을 선도할 만한 비약적인 작품을 쓰지는 못했으나, 이러한 문단 분위기 속에서 인정받을 만한 작품을 썼던 것이다. 엄흥섭에게는 중앙 문단으로의 진출이 우선 과제였다. 이러한 이유로 보면 그는 당대의 독자에게 영합했다고 할 수도 있다. 이 점 때문에 카프에서도 조금 불만스럽지만 한편으로는 엄흥섭에게 찬사를 보냈던 것이다.[26]

카프의 중앙위원이 된 그는, 소자본가들이 결속하여 대자본가에게 항쟁하는 과정을 그린 「파산 선고」(《대중공론》, 1930. 6), 봉건적 생산 형태가 기본적이던 어촌에 어업조합이라는 자본주의적 관계가 이입되고 그로 인한 어민들의 빈궁화를 그린 「출범 전후」(《대중공론》, 1930. 9)를 썼다. 그러나 이 작품들은 「흘러간 마을」의 고 서방과 같은 인물을 내세워 집단행동을 보인다는 점에서 「흘러간 마을」을 넘어서지 못한다. 하지만 「출범 전후」

23) 박영희, 「카프 작가와 그 수반자의 문학적 활동」, 《중외일보》, 1930. 9. 20.
24) 민병휘, 「조선 문단을 지키는 청년 작가론」, 《신동아》, 1935. 9.
25) 조벽암, 「엄흥섭 군에게 드림」, 《신동아》, 1935. 8.
26) 민병휘, 앞의 글.

는 어민들의 삶을 식민지 자본주의의 착취 과정 속에서 보여 준 점, 그 착취 형태가 노동자와 자본가, 지주와 소작인의 대립이 아니라 어업 자본가와 일본인 감독, 조선 어민 사이의 대립이라는 점에서 계급적·민족적 갈등이 중첩되어 있는 현실을 드러낸다. 다음 인용은 자본주의적 착취를 엄홍섭이 어떻게 인식하고 있는지 설명해 준다.

어부와 농부와 직공은 다 갓흔 자본가의 험악한 발길에 짓밟히고 착취당하는 로동자다. 자본주의는 이러케 농촌, 도회를 삼키고 쏘다시 어촌에까지 아가리를 벌니인 것이다.[27]

그렇지만 이 작품에는 "푸로레타리아 에로티시즘, 푸로소설의 연정주의"[28]라 일컬어지는 문제점이 드러나 있다. 즉 계급 대립을 표현한 초기 작품에서 부유한 지배인인 공장 감독은 여자 노동자를 강간하고 남자는 이로 인해 의분에 넘쳐 투쟁하게 되는데, 이를 계급투쟁으로 간주한다는 것이다. 이는 계급투쟁의 한 원인이기도 하지만 엄밀한 의미의 정치적·경제적 계급투쟁의 역점은 아니므로 당시에 극복해야 할 과제였다. 이렇듯 엄홍섭의 초기 작품은 객관적인 현실을 형상화하기보다는 문예 운동의 볼셰비키화에 따른 결과인 제재의 고정화라는 경향을 드러내고 있다.

≪군기≫ 사건 이후 발표한 작품으로는 「그대의 힘은 약하다」(≪비판≫ 9호, 1932. 1)와 「온정주의자」(≪비판≫ 11~13호, 1932. 3~5)가 있다. 「그대의 힘은 약하다」는 원래 장편으로 구상된 작품인데 1회 게재만으로 끝나지만, "새로운 P군에 대한 기대"[29]를 통해 노동자의 힘을 보여 주겠다는 작

---

27) 「출범 전후」, ≪대중공론≫, 1930. 9.
28) 박영희, 앞의 글.
29) 「그대의 힘은 약하다」(≪비판≫ 9호, 1932. 1) 끝부분에는 다음과 같은 부기(附記)가 있다.

   이것은 내가 쓰고 잇는 엇던 장편(長篇)의 서곡(序曲)에 지내지 안는다. 압흐로 P군을

가의 의지를 읽을 수 있다. 「온정주의자」는 공장주가 가족적 슬로건을 내세워 자본가──노동자 관계를 은폐하는 모습과 그에 대한 노동자들의 저항을 사실적으로 묘사하고 있다. 이 점이야말로 자본가──노동자 관계를 도식적으로 파악하는 당시의 일반적인 프로 소설과 그의 작품을 구별 짓는 점이다. 마작광이며 비밀 저금, 성욕 등으로 뭉쳐진 공장주는 다음과 같이 노동자──자본가 관계를 은폐하고자 한다.

우리는 다른 공장처럼 자본가니 로동자니 공장주니 직공이니 하는 그런 계급덕 관념으로 대하지 말고 그저 한 가족으로써 한 집안으로써 다 가티 일해 나아가는데 일이 만을 째에는 배당도 만을 것이요 적을 째에는 쏘한 적을 것이요 그러니까 가치 먹고 가치 굶자는 것이 우리 공장의 중요한 슬로가이 올시다.[30]

노동자들은 공장주의 정체를 깨닫고 노동조합에 가입하여 조직의 위대한 힘을 알게 된다. 그리하여 야업 반대, 온정주의 배척, 배당 실행, 휴일 실행 등의 요구 조건을 내세우면서 파업에 들어간다. 공장주는 끝내 요구를 들어 주지 않고 '직공 지급(至急) 임용'이라는 광고를 낸다. 이처럼 이 소설은 온정주의라는 가면 폭로, 조직 노동자로서의 성장 등 현실성 획득으로 나아가는 탁월한 점을 가지고 있다. 엄흥섭 스스로도 「온정주의자」는 로맨티시즘의 탈을 벗었다[31]는 점에서 높이 평가하고 있다. 다만 그 과정에 구체성이 결여된 점은 여전히 한계로 남는다.

엄흥섭의 다음 글은 그의 문학의 특징 중 하나인 농민, 어민, 노동자의

중심하고 일어나는 사건을 우리들은 긔대하고 잇다. 지금의 P군은 ××력량이 얼마나 강력적으로 진전될는지? 나는 쏘다시 속편(續篇) 가운데에서 새로운 P군을 발견할 수 잇슬 줄 안다.

30) 「온정주의자」, 《비판》, 1932. 3. 5.

31) 「창작의 태도와 실제──취재(取材)와 사실적(寫實的) 묘사(描寫)」, 《조선일보》, 1934. 1. 14.

생활 문제를 다루고 있는 것에 대한 입장을 보여 준다.

조선의 문학은? 하고 시야를 좁히여 보자.

첫재 조선인은 명랑이 업시 우울을 가진 터이다. 희열이 업시 고민을 가진 터이다. 희망, 기대보다도 그 반대가 쉽다.

현하 조선의 작가의 임무는 이 시대와 이 환경을 가장 똑바로 가장 진실하게 그리는 데 있다. 그러나 작가에게 그러한 자유를 허하느냐? 우리는 이것을 인식해 둘 기회를 또다시 봉착했다. 가장 보편적이요 ○○적으로 나타난 조선의 현실인 농민, 어민의 세계와 공장 직공의 노동자의 생활과 또다시 방향 잃은 지식계급의 동향 거기다가 조수처럼 밀려 들어오는 세계적 불안과 그 우수 그 원인이 어디 잇스며 그것을 작가로서는 엇더케 타개식혀야 될 것인가? 실로 조선의 작가는 어느 정도까지 이것을 사실(寫實)하며 어느 정도까지 관심하고 잇는가?

실로 작가로서의 고민이 조선 작가로서의 고민이 여기에 잇다. 너무도 ○○한 너무도 유약한 개인 인텔리 작가로서의 고민이 여기에 잇다.[32]

한편 엄홍섭은 작가와 작품에 있어서 독자의 중요성을 강조하며 창작 태도의 결함을 지적한다.[33] 취재 범위가 국한되어 있었다는 것, 로맨티시즘에 젖어 있었기 때문에 추상적이고 관념적이었다는 것을 스스로 반성하면서 취재는 넓게, 작가적 양심과 입장은 선명하게 하며, 공식적 취재를 극복하여 다양한 취재로 생생한 인간 생활을 묘사하도록 하겠다는 것, 소설의 주인공이 공식적인 아지프로(선동선전)를 하는 것으로부터 탈피함과 동시에 창작 방법에 있어서는 사실주의적 묘사의 길을 걷겠다는 것이다.

이러한 그의 문학관에 힘입어 창작된 것이 민중 현실을 핍진하게 그린 다음과 같은 작품들이다. 「숭어」(≪비판≫, 1933. 11), 「유모」(≪중앙≫ 5∼6호,

---

32) 「정열, 양심, 행동」, ≪조선일보≫, 1935. 8. 24.
33) 「창작의 태도와 실제 —— 취재와 사실적 묘사」, ≪조선일보≫, 1934. 1. 14.

1934. 4), 「새벽 바다」(≪조광≫ 2호, 1935. 12), 「과세」(≪조광≫ 6호, 1936. 4), 「힘」(≪조광≫ 7호, 1936. 5) 등은 엄흥섭의 이러한 반성과 각오의 산물이라고 할 수 있다. 식민지 현실에서 억압받고 착취당하는 가난한 민중의 일상생활을 치밀한 묘사로 그려냈다는 점에서 작가 엄흥섭이 프로문학 작가로서 보여 준 가능성의 한 지점이라고도 할 수 있다.

지식인 소설에 나타나는 작가 의식

엄흥섭은 "문학이란 것은 언제든지 그 시대, 그 민족, 그 환경을 반영하는 것이니 이 3대 요소가 완전히 진실하게 그려지는 데에 완전한 문학이 창소되는 것"[34]이라고 보았다. 또 "문학은 그 사회보다 언제나 한걸음 앞서야 한다. 작가가 독자에게 끌려갈 게 아니라 작가가 독자를 끌고 나가야 한다"[35]고 하였는데, 이는 이후 엄흥섭 문학 세계를 이해하는 데 중요한 지침이 된다. 그러나 이와 같은 문학관은 이상적인 듯 보이지만, 실제로 그의 장편소설에 그려지는 인물이나 그 인물을 통해 나타나는 세계관의 양상은 현실적 필연성이 결여되어 있는 경우가 많다. 이는 엄흥섭 자신이 '조선적 특수성'을 운운하면서도 그에 대해 정확하게 인식하지 못한 데서 오는 오류로 보인다. 또한 작가──작품──독자의 관계를 의식하고 작품을 쓴다는 것은 바람직한 창작 태도이나 독자를 끌고 나가려는 힘이 지나치게 강한 상태에서 정세에 대한 부정확한 인식은 그의 장편소설을 계몽적인 구두의 연애소설로 만들어 버리고 만 주된 원인이다.

소설가 이무영은 「엄흥섭을 말함」(≪조선문학≫, 1939. 1)에서 다음과 같이 평했다.

작가뿐만은 아니겠지마는 날로 자기를 살리는 사람과 자기를 상하는 사람

---

34) 「정열, 양심, 행동」, ≪조선일보≫, 1935. 8. 24.
35) 「통속 작가에 일언」, ≪동아일보≫, 1937. 6. 24.

의 두 가지가 있는 것이리라마는 엄 형은 분명히 후자에 속한다. 처음 엄 형이 문단에 나왔을 때는 (「흘러가는 마을」 발표 시대) 그는 분명히 산 사람이 그린 산 작가요, 산 사건을 그리는 정열이 있는 사람이었다. 그러나 그 후의 엄 형 더욱이 최근 수삼 년 간의 작가로서의 엄 형은 살았다고 보기 어려운 사람을 그리는 극히 소극적인 작가였다. 「흘러간 마을」이 극히 개념적이면서도 그만한 성가(聲價)가 있었던 것은 애오로지 그 시대의 정치적 혹은 시대적 수준의 탓만은 아니었다. 이 작품에는 그만한 작자의 문학적 정열이 그리고 생에 대한 적극적인 도전이 있었기 때문이다.[36]

엄홍섭은 문학이 사회보다 한걸음 앞서야 하므로 세계의 바람직한 건설을 위해 지식인의 역할이 무엇인가를 고민하고 거기에 걸맞은 인간형을 창조하여 제시하려고 한 바 있다. 『세기의 애인』[37]에서는 엄홍섭은 "한때는 샛밝안 팜푸렛을 탐독해서 소위 진보적 시대 의식을 파악하려다 결국 무기력하게 타락된 조선의 지식인" 김종만의 우울, 고민을 그리고 있다. 사회사업을 한다는 명사에게 한 여학생이 정조를 유린당하는 사건을 고발하고자 하는 의기를 보이기도 하나, 결론은 주인공 김종만 자신이 이 세기의 아들인 이유로, 그러한 시대적 성격 때문에 단지 여성의 연애 대상이 될 수는 없어 그 문제에 연연할 수는 없다는 입장을 갖는 것이다. 『세기의 애인』은 당대에 이상적 인간형이 왜 필요한지를 압축적으로 보여 준다.
  『인생 사막』(《신세기》, 1940. 1~1941. 6)의 경우 오세형이 현대 의학 강습소 학생들의 가두 예방 주사대와 같은 근로봉사를 한다든지, 『봉화』의 변영조가 야학을 통해 이상적인 마을을 만들려는 노력을 보인다든지 하는

---

36) 이무영, 「엄홍섭을 말함」, 《조선문학》, 1939. 1, 47쪽.
37) 『세기의 애인』은 1935년 2월부터 8월까지 《신동아》에 연재했던 것으로, 연재물 중 첫 작품이며, 발표 당시에는 제목이 『고민』이었다. 엄홍섭은 작품 서두의 '소감'란에 이 작품이 "처음으로 많은 독자 대중을 상대하고 쓴 작품"이라고 하면서 모델 소설로 의심받은 적이 있으나, 결코 모델 소설은 아니라고 밝혀 놓았다.

방식으로 엄홍섭은 자신이 제시하고자 한 지식인의 바람직한 상을 내보이고 있다. 이처럼 대부분의 장편소설이 통속적이면서 연애담에 흐르는 가운데 담고 있는 내용은 현실 속에서는 찾아볼 수 없을 것 같은 이상적 인물의 제시인데, 『행복』(영창서관, 1941)의 김성철, 『인생 사막』의 오세형, 『봉화』(1943. 3)의 변영조 등이 그들이다. 이상적 인물의 제시는 『봉화』의 변영조에 이르러 절정의 모습을 보여 준다.

이와 함께 부정적으로 제시되는 인물로는 『행복』의 황승일, 『인생 사막』의 유영섭, 『세기의 애인』의 백관철, 『봉화』의 강만수 등을 들 수 있다. 『세기의 애인』의 백관철은 약간 다른 양상을 보이지만, 엄홍섭 장편소설의 특징은 인물들 간의 갈등이 악역을 맡은 부정적 인물이 아무 계기 없이 스스로 회개하는 모습을 보이며 해결되는 양상을 띤다는 데 있다. 이는 이무영이 엄홍섭의 작품에 대해 살아 있는 인간을 그리지 못한다고 비평했던 것이 정확함을 보여 주는 것[38]인 동시에, 작가 엄홍섭의 작위적 이상이 어느 정도인가를 알려 주는 것이기도 하다.

엄홍섭 소설에서 지식인을 소재로 하는 소설 중 「꿈과 현실」(1930. 3. 7)은 소학교 교원직을 버리고 서울로 올라가 잡지사 편집 일로 생계를 유지하며 사회운동에 참여하는 투사의 적극적인 의지를 표현해 낸 작품이다. '가정의 상아탑 속에서 단꿈을 누릴 수 없는 처지'라는 현실, 객관적 정세와 싸우지 않으면 안 된다는 의지를 아내의 무서운 꿈이 곧 현실화되는 것을 통해 표출해 내고 있다. "꿈을 잘못 꾼 게 아니라 오늘에 생긴 이 일을 우리들의 령감은 어제밤부터 잘 알고 있었든 탓이겠지"라고 하는 주인공의 모습과 그가 ≪동아일보≫에 발표했던 「꿈속에서」(1925. 9. 12)라는 시는 엄홍섭 문학 세계의 특징을 보여 주면서 식민지 조선이라는 현실 속에서 좌절하면서도 끝없이 투쟁해야 하는 것이 자신의 삶이라는 것을 드러내고

---

38) 이주형, 「엄홍섭 소설 연구──제재 및 작가 의식의 변모 양상을 중심으로」, ≪국어교육연구≫ 30호, 1998. 이주형 역시 이 논문에서 그의 작품과 비평의 수준이 그다지 높지 않음을 밝히고 있다.

있다.

　　나는 끝없는 꿈속에서
　　어제날도 꿈속에서
　　오늘도 꿈속에서
　　내일도 꿈속에서
　　나는 꿈속에서 운다.
　　언제나 언제나
　　개암이 쳇바퀴 돌 듯하는
　　이 꿈이 어쩌면 깨이려는가

　　언제나 자신의 세계관에 근거하여 원칙을 고수하는 작가의 꿈이 오늘의 현실을 만들어 내고, 오늘의 꿈은 다시 내일의 꿈, 즉 조선의 밝은 미래를 향한 노력으로 바꾸어 내는 이러한 반복이 자신의 생활이라는 것을 보여 주는 내용이다. 엄흥섭이 조선의 고민과 우울 속에서도 끊임없이 이상적인 인간형을 만들어 내는 것은 작가 엄흥섭의 이와 같은 상상력에 말미암은 것이라 할 수 있다.
　　후일담 문학이라 지칭되는 다음 작품들에서도 어려운 현실 앞에 좌절하기보다는 새로운 의지를 다지는 모습들을 확인할 수 있다. 「절연」(≪조선문학≫, 1934. 1)은 투사인 남편이 아내에게 보내는 절연장 형식이고, 「방울 속의 참소식」(≪문학창조≫, 1934. 6)은 운동에 뛰어든 남편의 소식을 호외 속에서 확인하는 아내의 모습을 그리고 있다. 「윤락녀」(≪신가정≫, 1935. 3), 「길」(≪여성≫, 1937), 「아버지 소식」(≪여성≫, 1938. 1~2)은 지식인 투사와 가족의 희생과 의지를 그린 내용으로, 이 세 편은 수록된 잡지가 여성지임을 고려할 때 조선의 미래를 위해 여성들이 어떤 삶을 살아야 하는지를 강조하려는 작가의 의도가 개입된 것이라 볼 수 있다.[39] 「길」에서 남편이 읽던 책 베벨의 『부인론』을 보던 정애가 난산 끝에 아이를 낳고 "오직

한 개의 모성(母性)으로서 세상과 싸워나가는 것이 나의 가장 가까운 길이다"라고 의지를 다지는 모습에서도 이를 확인할 수 있다.

「가책」(《신동아》, 1936. 1), 「정열기」(《조광》, 1936. 11~1937. 2), 「명암보」(《조광》, 1938. 3~8)는 교사가 등장하는 대표적인 작품으로, 학교에서 일어나는 사건을 중심으로 일제시대 교육 현장에서 일어나는 사건들, 학교 경영자와 교육 관리의 횡포를 통해 지사적 교육자의 어려움을 보여주고 있다. 하지만 「정열기」의 마지막 대목에서 우리가 확인할 수 있는 것 역시 꿈꾼 것처럼 허망하다 하더라도 정열을 쏟을 수 있는 다른 곳을 찾아 새로운 활동의 영역을 찾는 주인공들의 모습이다.

"힝 꿈꾼 짓처럼 허망하지 않습니까? 그렇지만입쇼. 사람 살어가는 게 다 이런 거랍니다."

문 서방은 묵묵히 무거운 발길만 움직이는 영세를 위로했다.

"대체 문 서방 우리는 어디로 가야 되오?"

영세의 어조는 비장했다.

"아 글쎄 김 선생, 왜 그리 못난 소리를 허세요. 아 사람이 가는 곳이 서울이죠. 인간도처 유청산이라구 어디든지 발 닿는 대로 갑시다그려. 거기 가서 다시 하나 시작합시다. 거기도 이 동네처럼 가난뱅이들만 사는 동네가 없을 줄 압니까? 내게 돈이 얼마나 있는 줄 압죠?"

문 서방은 때 묻은 지갑을 조끼에서 쑥 꺼낸다.

영세의 우울해졌던 기분이 낙천적인 문 서방의 핀잔으로 다시 명랑해졌다.

"백 원 가지면 설마 김 선생허구 나허구 만주라두 가겠지. 제에기 거기 가

---

39) 민족문학사연구소, 『북한의 우리문학사 인식』, 창작과비평사, 1991.
　　이 책에서는 엄흥섭이 월북 이후 개작한 「가책」과 「아버지 소식」에 대해 설명하고 있다. 일제 시기의 작품보다 작가 의식이 직접적으로 노출되어 있다는 것이다.
　　본 논문에서는 월북 이후의 작품은 다루지 않음을 밝혀 둔다. 북한에서 장편소설 「동틀 무렵」(제1부, 1958)을 발표하였다는 기록이 보인다. ── 문학교육연구회 편, 『다시 읽어야 할 우리 소설』, 사계절, 1991, 89쪽.

서 우통 벗어부치고 학교 하나 해봅시다. 그리다가 또 비위 틀리면 또 다른 데루 가고……. 그까짓 일생을 괴롭게 살게 뭡니까? 자아 위선 서울루 먼저 갑시다……:"[40]

엄홍섭은 장편소설 속에서 진보적 작가가 되는 길을 끝없는 정열에 두었다고 할 수 있다. 유일하게 예술가로서 작가에 대해 쓴 「여명」(《문장》 7호, 1939. 7)은 작가가 주인공으로 '굶어 가면서라도 문학을 하지 않으면 안 되는 것이 이 시대 이 사회의 예술가로서의 도'라며 생활에 쪼들린다고 타작을 내놓기는 싫다는 작가 의식이 보이는 작품이다. 그러나 실제로는 내일을 향한 꿈은 있으나 좌절될 수밖에 없는 현실이 전제되어 있다. 이것이 엄홍섭 문학을 가로지르는 내용이라고 할 수 있다.

해방의 기쁨과 '꿈'의 재현을 위한 행보

해방 이후 그는 카프에 가입하고 곧바로 인천으로 내려가 지방 문예 운동의 대중화에 전념한다.[41] 건준인민위원회의 외곽 단체였던 인천신문화협회가 그 전열을 재정비하여 인천문학가동맹(1945. 12. 18)으로 새롭게 출발하는데, 엄홍섭이 그 구성원 중 한 사람이었다. 엄홍섭, 송종호, 김차영 등이 핵심 인물로, 김차영의 경우만 예외일 뿐 엄홍섭으로 대표되는 이들의 문학 노선은 프로 문맹의 기본적 지향과 일치하는 것이었다. 또 확인할 수 없지만 대중일보에도 글을 많이 실은 것으로 알려져 있다.

해방의 기쁨을 형상화한 작품 「귀환일기」(《우리문학》, 1946. 2)는 해방 후 일본에 남아 있던 조선인의 귀환을 다룬 내용이다. 정신대로 끌려간 순이는 귀환 과정에서 한 청년의 도움을 받아 배를 타게 되고, 그 배에서 해산을 한다. 순이 외에도 해산한 여인이 있었는데, 순이는 조선인을, 그 여

---

40) 『정열기』, 한성도서 주식회사, 1950, 300~301쪽.
41) 이봉범, 「엄홍섭 소설 연구」, 성균관대 석사 논문, 1992.

인은 일본인의 아이를 낳았다는 대비를 통해 해방 공간의 단순치 않은 사태와 건국에 대한 기대, 일본 제국주의에 대한 비판을 보여 주는 작품이다. 「귀환일기」에서 한 청년의 역할에 대한 기대의 정도를 그려냈다면, 「쫓겨온 사나이」(≪신문학≫, 1946. 8)에 이르면 친일파에 대한 비판과 함께 이들을 파쇼 반민주주의 세력으로 명명하기도 하는 등 그의 이데올로기적 입장을 분명히 드러낸다.

엄흥섭 소설에서 '해방'과 '독립'은 구분되어 있다.[42] '독립'은 엄밀하게 말하면 좌익 정부의 수립이다. 「자존심」(≪백민≫, 1947. 1), 「발전」(≪문학비평≫, 1947. 6)에서는 정부 수립과 관련하여 친일파를 비판하고 정부 수립의 주체가 인민임을 밝히고 있다. 남한 단독정부 수립 후 그는 다시 좌절할 수밖에 없었고, 1951년 월북했다.

엄흥섭은 "조선적 특질을 가진 진보적 작가"[43]가 되고자 했다. 조선 작가가 처해 있는 객관적 정세는 "검은 것을 희게, 흰 것을 검게 그리도록" 종용하기도 한다는 것이 그의 리얼리즘관이다. 나아가 그는 작가란 "그 민족 내지 세계관의 문화사의 최전선을 행군하는 문화적 선전부대"여야 한다고 생각했다. 따라서 불안, 우울을 감내해야 하며, 작품의 결과가 기형적이고 불구적일 수밖에 없을 수도 있다는 것이다. 특히 엄흥섭에게 문학은 조선의 현실을 떠나서는 존재할 수 없었다. 카프에 가입했다가 제명되는 이력을 갖긴 하지만, 카프에 소속되었던 어떤 작가보다도 이상을 추구하는 경향이 강한 작가가 바로 엄흥섭이다. 소박하고 괴상직인 문학관에 토대를 두고 원칙에 근거하여 '있어야 할 것'을 그린 작가였다.

엄흥섭 문학은 카프를 둘러싼 제반 문제를 확인해 볼 수 있다는 점에서 의미를 갖는다. 엄흥섭 작품을 두고 카프 논객들이 벌이는 설전을 보면 프로문학 작품들에서 나타나던 문제가 무엇인가를 파악할 수 있다. 계급적 지향만을 놓고 본다면 엄흥섭은 카프의 어느 작가보다도 프로문학이라는

---

42) 이주형, 앞의 글, 265쪽.
43) 「세계관의 확립과 조선적 특수성의 파악」,≪조선일보≫ 1935. 7. 9.

원칙을 고수한 작가로서 문학사에 기록되어야 한다.

참고문헌

≪동광≫, ≪동아일보≫, ≪시대공론≫, ≪신동아≫, ≪조선문학≫, ≪조선일보≫, ≪중외일보≫

권영민, 『한국 계급문학 운동사』, 문예출판사, 1998.

김재용, 「식민지 시대와 동반자 작가 ― 엄흥섭론」, ≪연세어문학≫ 20집, 1987.

류종렬, 『이주홍과 근대 문학』, 부산외대 출판부.

민족문학사연구소, 『북한의 우리 문학사 인식』, 창작과비평사, 1991.

박진숙, 「엄흥섭 문학에 나타난 동반자적 성격 연구」, ≪관악어문연구≫, 1991.

이봉범, 「엄흥섭 소설 연구」, 성균관대 석사 논문, 1991.

이봉범, 「1920년대 부르주아 문학의 제도적 정착과 『조선문단』」, ≪민족문학사 연구≫ 29호, 2005.

이주형, 「엄흥섭 소설 연구 ― 제재 및 작가 의식의 변모 양상을 중심으로」, ≪국어교육연구≫ 30호, 1998.

장명득, 「≪군기≫ 사건과 엄흥섭의 초기 소설」,≪배달말≫ 34호, 2004.

제5주제에 관한 토론문

한수영(동아대 조교수)

박진숙 선생님의 발표를 잘 들었습니다.

토론에 앞서 제 개인적인 소회를 잠시 말씀드릴까 합니다. 대산재단 담당자로부터 토론을 맡아 줄 수 없겠느냐는 전화를 받았을 때, 저는 가슴이 철렁 내려앉는 듯한 충격을 느꼈습니다. 전화기 저편에서 '엄흥섭'이란 이름을 들었던 순간입니다. 그 순간의 심정은, 마치 낳고 기르다가 몰래 서울역 광장에 내다 버린 어린 자식의 이름을 십수 년 만에 듣는 듯한 느낌이랄까요, 혹은 오래전에 열렬히 사귀다가 일방적으로 차 버린 애인의 이름을 듣는 듯한 느낌이라고나 할까요. 아무튼 그 비슷한 충격과 전율이 일었습니다.

1980년대 중반에 대학원에 진학해서 본격적으로 '프로문학'을 공부하기 시작한, 저와 비슷한 연배의 연구자 분들은, 저의 이런 소회가 결코 과장이 아니란 걸 이해하시리라 믿습니다. 청중석에는 다양한 세대의 분들이 앉아 계실 터인데, 저보다 훨씬 젊은 대학원생들은 이런 심정을 미루어 짐작하기가 조금 어려우실 겁니다.

프로문학과 '카프'에 대한 연구가 대학원에서 활발히 진행되기 시작한 것이 1980년대 중반이고, 그로부터 7~8년간은 연구가 대단히 활성화되었습니다. 그러다가 1990년대 들어서면서 여러 가지 이유들로 인해 한때 들불처럼 일었던 '프로문학'과 '카프'에 대한 연구는 어느새 썰물처럼 빠져나가고, 최근 10여 년은 몹시 적막했던 것이 사실입니다.

저 역시도 그런 반열에 끼어서 십수 년 전에 열심히 애독하던 '엄흥섭'에 관한 관심으로부터 완전히 멀어져 있었습니다. 사실대로 말씀드리면 까맣게 잊고 있었다고나 해야 할까요.

그래서 담당자의 전화에서 그 이름을 들었을 때, 자책감과 함께 몹시 부끄러웠고, 따라서 오늘 박진숙 선생님의 발표가 그만큼 반갑고 좋았습니다.

그럼, 질문으로 넘어가도록 하겠습니다. 제가 드릴 질문은 세 가지 정도로 요약할 수 있습니다.

첫 번째 질문은, 이 논문이 '작가론'적 접근을 보여 주는 논문임을 감안하면, 엄흥섭 문학의 중요한 부분이라고 할 수 있는 '아동문학가로서의 엄흥섭'과 '월북 이후 북한에서의 엄흥섭' 문학에 대한 언급이 너무 적다는 것입니다. 물론 두 분야에 관한 자료나 연구 성과가 상당히 적어서 충분할 만큼 검토하는 데는 일정한 한계가 있다는 것을 저도 잘 알고 있습니다만, 그럼에도 지금까지 논의된 정도만이라도 정리를 해서, 엄흥섭의 활동과 문학 세계를 좀 더 다채롭고 풍요롭게 재구성할 필요가 있지 않겠는가 생각됩니다.

두 번째 질문은, 박 선생님께서 내린 엄흥섭 문학에 대한 평가와 관련된 것입니다. 결론 부분을 보면 박 선생님은 "이 점에서 그의 작품 중 초기작이 엄흥섭 문학의 대표작이 되는 것은 당연한 귀결이다. 이무영의 지적처럼 초기의 작품들은 시대의 필요성에 의해서라도 적극적인 의지가 발현되는 작품이었기 때문이다"라고 평가하고 계십니다. 즉, 엄흥섭 문학의 요체는 그의 '초기작'이라는 뜻입니다. 그러나 저는 견해가 조금 다릅니다. 엄흥섭의 작품 전개 과정에서 '초기'를 언제까지로 볼 것이냐는 문제가 걸리기는 합니다만, 상식적으로 초기는 등단 이후부터 일정한 기간이라고 보는 것이 타당하겠지요. 그렇게 본다면, 저는 엄흥섭 문학의 요체는 본격 등단작이라 할 「흘러간 마을」(1930)을 필두로 한 1930년대 초반이 아니라 1930년대 중후반으로 보아야 하지 않을까 생각합니다. 이것은 엄흥섭이 과연 1급의 프로 작가였는가 하는 문제와는 별도로, 그의 작품이 지닌 문학적 성숙과 관련된 문제일 것입니다. 제 견해로는, 1933~1934년 이후부터 1938년에 이르는 시기가 해방 전 그의 문학에서 가장 빛나는 시기라고 생각합니다.

이 시기의 문학은 대체로 두 가지 특징을 보이는데, 그 하나는 '사상운동을 하는 적극적 주인공이 전면에 등장하는 방식을 버리고, 그의 주변 인물이 사상운동가를 관찰하고 묘사하는 방식을 택한다는 것'입니다. 이런 형상화의 방식은 객관적인 정세의 악화 때문이기도 하지만, 초기작들이 보여 주는 도식성과 과도한 사상의 노출로부터 상당히 성숙해진 창작 방법이라고 할 수 있습니다. 「가책」, 「길」, 「아버지 소식」, 「여명」, 「패배 아닌 패배」, 「정열기」 등이 이런 경향에 속하는 작품입니다. 또 하나의 특징은 '민중들의 비참하고 고통스러운 삶을 대단히 핍진하게 묘사한다는 것'입니다. 「안개 속의 춘삼이」, 「힘」, 「새벽 바다」, 「숭어」, 「과세」, 「옥희」 등이 이런 계열의 작품들이라고 할 수 있습니다. 박 선생님의 글에서도 중간 부분에서는 초기작의 도식성을 비판하고, 1930년대 중반 작품들을 적극적으로 평가하는 대목이 있어, 결론의 내용과 서로 어긋나는 부분이 있습니다. 따라서 결론 부분은 재고의 여지가 있지 않나 생각됩니다.

마지막으로 드릴 질문은, 세목과 관련된 이 글의 내용에 대해서입니다. 제목에 보면 '조선적 특수성'이란 말이 나오는데, 저는 제목을 보고서 이 문제와 엄흥섭 문학의 상호 관계를 조명하는 내용이 들어 있으리라 짐작했었습니다. 그런데, 정작 글 내용에는 '조선적 특수성'에 관한 별다른 내용이 보이질 않았습니다. 사실 1930년대 중반 이후부터의 문학은 이 '조선적 특수성'에 대한 이해와 인식이 어떤가에 따라 작가와 비평가들의 문학 세계가 확연히 달라진다는 점에서, 이 개념은 대단히 중요한 것이라고 할 수 있습니다. 좁게 보면 '사회주의 리얼리즘' 논쟁과 더불어 촉발된 것이지만,

넓게 보면 궁극적으로 '조선적 특수성'이란 '조선에서의 혁명'을 포함하여, 조선의 근현대사와 거기에 맞물리는 '근대문학사'를 어떻게 이해할 것인가 하는 문제와 직결되는 사안이기도 합니다. 내용과 전망은 각기 다르지만, 1930년대 중후반의 우리 작가나 비평가들은 사실상 이 문제를 부둥켜안고 치열하게 고민함으로써, 그 시기의 문학을 구체화시키고 풍요롭게 전개해 나갈 수 있었습니다. 그 점에서, 이 논문이 표제로 내세운 '조선적 특수성' 은 대단히 시사하는 바가 큽니다. 그럼에도 정작 본문에서는 그에 대한 언급이 별로 없어서, 토론 과정에서 보완해서 설명해 주시면 대단히 고맙겠습니다.

이것으로 저의 부족한 질의를 마치겠습니다. 오랜만에 엄흥섭 문학의 전반을 다시 고찰할 수 있는 기회를 주신 박진숙 선생님의 발표에 감사드립니다.

엄흥섭 생애 연보[44]

1906년	9월 9일 충남 논산군 채운면 양촌리 출생. 소학교 5학년 때부터 진주 숙부 밑에서 자람. 호적상 본적지 ── 경남 진주부 수정동 654번지 ── 는 이 때문임.
1923년	경남 도립 사범학교 재학 중 ≪학우문예≫라는 동인지를 만들어 본격적인 문학 수업을 행함. ≪동아일보≫에 시 한 편을 투고하여 게재되기도 함.
1926년	경남 도립 사범학교 졸업. 이후 1929년까지 ≪조선총독부 및 소속관서직원록≫에 의하면 경남 공립학교인 평거보통학교에서 '훈도'를 함. 이 무렵 결혼했을 것으로 추정됨.
1927년	진우촌, 박아지, 김도인, 한형택 등과 동인지 ≪습작시대≫ 발간.
1928년	공주에서 염우식, 박아지 등과 함께 ≪백웅≫ 발간.
1929년	김병호와 함께 ≪신시단≫ 발간. ≪조선지광≫에 「흘러간 마을」을 발표하여 고평을 받자, 교원 생활을 그만두고 서울로 올라와 잡지 ≪여성지우≫ 편집 업무를 담당하면서 창작에 열중함. 카프에 가맹.
1930년	한성도서 주식회사 근무.

---

44) 연보 작성에 큰 도움이 된 자료는 다음과 같다.
　박태일, 「경남지역 계급주의 시문학 연구」,≪어문학≫ 80호, 2003.
　이희환, 「엄흥섭과 인천에서의 문화 운동」,≪한국학연구≫ 12호, 인하대 한국학연구소, 2003.
　윤영철, 「배인철의 흑인 시에 대하여」,≪창작과 비평≫ 63호, 1989.

1930년	4월 20일 카프 중앙위원 선임.
1931년	박세영, 송영과 함께 ≪별나라≫ 동인 및 편집, ≪군기≫ 사건 후 카프 이탈.
1936년	개성에서 ≪고려시보≫ 편집 담당.
1937년	인천에서 발행된 ≪월미≫에 참여.
1938년	7월 8일 ≪조선출판경찰월보≫에 의하면 소설 「파경」이 유산계급자를 매도하고 좌경 사상을 고취했다고 하여 출판 금지, 서대문 형무소에 기소됨.
1938~1939년	동아일보 제1회 신인 문학 콩쿠르 추천위원 선임.
1940년	5월 ≪매일신보≫ 편집 기자로 입사.
1945년	8월 16일 인천신문화협회 결성에 참여.
1945년	9월 17일 카프 중앙집행위원 및 동맹원 역임.
1945년	9월 20일 카프 문학 분과 상임위원 역임.
1945년	10월 7일 ≪대중일보≫ 편집국장 역임.
1945년	11월 28일 인천신문기자회의 위원장 겸직. 조봉암 등과 함께 조선혁명자구원회 인천지부 고문 선임.
1945년	12월 18일 송종호, 김차영과 함께 인천문학가동맹 결성, 인천문학가동맹위원장 선임.
1945년	송영, 박아지, 박세영, 김도인 등과 함께 ≪별나라≫ 복간 작업에 참여.
1946년	조선문학가동맹 참가.
1946년	2월 조선문학가동맹 주최 '전국문학자대회'에 초청받음.
1946년	3월 조선문필가협회 결성준비위원회 추진회원 선임.
1946년	3월 1일 ≪인천신문≫ 초대 편집국장으로 1년 4개월간 근무함.
1946년	조선문학가동맹에 가담하여 중앙집행위원 및 소설부 부원으로 활동.
1947년	7월 25일 ≪제일신문≫ 편집국장으로 재직.

1948년	9월 11~12일 ≪제일신문≫에 북조선 인민공화국 창건 소식을 보도하여 구속됨. 미결수로 1년 2개월여를 감옥에서 보내고 1949년 11월 실형을 언도받으면서 풀려남.
1949년	11월 30일 국민보도연맹에 가입함.
1950년	1월 8~9일 국민보도연맹 주최 제1회 국민예술제전에서 자신의 신념과 양심에 반하는 강연을 함.
1951년	월북, 북한작가동맹 평양지부장과 중앙위원을 지냄.
1963년	한설야가 숙청될 당시 그의 추종 세력으로 몰려 뚜렷한 활동을 못 하게 됨.

엄흥섭 작품 연보

발표일	분류	제 목	발표지
1925. 2	시	엄마 제삿날(당선소곡)	조선문단
1925. 4	시	가을에 떠러진 나무입 하나	비봉지록
1925. 9. 12	시	꿈속에서	동아일보
1925. 9. 24	시	성묘	동아일보
1925. 9. 29	시	들에 피는 꽃	동아일보
1925. 10	시	나의 시	조선문단
1925. 10. 5	시	나그네	동아일보
1925. 10. 12	시	바다	동아일보
1925. 12. 6	시	달고도 쓴 꿈을 깨다	동아일보
1926. 5. 5	시	아침 해가 돋는 뜻은	동아일보
1926. 5. 31	시	등잔불	동아일보
1926. 8. 28	시	무명화	동아일보
1927. 2. 1	시	내 마음 사는 곳	습작시대
1927. 2. 1	소설	국밥	습작시대
1927. 6. 27	시	눈	동아일보
1928. 5. 1	시	그이	조선일보
1928. 10. 9~11	평론	문단 전망 —《조선문단》 이후	조선일보

발표일	분류	제 목	발표지
1929. 2. 27	시	우리의 향락	조선일보
1929. 5	동시	갈닙배	별나라
1929. 7~8	동시	소년행진곡(소년시)	신소년
1929	시	세거리로	조선문예
1929. 12	시	님 가신 후	여성지우
1930. 1	수필	처녀 직공 방문기	여성지우
1930. 1	수필	지식계급 여성들에게	여성지우
1930. 1	소설	흘러간 마을	조선지광
1930. 3. 7	소설	꿈과 현실	
1930. 4~5	동요	진달래	어린이
1930. 5	동시	제비	신소년
1930. 5	평론	조선의 문예 이론은 어데로 귀결될가? — 추상적 몇 마디	대조
1930. 6	소설	파산선고	대중공론
1930. 6	소설	꿈과 현실	조선지광
1930. 7	동요	서울의 거리	별나라
1930. 7	소설	지옥 탈출	대중공론
1930. 8	시론	노래란 것	음악과 시
1930. 8	수필	우리들의 편지 왕래—— 엄흥섭이 김병호에게	음악과 시
1930. 9	소설	출범 전후	대중공론
1932. 1	소설	그대의 힘은 약하다	비판
1932. 3~5	소설	온정주의자	비판
1933. 11	소설	숭어	비판

발표일	분류	제 목	발표지
1934. 1	소설	절연——아내에게 주는 편지	조선 문학
1934. 1. 14	평론	1934년도 문학 건설——취재와 실사적 묘사	조선일보
1934. 2. 13~14	평론	문예비평가론——공정한 비평의 길	조선일보
1934. 3~4	소설	유모	중앙
1934. 6	소설	방울 속의 참 소식	문학창조
1934. 6	평론	교훈의 총화	문학창조
1934. 10	소설	허물어진 미련탑	신동아
1934. 10	소설	좀먹는 단층	청년조선
1934. 12	소설	우울의 궤도	개벽
1934. 12	소설	안개 속의 춘삼이	신동아
1935. 1	소설	악희	개벽
1935. 1	소설	순정	신동아
1935. 2~8	소설	고민	신동아
1935. 3	소설	윤락녀	신가정
1935. 3. 1~5	평론	문예비평의 기본 개념——평가의 교양 문제	조선일보
1935. 6	평론	조벽암 군에게 보냄	신동아
1935. 6. 9	평론	카프 해산의 생물학적 의의	조선중앙일보
1935. 6. 13~28	평론	6월 창작평	조선중앙일보
1935. 7	소설	번견 탈출기	예술
1935. 7. 5~6	평론	내가 사숙하는 내외 작가	동아일보

발표일	분류	제 목	발표지
		—조그마한 체험기(상·하)	
1935. 7. 9	평론	세계관의 확립과 조선적	조선일보
		특수성의 파악	
1935. 7. 13	평론	'리얼'과 '로맨'의 융합	조선중앙일보
1935. 8	소설	노학자	신조선
1935. 8. 1~8. 23	소설	구혼행	조선일보
1935. 9	평론	문학의 옹호 — 정열·	조선일보
		양심·행동	
1935. 9	평론	문단시감	신동아
1935. 10	소설	숭어	비판
1935. 11	수필	나와 제비	조광
1935. 12	소설	새벽 바다	조광
1935. 12. 8~13	평론	을해년의 창작 결산 —	조선일보
		조선의 작가는 어데로	
1936. 1	소설	가책	신동아
1936. 1	소설	연하장	신조선
1936. 1	소설	조그만 시련	예술
1936. 1. 1~3	평론	작가의 기본 임무와 조선	조선일보
		현실의 파악	
1936. 3. 27~29	수필	화단의 비극 상·하—	동아일보
		춘일수상	
1936. 3. 31~4. 1	수필	밀봉했던 창 상·하—	동아일보
		춘일수상	
1936. 4	소설	과세	조광
1936. 5	수필	미답의 처녀지	여성

발표일	분류	제 목	발표지
1936. 5	소설	힘	조광
1936. 5. 3~10	평론	문예시평	조선일보
1936. 6	소설	그들의 간 곳	조선 문학
1936. 6. 27	수필	감나무 그늘	동아일보
1936. 7	소설	구원초	부인공론
1936. 8	수필	초연사진첩	여성
1936. 10~39. 1	소설	구원초	사해공론
1936. 11. 11	평론	낭만적 정열과 그 수법	조선일보
1936. 11. 12	평론	저조의 센티멘탈이즘	조선일보
1936. 11. 13	평론	사건의 초점과 묘사의 생략	조선일보
1936. 11. 15	평론	현대 여성의 성격	조선일보
1936. 11. 17	평론	작자의 협착한 시야	조선일보
1936. 11~1937. 2	소설	정열기[45]	조광
1936. 12	좌담회	조선 문화의 재건을 위하여	사해공론
1937. 1	수필	해방항시(解放港市) 인천소감(仁川所感)	월미
1937. 1	소설	길	여성
1937. 1	좌담회	현대 작가 창작 고심 합담회	사해공론
1937. 2	소설	흘러간 마을(재수록)	사해공론
1937. 2	설문	문인과 여성·문인과 부부	여성
1937. 5	설문	우문현답	여성

---

45) 前編終.

발표일	분류	제 목	발표지
1937. 5. 8	평론	어민 생활과 취재의 신기성	조선일보
1937. 5. 9	평론	경계할 표현의 과장	조선일보
1937. 5. 10	평론	작품상의 현대적 분위기	조선일보
1937. 5. 11	평론	요절한 두 작가의 작품	조선일보
1937. 5. 13	평론	단편과 내용의 산만성	조선일보
1937. 5. 14	평론	신인 작품과 주관 강조	조선일보
1937. 6. 4	평론	'출판 기념'의 풍속	동아일보
1937. 6. 17	평론	작품 이전(作品以前)과 이후(以後), 작가(作家)와 '모델'과의 '로만스'	동아일보
1937. 6. 18	평론	평가의 교양	동아일보
1937. 6. 24	평론	통속 작가에 일언—특히 신문 소설 작가에게	동아일보
1937. 7. 9~11	수필	탈모주의자	조선일보
1937. 7. 30~20	평론	작가의 '올챙이 때' 이야기 —나의 수업 시대	동아일보
1937. 7. 30~8. 3	수필	나의 수업 시대, 작가의 '올챙이 때' 이야기	동아일보
1937. 8	평론	문예 작품의 연극화	조선문학
1938. 1~2	소설	아버지 소식	여성
1938. 2. 16~20	평론	2월 창작평	조선일보
1938. 3~8	소설	명암보[46]	조광
1938. 3. 31~4. 7	소설	숙직 사원	동아일보

---

46) 「정열기」 제2부.

발표일	분류	제 목	발표지
1938. 6. 29	평론	7월 창작평 ── 심리적 리아리티의 결핍	조선일보
1938. 7. 5	수필	양귀비 같은 요녀가 영웅을 짓밟다(盛夏의 白日夢)	동아일보
1938. 8	소설	여우 지망자	광업조선
1938. 8	소설	패배 아닌 패배	사해공론
1938. 9. 13	평론	자비 출판 시비	동아일보
1938. 9. 15	평론	혼미의 잡지계	동아일보
1938. 9. 16	평론	신인에 대하야	동아일보
1938. 9. 28~10. 1	수필	가을 문학집	동아일보
1938. 10	소설	유한 청년	조광
1938	소설집	길	한성도서
1939. 1	평론	나의 동인 잡지 시대를 말함	조선문학
1939. 1	평론	『무영단편집』과 무영	조선문학
1939. 1~2	소설	노청년	야담
1939. 5. 7	수필	나와 영화	동아일보
1939. 5. 23~24	평론	평단은 왜 침체하나 (상·하) ── 비평 정신은 방황한다	동아일보
1939. 7	소설	여명	문장
1939. 7	평론	한인택 군 ── 그의 인간과 예술의 일면	문장
1939. 8	평론	새로운 말의 창조	한글
1939. 11	평론	이기영 저 이기영 단편집	문장

발표일	분류	제 목	발표지
1939. 11. 2~5	수필	진리를 탐구하는 마음 상·하	동아일보
1939	장편소설	세기의 애인	광한서림
1939	소설집	파경	중앙인서관
1940. 1. 6	수필	내 가정의 아침	동아일보
1940. 1. 21~?	소설	수평성	매일신보
1940. 1~1941. 6	소설	인생 사막·속	신세기
1940. 6	소설	조그만 쾌감―수필 풍인 생활 스케치	여성
1940. 6. 22·25	평론	천재와 범재	매일신보
1940. 7~8	소설	실명	조광
1941. 1~	소설	인생사막 속	신세기
1941	장편소설	행복	영창서관
1941	장편소설	정열기	한성도서
1942. 4. 10~14	평론	농촌과 문화	매일신보
1942. 12. 30~31	평론	시련과 도약――금년 창작계 소관	매일신보
1943	장편소설	봉화	성문당
1944. 10	소설	그들의 전업	조광
1945	평론	《별나라》의 걸어온 길 ―― 《별나라》 약사	별나라
1945. 12	소설	새로운 아침	여성문화
1946	수필	진달래(양주동, 민족문화독본 상에 수록)	
1946. 2~	소설	청동화로	예술
1946. 2	소설	귀환일기	우리 문학

발표일	분류	제 목	발표지
1946. 4	소설	빙야	인민
1946. 5	소설	소도적	신세대
1946. 6	소설	관리 공장	민성
1946. 8	소설	쫓겨 온 사나이	신문학
1946. 8	소설	악수 학생	월보
1947. 1	소설	자존심	백민
1947. 5	소설	집 없는 사람들	백민
1947. 6	소설	발전(집 없는 사람들 속편 격)	문학비평
1947. 11	소설	자존심	백민
1948. 5	소설	봄 오기 전	신세대
1948. 5	소설	산에 사는 사람들	청년예술
1948. 5	평론	언어교육론	개벽
1948	소설집	흘러간 마을	백수사
1949. 10. 27~31	수필	산촌의 가을	조선일보
1949	소설집	인생 사막	학우사
1950. 2	소설	C군과 나와 영옥	백민
1950. 2	소설	야생초	연합신문
1950. 2	소설	중매철학	
1953	소설	다시 넘는 고개	
1957	소설	복숭아 나무	
1957	장편소설	동틀 무렵	평양신문
1959. 3	평론	체험은 귀중한 것	작가수업 우리 시대의 작가 수업(역락, 2001)

엄홍섭 연구 서지

1930. 2. 11   정노풍, 「신춘창작개평」, ≪조선일보≫

1934. 9. 4   「독자로부터 작자에게, 엄홍섭 씨에게」, ≪조선중앙일보≫

1935. 8. 1   안필승, 「수준 이하의 작품 ── 엄홍섭 씨의 작 「번견 탈출기」」,
               ≪매일신보≫

1935. 8   조벽암, 「엄홍섭 군에게 드림」, ≪신동아≫

1935. 9   민병휘, 「조선 문단을 지키는 청년 작가론」, ≪신동아≫

1936. 6   박영희, 「작가 엄홍섭 형에게」, ≪신동아≫

1937. 3   최인준, 「엄홍섭론」, ≪풍림≫

1938. 3. 15   이기영, 「엄홍섭 씨 단편집『길』을 읽고」, ≪조선일보≫

1938. 3. 15   임화, 「엄홍섭 단편집『길』을 독(讀)함」, ≪동아일보≫

1938. 9. 29   백철, 「10월 창작평 ── 금일의 문학적 수준 함대훈과 엄홍섭」,
               ≪조선일보≫

1939. 1   이무영, 「엄홍섭을 말함」, ≪조선문학≫

1939. 5. 12   홍효민, 「엄홍섭 저『세기의 애인』」

1939. 7. 5   박명선, 「최근의 조선 문학」, 조선급만주

1960   김하명, 「엄홍섭과 그의 창작」, 『현대작가론』 2, 조선작가동맹
               출판사

1987   김재용, 「식민지 시대와 동반자작가 ── 엄홍섭론」, ≪연세어문
               학≫ 20집

1988   사회과학원 문학연구소, 『조선문학사』, 열사람

1991   이호규, 「엄홍섭론」, 연세대 석사 논문

1991	박진숙, 「엄흥섭 문학에 나타난 동반자적 성격 연구」, ≪관악어문연구≫ 16호
1992	이봉범, 「엄흥섭 소설 연구」, 성균관대 석사 논문
1992	박선애, 「엄흥섭 소설 연구」, 숙명여대 석사논문
1993	장미경, 「엄흥섭 소설 연구: 1930년대 휴머니즘론과 예술 소설 논의와 관련하여」, 강원대 석사논문
1993	정영진, 「소설가 엄흥섭의 의문점들」, 『문학사의 길 찾기』, 국학자료원
1994	박선애, 「엄흥섭의 장편소설 연구」, ≪현대소설연구≫
1995	정하준, 「엄흥섭 소설 연구」, 호서대 석사 논문
1995	김형봉, 「엄흥섭 소설 연구」, 홍익대 석사 논문
1996	전홍남, 「엄흥섭 소설의 변모 과정과 그 의미」, ≪국어문학≫ 31호
1996	정호웅, 「엄흥섭론—엄흥섭의 농촌 현실 증언과 휴머니즘」, 『한국현대소설사론』, 새미
1998. 12	이주형, 「엄흥섭 소설 연구—제재 및 작가 의식의 변모 양상을 중심으로」, ≪국어교육연구≫ 30호
1999	최경옥, 「엄흥섭 소설 연구: 작품의 전개 양상을 중심으로」, 동아대 교육대학원
2003	이희환, 「엄흥섭과 인천에서의 문화운동」, ≪한국학연구≫ 12호, 인하대 한국학연구소
2004	장명득, 「≪군기≫ 사건과 엄흥섭의 초기 소설」, ≪배달말≫ 34호
2006. 6	조명기·이재봉, 「엄흥섭의 초기 지식인소설 연구」, ≪어문학≫ 92호
2006. 8	조명기·이재봉, 「엄흥섭 단편소설에 나타난 지식인의 소멸 양상 연구—일제말 해방기 작품을 중심으로」, ≪한국문학논총≫ 43호

작성자 박진숙 서울대 대학원 졸. 문학박사. 성균관대 학부대학 교수.

김오남 생애 연보

1906년   4월 14일 경기도 연천군 군남면 왕림리에서 출생. 한약방을 운영하던
        아버지 김기환(金基煥)과 어머니 정규숙(丁奎淑) 사이의 2남 2녀 중
        차녀로 태어났다. 시인 김상용(金尙鎔)의 누이.

1921년   아버지 사망. 당시 경성 제일고등보통학교에 다니던 김상용의 권유로
        상경, 진명여고(進明女高)에 늦은 나이에 진학함.

1926년   진명여고 졸업. 역시 김상용의 도움으로 일본 도쿄로 유학.

1930년   일본여자대학 영문과 졸업. 8월 ≪조선일보≫ 기자로 입사하였으나 이
        내 그만둠.

1931년   5월 모교인 진명여고 영어 교사로 부임.

1932년   ≪신동아≫ 12월호에 시조 13수를 발표하면서 문단에 데뷔. 이후 장
        정심(張貞心), 오신혜(吳信惠) 등과 더불어 대표적인 여류 시조 시인
        으로 활동.

1936년   국어 교사인 정봉윤(丁鳳允)과 중매로 결혼하여, 성북동에 신혼 살림
        을 차림.

1937년   8월 딸 학희(丁鶴姬) 출생.

1939년   7월 아들 국진(丁國鎭) 출생. 이즈음 출산과 육아, 교사로서의 역할
        등으로 창작 활동이 일시 중단되기도 하였다.

1944년   일제 말 영어 과목이 폐지되어 진명여고 교사직을 부득이 그만두게 됨.

1948년   4월 수도여고(首都女高) 영어 교사로 근무.

1950년   3월 아들이 오랫동안 앓아 온 병(결핵성 관절염)을 치료하기 위해 학
        교를 사직함. 한국전쟁이 일어나자 뒤늦게 11월에 부산으로 피난을

감. 그곳에서 김상용과 상봉.

1951년   6월 김상용이 식중독으로 사망.

1952년   6월 상경. 이즈음 아들의 병이 호전되어 집안 살림과 창작에 몰두함.

1953년   첫 시조집 『김오남시조집』(성동공고 인쇄부) 출간.

1956년   두 번째 시조집 『심영(心影)』(동인문화사) 출간.

1960년   세 번째 시조집 『여정(旅情)』(문원사) 출간.

1966년   환갑을 맞은 김오남, 조종현(趙宗玄), 정기환(鄭箕煥)을 기념하기 위
         해 ≪시조문학≫(14집)에서 '삼인 회갑 특집'을 마련하였다.

1981년   노산(鷺山)문학상 수상.

1988년   3월 정봉윤 사망.

1993년   11월 4일 사망.

김오남 작품 연보

발표일	분류	제 목	발표지
1932. 11	시조	시조 13수	신동아
1933. 2	시조	이 마음	신가정
1933. 3	시조	시조 5수	신동아
1933. 4	시조	애닲은 생각	신가정
1933. 8	시조	시조 9수	신동아
1933. 10	시조	무제음(無題吟) 7수	신동아
1934. 2	시조	시조 6수	신가정
1934. 2	시조	시조 7수	중앙
1934. 3	시조	생(生)	신가정
1934. 6	시조	추천	신가정
1934. 7	시조	시조 5수	신인문학
1934. 8	시조	마음 속 노래	신가정
1934. 9	시조	무제(無題)	중앙
1935. 1	시조	새해 노래	신가정
1935. 1	시조	실제(失題)	신동아
1935. 2	시조	무제	시원
1935. 4	시조	무제음 2수	조선문단
1935. 5	시조	무제음 2수	조선문단
1935. 9	시조	점경(點景)/농촌편감(農村片感)	신가정

발표일	분류	제 목	발표지
1935. 12	시조	무제 2수	시원
1936. 8	시조	실제	신인문학
1936. 8	시조	농촌점경(農村點景)	여성
1936. 9	시조	무제음 1수	신가정
1936. 10	시조	산변점경(山邊點景)	조선 문학
1936. 12	시조	무제음 5수	여성
1937. 10	수필	향토유정기(鄕土有情記)	여성
1938. 1	시조	신년송	여성
1939. 3	시조	신년송/쇼와〔昭和〕 14년판(年版) 조선작품연감(朝鮮作品年鑑)	인문사
1945. 12	시조	신년의 노래	여성문화
1953	시조집	김오남시조집(金午男時調集)	성동공고 인쇄부
1956	시조집	심영(心影)	동인문화사
1959. 9	시조	심통(心痛)·망우리(忘憂里)· 농부	자유문학
1959. 9	시조	청도(淸道)를 지나며·한(閑)	현대문학
1960	시조집	여정(旅情)	문원사
1963. 6	시조	근음(近吟) 2제(二題)	자유문학
1966. 9	시조	환갑(還甲)·심감(深感)·소망· 하루살이	시조문학
1969. 9	시조	인생	월간문학
1980	시조	물가에서·귀로·고향· 실제(失題)·밤길	시조문학
1980	시조	설악산·농촌	시조문학

김오남 연구 서지

1934. 2   김기림, 「여류 문인 편감 총평(片感寸評)」, ≪신가정≫

1934. 2   박용철, 「여류 시단 총평(女流詩壇總評)」, ≪신가정≫

1936. 8   (인터뷰)「시와 문학에의 동경(憧憬) — 여시인(女詩人) 김오남 씨의 세계」, ≪신인문학≫

1936. 12   (기사)「여성계 소식」, ≪여성≫

1937. 7   YSW기자, 「경성 각 여학교 선생 평판기(京城各女學校先生評判記)」, ≪여성≫

1938. 1   (좌담 : 김성철(金聖哲), 김오남(金午男), 박봉애(朴奉愛), 손정순(孫貞順), 윤은희(尹恩姬), 주수원(朱壽元)) 「결혼 1년생 이동좌담회」, ≪여성≫

1939. 3   (기사)「시인 김오남 씨와 가정」, ≪여성≫

1966. 9   (시)정훈 외 5인, 「삼인회갑특집(三人回甲特輯)」, ≪시조문학≫ 14집

1974   이태극, 『시조이 사적 연구』, 선명문화사

1975   김해성, 『한국현대시문학전사』, 형설출판사

1977   이태극, 「한국 현대 시조 개관」, 『신한국문학전집』 36, 어문각

1978   박을수, 『한국시조문학전사』, 성문각

1978   이태극, 「시조의 사적 연구」, ≪국어국문학총서≫ 16, 이우출판사

1981   이태극, 『시조의 사적 연구』, 반도출판사

1986. 7   김해성, 「현대 한국 여류 시사 연구」 7, ≪월간문학≫

1987   최범훈, 『한국여류문학사』, 한샘

1988   정영자, 「한국 여성 문학 연구 : 1920~1930년대를 중심으로」,
        동아대 대학원 박사 논문
1988   정영자, 『한국현대여성문학론』, 지평
1996   임은, 「김오남 연구」, 성신여대 교육대학원 석사 논문
1997   이명숙, 「일제강점기 여류 시조 연구 : 김오남, 오신혜, 장정심
        을 중심으로」, 한국교원대 대학원 석사 논문

작성자 김윤태 서울대 대학원 졸. 문학박사. 인하대 전임연구원

이정호 생애 연보

1906년 서울 출생.

1921년 천도교 소년회 회원이 됨

1923년 2월 ≪동명(東明)≫ 「소년 컬럼」에 첫 작품으로 추정되는 「작문」, 「새 해의 첫 날 일기(日記)」를 발표. 천도교 소년회에 관한 내용임. 3월 ≪어린이≫ 창간호에 「≪어린이≫를 발행(發行)하는 오늘까지 우리들 은 이러케 지냇습니다」란 제목으로 3회에 걸쳐 천도교 소년회에 대한 보고문을 발표함. 이정호는 ≪어린이≫ 창간 때부터 참가하여 선전과 여러 잡무를 보았음.

1924년 4월 ≪매일신보(每日申報)≫에 '미소 이정호(微笑李定鎬)'란 이름으 로 첫 동화 발표. 창작 동화가 아닌 외국의 번안 동화임. 이때부터 이 정호는 '미소(微笑)'란 호를 쓰기 시작함. ≪매일신보≫ 「일요부록(日 曜付錄) 부인(婦人)과 가정(家庭)」란에 1924년부터 1927년까지 동 화 20편(이 중 1편은 신춘문예), 그림 동화 1편, 편지 글 1편, 수필 1편, 풍자 글 1편, 소년소설 1편, 동요 1편, 실화 1등 총 27편 발표. 5월 ≪어린이≫에 동화 「황금 능금」을 발표.

1925년 1월 ≪조선일보≫ 현상문예에 「미련한 호랑이」당선(상 2등). 2월 ≪동 아일보≫에 이미소(李微笑)란 이름으로 「용감한 색시」를 7회 연재.

1926년 번안집 『세계일주동화집(世界一周童話集)』 간행.

1928년 ≪어린이≫ 편집에 전념. 1929년부터 1931년까지 '이(李)'란 표기로 ≪어린이≫ 편집을 맡으면서 겪게 되는 많은 단상을 편집 후기에 남 김. 이후 1931년 9월 이후 ≪신여성≫으로 옮기기 전까지 이정호는

≪어린이≫의 편집을 맡으며 미담을 위주로 많은 글을 썼다.

1929년   1～5월 ≪동아일보≫에 에드먼드 데 아미치스(Edmondo de Amicis)의
『사랑의 학교(學校)』를 중역하여 연재. 그후 번역서『사랑의 학교』를
단행본으로 출판.

1930년   1월 ≪중외일보≫에 소년소설「군밤 장사」를 9회 연재.「군밤 장사」는
1929년, 1933년에 ≪어린이≫에 연재된 적이 있으며 라디오로도 방송
되는 등 당시 현실을 반영한 창작 소년소설이다. 또한 이 해를 전후로
라디오 등에서 구연동화를 많이 함.

1931년   7월 방정환 사후 방정환을 대신하여 ≪어린이≫ 편집 및 발행인이 됨.
9월 방정환을 대신하여 ≪신여성≫ 편집을 맡음.

1933년   다시 ≪어린이≫ 편집에 관여하게 되나 신병이 악화되어 시골로 요양
을 감.

1934년   ≪동아일보≫에 많은 번안 동화를 실음. 이러한 경향은 1935년에까지
이어짐. ≪중앙일보≫에 평론 발표.

1936년   ≪매일신보≫ 입사. 조선총독부 기간지인 ≪매일신보≫ 어린이란에 민
족의 긍지를 심어 주는 글을 발표.

1939년   5월 3일 창신정 374번지 자택에서 사망.

이정호 작품 연보

발표일	분류	제 목	발표지
1923. 2. 4	소년칼럼	새해 첫 날의 일기	동명
1923. 2. 18	소년칼럼	일요일(日曜日)에 '스케이트'	동명
1923. 3. 20	보고·소년 운동	≪어린이≫를 발행(發行)하는 오늘까지 우리들은 이러케 지냈습니다	어린이
1923. 4. 1	보고·소년 운동	≪어린이≫가 발행되기까지 이러케 지내여 왔습니다 2	어린이
1923. 4. 23	보고·소년 운동	『어린이』가 발행되기까지 이러케 지내여 왔습니다 3	어린이
1923. 5. 27	소년칼럼	초하(初夏)	동명
1923. 6. 3	소년칼럼	녹음(綠陰)	동명
1924. 3. 2	수지(手紙)	철원(鐵原) P형(兄)께	매일신보
1924. 3. 9	에세이	가을에 추억(追憶)	매일신보
1924. 4. 6	동화	초불 속에 왕녀(王女)	매일신보
1924. 4. 13	동화	욕심 만흔 임금님	매일신보
1924. 4. 20	동화	어려운 세 문데	매일신보
1924. 4. 27	동화	이상한 노인(老人)	매일신보
1924. 4. 27	소년 운동	5월 1일(五月一日) 어린이날	매일신보
1924. 4. 28	소년 운동	민족적(民族的)으로 기념(紀念)할	동아일보

발표일	분류	제 목	발표지
		「5월 1일」월요란(月曜欄)	
1924. 5. 4	동화	꾀꼬리와 곰의 싸움	매일신보
1924. 5. 11	동화	불명(不明)	매일신보
1924. 5. 12	동화	황금(黃金) 능금〔林檎〕	어린이
1924. 6. 8	동화	능금의 꿈	매일신보
1924. 6. 15	그림 동화	잠자는 학자(學者)	매일신보
1924. 6. 22	동화	까마귀와 들국화	매일신보
1924. 6. 29	동화	생쥐의 보은	매일신보
1924. 8. 3	동화	이상한 선물 1	매일신보
1924. 8. 7	과학상식	어름으로 물을 끄리는 법	어린이
1924. 8. 10	동화	이상한 선물 2	매일신보
1924. 8. 24	동화	이상한 선물 3	매일신보
1924. 8. 31	동화	이상한 선물 4	매일신보
1924. 9. 6	가을과학	달나라 이약이	어린이
1924. 9. 7	동화	이상한 황금(黃金)닭 1	매일신보
1924. 9. 14	동화	이상한 황금닭 2	매일신보
1924. 9. 28	동화	생명의 깃발 2	매일신보
1924. 10. 5	동화	생명의 깃발 3	매일신보
1924. 10. 11	사실애화 (事實哀話)	불타는 배를 끗까지 지킨 불란서 (佛蘭西)의 용소년(勇少年)	어린이
1924. 10. 12	동화	생명의 깃발 4	매일신보
1924. 11. 2	풍자상화 (諷刺想話)	아메리카 인형 1	매일신보
1924. 11. 9	풍자상화	아메리카 인형 2	매일신보
1924. 11. 16	풍자상화	아메리카 인형 3	매일신보

발표일	분류	제 목	발표지
1924. 11. 23	풍자상화	아메리카 인형 4	매일신보
1924. 11. 30	소년소설	행운(幸運) 1	매일신보
1924. 12. 7	소년소설	행운 2	매일신보
1924. 12. 14	소년소설	행운 3	매일신보
1925. 1. 1	동화	미련한 호랑이 (상 2등) ― 동화(懸賞文藝 ― 童話)	조선일보
1925.1. 18	동화	생명(生命) 나무	매일신보
1925. 2. 1	의용미담 (義勇美談)	영국(英國)의 용소년	어린이
1925. 2. 16	소설	용감한 색시 1	동아일보
1925. 2. 18	소설	용감한 색시 2	동아일보
1925. 2. 23	소설	용감한 색시 3	동아일보
1925. 2. 25	소설	용감한 색시 4	동아일보
1925. 3. 2	소설	용감한 색시 5	동아일보
1925. 3. 4	소설	용감한 색시 6	동아일보
1925. 3. 6	소설	용감한 색시 7	동아일보
1925. 3. 1	동화	토끼의 꾀 상	매일신보
1925. 3. 8	동화	토끼의 꾀 하	매일신보
1925. 3. 29	동화	입으면 나르는 속괴·평양 감사 도복의 이야기	매일신보
1925. 4. 1	열혈미담	프랭크의 피	어린이
1925. 4. 2	소년과학	구름은 엇던 것인가	어린이
1925. 4. 5	번역 동화	심술 사나운 왕사람	매일신보
1925. 4. 19	번역 동화	욕심 만흔 령감 1	매일신보
1925. 6. 1	열혈미담	미국(米國)의 용소년 1	어린이

발표일	분류	제 목	발표지
1925. 7. 8	열혈미담	미국의 용소년 2	어린이
1925. 7. 26	동화(전설)	뻐국새	매일신보
1925. 8. 10	우정미담	놉흔 탑 우에서	어린이
1925. 9. 1	미담	다니ー루의 인내(忍耐)	어린이
1925. 11. 15	동화	제비의 은혜	매일신보
1925. 11. 15	동화	달ㅅ덕	매일신보
1925. 12. 1	명화	나무칼 병사(兵士)	어린이
1925. 12. 27	동화극	동화극(童話劇) 1(1막) 새해와 아이들의 싸움	시대일보
1926. 1. 1	에세이·소년 운동	4년(四年) 전(前) 정월(正月)이 그립습니다	신여성
1926. 1. 10	동화	옥희(玉姬)의 설음	조선일보
1926. 1. 10	실화	호랑이 잡고 순사(殉死)한 열녀 (烈女)	매일신보
1926. 3. 1	동화	어머니의 사랑 1	신여성
1926. 4. 1	동화	어머니의 사랑 2	신여성
1926. 10. 1	애국미담	불란서의 소용사(小勇士)	어린이
1926. 11. 15	설중미담	알프스 산(山)의 눈사태〔雪崩〕	어린이
1927. 1. 1	대화극	꿈	어린이
1927. 1. 5	번역 동화	달나라의 사자 1	조선일보
1927. 1. 6	번역 동화	달나라의 사자 2	조선일보
1927. 1. 7	번역 동화	달나라의 사자 3	조선일보
1927. 1. 1	동화	농부와 토끼	매일신보
1927. 2. 1	애국미담	비통(悲痛)한 최후(最後)	어린이
1927. 2. 1		어린 동무들에게 새해 봄부터	신인간

발표일	분류	제 목	발표지
1927. 3. 1	애국미담	이태리의 용소년	어린이
1927. 3. 16		어린 동무들에게 새해 봄부터 2	신인간
1927. 4. 1	동화	처녀와 요술할멈	어린이
1927. 4. 1	동화	말 안 하는 왕녀(王女)	어린이
1927. 4. 1	편집후기	편즙을 맛치고	어린이
1927. 7. 2	애국미담	이태리의 용소년	어린이
1927. 10. 1	애국미담	혈염(血染)의 홍의(紅衣)	어린이
1927. 12. 1	눈물의 미담	어머니를 위하야	어린이
1928. 2. 1	고대소설 가튼 참사실 (事實)	장 소저(長小姐)의 도주 결혼(逃走結婚) 두 번이 나 가문(家門)을 탈주(脫走)하야 혼약(婚約)한 남편을 좃차	별건곤
1928. 3. 20	물의 미담	보드라운 애정(愛情)	어린이
1928. 7. 20	편집후기	편즙을 마치고	어린이
1928. 9. 20	에세이	가을과 소년(少年)	어린이
1928. 9. 20	통쾌미담	범저(范睢)의 복수(復讐)	어린이
1928. 9. 21		남은 말슴〔余言〕	어린이
1928. 10. 20	독물(讀物)	전쟁(戰爭)과 평화(平和) ― 인도아동독물(印度兒童讀物 중(中)에서	어린이
1928. 10. 20	독본(讀本)	한 목음의 물〔水〕 ― 서반아 소학생독본(西班牙小學生讀本) 중에서	어린이
1928. 12. 20	과학	발〔足〕 업는 식물(植物), 과물 (果物)과 종자(種子)의 여행기	어린이

발표일	분류	제 목	발표지
		(旅行記) 일(一) 생물(生物)의 자미(滋味)있는 실험(實驗)	
1928. 12. 20	편집후기	편즙을 마치고	어린이
1929	번역 동화집	사랑의 학교	
1929. 1. 1	동화	작은이의 지혜(智慧) 1	조선일보
1929. 1. 2	동화	작은이의 지혜 2	조선일보
1929. 1. 3	동화	작은이의 지혜 3	조선일보
1929. 1. 4	동화	작은이의 지혜 4	조선일보
1929. 1. 5	동화	작은이의 지혜 5	조선일보
1929. 1. 20		이소프의 지혜	어린이
1929. 1. 20	편집후기	편즙을 마치고	어린이
1929. 1. 23~ 5. 23	번역 동화	사랑의 학교	동아일보
1929. 2. 20		2월(二月)에 피는 꽃―꽃 중에서 제일 먼저 픠는 매화(梅花)꽃 이약이	어린이
1929. 2. 20	소년소설	귀(貴)여운 희생(犧牲)	어린이
1929. 2. 20	편집후기	편즙을 마치고	어린이
1929. 3. 20	편집후기	편즙을 마치고	어린이
1929. 5. 20	사고(社告)	≪어린이≫ 애독자 여러분	어린이
1929. 5. 20	단편소설	눈물의 엽서(葉書)	어린이
1929. 6. 16	창작동화	효준(孝俊)의 모험(冒驗) 1	조선일보
1929. 6. 18	창작동화	효준의 모험 2	조선일보
1929. 6. 19	창작동화	효준의 모험 3	조선일보
1929. 6. 20	창작동화	효준의 모험 4	조선일보

발표일	분류	제 목	발표지
1929. 6. 19	에세이	찻속에서 본 신록	어린이
1929. 6. 19	야구미담	정의(正義)의 승리(勝利)	어린이
1929. 6. 21	창작동화	효준의 모험 5	조선일보
1929. 6. 25	창작동화	효준의 모험 완(完)	조선일보
1929. 7. 20	편집후기	편즙을 마치고	어린이
1929. 8. 20	편집후기	편즙을 마치고	어린이
1929. 10. 20	에세이	가을느낌	어린이
1929. 10. 20	편집후기	편즙을 마치고	어린이
1929. 12. 20	합작소설	아름다운 희생(犧牲), 연성흠 (延星欽)・최승화(崔乘和)와 합작	어린이
1930		라듸오 방송(放送) 제1집(第一集) 세계미담보옥편(世界美談寶玉篇)	
1930. 1. 9	소년소설	군밤 장사 1	중외일보
1930. 1. 10	소년소설	군밤 장사 2	중외일보
1930. 1. 11	소년소설	군밤 장사 3	중외일보
1930. 1. 12	소년소설	군밤 장사 4	중외일보
1930. 1. 13	소년소설	군밤 장사 5	중외일보
1930. 1. 14	소년소설	군밤 장사 6	중외일보
1930. 1. 15	소년소설	군밤 장사 7	중외일보
1930. 1. 16	소년소설	군밤 장사 8	중외일보
1930. 1. 17	소년소설	군밤 장사 9	중외일보
1930. 1. 20	동물미담	비장(悲壯)한 최후(最後)	어린이
1930. 1. 20	합작소설	아름다운 희생	어린이
1930. 1. 20	신간 소개	사랑의 학교	어린이

발표일	분류	제 목	발표지
1930. 1. 20	놀이	정월(正月)에 놀기 조흔 신안유희 (新案遊戱) 두 가지	어린이
1930. 1. 20	편집후기	편즙을 마치고	어린이
1930. 1. 20	어린이 경전 (經典)	불상한 이를 위하야… 사랑의 학교의 1절(一節)	어린이
1930. 2. 20	우화	이리와 어린 양	어린이
1930. 2. 20	우화	농부와 톡긔	어린이
1930. 2. 20	미담	소년소녀(少年少女) 자미(滋味) 있고 유익(有益)한 감동미담집 (感動美談集) 기일(其一)	어린이
1930. 2. 20	장르	놀라운 신의(信義)	어린이
1930. 2. 21	편집후기	편즙을 마치고	어린이
1930. 3. 20	어린이 경전	감은(感恩)! 감은! …사랑의 학교 중에서	어린이
1930. 3. 20	편집후기	편즙을 마치고	어린이
1930. 3. 21	동화	생쥐의 꾀	중외일보
1930. 3. 22	동화	친한 친구	중외일보
1930. 3. 24	동화	농부와 토끼	중외일보
1930. 3. 26	동화	이리와 어린 양	중외일보
1930. 3. 29	동화	작은 새와 시인	중외일보
1930. 4. 20	에세이	내 봄 자미	어린이
1930. 4. 20	우화	세계우화집(世界寓話集) 기삼(其三) 사람과 재대(財貸)	어린이
1930. 4. 20	편집후기	편즙을 마치고	어린이
1930. 4. 20	동화	우연한 발명	중외일보

발표일	분류	제 목	발표지
1930. 4. 21	동화	책 속에 이십 원	중외일보
1930. 5. 1	번역	현대(現代)의 혜성(彗星) — 세계(世界)를 움즉이는 현대(現代) 12위걸(十二偉傑)의 전기(傳記) — 제1회(第一回) 장개석(蔣介石) 편(篇) 중국(中國) 국민수석(國民首席)	학생
1930. 5. 10	동화	정직한 부자(父子)	중외일보
1930. 5. 20	동화	『엔리코』의 일기 녀름! 녀름! …사랑의 학교 중에서	어린이
1930. 5. 20	우화	세계우화집 기사(其四) 불의의 제물(不義の祭物)	어린이
1930. 5. 20	편집후기	편즙을 마치고	어린이
1930. 5. 20	동화	대왕과 거미	중외일보
1930. 6. 15	번역	현대의 혜성 — 세계를 움즉이는 현대 12위걸의 전기 — 제2회(第二回) 케말·파샤 편(編) 현(現) 터키[土耳其] 대통령(大統領)	학생
1930. 7. 15		소년회 조직법(少年會組織法) 이상(以上) 전문(前文)을 부득이(不得已)한 사정(事情)으로 실지 못함을 사(謝)합니다	학생
1930. 7. 20	세계우화집	사자(獅子)의 교육(敎育)	어린이
1930. 7. 20		생명(生命)의 등대(燈臺)	어린이
1930. 8. 20	신작 소개	리듸오 방송(放送) 제1집(第一集) 세계미담보옥편	어린이

발표일	분류	제 목	발표지
		(世界美談寶玉篇)	
1930. 8. 20	세계우화집	북풍(北風)과 태양(太陽)	어린이
1930. 8. 20	세계우화집	적은 돌과 보석(寶石)	어린이
1930. 8. 20	수재애화	집웅 타고 300리(三百里) ― 강원도	어린이
		(江原道) 평창(平昌)서 경성(京城)	
		한강(漢江)까지 열두 살 먹은 소년	
		(少年)의 표류기담(漂流奇談)	
1930. 8. 20	편집후기	편즙을 마치고	어린이
1930. 9. 5	번역	현대의 혜성 ― 세계를 움즉이는	학생
		현대 12위걸의 전기 ― 제3회	
		(第三回) 레닌 편(篇) 전(前)	
		노농(勞農) 러시아〔露西亞〕 중앙	
		집행위원장(中央執行委員長) ―	
		미완(未完)	
1930. 9. 20	편집후기	편즙을 마치고	어린이
1930. 10. 13	번역	현대의 혜성 ― 세계를 움즉이는	학생
		현대 12위걸의 전기 ― 제3회	
		레닌 편 전 노농 러시아 중앙	
		집행위원장 속(續)	
1930. 10. 1	애린소화	흉한 꿈	신여성
1930. 11. 10	번역	현대의 혜성 ― 세계를 움즉이는	학생
		현대 12위걸의 전기 ― 제4회	
		(第四回) 스탈린 편(篇) 현(現)	
		노농(勞農) 러시아〔露西亞〕 중앙	
		정부위원회(中央政府委員會) 서기장	

발표일	분류	제 목	발표지
		(書記長)	
1930. 11. 20	지식	11월(十一月) 11일(十一日)은 세계대전(世界大戰) 종식(終熄) 12주년(十二周年) 평화기념일 (平和記念日) ─ 세계대전(世界大戰)의 원인(原因)과 각국(各國) 참가(參加) 이유(理由)	어린이
1930. 11. 20	편집후기	특별사고(特別社告) 편즙을 마치고	어린이
1930. 12. 20	편집후기	편즙을 마치고	어린이
1931. 2. 20		특별사고(特別社告)	어린이
1931. 6. 20	장편 미담	남아(男兒) 한번 맹서(盟誓) 한 바에야	어린이
1931. 8. 20	추도문(追悼文)	오호(嗚呼)!! 방정환(方定煥) 선생 (先生)	어린이
1931. 8. 20	추도문	파란 많았던 방정환 선생의 일생 (波瀾多き方定煥先生の一生)	어린이
1931. 8. 20	장편 미담	정의(正義)의 화살〔矢〕	어린이
1931. 8. 20	편집후기	편집후기 사고(社告)	어린이
1931. 9. 12	과학	9월(九月) 특집(特集) ≪어린이≫ 안저서 죄다 아는 두 눈의 놀라운 활동(活動)	어린이
1931. 9. 12	장편 미담	정의의 화살	어린이
1931. 9. 12	편집후기	편즙을 마치고	어린이
1931. 11. 1	편집후기	편집여언	신여성
1931. 12. 1	권두언	새해를 압두고	신여성

발표일	분류	제 목	발표지
1931. 12. 1	편집후기	편집여언(編輯餘言)	신여성
1931. 12. 20	에세이	어린 사람에게 제일(第一) 미안 (未安)햇든 일 — 간다든 약속	어린이
1931. 12. 20	장편 미담	정의의 화살	어린이
1932. 1. 2	활동사진 이야기	영원의 어린이 피터팬 1	조선일보
1932. 1. 7	활동사진 이야기	영원의 어린이 피터팬 2	조선일보
1932. 1. 8	활동사진 이야기	영원의 어린이 피터팬 3	조선일보
1932. 1. 12	활동사진 이야기	영원의 어린이 피터팬 4	조선일보
1932. 1. 13	활동사진 이야기	영원의 어린이 피터팬 5	조선일보
1932. 1. 14	활동사진 이야기	영원의 어린이 피터팬 6	조선일보
1932. 1. 15	활동사진 이야기	영원의 어린이 피터팬 7	조선일보
1932. 3. 1	권두언	3월(三月)은 움즉이는 철	신여성
1932. 3. 1	아동 문제 강화 (兒童問題講話)	입학시험(入學試驗)과 어머니의 주의(注意)	신여성
1932. 3. 1	편집후기	편집여언	신여성
1932. 8. 1	아동 문제 강화	아동(兒童)의 심리(心理) 연구 (研究)	신여성
1932. 9. 20	에세이	100호(百號)를 내이면서 — 창간 (創刊) 당시(當時)의 추억(追憶)	어린이
1932. 10 .1	아동 문제 강화	아동과 신문(新聞)에 대(對)하야	신여성
1932. 10. 1	편집후기	편집여언	신여성
1932. 11. 1	권두언	여자(女子)와 과학(科學)	신여성
1932. 11. 1	아동 문제 강화	아동과 의복(衣服)	신여성
1932. 11. 1	벽소설(壁小說)	밀회(密會)	신여성
1932. 11. 1	편집후기	편집여언	신여성

발표일	분류	제 목	발표지
1933. 2. 1	권두언	조선(朝鮮) 여자(女子)와 사치 (奢侈)	신여성
1933. 2. 20	소년 소설	군밤 장사	어린이
1933. 8. 31	동화(라디오 방송)	귀여운 희생	출처
1933. 10. 1	책 소개	세계명작소설행각(世界名作小說 行脚) Ⅰ『나나』와『유령(幽靈)』	신여성
1933. 10. 25	동화	울지 안는 종(鐘) 1	조선일보
1933. 10. 26	동화	울지 안는 종 2	조선일보
1933. 10. 27	동화	울지 안는 종 3	조선일보
1933. 10. 28	동화	울지 안는 종 4	조선일보
1933. 10. 29	동화	울지 안는 종 5	조선일보
1933. 10. 31	동화	울지 안는 종 6	조선일보
1933. 11. 1	동화	울지 안는 종 7	조선일보
1933. 11. 2	동화	울지 안는 종 8	조선일보
1933. 12. 1	책 소개	세계 명작 소설 행각 Ⅲ『춘희 (椿姬)』	신여성
1934. 1. 1	상식	요때의 어머니 상식 어린 사람 보건과 의복 문제	별건곤
1934. 1. 20	에세이	연하장(年賀狀) 한 자(字)를 못고 두 자(字)를 알자	어린이
1934. 1. 20	편집후기	편즙을 마치고	어린이
1934. 2. 1	상식	입시시험(入試試驗)과 어머니 주의(注意)	별건곤
1934. 3. 9	평론	중(中), 보(保) 동창회(同窓會)	중앙일보

발표일	분류	제 목	발표지
		주최(主催) 동화대회 (童話大會)	
		잡감(雜感) 1 — 동창회(同窓會),	
		연사(演士), 심판제씨(審判諸氏)에게	
1934. 3. 10	평론	중, 보 동창회 주최 동화대회	중앙일보
		잡감 2 — 동창회, 연사,	
		심판제씨에게	
1934. 3. 11	평론	중, 보 동창회 주최 동화대회	중앙일보
		잡감 3 — 동창회, 연사,	
		심판제씨에게	
1934. 3. 13	평론	중, 보 동창회 주최 동화대회	중앙일보
		잡감 4 — 동창회, 연사,	
		심판제씨에게	
1934. 3. 15	평론	중, 보 동창회 주최 동화대회	중앙일보
		잡감 5 — 동창회, 연사,	
		심판제씨에게	
1934. 3. 16	평론	중, 보 동창회 주최 동화대회	중앙일보
		잡감 6 — 동창회, 연사,	
		심판제씨에게	
1934. 3. 18	평론	중, 보 동창회 주최 동화대회	중앙일보
		잡감 7 — 동창회, 연사,	
		심판제씨에게	
1934. 3. 19	평론	중, 보 동창회 주최 동화대회	중앙일보
		잡감 8 — 동창회, 연사,	
		심판제씨에게	
1934. 3. 21	평론	중, 보 동창회 주최 동화대회	중앙일보

발표일	분류	제 목	발표지
		잡감 9 — 동창회, 연사, 심판제씨에게	
1934. 3. 22	평론	중, 보 동창회 주최 동화대회 잡감 10 — 동창회, 연사, 심판제씨에게	중앙일보
1934. 3. 24	평론	중, 보 동창회 주최 동화대회 잡감 11 — 동창회, 연사, 심판제씨에게	중앙일보
1934. 3. 25	평론	중, 보 동창회 주최 동화대회 잡감 12 — 동창회, 연사, 심판제씨에게	중앙일보
1934. 3. 27	평론	중, 보 동창회 주최 동화대회 잡감 13 — 동창회, 연사, 심판제씨에게	중앙일보
1934. 5. 6	소년운동	어머니들이여 '어린이날'이 왔다 5	중앙일보
1934. 6. 1	상식	갓난애기는 이렇게 재우십시요	별건곤
1934. 6. 22	동화	까치의 옷 1	동아일보
1934. 6. 29	동화	까치의 옷 (끝)	동아일보
1934. 6. 30	동화	눈 어둔 포수(咆手) 1	동아일보
1934. 7. 2	동화	눈 어둔 포수 끝	동아일보
1934. 7. 3	동화	석냥파리 소녀 1	동아일보
1934. 7. 4	동화	석냥파리 소녀 2	동아일보
1934. 7. 6	동화	석냥파리 소녀 3	동아일보
1934. 7. 8	동화	석냥파리 소녀 4	동아일보
1934. 7. 11	동화	작난군이 귀신(鬼神) 1	동아일보

발표일	분류	제 목	발표지
1934. 7. 13	동화	작난꾼이 귀신 2	동아일보
1934. 7. 14	동화	작난꾼이 귀신 3	동아일보
1934. 7. 17	동화	나비와 꾀꼬리 1	동아일보
1934. 7. 18	동화	나비와 꾀꼬리 2	동아일보
1934. 7. 20	동화	나비와 꾀꼬리 3	동아일보
1934. 7. 24	동화	나비와 꾀꼬리 4	동아일보
1934. 9. 5	수재미담	눈물의 모자갑 1	동아일보
1934. 9. 7	수재미담	눈물의 모자갑 2	동아일보
1934. 9. 11	수재미담	눈물의 모자갑 3	동아일보
1935. 5. 5	동화	'어린이날' 작은 힘도 합치면	동아일보
1935. 5. 19	편지글	멀리 계신 옵바에게	동아일보
1935. 6. 2	소년소설	순히의 설음	동아일보
1935. 6. 23	동화	절 잘하는 임금님	동아일보
1935. 7. 7	동화	봉선화 이야기	동아일보
1935. 8. 4	전설동화	7월(七月) 칠석(七夕) 이야기 — 하도 이쁘든 옥황(玉皇)님의 막네 따님	동아일보
1935. 8. 11	안데르센 동화	꿈할아버지	동아일보
1935. 9. 15	동화	늑대 3형제(三兄第)	동아일보
1935. 10. 6	동화	콩눈섭	동아일보
1935. 12. 22	동화	혹뿌리 색시	동아일보
1935. 11. 1	동화	『아가씨』와 요술할멈	조광
1936. 2. 2	우화	욕심쟁이 땅 차지	동아일보
1936. 5. 1	보고문 소년운동	조선 어린이 운동의 금석(今昔) 5월 첫 공일 어린이날을 기념	조광

발표일	분류	제 목	발표지
		(紀念)하야	
1936. 7. 12	훈화	여름! 여름!	매일신보
1936. 7. 26		방학사업(放學事業) 100만(百萬) 독자(讀者) 대동원(大動員) 문맹 퇴치 운동	매일신보
1936. 8. 9	훈화	돈과 거짓말	매일신보
1936. 10. 11	강좌	작문강좌(作文講座) 이 난에 글 보내는 분들께 글은 어떠케 해야 잘 짓나	매일신보
1936. 10. 17	명화(名話)	참봉(參奉)의 기지(奇智)	매일신보
1936. 11. 15	애국미담(번역)	충렬(忠烈)의 소용사(小勇士)	매일신보
1936. 12. 6	훈화	겨울과 어린이	매일신보
1937. 1. 3	훈화	새해 새 부탁	매일신보
1937. 8. 12	전설	칠석전설(七夕傳說) 별나라 은하수 (銀河水)人가에 견우 직녀애화 (牽牛織女哀話)	매일신보
1938. 12. 1	동화	이상한 연적(조선아동문학집)	조선일보사 출판부

이정호 연구 서지

*내용 없음

작성자 김영순 일본 바이카〔梅花〕 여자대학 대학원 아동문학과 박사과정 수료. 바
이카 여대 강사

1906년   음력 2월 8일 전남 고흥군 남양면 왕주리 315번지 출생. 본관은 함안.
아버지 조용명(趙鏞明)과 어머니 송장동(宋獐洞)의 3남 중 장남으로
태어났다. 본명은 용제(龍濟). 자는 대순(大順). 종현(宗玄)은 법명.
법호(法號)는 철운(鐵雲)이며, 아호로는 벽로(碧路)·예암산인(猊岩
山人)이 있다. 당호(堂號)는 여시산방(如是山房). 슬하에 4남 4녀를
두었으며, 그중 차남인 정래(廷來)는 소설가로, 『태백산맥』이라는 장
편 대하소설을 써서 유명해졌다.

1918년   불문(佛門)에 귀의.

1921년   고향 고흥에서 박관영에게 사서(四書)를 배움.

1922년   2월 24일, 순천 선암사에서 김경운(金擎雲) 교정(敎正)의 문하생이
되어 법명을 받음.

1928년   스승인 만해 한용운의 지도로 조선불교학인대회 발기위원이 되었으며,
기관지 ≪원광(圓光)≫의 주간을 맡아 2호까지 발간함.

1929년   8월 시조 「정유화(庭有花)」를 ≪불교≫ 62호에 석범(石帆)이라는 필
명으로 발표하고, 동요 「엄마 숨박곡질」 등을 ≪조선일보≫에 실은 것
을 계기로 창작 활동을 시작함. 철운(鐵雲)이라는 법호를 얻음.

1930년   동요 「떠나신 오빠」 등 90여 편을 ≪조선일보≫·≪동아일보≫·≪중
외일보≫에 발표. 만해 주도의 조선불교청년총동맹에서 중앙집행위원
을 지냈으며, 서울 개운사 전문강원에서 대교과(大敎科)를 졸업함.

1931년   봄부터 본격적으로 시조 창작에 몰두하여, ≪신생(新生)≫ 7월호에
시조 「생사관공(生死觀空)」 3수를 실어 시조 시인으로 정식 등단. 위

당 정인보와 노산 이은상을 좇아 문학적 수업을 쌓았으며, 시인 주요한·신석정 등과 교유. 박한영에게서 노장 철학을 배움.

1932년 3월 10일, 일본 주오불전[中央佛專] 및 주오불교연구원 유식과(唯識科)를 졸업. 선암사 전문강원 5대 강주로 취임. 조선불교청년총동맹 선암지부 위원장에 당선되어 불교 교리의 강주이자 애국적인 불교 단체의 지도 요원으로 활약. 박성순과 중매결혼.

1937년 9월부터 1년간 일본 도쿄의 고마자와[駒澤] 대학에서 애도 소구오[衛藤卽應] 박사의 지도로 불교학을 연구.

1945년 해방이 된 뒤 선암사 부주지로 있으면서 절 소유의 토지의 무상분배를 주장하다 좌익으로 오인 받아 고초를 겪음.

1952년 한국전쟁 이후 생활의 어려움을 겪자 가정의 안정을 위해 교육계에 투신. 벌교상고, 광주서중에서 교편을 잡음.

1958년 서울 보성고교 교사로 부임.

1960년 대한불교 법화종(法華宗) 이사 역임. 동년 6월에 창간된 시조 전문 동인지인 ≪시조문학(時調文學)≫의 편집 겸 발행인을, 시조 시인 이태극(李泰極)과 함께 맡음.

1962년 동국대 재단이사를 지내면서 동 대학에서 시조시론을 강의.

1964년 조계종 고시위원 역임.

1965년 『관음경』, 『아미타경』을 번역.

1966년 조종현, 김오남(金午男), 정기환(鄭箕煥) 3인의 환갑을 축하하기 위해 ≪시조문학≫(14집)에서 '삼인회갑 특집호'를 발간.

1968년 우석(友石)중고교 교장으로 취임.

1969년 첫 시조집 『자정(子正)의 지구(地球)』를 현대문학사에서 출간. 월탄 박종화가 시조집의 제자(題字)를, 노산 이은상이 머리말을, 주요한이 축시를, 신석정이 발문을 씀.

1970년 우석중고교 교장으로 교육계를 은퇴. 은퇴 후 동국대 이사, ≪자유문학≫ 시조 분야 심사위원 등을 지냈다.

1971년   대한불교 불입종(拂入宗) 교정원장(敎政院長) 및 원주 불심사 연구
        원장을 지내는 등 불교 관계 요직을 거침.

1978년   두 번째 시조집 『의상대 해돋이』를, 한국문학예술진흥원의 지원을 받
        아 한진출판사에서 펴냄. 서울 원정사 불교연구원장을 지냈다.

1979년   한용운기념사업회 발기인 및 고문을 맡았다.

1986년   세 번째 시조집 『거 누가 날 찾아』를 지하철문고사에서 펴냄.

1988년   시조 선집 『나그네 길』을 한국문학사에서 출간.

1989년   8월 31일 사망.

조종현 작품 연보

발표일	분류	제 목	발표지
1929	동요	엄마 숨박곡질	조선일보
1929. 8	시조	정유화(廷有花)	불교 62호
1930	시조	그리운 정	동아일보
1931	시조	백운대 갈 때려니	동아일보
1931	시조	성북춘회(城北春懷)	동광
1931. 7	시조	생사관공(生死觀空)	신생
1958	시조집	현대시조 선총	이병기·이태극 공편, 새글사
1958. 8	시조	자정의 지구	현대문학
1959. 2	시조	파고다의 열원(熱願)	자유문학
1959. 3	시조	천애(天涯)의 고아(孤兒)	현대문학
1959. 4	시조	가로누운 주검	자유문학
1959. 8	시조	두견(杜鵑)	현대문학
1959. 10	시조	모란꽃 외 1편	자유문학
1960. 1	시조	그리 멀지 않습니다: 김강석 (金岡石) 님을 찾아서	자유문학
1960. 5	시조	평화공양(平和供養): 조개껍질의 세계	자유문학
1960. 6	시조	나는 죽어야 한다	현대문학

발표일	분류	제 목	발표지
1960. 11	시조	싸리꽃	자유문학
1961	논설	불교 분쟁의 지양점	현대불교
1961. 5	시조	내 살을 내가 꼬집으며	현대문학
1962	논설	대한불교와 각 종단의 자세	불교사상
1962. 2	시조	향촌의 가을	현대문학
1962. 7	시조	허수아비	자유문학
1963	시조집	현대시조작가 대표작집	노산 이은상 선생 갑기념집 편찬위원회, 현대사
1963. 2	신춘사		시조문학
1963. 6	시조	어머니 무덤가에	자유문학
1964	시집	연간(年刊) 한국시집	한국문인협회 편, 휘문출판사
1964. 3	시조	얼어붙은 밤	현대문학
1964. 9	평론	시조의 명칭 재고	현대문학
1965. 5	시조	휑 뚫린 길이언만	문학춘추
1966. 9	시조	파고다의 열원(熱願)	시조문학
1966. 10	시조	어떻게 갔을까: 어느 무덤 곁에서	현대문학
1966. 12	시조	아 그날이여 오늘이여	문학 (서울대 문리대 문학회)
1967. 1		양연양화(羊年羊話)	신동아
1967. 12	시조	도토리	시문학
1968	시조집	1967년도 한국시조선집	한국시조작가협회, 횃불사
1968. 3	시조	아 그날이여 오늘이여	현대문학

발표일	분류	제 목	발표지
1968. 8	시조	송축(頌祝)	시조문학
1969. 3	시조	아, 가람님의 가심이여	월간문학
1969. 3	시조	나도 푯말 되어 살고 싶다	자유문학
1969. 9	시조	보시소 돌부처님	현대시학
1969	시조집	자정의 지구	현대문학사
1970	시조집	69년간(年刊) 시조집	한국시조작가협회 편, 동화출판공사
1970. 1	시조	꾀꼬리・귀촉도	사조문학
1970. 1	시조	낙엽(落葉) 외 1편	현대문학
1970. 1	시조	놀에 타는 관악산(冠岳山)	동국시집 동국대 학생위원회 학예부
1970. 6	논설	한국불교 태고종(太古宗)의 나아갈 길	불교
1970. 8	논설	육화합(六和合)은 민주생활의 활력	불교
1970. 10	논설	교역자(敎役者)의 연수와 발굴 문제: 새로운 종단의 이념을 어떻게 구현할 것인가	불교
1970. 12	논설	태고종의 종지(宗旨) 종통종풍(宗統宗風)에 대(對)하여	불교
1971. 10	시조	근작 7수: 동해점묘(東海點描)	시문학
1972. 3	논설	믿음과 삶	법시
1972. 10	수필	천석여운(泉石餘韻): 산중 일기초(山中日記抄)	법시
1973	시조집	한국불교시선	한국불교문학가협회

발표일	분류	제 목	발표지
			편, 동국역경원
1973. 1	시조	가을비, 가을바람	현대문학
1973. 3	시조	하늘아	풀과별
1973. 4	시조	한줄·한마디 외 1편	시문학
1973. 4	논설	경건한 기도는 복된 생활	법시
1973. 7	논설	선(善)은 창조적인 생명의 약동	법시
1973. 9	시조	세월(歲月)이	월간문학
1973. 10	논설	육화합 정신과 국민 총화	법시
1973. 12	시조	떠나는 아침	현대문학
1974. 9	시조	한로(寒露) 무렵	현대문학
1975. 4	시조	등산인구 외	현대문학
1976	시조집	현대시조선집	한국시조작가협회
			편, 새글사
1976	시조집	신한국문학전집	어문각
1976. 12	시조	남대문 문턱 외	현대문학
1977. 8	번역	조선독립(朝鮮獨立)의 서(書),	법륜
		─ 한용운 글	
1978	시조집	의상대 해돋이	한진출판사
1978. 1	논설	한국 불교에 바라는 사회적 여망	법륜
		─ 특집 한국 불교의 방향	
1978. 5	논설	식민지 치하의 한국 불교, 불교와	법륜
		사회 교육	
1978. 11	논설	거사(居士)의 기록(機緣)은	법륜
		대중불교화의 소지(素地)	
1978. 11	논설	사찰을 어떻게 발전시킬 것인가	법시

발표일	분류	제 목	발표지
1979	수필집	현대 불교 수필선 / 송혁(편저)	동국대 부설 역경원
1979. 7	논설	매월당(梅月堂) 김시습(金時習)	법륜
1979. 12	논설	80년대를 향해 한국 불교는 어떻게 향해 할 것인가 —특집 한국 불교의 좌표	법륜
1986	시조집	거 누가 날 찾아	지하철문고사
1988	시조집	나그네 길	한국문학사
2006	시조집	나그네 길	태학사

조종현 연구 서지

1973	김해성, 『한국현대시인론』, 금강출판사
1974	김동준, 『시조문학론』, 진명문화사
1974	김해성, 『한국현대시인론』, 진명문화사
1977	김해성, 『한국 현대 시인과의 대화』, 정음사
1978	박을수, 『한국시조문학전사』, 성문각
1978	송혁, 『현대 불교시의 이해』, 동국대학교 부설 역경원(譯經院)
1980	이우종, 『한국 현대 시조시(時調詩)의 이해』, 국제출판사
1980	한춘섭, 「조종현의 시조시 상고」, ≪시조문학≫
1981	김해성, 『현대 불교 시인 연구』, 대광문화사
1989. 11	김준, 「행동적 의식 미에의 추구: 조종현 시조의 한 단면」, ≪시조문학≫ 93호
1989. 11	한춘섭, 「철운 조종현 시인의 생애와 시조시」, ≪시조문학≫ 93호
2000	김광식, 『근현대 불교의 재조명』, 민족사
2000. 2	김광식, 「조종현(趙宗玄)·허영호(許永鎬)의 불교 교육 제도 인식과 대안」, ≪충북사학≫ 11~12호
2003	김재홍, 「불교적 세계 인식과 인간 회복의 꿈: 조종현론」, ≪유심≫ 12호
2003	이동수, 「조종현 시조 연구」, 한국교원대 대학원 석사 논문
2003	조정래, 『누구나 홀로 선 나무』, 문학동네
2004	남길순, 「조종현 시조 연구」, 순천대 대학원 석사 논문

작성자 김윤태 서울대 대학원 졸. 문학박사. 인하대 전임연구원

주변에서 글쓰기,
상처와 선택

탄생 100주년 문학인 기념문학제 논문집 2006

1판 1쇄 찍음 2006년 12월 22일
1판 1쇄 펴냄 2006년 12월 28일

지은이 · 김인환, 정호웅 외
편집인 · 장은수
발행인 · 박근섭
펴낸곳 · (주) **민음사**

출판등록 1966. 5. 19. (제16-490호)
서울시 강남구 신사동 506 강남출판문화센터 5층(135-887)
대표전화 515-2000 / 팩시밀리 515-2007
www.minumsa.com
www.daesan.or.kr

값 22,000원

© 재단법인 대산문화재단, 2006. Printed in Seoul, Korea

이 논문집은 대산문화재단과 민족문학작가회의가 기획, 개최한
'탄생 100주년 문학인 기념문학제' 의 일환으로 한국문화예술위원회의
지원을 받아 제작되었습니다.

ISBN 89-374-1205-5 03800